著名女作家散文经典

阎纯德——主编

你就是那束散乱的花

赵玫 著

北方文艺出版社

图书在版编目（**CIP**）数据

你就是那束散乱的花 / 赵玫著．-- 哈尔滨：北方文艺出版社，2016.7

（著名女作家散文经典 / 阎纯德主编）

ISBN 978-7-5317-3660-8

Ⅰ．①你… Ⅱ．①赵… Ⅲ．①散文集 – 中国 – 当代 Ⅳ．① I267

中国版本图书馆 CIP 数据核字（2016）第 141925 号

你就是那束散乱的花

Ni Jiushi Nashu Sanluan de Hua

作　者 / 赵　玫　　主　编 / 阎纯德

责任编辑 / 王金秋　赵　芳　　装帧设计 / 锦色书装

出版发行 / 北方文艺出版社　　网　址 / www.bfwy.com

邮　编 / 150080　　经　销 / 新华书店

地　址 / 黑龙江现代文化艺术产业园 D 栋 526 室

印　刷 / 北京诚信伟业印刷有限公司　　开　本 / 880 × 1230　1/32

字　数 / 265 千　　印　张 / 11

版　次 / 2016 年 7 月第 1 版　　印　次 / 2016 年 7 月第 1 次印刷

书　号 / ISBN 978-7-5317-3660-8　　定　价 / 48.50 元

序

散文·经典·女作家

阎纯德

一

散文的历史源远流长，是中国文学史上连绵起伏的山脉，属于最原始的文学形式之一。诸子散文算是散文成熟的起点，其后无论是唐宋散文、明清小品，还是“五四”散文，都是中国散文天空里灿烂的星座。中国当代文学经历了不平凡的风雨岁月，“文革”反思之后，作家的创作驶上了文学正道，跨越世纪，名家辈出，女作家则成为文学大军驰骋至今的一支劲旅，为中国文学的辉煌崛起贡献了智慧。因此，无论是中国文学的前世还是今生，说文学不可不说女性文学，讲作家不能不讲女作家。

自秋瑾时代，女作家蜂起，她们的创作曾与中华民族的生存同呼吸共命运；她们笔下除了小说、诗歌和戏剧，更有散文参与了中国新文学的奠基与发展。

二

当代散文的发展，自20世纪80年代走出政治或准政治之门以后，解放之风将散文吹拂得花枝招展，尤其90年代出现的那股关注女性经验和生存状态的“身体写作”思潮，更为中国散文历史所难忘。“身体”从隐匿到发现，新的女性意识普遍进入女性创作视野是文学创作的一个进步。那些钟情于“身体写作”的女作家，笔下所呈现的女性意识的觉醒和女性身体经验的书写，意味着对女性独立精神尊重的“时尚”，曾是女性创作风靡一时的潮流。女性“身体写作”是灵肉之写作，以独白或自语，用自己的肉体表达自己的思想，将爱情、婚姻、亲情、友情、温情、柔情、性具象化，但实际上是联系着社会、历史、政治、经济、道德、法律的理性法则，所呈现的是属于女性的生命意义。“身体写作”所涉内容多为“青春的迷茫与痛楚，孕育的艰辛与幸福，死亡的残酷与升华，大胆地抵达了身体的本质，既关照自己，也关照他人”。这个讲述女性身体成长史的时间大约有十几年，与此同时，还有受到非议的所谓“小女人散文”盛行于世。那些书写“日常生活”的“小散文”并非没有意义，她们所写的日常生活和感受属于时代的投影，是那个时代历史的宝贵遗存。

之后，女性散文作者年轻化，开始了女性散文从“女性”到“新生代”和“网络写手”的过程，其作品的人格与精神也在迷茫中发生了一些嬗变。21世纪以降，在金钱的忽悠下，尽管文学比较疲软，但是作家依然以其忠勇驰骋疆场，那些走过“文革”，咀嚼了较多社会、历史、人生苦味的女作家，这时的创作更臻成熟、老道，更加深入历史和生活的肌理，文风也更为清丽、朴实而厚重。

三

天地岁月运行至今，仅就所观女性散文而言，不乏大家的经典之作。“大家”，当然不是从天而降，既不是别人所封，更不是自封，而是作家自己的创作百炼而成。一般说来，无论是沸腾喧嚣的生活，还是懒散平凡的生活，作家们只要无止境地追问社会、历史和人生，就可从生活、历史中寻找出思想和理想，并让真实、动人、温馨、睿智、冷峻、幽默变成文心，坚守住真善美，守望住文学的经典精神。

“操千曲而后晓声，观千剑而后识器。”学习很重要。就我所知，大凡有成就的作家都很在意学习、研读古今中外的文学名著。女作家筱敏说：“文学就像一个人在牢房里唱歌，阅读它就像收到一封传说中装在漂流瓶里在大海上漂泊已久的信。写作是单个人的事，阅读也是单个人的事，这是个人内心生活的需要，与外面的热闹无关。”生活、阅读、写作，是作家生命的三部曲，作家只有在生活里沉下心来，作品才会获得文学应得的大气场。

现在，这些资深女作家，凭借与生俱来的文学天分和捕捉人情世故的文学敏感，加之丰富的生活经历及家国意识、人间情怀，在照亮黑暗世界的理想光芒陪伴下，走向书写命运万千气象及人生有幸与不幸的作品经典。

四

北方文艺出版社出版的“著名女作家散文经典”书系，是“女人的文学”，属于女作家心灵铸就的作品。以小说起家的张抗抗，她的《隐形伴侣》《赤彤丹朱》《情爱画廊》《作女》等长篇小说及其中短篇小说《爱的权利》《夏》《白罂粟》《淡淡的晨雾》和《北极光》等在当代文学史和读者的阅读视野里是一道美丽幽深的画廊。她除了右手绣出美丽的小说，左手还奉献出精美的散文。她笔下那些充满对于自然、女人、人生、社会思考的散文，以“大气魄”和“大艺术”令读者难以忘怀。这部《有女如云》以“女忆”“女行”“女书”“女声”“女友”“女思”的精心结构，展现了她对女性命运的极大关注。真挚与自然，记忆与叹息，“高山仰止，流水知音”成为她这部优美散文的特点。她这部散文的开篇《故乡在远方》只有1670字，但每个字都能捉住我的心。“我总觉得自己是一个流浪者。几十年来，我漂泊无定，浪迹天涯……我从哪里来？哪儿是我的故园、我的家乡？我不知道。”她的老家在广东新会，但老家对于她，“已无故乡的感觉”。“我和我早年离家的父亲，犹如被放逐的弃儿，在陌生的乡音里，茫然寻找辨别着这块土地残留给自己的根性。”后来他们扎根杭州，但在那里他们只是“一个过客”。外婆过世时“就带走了故乡”。她19岁离开出生地杭州，走向北大荒。“那时我曾日夜思念我的西湖，我的故乡在温暖的南方……但现在我知道，我已没有了故乡。我们总是在走，一边走一边播撒着全世界都能生长的种子。我们随遇而安，落地生根，四海为家。我们像一群新时代的游牧民族，一群永无归宿的浪漫移民。也许我走过了太多的地方，我已有了太多的第二故乡。”而在城市闷热窒息的夏日，她又时时想念曾融进她青春血汗的北方的原野。“那时的空气透明，风也透明。那里的一切粗犷而质朴。”“以后的日子，我也许还会继续流浪，在这极大又极小的世界上，寻觅着、创造着自己精神的家园。”这样的散文，令人动心动情。这就是张抗抗散文的精神力量。

赵玫亦是著名的多产作家。她的长篇小说《我们家族的女人》《朗园》《武则天》《高阳公主》《上官婉儿》等及《太阳峡谷》《岁月如歌》《我的灵魂不起舞》《寻找伊索尔德》等中短篇小说集，带我们漫游历史，在她的众多人物画廊里穿越和认识历史、社会、人生和人性。她是一位勤奋的作家，《一本打开的书》《从这里到永恒》《欲望旅程》《左岸左岸》《戴着镣铐的舞蹈》等二十来部散文随笔，为我们画出了一道“女人”“知识”“欲望”的美丽风景。

“美丽的女人及其美丽的精神生活”大约就是赵玫的自况。1986年的海边，她最早阅读伍尔芙，那是她不能忘怀的阅读。“从海边回来便开始思念伍尔芙”，于是伍尔芙成了她的理想，开始“在伍尔芙的引导下寻找文学中的那个我自己”，在近乎灰色的写作中，感受到思维的欢乐。在她的散文中，我们能感受到弗吉尼亚·伍尔芙、玛格丽特·杜拉斯等女性作家跃动的灵魂及普鲁斯特、乔伊斯和福克纳、劳伦斯等意识流大师沉思的音容。她深受她们和他们的影响。

赵玫一再申明自己是“女性作家”，“女性”是她散文的“根”。她的散文以女性的立场及私人化的独语方式“观察社会现实、观察文化精神、观察人性灵魂”，以诗性探索生活、社会和人生，诗情动人，理性睿智，情调平和而温馨，构成她鲜明的艺术风格。

这部集子的首篇《因为他，生活中才有了另一个可以扮演的角色》写女人与男人，如深沉的诗，梦幻般的意象美丽、动人，结尾说：“总记得那束散乱的花。是因为那句子造成的意象让人感动。就这样，它们，那些花，就冷冷地，散乱在那里。一枝一枝地，慢慢枯萎。后来，那花束成了某种意象，便有了另一种味道。从此它们不再枯萎。完成了这个从美丽到美丽的过程，就像凤凰涅槃，成为某种永恒……那便是女人想要扮演的角色——她们自己。”此中的思想和意蕴，令人想象无穷。

张晓风创作上是个多面手，小说、戏剧都有成就；但自20世纪80年代中叶起，她给华人世界烹制了脍炙人口的散文大餐。她的《地毯的那一端》《愁乡石》《你还没有爱过》《初雪》《白手帕》《红手帕》《春之怀古》等篇什，其精妙、柔情和厚重曾赢得文坛许多名家的赞美。大作家管管说：“她的作品是中国的，怀乡的，不忘情于古典而纵身现代的，她又是极人道的。”大诗人余光中在为她的散文集《你还没有爱过》所写的序言里，称她的散文有“亦秀亦豪”“腕挟风雷”的“淋漓健笔”。有人又说她的散文“笔如太阳之热，霜雪之贞，篇篇有寒梅之香，字字若璎珞敲冰”。

张晓风曾说：“我的身体在台湾长大，可是我的心好像跟历史的中国衔接，不管是到南京或者是西安，我觉得都是我心灵的一个故乡。”在她的散文里，乡愁有时像春风，有时也似冷雨，流浪漂泊的命运，成为她以生命的诗性阐释生活与人生的基础，从描写生活琐事，到抒写社会世态和家国情怀，都是她作品的内容。

韩小蕙作为知名散文家和文学批评家，著有《自嘲》《有话对你说》《悠悠心会》《体验自卑》《女人不会哭》《韩小蕙散文》《欢喜佛境界》《千克男女》《解读与被解读》等散文作品二三十部。

她是大记者，在她的眼睛里、感觉中和心坎上，所有所有的美，都在自己经过的路上，更在自己经历的人身上。在名家、大师面前，她以一棵小草的姿态，用崇拜或钦敬的眼光看着他们；对于百姓，她把自己当作一片温暖的阳光，“以善意，以明朗，以助力，以合作的心态待人以厚”；对于女性中的杰出人物，她倾心喝彩，打心底里热情赞美她们的天分、才华、成就、品质乃至美貌。她因为看清了世界与自己，厘清了与他人之间的绳墨，而“进入物我交感，物我合一，物我两忘，物我皆如行云流水的境界”；她以向日葵的品格，永远向着文学的太阳。她是个疾恶如仇的作家，又是个大爱无疆的作家，她整个的人生姿态，就是她的散文的姿态。从她的作品里，可以倾听到丰富的社会旋律和时代精神，以及对善的颂扬、对恶的鞭笞，社会、民族、国家、历史、文化、女人、道德，都是她笔下寻常的散文话题。

卢岚在中山大学毕业后以笔名芦苇发表小说，开始了她的文学人生。著有散文集《乡眺》《凡尔赛的喷泉》《山盟水约》《巴黎读书记》《塞纳书窗》《文街墨巷》《笔走皇林村》《与书偕隐》及小说集《古堡迷幻夜》《把水留给我》等。

爱读书的卢岚在巴黎长居40余年，涉猎了东西方许多古今作家，使她在精神和文学修养上得到熏陶，生发旺盛的写作欲望和创作动力。“我写过，我释然，写作成为释放情绪的方法，写作成为引渡自己的一根篙。”这根“篙”，使她从此岸到彼岸，在书海、人海完满最好的人生。

卢岚的成就和影响在散文。而她的散文最令读者叹为观止的是被她称为包括文化随笔、书评、读书杂记的“书话”。她说这些写作是“在别人的成果上做文章，通过复述、感受、分析，从个人角度出发，带着个人色彩，来扮演作者、读者之间的中间人，完成一种情感、见地、审美的传递”。在她的字里行间，人们可以发现历史的智慧和文化的芬芳，“书情，世情，风情；文心，人心，慧心”，中外文坛的前世今生、往事近事，透过她的散文，都会引出一道道甘泉。

走在法兰西的文街墨巷，就像翻检自己书房里的藏书，心知眼见，每一页展现的都是这片天空下亲切的风景、风物与人物。“用美丽的文体描写美丽的对象”，是卢岚最惬意的人生；“把瑰丽灿烂的、气派宏大的风景浓缩在咫尺之间，让读者了解人间美丽的历史，欣赏她永恒的魅力”，这，就是卢岚文学世界的宿命。

2016年3月8日于病中

目　录

第一辑　金星与火星

第二辑　行走，在时光的隧道中

第三辑　读与写的风景

第一辑　金星与火星

于是，我们终于找到了我们想要的男人。如约翰，如扬，如伦纳德，还有别的什么男人，懂得体贴、支持、帮助以及有爱心的，让我们真真切切感受到关怀与拯救。是的，我们要的只是那些能爱着我们、包容我们，并与我们心心相印的男人。就像《圣经》中说的，你们要生老病死，彼此永相依。

因为他，
生活中才有了另一个可以扮演的角色

不知道那是种怎样的感觉。不知道应该不应该。在夜晚。那是最早的一个春天。没有对他讲。但是，就来了，就敲响了他的门。留下来吗？犹豫着。到深夜。深夜便意味着留下来。说，甚至并不是为了做爱。做爱之后，依然可以走；而留下来，是为了躺在一张床上。仅仅是为了有他的呼吸，紧贴着的肌肤，和清晨一睁开眼睛就可以看到。那是种梦寐以求的感觉。只有在夜晚，在床上。甚至可以不做。当你的身体被他彻夜紧抱的时候，你才能真正感知到你是个女人。

叔本华说，雌蚁在交合之后，便失去了翅翼，因为翅膀已成了多余，并且对于产卵和抚养还是一种危险；同样的，在生下几个小孩之后，一个女人通常也失去了美丽和娇艳。

和他在一起，可以无拘无束地说话。说内心最深处的想法。好的和坏的。还有自私的，不可告人的。让他成为忏悔牧师，帮助我；或者心理医生，治疗我心上的疾患。随意说那种冷的感觉。紧挨着坐在沙发上。说恨他，或者被什么所感动。还可以平等地争吵，暴露身体中最劣根的东西。本质的、不加修饰的，穿着衣服也如赤裸裸地相对。在争吵中哭闹，掀去伪装。和他在一起时不必道貌岸然。想了，便说，我要，还有妒忌，爱或者别的什么。

波伏瓦在引用塞西尔·索瓦热的话。她一定以为那话太精粹了，是至理名言：女人陷入情网时必须忘掉自己的人格。这是自然法则。女人没有主人就无法生存。没有主人，她就是一束散乱的花。

她就是一束散乱的花。

多美的意象。是描绘和形容女人的。是男人将她们拾起，插进花瓶。规范起来，直到枯萎。

想告诉他，我会毕生热爱他。不，这话是不能当面对他讲的。要用另外的方式让他知道，或许，文字。还不知能不能和他商量，去看那个她曾经真心爱过的男人。就像波伏瓦，让萨特知道，然后就去和美国的情人同居。因为有爱。不知道他会怎么想，会如何看待这种彼此互不约束的伙伴关系。给予对方完全的自由，包括性，也包括动荡不安的感情。她觉得他已经是一个宽容的男人。这一点，他知道，无论会发生什么，只要回家。作为一个男人，他知道他会坦诚相待。没有隐秘就像是生活在玻璃房子里。没有墙壁，透明的，心灵没有设防。他会说，去吧，既然是，你的愿望。

弗洛伊德认为，性与暴力是两种天然伴生的本能冲动。他还认为，战争是人类攻击性本能所不可避免的。

而弗洛姆却说，人并不是生来就富于攻击性的。暴力不是生物的本能要求，而是人类想要防护自身的一种过激发展。爱，而不是恨，才是人的本性。

匆忙地寻找着。那《蓝眼睛黑头发》般的迷乱。当你和一个男人，在床上。他过来，慢慢地，靠近你。冰凉的腿。在冬季。你拼命躲闪着，又无处可去，因为冷。那时时刻刻能感觉得到的腿上的汗毛，还有胡子，在深夜生长着，扎着你。后来你们睡下，不停地被对方的翻身弄醒。适应着他的新姿势，有时候，他会从你的颈下抽出手臂。他会说，他抱了你整整一夜，朦胧中，你偶然发现他翻过身来的第一个下意识的动作，就是为你掖好被子。掖住每一个可能透风的角落。然后，抱紧你。怕你冷。仿佛，你是个需要照料的孩子。总是这样，男人在无形中扮演着父亲。一个成年的男人和一种成年的责任感。而你是谁？并不是他的女儿，而是他的爱。当你需要保护的时候也就是需要男人。而这样的男人，会让你再度回到你的童年。

于是波伏瓦总结了你的感觉。你的感觉，很可能也是她的感觉。对一个女人来说，爱情将会把她的父母归还给她，同时把自己的童年归还给自己。她想恢复她头上的屋顶，四周的墙壁，这些东西，使她不会感到自己是被遗弃在荒芜的世界上……

波伏瓦的意象总是那么美。她总是让人看到在房顶下、四壁中那个幸福的小妇人。难怪小说家的莫洛亚更欣赏小说家的波伏瓦。他说波伏瓦是拥有小说天赋的，而萨特只有最后的一部中篇《字句》写得好。不过，哲学家萨特的名字，将永远和小说家波伏瓦的名字在一起。他给她思想，让她的小说散发出存在主义的味道。

久违了的角色。因为他，你终于又可以扮演了。可以随心所欲地向他要求着，他的爱。你会说，抱抱我。或者，我要喝水。想吃一个苹果。再或者，我要去街上买一条裙子。还有，像坏女孩那样，蛮不讲理，把坏心情全都倾泻出去。家庭中没有权威。孩子一般的女人就是权威。真正的自由自在。不用戴胸罩，也不用穿戴整齐。甚至无须有教养。是剥光了一切的生活。没有禁忌。两个赤裸的身体，还有赤裸着的灵魂，纠缠着，形影相随。紧接着，彼此成为对方的战俘。看守着。回到亚当夏娃时代，没有羞耻感，洪荒，美丽的伊甸园。茹毛饮血。单纯极了的爱，没有束缚。

波伏瓦又说，女人的最大幸福，莫过于被恋人承认是他本人的一部分。

而在《呼啸山庄》中，凯瑟琳说，“我就是希斯克利夫”。这是每一个恋爱中女人的呐喊，她说，她就是她恋人的化身，是他的反映，他的重影，是的，她就是他。

有时候女人也会扮演暴君，尤其在冬季寒冷的屋子里洗衣服。而男人在看报。于是女人开始抱怨。男人说，他不抽烟不喝酒不出去和狐朋狗友鬼混，难道还不能看报吗？有那么多国家大事需要你关心吗？看报不过是生活的一种方式。也是最庸俗的方式，因为报纸本身就庸俗。你不过是洗几件衣服。从此就让报纸统治我们的家庭了吗？报纸又不是女人！那不是报纸的过错。那就是我的错啦？女人暴怒。回家就看报纸，然后洗澡，然后做爱，然后睡觉，一切都是程式化的，生活还有什么意思？男人说，你以为生活是什么？很多家庭不就是这样相安无事平静度日的吗？那就和报纸过一辈子吧，我不再侍候了。女人说着，扔掉了手里的湿衣服。男人震怒，觉得女人不知好歹。他也扔掉了手中的报纸，把女人的手臂拧到身后。女人立刻就被制服了。靠力量。女人无力反抗，只是高声喊叫着，让泪水唰唰地流下来。男人的声音更高，懂不懂，这就是生活，厨房里就是放着萝卜和白菜，单靠你的鲜花和蜡烛是根本没法儿活的。你懂不懂什么叫生活？

所以，叔本华说，恋爱结婚，通常结局都是不幸的。于是，西班牙谚语说：恋爱结婚的人，必定生活于悲哀中。

而伍尔芙在日记中也引用了阿诺德·贝那特的话：婚姻的可怕在于其日常化。这把婚姻关系中所有的敏感都磨平了，事实更有甚于此。

伍尔芙的婚姻生活堪称经典。她怎么会有如此悲哀呢？这对于她实在是不公平。但细心想想，如果你毕生总是和一个人在一起，哪怕那是你深爱的人。

于是女人投身于电视，是为了对报纸的反抗。她知道自己正日趋萎靡，甚至比看报纸还要无聊。电视中有什么？被一些虚伪的假象感动，自觉还是个会流泪的人。那种浸润式的，一层一层向下的，从脚下，向上浮动着的僵化。那是种回环的气体。不散的。床也变得僵硬。再向上。缓缓地，最后冻硬房顶上的灯。

让灯火也一碰就碎。爱情原来如此不堪一击。所以女人说，要想保住爱情就只能让它冻结在至高点上。记得当初想在做爱中死去，以为死得很值。但是转过身来就不一样了，除了萝卜白菜，所有的感觉都在逃遁。

于是，伍尔芙写作《海浪》时的花园房间在哪？还有，杜拉斯为我们描述的那片优雅的乡村农舍又在哪？所有的美丽愿望都在无情中慢慢消逝。腐蚀。以至于最后连愤怒的心情都没有了。女人问，足球有什么好兴奋的？

这一回，是哲学家弗洛姆在为我指点迷津，他以为，由于性欲是和爱的观念相结合的，于是，人们很容易误以为当他们在肉体上互相需要的时候，就是在互爱。

男人抬起头，看墙上的钟，从成堆的散乱不堪的报纸中，寻觅着什么。女人戴上耳机，听屏幕中男人女人怎样作秀。什么叫深沉，什么又叫假深沉。她为自己能有如此的忍性而震惊不已，如此忍受如此无聊，不是每个人都能做到的。她假装没有看到男人在看悬挂的钟。那钟后来被关在了书架里。那嘀嘀嗒嗒的声响弄得男人女人都很烦。男人从报纸堆中抬头看表的样子让女人很反感，她觉得她已经难以承受这种惯性的动作了。她觉得，他们的生活就像机器一般，凭借着惯性生存。她以为，她会将这种程式化的生活进行到底。

窒息。但她，最终还是从沙发上跳了起来，对着男人歇斯底里。

是的，我知道你是什么意思。女人高声喊叫吼着。不是莫名其妙，她说她已经忍无可忍了。是不是又在催我洗澡？是的，我当然知道已经很晚了。但你看那些狗屁报纸的时候……是的，确实很晚了，这我知道。是因为你的报纸看完了，再没有什么好做的了……女人的叫声越来越大。是的，我就是不想睡觉。我就是要看电视。女人说着，把电视的音量开到了最大，让左邻右舍都能听到。那个疯狂的夜晚。

男人冲过去，你喊什么？他强行关掉电视。你看看表，还不够晚吗？当初你不是这样的。你忘了？然后，女人哭。是的，女人记得当初，她只是不记得当初是因为爱，还是因为身体的需要。

于是总是匆匆忙忙，只要在一起。没有白天和黑夜，只要在一起。那时候他们形影相随，想做和要做的唯一事项，就是上床。甚而连脱衣服的时间都嫌长。进而撕扯开裂帛般的布料，让纽扣在空中跳跃。是的，总是在床上。总是，身体渴望着身体，身体切盼着身体。于是，爱和心都被身体主宰着。所以，只要一想到夜晚，他们就变得匆忙。急于去洗。急于回到床上。急于等着他去洗。急于熄灭的灯。急于，那所有的程序。

是的，那时候，没有语言，却一切都在默默中。那是身体的仪式。庄严而肃穆的。每一个郑重的时刻。然后，在黑暗中摸索，抚慰着。那已是黑暗的长夜。属于他们的。那夜，是不知不觉到来的。男人说，确实已经很晚了。他变得和缓。女人哭，她说，我恨你看表的动作。

紧接着，女人脱光衣服，取掉头上的发卡。躲过男人伸出的和解的手。好吧，去洗。女人愤愤的。很冷的冬天。水很热。蒸汽弥漫着。想到了床上，心也不动。睡觉，是的，睡觉很重要。然后他们很郑重地。在深夜。

报纸和电视到底都说了什么，他们并不知道。那是无聊之后的更大的无聊。但床上的事就一定有意义吗？不过是为了彼此的需要。相伴，与大脑无关，更沾不上灵魂的边儿。但那是为了明天。

明天才是重要的，就是烦的时候也不无聊。于是男人把那个久远的老太太说过的话，当作了座右铭。是的，“工作着才是美丽的”。工作竟然可以用美丽来形容。真好。

女人很干净。靠在床上。一种从心中漾出来的体香。他们依然在看着电视，或者读报纸上的大标题。她已经没有耐心去读报纸上的小号字了。有时候会听男人读一读。有时候，连朋友的来信也要男人去读，是的，她很怕那种龙飞凤舞且难以辨认的字迹，但更怕电脑敲打出来的冷酷无情。突然，男人关上了灯。冰凉的身体被侵扰着。女人转身，朝着墙。想，再没有人会欣赏我了。男人说，睡吧。

圣者们，作为哲学家，不必徒然地追求在时间中流逝的现象，而应当努力探究诸神行为的道德意义，从这里才能获得衡量重大事项的唯一尺度。

这也是叔本华说的，带着他对悲观主义的眷恋。

亲爱的波伏瓦，为天下姐妹们所做的另一个贡献是，她把丹麦的那个长相可怜、可能心灵也很可怜的安徒生拎了出来。暗示说这个貌似悲悯的男人，其实也是大男子主义者。他一生不幸，没有女人，却写了无数讴歌女性的篇章。但看看他究竟是怎样塑造女人的吧，《海的女儿》里的那个小美人鱼才是真正的美的化身。她为了深爱的男人，宁可牺牲自己。她不仅牺牲自己，还故意迫害自己，让美丽的鱼尾变成人类的腿，每迈进一步都举步维艰，如同行走在地狱中。她宁可不能成为王子的新娘，也要经历那些痛苦的折磨。最终让自己变成美丽而忧伤的泡沫，消失在茫茫海上。这便是女人。

仅仅是因为爱。

这也是安徒生推崇的女性形象，为了男人，宁可烧了她们生命的船。

于是，安徒生的境界，愚昧而衰朽，就像他自己。他总是幻想着他的主人公们，也如他一般地在人世间受尽凌辱，但又不屈。总有不灭的灵魂。就像卖火柴的小姑娘，或者，海上的小美人鱼，总之，安徒生和她们一道，在贫穷与不幸中过着自欺欺人的生活。什么枞树啊，烧鹅呀，王子的爱呀，全都是一厢情愿的。

所以，波伏瓦说，女人，由于承担次要角色和完全接受依附，便为她们自己造就了一个地狱。每一个恋爱的女人，都会把自己看作安徒生童话中的小美人鱼，为了爱，宁可用自己的尾巴交换人类的大腿，最终发现自己竟是行走在针尖和熊熊的炭火之上。

这种苦难的感觉，能使女人们放弃或者觉醒吗？

后来，很多女孩都不再喜欢安徒生的童话，也不再迷恋他为她们描述的那些痛苦的景象。

不知道是什么让我再度想到了戈达尔的《芳名卡门》。戈达尔此刻在做什么？怎么不见了他的踪影？我喜欢他甚于当下的那些大导演。我觉得他才是那种真正意义上的先锋。不断用意念切断固有的画面，让动作产生出新的意义。形式上的，还有，人生的，和哲学的。而他实现这种先锋的手段，是他自己总是出现在银幕上，扮演着尼采或叔本华，或伍尔芙和波伏瓦，或者他自己。那个戴着眼镜的小个子电影导演，不断地告诉你们，这是电影，是导演拍摄的游戏，不是真实的故事。于是，原有的场景和细节以及人物的意义都被消解了。观众被弄得迷离恍惚，于是问，什么是真实的？

是的，戈达尔就站在那里，冷眼旁观，身边总跟着一个女人。美丽而朴素的。从不施粉黛。因为她觉得自己不会出现在画面中。

于是她做着场记，时刻记录下戈达尔随时随地迸发的灵感。为什么，女人以为她不会出现在公共场合就可以不化妆呢？女为悦己者容。如果没有悦己者，她的美丽就将无以附着了，是吗，戈达尔？在这个繁乱的世界中，他用闪烁的语录式的话语来切割故事。是的，《芳名卡门》，那是怎样杰出的影片。记得，八十年代的某一届戛纳奖，就颁给了戈达尔。或者就因为戈达尔所代表的不是故事，而是人生的理念。于是所有的时间错位与蛮横的切割，蒙太奇表现出它的绝对的意义。所以八十年代是理念的年代，也是崇尚理念的年代。

所以，八十年代存在主义大师萨特的离世，才会招致潮涌一般热衷于理念的法国人为他送葬。戈达尔也是法国人。可他去了哪儿？他为什么自愿消失在九十年代的故事以及被好莱坞占领的迷雾中？

记得八十年代第一次看《芳名卡门》，是在一处蓝色海岸的国际酒店中。建筑的屋顶上裸露着硕大的螺丝钉，那也是那个时代的建筑理念。便是在此，听到了戈达尔，从此被他震撼。后来又读了他的剧本，写了《戈达尔启示》的影评。然而，不久后，戈达尔突然消失，不知他去向何方。

不久后，看到了维斯康提的《魂断威尼斯》，一样的震撼。一个男人对一个漂亮的小男孩的觊觎。那可能就是导演自己，一个同性恋者。影片凄美得就像是一段悲歌。可惜，很少人再提维斯康提，或者雷奈了。一切的名声和成就都如过眼云烟。只剩下了梦工厂，还有斯皮尔伯格。

但，维斯康提是思想者，是他在电影中扩展了同性恋的空间。而在此之前，美国已经铸就了“垮掉的一代”。那些二战后的弃儿们。是的，金斯伯格，他近乎绝望的《嚎叫》。以后才有了东方的《春光乍泄》。但戈达尔所热衷的是令人想入非非而又是极为严肃的主题。于是，永远的《芳名卡门》，永远的经典。

于是，他再度来袭，讲述男人和女人的故事，以及他们的身体。在他的影片中，女人总是欲擒故纵，明明想要，却要故作一副冷漠的神情。以挑逗的方式揭穿女人的欲望，顺便搬来贝多芬的室内乐。不是《命运》，而是贝多芬的行板，以及海浪的画面和意念。紧接着，那个穿戴整齐的小提琴手消解了裸露的放荡。在端庄背后，一切都是不可知的。提琴手黑色的衣服上别着深红色的玫瑰花。在悠扬的琴声中，黑色礼服，这个看似端庄的女孩子就安分？这就是新浪潮，全然不同的，颠覆，或者永恒。戈达尔是严肃的导演，“新浪潮”电影杰出的代表，先锋的艺术家。后来才知道，他个子很矮，戴着眼镜。在这部电影中，他说得最多的话就是，凡·高在太阳落山之时，追寻着最后一抹金黄。

由此，戈达尔进入了他的华彩乐章。

总记得那束散乱的花。是因为那句子造成的意象让人感动。就这样，它们，那些花，就冷冷地，散乱在那里。一枝一枝地，慢慢枯萎。后来，那花束成了某种意象，便有了另一种味道。从此它们不再枯萎。完成了这个从美丽到美丽的过程，就像凤凰涅槃，成为某种永恒。或者，这才是我们所在乎的。

那便是女人想要扮演的角色——她们自己。

女孩为什么会死去

一个女孩子死了。不，我们没有看见，那可能是后来的事情。

她穿着白色的毛衣，长裤。和她的小弟弟在房间里玩儿。他们好像把自己锁了起来。门是由很粗的铁丝编织起来的，有弹性，很像那种过滤沙石的筛子。女孩子是长头发，披散着或者扎在脑后，绾成发髻？记不清了。后来一个满脸阴郁的男人走来。他个子很高，却很烦恼的样子。不知道发生了什么。他站在铁丝网编织的门外，看着女孩子。女孩子感觉到身后的那个男人，扭转身，丢下了身边的小弟弟。隔着铁丝编织的网。暧昧的目光，阴郁的，默默无言。女孩子撞到门上，又被弹了回来。她才知道，那扇门是无法穿越的。后来男人好像说了什么，女孩子才打开门让他进来。小弟弟依旧在地上爬着，仿佛什么也看不到。男人坐下来。女孩子也坐下来。男人似乎在说，他很怕见到他的姐姐。不知道是什么意思。然后女孩子伸出手臂。手臂很美。很美的手臂抱住了那个男人的肩膀。那姿态很忧伤。男人把头垂在女孩子的肩头，再没有什么了。就这样，一种姿势。很久。很久而且很美。于是我记住了男人和女孩的这种绝望至极的姿态。然后就有人开始疯狂地撞击那扇铁丝编织的门。谁？我们看不见，就像在没有维度的舞台上。

再一个场景，还是这间屋子，还是小弟弟，在地上爬着。但女孩子没有了。房间里除了晦涩暧昧，好像多了几件古老而黯淡的家具。还多了一个人。一个系着围裙的和善的老女人。她是女孩的保姆。她来是为了继续照看那个小弟弟，小弟弟无忧无虑，不食人间烟火的样子。这时候我们才知道，女孩子已经死了。没有人告诉我们。只是一种疼痛的暗示。就因为她曾经同情和抚慰了那个痛苦的男人。女孩子很善良也很忧郁，最终她选择了死亡。她始终穿着那件白色的毛衣。后来我们也知道了，那个男人不是别人，是女孩的爸爸。她当然很爱她的爸爸，为他的痛苦而伤心。她以为，如果她也像妈妈那样将爸爸拒之门外，爸爸就更可怜了。然而，可能就是因为她对爸爸太好，而惹怒了妈妈。于是她们争吵起来，妈妈歇斯底里。那个疯狂的女人可能还说了些什么，女孩子便死了。梦里没有这样的场景，也从未看见过女孩的妈妈。梦里也不曾显示过女孩是怎么死的，总之，她死了。我们再没有见过她。

于是男人愈加抑郁，痛惜他的女儿。这是个既像父亲又像情人的男人，他悲痛欲绝。他不停地在女孩的房间里走来走去，时而在灰暗的木头房子里枯坐。他记得，女孩好像说过有一件什么东西要留给他。幸好老保姆了解女孩，她说女孩一出生就不快活。然后她从那个很旧的木柜中拿出了一个盒子。盒子里装满了各式各样的玉石。小弟弟依旧在地板上到处爬着，却好像他根本就不存在。没有人注意他。家中的不幸。老保姆取出了那颗不规则的翠绿玉石交给男人。男人如获至宝，一种真相大白的感觉，仿佛一直悬着的什么终于尘埃落定，男人好像又拥有了女儿。不知道这表象背后，是一个什么样的故事。

与男人结合的那个女人很可能就是男人的姐姐。他们只是不知道。男人或许很爱那个女人。追求她，迷恋她，进而崇拜她，于是娶了她。男人偶然得知他的妻子，竟然是他一直在寻找的姐姐。一个让人绝望的悲剧。那时候，他们早已生下女儿，又生下一个满地爬的儿子。然而，一切就都改变了，变得从此一无所有。于是他开始逃避，逃避他的妻子，不再和她上床。绝望中的女人说，洪荒时代的原始部落，人类就是这样繁衍的，直到今天。男人却说，这是完全不同的两种爱，而这两种爱集于一身，便只能毁灭。于是他只能和孩子们在一起，尤其亲近他的女儿。女儿亭亭玉立。白色的毛衣和温存的美丽，是的，这是他唯一的安慰。从此，他们父女间有了某种近乎病态的关系，相互依恋着。如此可怕的人物关系，很快就断送了一切。家庭的解体，势所必然。接下来，是一个紧接着一个的家庭悲剧……

在梦中，我们似乎得知了真相。

女儿的死并不是终局。真正的终局还没有到来……

那个爬在地上的小男孩，很可能只是一种意象。他根本不知人间的苦乐，男人也从未认真地对待他。倒是死了的女孩对弟弟关爱备至，对他说，你长大后，一定会有一对天使的翅膀。

这是做于 1998 年 9 月 11 日的一个梦。不知道这个梦何以如此清晰，且总是沉甸甸地压着我的心，萦绕着。那样的一种阴郁的色调。清晨醒来，我立刻将这个梦记在了笔记本上。离奇的梦，就像真的。木廊下，那所有的悲剧。

梦的后面，我又写到，这样的梦又意味了什么？一个有情节、有色彩，也有人物的梦。特别是男人和女儿。还有那让人终生不忘的阴郁与灰暗。我记得那里的环境。畸形而病态的关系，有点像伯格曼的电影。《野草莓》或《第七封印》。而弥漫其中的，并不是真实的故事，而是某种忧郁的精神状态，一种浓郁的色调。

在现实的背后，总有一种无意识的潜流，在涌动。一个法国女人，连接着广岛，深爱着那个在法国的德国男人。在年代的闪回中。

人类的战争的恐怖。于是梦境中的三个人都很纠结，因痛苦而变得病态，变得不正常。而伍尔芙的《达洛维夫人》又是怎样的呢？在无聊的宴会中，关切着那个生病的男人，继而纠缠于恋人的往事。而最终，却只能收束起悲伤的羽毛，循环往复地，完成了女人逃离的主题。

是的，女孩为什么死去？

女人要的是什么样的男人

我们曾经问自己：

女人想要的究竟是什么样的男人？

无疑这是个有趣的话题。我们想知道，用什么样的方式知道？自己的体验，还是别人的总结？于是搬来那些伟大的哲学家，尼采或者叔本华，他们的研究成果，无疑是深刻的。譬如，叔本华是悲观主义的哲学大师，他的悲观源自于他的生存之不幸。而他的不幸又是女人带来的，最初是母亲，而后又是情人。当然也就是这些女人造就了他，让他在不幸的生活中充满了体验。尤其对女人，他总是得不到她们专注的爱。于是他撰写了那篇臭名昭著的《论女人》，通篇充满了对女人的仇恨，以及腐朽落后的哲学思想。这种仇恨甚至导致了他终身未娶。这样的哲学家自然难免偏颇。当然，我们并不是在分析叔本华，只是想以他来明证，任何伟大的理论，其实都是来自个体的。

所以要说的只是我们自己。而我们得出的结论也和个体的经验息息相关。我们在恋爱中交往过各种男人。而最终的选择，却要经历一个漫长的过程。最初的选择也许铭心刻骨，但最后的取舍也许才是真正的永恒。伴随着年龄的不同，女人对男人有着不同的需要——这说明时间在决定着什么；当女人一旦找到了她真心相爱的男人，她的感情生活便稳定了下来——空间便这样被凝固了。

其实这并不是我想要说的，因生活从来是千奇百怪且似是而非的。所以没有结论。我想要说的是，那些彼此相爱或者不爱的男人和女人。他们个体的经历也许能告诉我们，什么样的男人才是我们真正想要的。

最先想说的是费雯·丽，那个风华绝代的女人。她的眼睛里能射出绿色的火焰，而她和劳伦斯的爱情也是那么美。不说费雯·丽是个怎样被男人迷恋的女人，只说劳伦斯，这个同样能让女人发疯的王子。他不单单是明星，不单单扮演过不朽的哈姆雷特和《蝴蝶梦》中的德温特先生，他还是一位伟大的艺术家，一个有着深邃内涵的男人。于是很多女人为这个男人着迷，她们喜欢明星并且热衷于明星崇拜，以为屏幕上的那个男人才是最最完美的。不要说芸芸众生，就是费雯·丽那样自己也拥有了巨大成就的女人，不是也深深地爱上了劳伦斯？

但结局又会怎样呢？或者，费雯·丽因爱而生的精神疾患始终在困扰着劳伦斯。而劳伦斯不是喜新厌旧就是不愿负责，或者，不堪其苦。于是，这对堪称经典的一对最终劳燕分飞，劳伦斯离开了费雯·丽，这场世纪之恋就这样画上了悲凉的句号。

当然，这不是我们所期待的。但这就是我们在某个年龄段上所爱恋、所崇拜甚至所需要的那个男人。我们觊觎那些男人的或容貌，或才华，或思想，或荣誉。我们被那些成就性的光环所迷惑。而这些东西对某个阶段的女人来说无疑是重要的。于是她们被迷惑。

一些伟大而卓有成就的男人，通常不会更多地给予女人。他们更看重自己的功业。对女人的爱，也只是阶段性的某种冲动。这种爱通常是不能持久的，就如同他们做爱的快感转瞬即逝。尽管他们爱女人，但毕竟还有比女人更重要的，譬如功名利禄，或者，他们对那些更新鲜更神秘更具诱惑力的女人充满了一种征服的欲望。

所以，劳伦斯尽管伟大，但他对费雯·丽这种敏感而脆弱且神经质的女人，是需要呵护照料的。但是，他没有，并且离开了她。

还是费雯·丽。当她正处在与劳伦斯离婚后精神崩溃的时刻（很可能因为她还深爱着这个抛弃了她的男人，以至于她的房间里遍布着那个负心者的照片），直到，她在美国遇到了那位在过去整整二十年始终为她倾倒的演员约翰·梅里德尔。这个男人，尽管和劳伦斯、费雯·丽一样都是演员，却始终默默无闻，不为公众所知。但他就是那个男人，平凡而普通的，在费雯·丽几近毁灭的时刻，给予她重生的那个男人，给了她"新的一天"的男人。这"新的一天"是这个绝望的女人想都不敢想的。

这不是电影。

这时的费雯·丽已是曾经沧海的女人，她已经见到过太多的男人。她知道，在她的生活圈子里，已经没有人像她的前夫那么杰出了。但费雯·丽还是接受了约翰的爱，和他一道陷入热恋，并在她的余生，始终和约翰在一起。为什么？以费雯·丽这般伟大的女人，难道就找不到比约翰更出色的男人吗？

或者，约翰就是乘虚而入，乘人之危的……

费雯·丽的一个亲密朋友描述了约翰所给予她的爱：他安慰她，保护她，让她远离诱发精神疾患的压力。而最美妙的是，他爱她犹如她从未涉足爱河……

这就是约翰这样的男人。爱她犹如她从未涉足爱河。仅仅这一点就足以证明了，约翰这颗心包含了怎样宽广的博大与无私。而约翰的使命，就是陪伴了费雯·丽最后的岁月，整整七年的宁静与平和。七年中，他让她远离演艺界的喧嚣，让她的心里充满了爱。他还做了什么？在她拍摄最后一部电影《愚人船》时，她的精神已几近崩溃，而约翰，始终陪伴她前往好莱坞顶级的精神病诊所治疗，和精神疾病做顽强的抗争。直到她生命垂危的时刻，和她一道回到了她思念的故乡英格兰……

还有什么？

当费雯·丽死后，他又用了整整二十年的时间来独自怀念她……

是的，这就是约翰·梅里德尔所做的，也就是费雯·丽在生命最后的七年所做的选择。七年中，她知道约翰是她最需要的人。也知道，当她生病，当她需要照料、需要爱抚、需要关切、需要帮助的时候，劳伦斯那般伟大的男人是靠不住，也指望不上的。他们远没有约翰那么无私，永远把心爱的人挂在心中。而劳伦斯，他们只能是被悬挂在理想中。而约翰是可感可触的，在费雯·丽需要的时候就在身边。于是，这个美丽的女人在庆祝她和约翰共度七年的岁月时，才会满怀深情地说：不知道该如何感谢你这些年让我度过的美好时光；又说：真希望昨日能重来……

于是结束了费雯·丽的故事。因她的生命已经结束了。费雯·丽对男人选择的过程，其实也是她觉醒的过程。当她从劳伦斯明亮的阴影中走出，她才终于从约翰身上找到了那种平等的爱。

然后，杜拉斯。

是的，杜拉斯也是位伟大的女人。她的著作足以证明了她的不朽。还有不朽的爱，不朽的对男人的追逐与选择。在她的爱情中有过无数作家。但那个她曾经爱过的男人，在她的《物质生活》中却很隐晦。无疑，他是杜拉斯众多情人中的一个。但却被隐藏在了《男人》或《说谎的男人》，抑或《夜里的最后一个顾客》中。或者别的什么作品中还有这男人的影子，只是我们不能确切地知道他是谁。但是，扬·安德烈却是清清楚楚的，被完整地记录在杜拉斯的《物质生活》中。于是，我们知道了，扬·安德烈是陪伴杜拉斯最后的那个人。一个读者。一个不停地写信给杜拉斯的那个男人。一个一停止写信就来到杜拉斯身边的男人。那是 1980 年，杜拉斯已经六十六岁。在一次生命危机后，她给扬写了信。她说，后来，有一天，在七个月后，他给我打来电话，问他是不是可以来。那是在夏天。仅仅听到了他的声音。我知道，她说，那无疑是发疯。我在电话中对他说：来。女人在病痛的时候孤独的时候或者老了的时候，一如杜拉斯。来。扬便放弃了他的工作，离开了他的家。于是他留下来没走。杜拉斯说，没有爱情，留下来不走是不可能的。

之所以反复提到扬，是因为扬已经成为贯穿《物质生活》的一条生命的线，在杜拉斯的意识中如此清晰。从此，扬成了杜拉斯的生活。或者，杜拉斯的生活中有了扬。从此，扬在杜拉斯的生活中变得一天天重要。但，这个男人，他究竟是谁？不过是一个读者，一个有着平凡生活且未曾张扬的人。扬不过是因为杜拉斯而使我们知道了他。一个这样的男人。我们就应该轻视他、鄙夷他、看不起他吗？是的，杜拉斯的晚年需要扬，需要他的友情和爱情。还需要，在午夜说话的时候陪着她，在走进戒酒医院时，拉着他的手。

《八〇年夏》，那是杜拉斯一本书的名字。可能也是为扬而作。因那时，扬走来，此前是同性恋者，疯狂地迷恋杜拉斯的小说。之前，他一直不间断地写信给杜拉斯。他的信写得很好很精彩。所以她保留了那些信。在某种意义上，她是在那些信中认识扬的，于是，从夏季走来的那个男人不再陌生。

从此他们住在特鲁维尔。在海边。杜拉斯说，他有一种孩子的意愿，要我吃得好，不要死掉。杜拉斯又说，我们的爱情就是这样。傍晚，有的时候谈起话来毫无顾忌。在夜里，这样的谈话，都是真话，不管说得多么可怕，还喝酒，哭，像以前一样……

后来扬也开始喝酒。彻夜陪着这个酗酒的人。他们曾一度走向死亡，直到有一天她昏迷不醒。于是扬逼着杜拉斯定下了最后的日期，那是1982年的10月10日。那一天，杜拉斯住进巴黎的美国医院，开始在病房中戒酒治疗。这对于一个嗜酒成性的女人来说，不知有多痛苦。夜晚的幻觉，清晨的疲惫。医院不许扬留下来。

如此生不如死让杜拉斯铭心刻骨。她说在昏迷中隐约看到了扬。她不知，扬是否还会要这个酗酒的女人。昏迷中不能说也不能再写的女人，甚至连汤匙也拿不住，口液不停地流出来弄得到处都是。于是她说，她倒下了。她不懂，为什么这就是扬想要得到的女人，这个，扬以他的爱，爱着的女人。

《痛苦》是杜拉斯1985年发表的小说，荣获了当年的龚古尔奖。这是一部比《情人》还要深邃的小说，那一年杜拉斯已经七十岁了。七十岁的女人经历了战争、苦难、爱和沮丧，还有从不曾停止过的自我毁灭。是的，她确曾过着一种破坏性的生活。被酒精浸泡。坏脾气。孤僻中的刚愎自用。甚至恨自己。像和谁赌着无依无靠的生命。但，扬的出现，就不一样了。是扬把杜拉斯从自我毁灭中拯救了出来。

是扬让杜拉斯完成了《痛苦》。后来，杜拉斯的很多小说，都是扬走进她的生活之后完成的。无疑，扬激活了她被酒精封存已久的灵感和热情。从感觉到语言，连同故事和思绪。《情人》和《痛苦》连获龚古尔大奖。还有《蓝眼睛黑头发》《埃米莉·L》《八〇年夏》，还有我极为喜欢的《物质生活》。后来在杜拉斯的写作中，几乎每一本书的背后都有扬的影子。他就那样默默地站在杜拉斯的背后。

扬当然不是那种自己要了不起的男人。他只是成了杜拉斯生活和生命中不可分割的一部分。如此，他拥抱着这个女人，让她的灵魂中永远奔涌着不朽的思绪和景象。这就是扬在做的。让这个写作的女人知道，她永远被守护着，这便是扬。以他独有的方式，与杜拉斯在一起，存在着，并且不朽着。

然后是伍尔芙。

伍尔芙想要的又是怎样的男人呢？

这是我永远喜爱的女人之一。我爱她们，并了解她们。我几乎读尽了她们所有的书，但每一次想到她们，似乎又能在她们的身上发现新的话题。是的，美丽的伍尔芙从一而终。在关于她的评介中，没有情人，也几乎没有缠绵悱恻的风流史。她从来都是正派的女人。一个没有风流艳遇的女作家。她唯一的不幸是，儿时曾受到过同父异母兄弟的猥亵，因此留下了难以愈合的精神创伤。她后来的精神失常，很可能和那次可怕的经历相关。而杜拉斯也有过和伍尔芙一样的悲剧，只是杜拉斯的精神更坚强罢了。

于是她不健康的精神状况，始终与她相伴终身。不断地抑郁或错乱，让她永远濒临在崩溃的边缘。几度自杀，又几度被亲人救起。她的一生几乎都是在与精神失常做斗争中度过的。但她却始终坚持写作，只要能从狂乱的状态中走出来，美丽的伍尔芙就会立刻投入她耗心耗血的艰辛写作中。而写作之于她又是什么？绝望的抑郁，疯狂的刺激，自我的强迫，连同写作的压力。那么，那个柔弱的伍尔芙该怎样抵御这种可怕的疾病？

然而，不久后上帝就送来了伦纳德·伍尔芙。是的，伦纳德从此就成了伍尔芙的终身伴侣。英国的一位伍尔芙专家，也是这位女作家的侄子昆廷·贝尔说：她同意和伦纳德结婚，这是她毕生最明智的选择。

伍尔芙和伦纳德结婚时，她已经三十岁。在此之前，她已备尝人生的艰辛。父母的先后亡逝，哥哥的死于伤寒，这所有的不幸都让她难以释怀。在痛苦的精神打击下，她的抑郁与焦虑让身心变得越来越衰弱，直到伦纳德的出现。这个从锡兰返回英国的男人，曾是同哥哥索比一同考取剑桥大学三一学院的政论家，也曾是索比在布卢姆斯伯里家中“周四晚会”中的成员，所以伍尔芙很早就认识了他。

但由于索比的亡逝，他们断绝了联系整整六年。当伦纳德再度走进伍尔芙的生活，当他们鱼雁传书，开始了密切的交往，很快就于 1912 年终成眷属。好像没有什么特别的浪漫或特别的惊心动魄。总之，伍尔芙成为伦纳德的妻子，从此不离不弃，过着夫妻之间美丽而又别具一格的生活。

然而，美丽的弗吉尼亚·伍尔芙是一位不羁的女性，在她的那个年代，不仅不和丈夫同房，也不愿生儿育女。对她来说，她的独立自主就是写作。在文学中，她有着自己独特的审美观念和判断标准。她总是在花园的房间里独自写作。从不向伦纳德展示她的手稿，更不会披露作品中的内容，为此她获得了丈夫最充分的理解和尊重。

然而，每当她写完一部小说，伦纳德又成了她的第一位读者和最有权威的批评家。那一刻，她就会忧心忡忡地等在另一个房间里，等待她丈夫最后的判决。她在日记里写满了这种期待的心情，希望或失望，她说，伦纳德就在楼上，他马上就要读完了。她不知，她殚精竭虑写完的作品，是否艺术至上。那种写作之后的极度疲劳，几乎要逼疯她。但她还是耐心地等待着，怀着紧张的心情。因为她太看重伦纳德的意见与判断了。好，还是不好；出版，还是销毁？

这就是伍尔芙的男人所要做的。他不仅要衡量她作品的尺度，还要对她的生活关怀备至。毕竟，伍尔芙不是个正常的女人，于是他必须有的放矢地把她管理起来。为此，他为她规定工作的时间，限制宾客的访问，甚至为她制定适当的食谱。弗吉尼亚尽管个性极强，但最终她还是柔顺地屈从在伦纳德保护性的管理之下，像一个听话的女学生那样。因为她清醒地知道，一旦旧病复发，艺术也将随之毁灭；而艺术之于伍尔芙，又是高于一切的。于是她只能怀着感激之情，接受伦纳德为她做出的种种安排。

也就是在伦纳德的管理下，伍尔芙才写出她的不朽之作。从1913年的处女作《远航》，到后来的《达洛维夫人》《到灯塔去》《海浪》《岁月》，以及她死前一个月写完的那部《幕间》。而这所有的作品中都浸透了弗吉尼亚的血，同时也凝聚了伦纳德的那颗智慧的心。

后来，他们夫妻联手创办了霍加斯出版社。因他们当时正居住在霍加斯宅邸。这个出版社不仅出版伍尔芙的书，还精心出版了艾略特、福斯特、曼斯菲尔德、陀思妥耶夫斯基和弗洛伊德的书，以及那些重要的探索性的作品。为此，伦纳德和弗吉尼亚亲自操作那架陈旧的手摇印刷机，她甚至熟悉了排字、印刷、合订、装帧等全部工序，在这个小小的家庭出版作坊里，出版了那个年代最为先锋的作品。

伴随着家庭的美好，弗吉尼亚一直高度紧张的神经终于松弛了下来。有很长一段时间，她上午写作，下午在出版社印书，傍晚散步，种花，或读书。那时，她确乎享受了这个家庭最闲适也美好的日子，田园牧歌般地，游弋在精神的王国中。

那便是伍尔芙的男人为她创造的。

但是紧接着，战争爆发，希特勒的阴影很快笼罩了伦敦。德军飞机的狂轰滥炸，活着的人都在劫难逃。伍尔芙说，这场战争，不仅是欧洲文明的毁灭，也是我们最后的一段彻底毁灭的旅程。

是的，还有什么方式能逃脱战争？而这战争就意味着破坏、死亡、理智的丧失，以及文化的毁灭。此刻，炮弹就炸响在伍尔芙在伦敦的住宅梅克伦伯格广场37号的上空。炸毁了他们所有的家具，他们整个的家和整个的出版社。转瞬之间，他们什么都没有了，只能逃离伦敦，以为乡下的僧侣别墅或者能给予他们一丝的宁静……

然而，在战争中，她原本那么脆弱的神经，再也支撑不住她的恐惧。在战乱中，既然，连她毕生孜孜以求的文学都已不复存在……

于是，她预感到她的精神疾患又将发作。

她神情沮丧，忧郁绝望，痛苦不堪。

她觉得她再也无法忍受生命的折磨。

她知道那是末日来临，她害怕。

然后，她跳进水中。

她将她的生命沉入水中，绝不是因为她没有一个好男人。

她说她丈夫是一个十全十美的天使。

她说要不是因为他的缘故，她可能早就自杀了。

最后，她为伦纳德留下了最后一封信。

亲爱的：

我确信我又要疯了。我感到我们不可能再经受住又一个可怕的精神崩溃时期。而这一次，我再也不会复原了。我开始耳鸣，思想不能集中。因此，我将要采取一个似乎是最为恰当的行动。你已经尽可能给了我最大的幸福。你已经在各方面做到了一个人所能做到的一切。直到这个可怕的疾病来临，再也没有两个人会比我们更幸福。我再也坚持不下去了。我知道我正在浪费你的生命。如果没有我，你就可以工作。我知道你愿意工作。你看，我甚至不能在信中恰当地表达我的意思。我也不能阅读。我想要说，是你给了我一生的幸福。你对我体贴入微，百般忍耐，简直是好得叫人难以置信。我要说——人人都知道这件事。如果有人能够挽救我的话，那就一定是你。我已失去一切，但我仍然深信你的善良。我再也不能浪费你的生命了。

我想，再也没有两个人会比我们更幸福的了。

弗

然后，弗吉尼亚弃伦纳德而去。把她的帽子和手杖丢在了河岸。

是的，三十年的婚姻，让我们终于看到了，伍尔芙想要的究竟是一个怎样的男人，而这个男人又是怎样与她朝夕相伴的。这便是他们之间的关系。男人和女人。丈夫和妻子。出版家和小说家。以及，医生和病人。天使与魔鬼。但伍尔芙不是魔鬼，她只是不想让天使再流泪了。

于是，我们终于找到了我们想要的男人。如约翰，如扬，如伦纳德，还有别的什么男人，懂得体贴、支持、帮助以及有爱心的，让我们真真切切感受到关怀与拯救。是的，我们要的只是那些能爱着我们、包容我们，并与我们心心相印的男人。就像《圣经》中说的，你们要生老病死，彼此永相依。

最后，再把伍尔芙侄子昆廷·贝尔的话复述一遍：她同意了与伦纳德这样的男人结婚，是她毕生最为明智的选择。

一张稳定的床

她并不知道她会找到那张床。那是“不安分的日子”后面的故事。一个女人迷人的经历，是的，再没有玛利亚那样纯洁的女人，怀抱着她的基督上天堂。

不安分的日子无可指责，尤其在今天。今天是一个怎样开放的时代，只需感觉，就知道那个人是不是你想要的。那床至今犹在。木的床栏。当初，没有爱，爱是在不知不觉中开始的。在想不到的那一刻，他突然抓住了她的手，又抽回去，便是最初的接触。在那样的情境下，爱，或者不爱，都只能随风而去。

于是，杜拉斯怀念那个说谎的男人，因为这个男人认为爱的持久或没有欺骗，终将取决于女人。所以读杜拉斯的《物质生活》，在光怪陆离中寻找那个叫热拉尔的男人。读她为什么爱上这个男人，又为什么离开了这个说谎的男人，而在男人死后她依旧又满含深情，怀念着他？总之这章节是隐讳的，闪烁其词又令人费解地狂乱着。

是的，一张稳定的床。女人开始接近它。不知道那床是不是稳定的，但他们还是睡在了一起，午夜。从此两个人永远在一起。

女人想，这已经是她一千次的回忆。很暖的夜风，好像缠绕在女人的小拇指上。她靠着身边的堤岸。黑色栏杆。她突然想到了永隆。女人再度想，这已经是她一千次描述的景象了，所以她说，是因为她并不知道，从这一刻起，她将走向何方。

抽出她的手，不是欲擒故纵，而是认真地怀疑那张是否稳定的床。应当开始吗？还是终止？便意味着，必须付出代价。权衡，还有迟疑，在爱的边缘上，伴随着欲望。

于是女人再度阅读杜拉斯。但让她不解的是，杜拉斯为什么那么粗暴地虐待囚犯。那时她正扮演着一个企图代表正义的女人。多变的恋情，其中也包括了她对那个盖世太保警察的爱。战后她审讯了这个警察。她可能不愿再回忆起那段可怕的关系。因爱而生出的恶，女人在操纵这一切。在战争中，他们约会的次数很多，几乎每天都有，但不知是不是每天都做爱。杜拉斯想从这个警察口中得知她被捕丈夫的下落，但是她却上了他的床。

后来，这段精彩的故事出现在《广岛之恋》中。那是她写于1960年的电影剧本，与雷奈合作。那时距二战结束已经整整十五年。十五年，她曾经不能面对。而到了1985年的《痛苦》，事情已经过去了整整四十年。四十年的沧海桑田，杜拉斯却依旧记得每日会面的长堤。而那个和广岛的法国女人不停幽会的德国士兵，就是为了等她而在长堤上被打死的。

那一天那个城市获得了解放，而那个爱着德国兵的法国女人要和他私奔。她赶到长堤上的时候，德国兵还没有死，为了等她，流着血，她在他的身边守护了整整一夜。清晨，德国士兵的尸体被扔上卡车。而她便成了一个罪恶的女人。杜拉斯何以能写出如此永恒的《广岛之恋》？一个爱敌人的女人的悲剧，就像是永远都演不完的罗密欧与朱丽叶。现实中，杜拉斯曾爱过的那个警察，在经历了无数次审讯之后被枪毙了。杜拉斯参与了对恋人的审判，她爱过这个男人，又把他推向了死亡。

她站在那里，站在水边的栏杆旁。她期望着什么，却什么也没说。她只是等着，等了很久。她并不是那种希望所有男人都爱她的女人，她只要属于她的那一个。他们相识良久，却始终彼此忽略。直到，不知从何而来的那个时刻，他们终于拥有。于是男人不再迟疑，因为他吻了女人就要为这个吻负起责任来。

那时候还没有床，但有爱就足够了，连同欲望。

是的，欲望才是决定一切的，但那时他们还没有床。他们只是摸索着，一寸寸肌肤，被欲望煎熬着，每一次亲吻都能爆发出疯狂的火焰。于是，女人说我要你。我想，想极了。那时候他们已经在精神上融为一体了，只是没有床。

女人，总是把飘落的玫瑰花瓣收集起来，放进纸船中。看鲜艳的花瓣怎样慢慢萎缩，变得深邃而娇艳。玫瑰花瓣上那毛茸茸的紫色，让她想到了圣·洛朗为这个春季设计的那套典雅至极的服装。只有圣·洛朗。所以理解了为什么法国的那些名女人只穿圣·洛朗。后来，这也成了她有点奢侈的梦想。想有一座房子，一套圣·洛朗的服装。这个男人很帅、很贵族，也很优雅。是他左右着女人或者被女人左右着。尽管他是同性恋。

从此，女人爱起来的时候不计后果，有时候无法控制自己的行为。在旷野中，干冷的白杨树，枝上没有叶，就那样光秃秃地在冬日的凛冽中发出噼噼啪啪的撞击声。于是男人和女人站在树下。静极了的夜晚。一望无际的枯树与寒枝，还有夜空中冷的星和月。男人解开大衣，把女人裹进来。女人便觉到了那种利剑般的坚硬，让她冰凉的手……

然后他们离开了荒野。

后来，他们终于拥有了那属于他们的床，从此每一天每一个时刻都在期盼中。他们或急切，或平和，总之找到了属于自己的空间。从此每个夜晚，每个莫名其妙的瞬间，他们的身体都会被欲望左右着。脱掉散乱的衣物，扔在地板上。长长的吻，和急不可耐的漫漫长夜。

就这样，女人找到了，那张稳定的床。

女人说，从此她再也不用在漂泊中四处寻找了。后来她睡觉的时候，总是睡在男人的臂膀上。

她和她的男人第一次就怀上了孩子，但他们都很忙，只能暂时放弃这个愿望。女人尽管接受了男人的想法，但还是经历了孕妇最初的那种恶心头晕乳房疼痛肿胀之类的感觉。为此她体验着做母亲的那种幸福的感觉，直到，鲜血淋漓，在剧烈的疼痛中，她以为那是摘走了她的心。

他们在欲望中不断成长，因欲望不曾终止，便始终是游移的。她不懂在他们之间，为什么只有欲望。有时候，清晨起来，女人梳洗打扮。然后变得很美也很清新。女人想做点什么，写书或读书，或者去户外，那些特别明媚的时刻。而他们就像被磁石吸住了，永远在纠缠着，匆匆忙忙的，散乱的头发。这一切，就像是风卷残云。但，那之后女人会变得更加光彩照人，仿佛每一个毛孔都在诉说她的欢乐。

后来，女人想，为什么总是这个男人？

女人答不出的时候，想到杜拉斯。

杜拉斯说，那个说谎的男人，因为他的欲望是持久不懈的。

或者这就是所谓的力量。而所谓的力量，就来自那张稳定的床。

两性都不完美

当我们特别需要炫耀性别的时候，他躲在一边。或者，干脆躲到了另一个房间里。读书。也可能读报。他讨厌声音。电视里的声音，女人房间的长歌当哭。他不喜欢女人张扬个性。他或者干脆认为，女人是有病的一类人，需要男人料理和容忍。然而他总是忘记，那些在女人看来无比重大而在他看来又鸡毛蒜皮的小事。他从来对细微的东西不屑一顾，他总是问着女人，有那么严重吗？太煞有介事了吧？你总不能让我为做爱的时间也订出一个详细的计划吧？太琐碎了。一个男人怎么能如此琐碎？

然后，女人说，她不想再怀孕。

谁让你怀孕了？

女人愈加愤怒。你为什么不去买避孕套呢？

男人说，女权主义者不是一直认为，享受性爱也是她们的权利吗？

男人推开门。

男人在他出门的前一天，才对女人说，他明早就走。为什么？女人很惊讶，仿佛房顶要塌下来。女人说，这是男人蓄谋已久的。你怎么能直到此刻才说呢？这很正常。男人说，因为我还没有走。我不习惯今天就说明天的事。而明天又总是瞬息万变的，我不喜欢出尔反尔。于是女人说，她也不习惯什么事不提前和她打招呼，她要有所准备，精神上的准备。准备在未来的一段日子里适应一个人的生活。男人又一次问，有那么可怕吗？我只走两天。两天也需要有所准备？女人说，除非你和我没关系。

男人走后，女人留在家中，思忖着，她为什么不能接受男人打起背包就出发的感觉。后来她终于为自己找到了一个理由，外国人要参加一个国际会议时，是需要提前一年就发出邀请信的，以备不时之需……

女人还没有想清楚，男人就提前回来了，把女人抱在胸前。问道，这也要提前打招呼吗？女人说了她苦思冥想的这个结论，男人嗤之以鼻，尽管是善意的。男人说，那是因为外国人太忙了，日程都排满了。然后男人仍旧不打招呼，就抱住了女人，直到天明。

女人说，她想买一双鞋。女人又说，她还想买一双鞋。当女人想买第三双鞋的时候，男人问，你有病？女人说，穿第一双鞋的时候是冬末春初；第二双的时候天气开始变暖；然后在炎热的夏季到来之前，她需要第三双鞋那样的款式，进而配合着季节。

男人说，连春天的鞋也要穿出层次，是不是太过分了？

最后女人说，好吧，我不买这双春末夏初的鞋了。女人闷闷不乐。

然后在漫长的阳光明媚的春季，女人始终没心情。她认为连春天的鞋都不能理解的男人，显然是没有品位。她知道这不是钱的问题，而是，男人不再迁就女人。于是女人也不再温存，偶尔会说家里的生活没意思。她甚至变得不想做爱。因为她觉得第三双鞋的事情其实非常重要，而男人却浑然不觉。他并且不知道女人一天到晚别别扭扭的，其实仅仅是为了那双鞋。

女人喜欢曲笔，或者叫指桑骂槐杀鸡给猴看。女人不说 A 而是说 B，男人以为真的是 B，就直着肠子一门心思地去解决 B。家里的生活怎么啦？怎么才能有意思？要不我们出去转转？到郊外还是逛商场？要不到餐馆去吃饭？要不……但，过尽千帆皆不是。女人依然不快活。

直到夏季来临的时候，男人才真正弄懂了女人的意思。女人终于如愿以偿地买回了第三双鞋，可惜春风已不再。

鞋从此闲置在房间的角落里。不知道明年春末夏初的时候她还会不会穿？也许那时候有了新的式样。一场家庭的危机总算过去。而男人却不曾彻底觉悟，他只是就事论事地陪女人去买了那第三双鞋。他的心很粗，不会举一反三，永远理不清女人心里的弯弯绕。不知道她真正想要的，究竟是A，还是B？

男人喜欢睡觉。女人对此深恶痛绝。一个回到家就睡觉的男人，女人觉得这就等同于背叛。而很多的女人，都是这样想的，认为男人睡觉是一种自私的表现。他们躺在那里，昏昏欲睡，全然不在乎电影频道中那一场紧接着一场的悲欢离合。被剧情牵扯着，目不转睛，泪水和感叹……

男人突然被电视中的某种声响惊醒，他懵懵懂懂地坐起来，下意识地看墙上的表，转身说，为什么还不睡觉？女人愤然，说为什么总是睡觉，总是睡觉，除了睡觉，还有别的吗？

男人说，你不要让我也看你那些狗屁的电视。

这不是狗屁，是世界名著，你怎么连世界名著都没感觉呢？躺在那里，就像行尸走肉。

男人说，我宁可读原著。

今天的这个时代，还有谁在读原著？

男人沉默。他想坚持着走进屏幕中的故事，却总是困意来袭。他说他困，是因为电视中的爱情太乏味了。他问女人，你觉得那些有意思吗？你就是看到天亮也不会得到什么的……

后来，女人对男人看表的行为很敏感。她只要看到男人看表就会说，我不想睡觉。再后来，她觉得把那部想要看的电影告诉他，都很没劲了。于是，在一个春风沉醉的晚上，她终于说，两个人的生活真是没意思。

男人不生气。问，什么是没有意思？

女人没说话。

但女人终究又说了起来，什么是没意思？就是相互牵制着，不能随心所欲。

男人有点惊愕地看着女人。

就是一切不能由自己支配，不能做自己想做的事。女人总结说，所以结婚不好。结婚最最不好的地方，就是，失去了自由……

然而在同一个屋檐下，女人和男人依旧生活在一起。到了晚上，女人依旧是没完没了地盯在电视前，男人读完报，也还是睡觉和看表。看表就意味着催促。于是当屏幕上的亮点最终消失在午夜中，女人便不得不像一条冰凉的鱼那样，滑进了男人温暖的怀抱。

女人有一次前往马来西亚，在新航的飞机上，开始用那种免费的明信片给男人写信。那时候女人刚刚离开男人，还来不及思念。但女人认为能在飞机上写几个字很重要。她希望这张纸片能带给男人她的爱情。到了马来西亚，女人做的第一件事也是询问宾馆的前台，怎样拨打国际长途。女人从不在乎电话的费用，无论在香港，还是在美国。女人每到一处要做的第一件事就是和男人联络。后来这成了女人的习惯。有时在昂贵的通话中没有任何实质性的内容，但只要能听到男人的声音。

其间，男人也曾很多次出门，却没有每天通话的意识。他似乎也不在乎女人是不是在等他的电话。他在女人的抱怨中，问，有什么事情吗？女人说，没什么事就意味不能通话了吗？从此男人迁就女人，进而养成打电话的习惯。

尽管如此，男人还是不理解女人，也不想理解。他觉得，如果一个男人像女人那样，他也就不是男人了。

女人凡是和男人睡在一起的晚上，洗澡时大都会洗头。女人觉得，男人的脸就在女人的身后，所以她总是很在乎香波的味道。她希望她的头发是清香的，给男人温暖的爱意，或者某种迷蒙的暗示。这又是细节。常常被男人忽略的，头发的爱意。这跟女人是不是和男人睡在一起，其实毫无关系。后来女人觉得不公平，问男人为什么不洗头。男人说，昨晚我刚刚洗过头。女人又问，你为什么今晚不洗头呢？我为什么今晚要洗头呢？

女人不再说什么。

后来这男人果然在这个晚上洗了头。仅仅是，为了避免争吵。

有一天男人说，作为一个男人，我的衣服竟没有超过一千块的。

女人待在一边做自己的事。但女人也接着说了，我作为一个女人，竟然也从没有过一套像样的时装。

于是男人看着女人，不理解她为什么要和他攀比。

紧接着女人转过身去，不再谈服装。沿着他们的思绪，各自想下去。只是他们的想法，总是大相径庭，慢慢地也就不了了之了。

但随之而来的大男子主义，让男人充满了统治欲。他希望他的女人，无论在什么样的情况下，都要听他的，哪怕是错的。不过统治欲到来的一刻，其实男人也很累。因为他们对所有的事务都大包大揽，判断和思考，无意间便把女人变成了懒婆娘。多么好。只要一个人思考就足够了。于是女人慢慢地变得无知。无知的女人，便只能依赖男人这根所向披靡的拐棍。而男人有一天倘若真的成了女人的拐棍，他们又会怎样地怨天尤人。因为女人的弱智和白痴都是他们自己培育出来的，仅仅是因为他们喜欢成为家庭的暴君。

女人说，男人永远不知道她们真正想要的是什么。

女人通常不会太多地去想花园洋房或凯迪拉克，那是可望而不可即的。女人大多不去想那些不切实际的东西，至多那么点动人的情调。那种号称小布尔乔亚的小小的情调。譬如，一小束鲜花，一件生日的礼物，从远方带来的香水，一条好看的项链，一次烛光晚餐，或者，一段海边休闲的时光……

这就是女人。

她们不在乎那些昂贵的赠予，只要那种优雅的感觉。

于是女人不再做梦，慢慢地了解男人。慢慢地知道他们是另一个群体，和她们想的不一样，因而无法判断对与错。

那么女人到底是什么？

伍尔芙如是说——

> 一个人只要走进随便哪条街上随便哪间屋子就可以觉出女性的那种复杂的力量整个地扑面而来。怎么会不这样呢？女人几百年来都是坐在屋里的，所以到现在连墙壁都渗透了她们的创作力。这种力量真是胜过砖瓦水泥的力量，而且必须应用到写作、绘画、商业和政治上去。

这是伍尔芙在呐喊，但是她也说，两性都不完美。

女人要不要自己的房间

伍尔芙说，你该有一个自己的房间。特别是当你是个女人，而你又想成为一个写作的人。小屋即使简陋，但至少不为他人所困扰。杜拉斯也写她的房子，那是她在诺弗勒的一处房产。她说她从不奢望去占有一处新房子，所以，她买下一座古老的旧居，有许多地方需要修缮。那房子靠近池塘，土质疏松而潮湿，于是房舍始终在一点点地沉陷着。

那是我们所不知的一个叫作朗布伊埃森林和凡尔赛森林相交的地方。那是在两个多世纪之前就有的住房、历史和风景。1958 年杜拉斯拥有了它。一座旧房子，和一个写作的女人。而年代早些的伍尔芙则认为，在她的那个时代，一个女人，有一间自己的房子，几乎是做不到。但斗转星移，写作的女人杜拉斯拥有了自己的房子，从此在诺弗勒的房间里写作，直到将一部部出版后的手稿付之一炬，什么都不再留下，这是她的愿望。她说，在彻底地销毁后，房间和书桌才会重新变得洁净。

是的，房屋是家。

有了房屋，在某种意义上，就有了女人要做的事。

那是个怎样隐秘的处所。在明亮与黑暗中。床和厨房。杜拉斯还是伤怀那些曾经在这里住过的女人，爱情和往事，还有孩子。

一间房子之于一个女人究竟有多重要，我并不知道。因我从未拥有过自己的房间。所以，我几乎不知道一间房子的女主人应该怎样生活。所以我没有家的感觉，那种流浪的感觉，那种永不停息的漂泊感，或者，不想成为家的奴隶。

一度，我曾有过一间房子，有满屋的阳光，很大的窗。那是建国初期苏联专家在此修建的俄式楼房，有配套的生活设施，就像集体宿舍。我不记得自己是否在这个房间里写过些什么了，可能什么都没写过。我只是把它布置成可以写作的样子。记忆中，我能记住的只有瓷瓶中沾满灰尘的芦苇，灿烂着毛茸茸的浪漫。伴随着略带做作的忧伤，后来，我放弃了这个房间，把这里当作了库房，存储衣物和记忆。

那里曾是我父母的房子，很多年和他们一道住在这里。那房子让他们最喜欢的地方，就是每个清晨的灿烂。阳光的亮影，一点点地向前推进着，照亮每一寸空间的每一个角落。如此被太阳占领着，那灿烂的帝国。慢慢地，阳光从温暖的房中退去，让黄昏的色彩变得黯淡，陷入无边的黑暗，最终被黑暗吞没……

然而，这一处单薄的房子，也曾在“文革”风雨中飘摇。“造反者”抢走了我们的一切，书和家具，然后是房子。

没有了房子的贫穷，也是一种苦难，伴随着恐怖与狂热，以至于生存都变得奢侈，就像二战中的犹太人。对我们掠夺，也是从财产开始的，然后是我们的家。直到可怕的奥斯维辛。毒气室和焚人炉。人类的历史怎样倒退着，那个可怕的时刻。

这个房间记录了我们在“文革”经历的一切。生活从此改变。然后就像是到处躲藏的犹太人，被满街的大字报追逐着。家人只能相依为命地挤在一个角落里。从此在惊恐万状中，再也看不到阳光。直到十年后，原先的房子才落实政策还给了我们。而我们竟已不再熟悉自己的房子，一切变得陌生。直到我们终于回到失散多年的阳光小屋，才又回到了我们曾经幸福过的港湾。

然而我却失落了她。

是的，我永远也弄不清，是因为我不会独处，还是害怕寂寞。或者，我害怕独自面对阳光，所以逃离了自己的房间。那是我故意放弃的，那个很温暖、很明亮而且拥有了几十年的房子。

其实，我本可以好好地利用这个安静的空间，写出点什么来。但我却总是脚步匆匆，只是在换季时整理那些衣物。在漫长的日月中，无论是衣柜，还是书桌，都落满了灰尘。如此年深日久，踏上去，地上的灰尘竟会轻轻地飘起来，就像是狄更斯小说中的那些被废弃的荒凉山庄，充满了那种神秘而阴森的哥特式味道。因为房间长期尘封，邻居们认为反正没人来，索性在我家门前堆满了杂物。每每我回来，他们又会满怀歉意地为我清除障碍。

尽管我只是偶尔前来，但只要走进这个房间，还是能觉出某种久违的温暖。尽管我行色匆匆，却还是依恋着这里永远不计成本、不辞劳苦，每日照耀着整个房间的那艳阳。照耀着空旷而温暖的，以至于每一粒灰尘的宁静，以及，那慢慢集结的蛛网，闪着波光一般的色泽，网着旧日的梦。

我竟始终不曾好好地善待我的房间，想起来终身地悔。

我喜欢光。喜欢在黑夜到来之前就打开房间所有的灯。我喜欢独自在家时周边总明晃晃的，喜欢热热闹闹地融在家庭的烦扰中，只要和家人在一起，我就能安下心来，认真地写作，不论如何搅扰。那是种感觉上的安静与踏实，后来，我才弄清楚我真正想要的是什么，一个像伍尔芙和杜拉斯那样的写作的女人。

其实，在我的写作中，我确乎不需要一个自己的房间，我要的，其实只是某种独立的意识，一张书桌，就足够了。

再后来，我有了新的房子，搬家时却觉出了某种丝丝缕缕的眷恋，好像大梦初醒，这还是我的家吗？于是某种悲凉。在凌乱中，我捆扎起上千册的书籍，还有各种多年不见而又充满了记忆的物品，它们都是我的，却被尘埃掩埋。我几乎没有利用过它们，让这个原本有用的房子无奈地闲置起来，如今，要转给别人了。某种无端的愧疚。

傍晚，我将这个本属于我的房子清扫得干干净净，甚至从未像这个晚上那样，彻彻底底地清扫了这个不再属于我的家。直到将一切清扫干净，我们才陡然发现，这房间真是很大、很高，也很敞亮，甚至某种辉煌。朝南的窗占据了差不多整面的墙壁。记得父亲说，再不会有那么大、那么阳光普照的房间了。

到了真的要离开的时候，便有了依稀的留恋。没有哭，但心中是难过，问父母，不记得我出生时的房间了，爸妈说不是在这里。但自我记事起，家就在这座楼房里了。28 号。天津人民艺术剧院的宿舍楼。剧院也是苏联专家设计，很欧式的风格。我家曾先后在这座剧院的楼里更换过四个房间。为了不断地改善而不断地搬来搬去。不同的窗下，不同的梦想，便这样慢慢长大。想不到我们在一栋房子里竟然一住就住了几十年。所以怀恋，还因为我的童年、少年和青年也都是在这里度过的。这里有我的生活，或者还有，爱情以及爱的终止。

更早的时候，楼前有一片小小的池塘，绿色的土坡。再隔着一道河，便是那个凄冷苍凉而又无比美丽的法国公墓。伴随着岁月的流逝，如今这一切都已不复存在，沧海桑田，岁月在变迁中慢慢消亡，却还有我们不懈的记忆。但说不定哪一天我们也会失忆。法国人的墓地中，不再有白色的石椅，雕花的喷水池，绿色浆液的根茎，以及蓝色妖姬般的小花。没有照片。没有留下来。往事，就像是杜拉斯永远不忘的河内、永隆、湄公河上的渡船，和披巾的那种蓝色。

我所以总是喜欢和父母住在一起，是因为我总有依赖感。觉得和父母在一起，女儿便永远是女儿。后来有了自己的女儿，看着她一天天长大，参与到我们共同的生活中。家庭中无论怎样的纷繁，都是温暖的，且众声喧哗。不同年代的人有着不同的态度，而每个人又都在追求着个性的张扬。在一个房顶下，在亲人的滋养中。

我便是在这种和睦而繁乱的环境下，开始写作的，并写了很多书。我从不在意，在房子里，会响起家人的声音。我知道，声音是从房子任何的角落中发出的，说话声、走步声、客人来访、女儿弹琴、电话铃以及电视声，甚至洗衣机的转动、微波炉的鸣叫。然而，我写作。就是在这种通常以为不可以的环境中，我就是写了几百万的文字，出版了几十本的书。没有自己的房间。只有一张书桌。并且背后是有时会晃来晃去的爸妈和女儿的身影。是的，我写作。当然，女性独立的意识是不会被泯灭的，而家庭的温暖和支撑也是需要的。于是，便全然不在乎是不是有一个自己的房间了。甚至，我曾经一度怀疑自己，一旦真的有了自己的房间，还能不能写出那种在众声喧哗中完成的作品来。是的，我的作品从来是共融的产物，身后总会有一个强大的超越了宁静的家庭背景，那些我最亲爱的人。他们支撑我，我便也依赖着他们，息息相通，相互伸出各自的手，给我灵感和激情。

为此，我总把自己限定在和家人的共处中，以为这是最好的状态。永远留在父母身边做一个女儿，那是我毕生的愿望。直到有了女儿，才慢慢地意识到，或许该有所改变了。有了女儿，还要不要自己的房间呢？

后来他走进了她的生活。

在一个黄昏。生活蓦地发生了变化。他们相爱了。从此相守。于是理所当然地希冀着有一套自己的房子。

这样的愿望当然是伴着商品经济而萌生的。更因为这个城市转眼之间就遍布了各种拔地而起的高楼，浪潮一般地向我们涌来。于是有了可以用金钱去拥有一套房子的可能。

一旦萌生了美好的愿望，他们便开始奔走于各类建筑工地中。尤其开始时，他们满怀了对这一新鲜事物高涨的热情，乐此不疲地满城乱跑，被各种房型和价位迷惑着，刺激着。回想起来，那真是一种盲目的热情之旅。结果，在房子的问题上，几乎人人都成为专家，不遗余力地向朋友提供各类房屋的信息。几年里，他们把休闲的时光都用在了寻找房产中。不论春夏秋冬，在城里或是去郊外。他们成了这个城市中最早的企图购房者。

不久后，他们最初看到的那片郊外的工地，如今已成为一片幽雅而宁静且堪称经典的小区。尽管他们是看着这片小区崛起的，但几年里却依旧左右徘徊。也许他们根本就不想买房子，或者只是阴差阳错地成了购房这种时尚的追逐者。

概念中的时尚和现实中的目标，显然不是一回事。但很多的周末，他们不写作也不工作，一如既往地行进在工地中。眼见着一座座摩天大楼拔地而起，不断升高的楼层，封顶，内部装修。转眼间便灯火阑珊，怎样一个神奇的旅程。后来，跑得累了，不久后他们停了下来。

但总之，能拥有一套自己的房子是他们的梦。当然，他们并不奢望那种堪称完美的豪华别墅，只想能住在一个幽静的小区就足矣。

后来她开始在小说中描述房子。一个小小的餐厅，女主人看到后就喜欢上了。在那篇小说中，他们果然去看了房子。尤其是厨房里的那个小小的餐厅。那是个纯粹意义上的餐厅。小小的空间里摆着一只木桌。木桌后是精致绝顶的木柜。各种好看的玻璃器皿。房顶是那盏温暖的吊灯。她可能会戴上那条漂亮的围裙。像烛光一样迷蒙的光亮。她坐在他的对面。盘子里的饭菜已无足轻重。她不知这是不是就是她想要的生活。在这样的环境中他们还会吵架吗？一旦吵起来，她又会砸碎那些昂贵的器皿吗？

最终他们没有订下这套有着迷人餐厅的房子，缺点是，房屋的密度太小了。小区内清一色的高层住宅，一座紧接着一座。遮挡着蓝天，像鸽笼一样的，很难想象小区的住户一旦同时涌出来，又会是一种怎样熙熙攘攘的场面。

几年来他们确乎看了无数的商品房。东南西北，四面八方，只是过尽千帆皆不是。于是有某种挫败感。

后来他们想继续住在城区，但车水马龙的外部环境，让他们每一刻都是焦虑的。你逃不掉窗外的喧嚣，也避不开大街上的刹车声。那声音离你那么近，不论你睡着还是醒着。令人窒息的污浊让你永远看不到天空。那时候城区也还没有真正的绿地。

然后又回到他们的初始。郊外的那片幽雅的新区。附近没有工厂，空气清新，天很蓝。宁静而宽阔的道路。路旁的水塘。水塘边是柳树。他们几年前的春天就去看过那片漂亮的房子。那是早春。风已经变得柔和。柳枝也开始伸出它的青绿的柔软，迷迷蒙蒙的像天边的暮霭。也像一次让人心旷神怡的郊游。他们继续行走在工地上，戴着安全帽在未完成的楼宇间快速穿行。一片片绿色的草坪，冬季也不褪色。流转的小路上独特的街灯。错落有致的楼群。高高矮矮。阔大的间距。尖的和圆的屋顶。还有雕镂在黑色栏杆上的美丽图案。

是的，他们没有描述他们的家，只说这里的环境是他们喜欢的。

于是记起杜拉斯说的那段话：在巴黎，就像是出了什么巨大的失误，举目所见只有那种大城市令人无法容忍的形态。在巴黎写作，对我来说，缺少的是外部环境，不能外出。在我所处的四周环境，我被剥夺竟到了这种地步，任何人都无法忍受。我在外面走的时间不能长。到了外面，我就感到呼吸困难，透不过气来……我从来没有在一个我感到舒适合意的地方住过，我一直是被拖在后面不得心安，我一直在寻找一个地方，寻找一个时间安排，我愿意留驻的地方，我一直没有找到……

现在好了。推销员满脸微笑地向他们推荐那套住房。他们看到了那套房子就立刻买了下来。听说在窗外的规划中，是几千平方米的中心绿地……

就这样，他们拥有了他们的房子。

后来，他们在日记中写道：一件对我们来说很重要的事，我们终于在喜欢的环境中拥有了自己的房子。三间的居室，南北朝向。两间卧室和很大的客厅都是向阳的。从窗中射进的阳光不停地迁移着，那种无比美妙的感觉，让她再度回忆起儿时的那个大房间。就像是再度回到了久违的当年。有时候追溯童年，就像是重温生命，金色的年华，和慢慢成长的未来。于是，在墙的另一端折射出傍晚的光亮，那是黄昏时从窗中射进来的委婉的光，连接着黑暗。有点像教堂的穹顶射进的神圣的光……

他说，女儿从此也可以拥有自己的房间了。其实她本不愿和大人们搅在一起，始终期盼着能有一个属于自己的天地。其实，所有的孩子都期望有一个自由的空间。这是个独立的阶段，充满了想象以致胡思乱想胡作非为。他们因此而学会了照料自己，学会了收拾房间，做自己的主人。

他又说，从此，你也有了你的书房。我的书房？这是在拥有房子时最先的条件。一个书房，一个属于我的书房，一个从此用来写作的房间。于是又想起伍尔芙的论著，那本充满了女性的精神的《一间自己的屋子》。尽管伍尔芙家中的房子很多，但她所说的只是那个书房。那个即使简陋，但可以不为家庭的要求和统治所困扰的房间，一个能认可她生存价值的地方，也是承认她的才华和思考她的工作意义的地方。尤其对女人，一定不要忽视了她们存在的地方。

而杜拉斯说，那本伍尔芙的书，《一间自己的屋子》，我从未看到有男人读过。这是不是也是伍尔芙的悲哀呢？紧接着她又说，我根本就没有书房，一切都散失了。这个固执的女人住在诺弗勒时，古旧的房子里一无所有。而她所热衷的唯一乐事，就是怎样把那些不知在什么地方写出的手稿焚之一炬，让火焰升腾出疯狂的烈焰。

那么，女人到底还要不要自己的房间？

其实写作的女人始终在四处漂泊。她们搬来搬去。住各种不同的房子。且抹去她们爱的痕迹。她们随时随地留下来，留在那里，成为他人的记忆。伍尔芙和杜拉斯，她们的房间究竟在哪？霍加斯住宅，阿什罕别墅，僧舍别墅，伦敦西区52号，还有梅克伦堡广场37号，伍尔芙不停地在这些房舍中游荡着，记下她的日记，直到去世为止。而杜拉斯呢？从河内到永隆，诺弗勒，特鲁维尔和巴黎，她留驻过的地方数不胜数，却永远说，她根本就没有书房，从来就没有。

那么，我们到底还要不要那个书房呢？要不要那个属于自己的房间呢？

时空在永恒中流转。没有尽头。

从此，他热衷于设计女人的书房。他第一要弄清的就是书房的格局。很多木制的书架。原始而古拙。书桌，舒服的座椅，以及，窗帘的颜色，还有能坐下来休息的沙发。他不停地说着，画着，丈量着，比较着，直到把这间房子的功能与舒适推向完美的极致。她听着他，看着他，最后委婉地说，她不想要书房。太正式了，你知道，我从来不喜欢那种太正式也太煞有介事的东西。

我不想被逼迫到刻板的环境中，那会让我周身都不自在。我会丢掉灵感，写不出字来，那种周身被束缚的感觉，只能让我逃之夭夭。那种莫名的存在感，令我恐惧。我宁可在睡觉的房间里写作，在女儿的房间里写，在杂乱无章的厨房或阳台，随便在什么地方，哪怕很嘈杂。但只要想写，无论何方，只要心的激情与宁静……

于是她脱下书房的套装，也就辜负了男人的一片苦心。想想，这房舍在某种意义上就像穿衣服。而她还从来没穿过那种传统的套装。那样的服装就像是被架起的玩偶，连思维都禁锢了，还能有怎样的风采？

当然，他知道她是个闲散的人，也知道她的天性是放纵的。她平生最怕的就是煞有介事，所以，她不要书房，宁可居无定所。她愿意什么时候写就什么时候写。她愿意在哪里写就在哪里写。她要轻松随意，没有任何压力与束缚，于是书房终于成为大家的。从此，大家在这里慢慢读书，还有咖啡，浓浓的香，或者也是写作的时尚。

初秋的夜晚，他们坐在阳台上，呼吸着刚刚割完的青草的味道。那沁人心脾的清香在空气中蔓延着，入秋后的青草依然是碧绿的，远远地溢着清冷的香。于是她再度想到了伍尔芙和杜拉斯……

智者或狂人

后来他们总是失之交臂。在很多场合。他来了，她却走了，不知是谁的安排。

男人怀念凡·高。他《黄昏时的农舍》。

从此他浪迹天涯，没有人能找到他。

女人思念。

这个能扇动起灵魂热风的男人，荷着长戟，将理想悬挂在刀刃上，永远在战斗。却又在心底，渴望着，那难以启齿的温情。

是的，女人思念。她坚信在他们彼此分离的日子里，他一定是想过她的，但也许没有。因为她并不了解这个男人。她是以女人的心去揣摩男人的，所以她不自信。

于是，尼采。

尼采就一定是二十世纪最伟大的哲学家吗？一个疯子。一个疯子一般的男人。女人在一份她喜欢的报纸上读到，西方思想界，对尼采，其实是众说纷纭的。

女人想通过自己，她的情爱与欲爱，去参透那些狂热的男人。

是的，男人和女人。这个疯狂的群体。永远是，爱与恨，并存着，然后是，性和暴力。

为什么，女人总是在梦境中回环，如果，他们能彼此怀念？

一种观点是，尼采是最伟大的哲学家，是他结束了十九世纪，又在二十世纪之初开了一个好头儿。以至于直到今天，他主要的哲学命题，仍然在现实的精神中重温。

尼采和我们有什么关系？

女人丢下了那篇关于尼采的报道，只是丢在桌子上。她想，她该重申关于“圣殿”的概念，而性别的歧视就在其中。于是女人不停地追问，圣殿究竟是什么？骑士的圣杯，还是血腥的殿堂？女人说，圣殿很辉煌。而殿堂又是什么？男人的居所，是的，男人的居所。于是女人，像发现了新大陆一般，亢奋而热烈。是的，既然圣殿是男人的居所，那么女人永生永世要做的，就是供奉于殿堂之前的那个牺牲品。就像是那些被宰杀的猎物，被当作祭品的牲畜。流着血。女人的血，就是用来祭祀的，滋养着男人的意志。是的，意志也是男人的所属。意志，就意味着统治，种族的繁衍，还有杀戮。

女人费心地思考着。很累。桌边的那份报纸上又说，尼采，他崇拜那位伟大的音乐家——瓦格纳，而他的哲学，也来自那种深邃的音乐。女人被报纸上那张瓦格纳的照片吸引了。他棱角分明的脸。

如他们前嫌尽释？

女人自甘堕落成圣殿的祭品。牺牲。为什么不？她以为那就是爱。所以无奈。她重新拿起被丢在桌上的报纸。尼采问，为什么所有人类的问题，都被认为是在探求一种理性的终极答案？尼采在问这句话的时候，女人很振奋。

她回过头，看到了挂在墙壁上的蒙克的画儿，《呐喊》。是的，呐喊。那扭曲的线条和疯狂，鲜艳的红色。在桥上，温情在哪？所以，尼采痛恨十九世纪从莱布尼茨到黑格尔的那段时光，痛恨整个德国哲学都把精力用在了构筑庞大的“体系”和“伟大的叙述”上，多么可笑。所以尼采决定颠覆。开始怀疑自他以前的所有哲学命题，全都是虚假的欺骗，不仅欺世而且自欺。于是尼采要求人们，回到那种零碎的、不连贯的思想中去，就像是伍尔芙小说中的意识流。那些不停地纷纷坠落的意识的碎片，连接着，那些日常的最真实也是最琐屑的，生活。

女人不再胡思乱想。因为有一天她终于有了归宿，于是安顿下来。一个完全不同的男人，不是理想中的，但却给予了女人无比世俗的关怀。女人需要这种关怀。没有“体系”，也不会有“伟大的叙述”，更无须终极的追问。

后来女人才意识到，真正能感受到生活真实的，其实并不是圣殿，而是由那些琐碎细节组成的，平静的美好。不再有布尔乔亚的优雅，瓦格纳的音乐，以及叔本华的悲观主义。不，尼采告诉我们，去关注那种零碎的虚幻世界以外的东西，并由此产生出我们自己的哲学。

于是女人决定掉下来。从此她行进在踏实的地面上，出入于菜市场、厨房和洗衣间，碾碎楼阁的美好。

但紧接着，尼采又说，“上帝死了”。

那举世震惊的预言。

是的，尼采，这无疑是对古往今来哲学根基的一次最猛烈的摇撼。上帝在哪儿？有谁见过他？人们被欺骗。尼采还说，那不过是用宗教统治世人的一种虚无缥缈的学问罢了，偌大一本《圣经》，还有诗和歌。

紧接着，尼采再度冒天下之大不韪，告知人类现实的真相。他希望世人能摒弃假象，追求世俗的理性。如果上帝存在，他就不可能死去。如果根本就没有上帝，又何言“上帝死了”？

于是有人诘问尼采，不，那不过是无神论者的说法。他只想把哲学的根基从上帝那里移过来，移到现实的生活中。他只是想唤起

"世界的醒悟"，让人们摒弃掉原本并不存在的现实，回到人类自己。尼采的反叛，始终贯穿于他的哲学。

是的，空中楼阁固然美好，但女人已不愿被悬置在所谓理想主义的半空中了。那是她看不到也抓不着的一种悬浮的生活。女人说，她再也不需要什么了，物质的男人所给予她的性的满足，早已令她心静如水，还有什么可怀念的。不，她从此不再漂泊无依，有了家，性便牵住了一切。

于是，不停地做爱。做爱也是一种物质。远离着上帝。

在尼采的怂恿下，越来越多的无神论者远离上帝，皈依了尘世。一些精英，勇敢地高叫着，不再膜拜虚幻的偶像。金斯伯格，由此而成为美国时代的象征。而战后的爵士乐时代，让灵歌风靡了全球。垮掉，是为了背叛他们出身的那个有产的阶级。他们依靠财产，读昂贵的大学，哈佛或者哥伦比亚，直到背负起一份理性而圣洁的罪恶。于是自我放逐，吸毒、淫乱和流浪，与罪犯为伍，亵渎神圣的哈佛学堂，仅仅是为了反叛。于是尼采成为一代宗师，弟子满天下。而他所教授给弟子的只有一条，就是向所有固有的秩序宣战。

在现代，已经很少有人再愿意成为那种"人性道德的灯塔"了，尼采本人也不会喜欢。当我们把崇拜的目标朝向自己，才会发现，自己是一个多么重要的世界。

上帝不做爱。

所以做爱也是世俗的。伴随着激情与欲望，伟人也深陷其中。因尘世的力量太强大了。女人继续读着她喜欢的那份报纸，把腿跷到桌子上。

尼采的另一个贡献是："无意识的发现"和认定"宇宙危机"。不知道这是尼采智性的成果，还是他妄想狂的病症。按照他的推理，如果所有的道德和宗教信仰都是虚幻的话，那么，就是人类无意识的表现了，自然也包括欲望。这欲望还包含了对房屋、生存、和平、安宁等的追求，这追求依然也是虚幻的。因人类要生存，就只能在这个迷茫的世界中，承受欢乐或苦难，这将是永恒的。

这一次，女人连读尼采也厌烦了，尽管他给了她无数反叛的启示。女人丢掉了那张报纸，这一次是丢在地板上。她想，尼采的那么多本哲学的大书，竟然被一张报纸那么简短地就终结了，真是了不起。所以说，尼采原本就不复杂，就像是，你只要能在《狂人日记》中看到"吃人"这两个字，就算是读懂鲁迅了。

女人在丢下报纸的那一刻，想再看一眼瓦格纳。那张充满力量的男人的脸。但她却终究没有能看到瓦格纳，只是在读到报纸上那条用黑体字标出的尼采的话时，才看到了尼采的最后一句话——

理性是疯狂的。

还有——

真理是幻觉。

后来，女人想，可能尼采就是那个疯子，因伟大而生出毕生的悲哀来，于是很不幸。而这个世界早就不需要哲学了，甚至，不再需要爱。新的，极权的体制是关于金钱的……

当她终于回到现实，便开始怀疑那个追寻凡·高的男人。她想他崇拜凡·高，却不想知道凡·高正在和低俗的妓女一起，然后就诞生了高贵无比的《向日葵》和《星月夜》，从世俗中升起娇艳无比的颜色。黄色，和生硬地调进去的那种深蓝，便是凡·高的色彩。浓郁而热烈的，晚期扭曲的线条，暗示着神经的崩溃。无数的自画像，近乎自恋地，描摹着他的疯狂，与最底层的人们在贫穷中共生。虽不情愿，但决不虚伪。然后他大义凛然地，割掉耳朵，献给身边的妓女。还有，悬挂在三十八岁的手枪上的生命，以及，一望无际的金色麦地，摇曳着，蒙克的悲凉。是的，蒙克，他也热爱凡·高。

但他的画作，更深刻地表现了人类灵魂深处的那种激情，艰涩而愁苦的，还有焦虑。他最有代表性的那幅绘画《呐喊》，它已成为永恒的经典，现代人精神错乱的象征。

然后女人站起来，回到现实。她觉得在读过尼采之后，那种精神上的依恋便莫名其妙地瓦解了。所以，她认为尼采的哲学是现实主义的哲学，而这个哲学所要看管的，并不是我们，而是像凡·高那样的疯子，连同尼采自己。男人和女人。颠倒着。智者，或狂人。

潮流女人

女人为什么就不可以超越?

南方的男人开始追求不结婚。这真是一种诱人的风尚。这样的男人走在街上，你很容易就能从人群中识别出来。他们通常穿时髦的衣服，看上去不起眼，却是昂贵的品牌。如今，大街小巷布满了各色专卖店，有典雅的，也有邋里邋遢的那种时尚。一些人故意不刮胡子，又留着飘飘长发。如今男人像女人，也或者女人像男人，在性别的互换中寻找各自新的身份。

譬如，男人将长发像马尾一样束在脑后，以为是原始部落的印第安男人。或者将中国人的黑色，染成时尚的金黄或棕红，变换虚假的人种。一些人痴迷于在头上画出各种图案，一些人满腹经纶，却追求艺术中的污言秽语。进而有人装扮成公园的漂泊者，却不能像旧金山市政大厅前绿色草坪上的那些流浪者那样露宿街头。是的，只有在四季如春的旧金山才可能日夜露宿街头。抗议，或者职业流浪。像真的漂泊者那样风餐露宿。

就是这些男人坚守着独身，哪怕已经四十开外，依旧独自占据着家的所有角落。但并不是说，他们的床上永远只睡着他一个人，他们的这种生活方式，慢慢地竟然也司空见惯了起来。对于他们来说，这种生活，最重要的意义就是反对束缚。而这种反抗的结果对他们来说无疑是获益的。尤其这种具有反叛精神、流浪意识，以及英雄情结的男人，他们即或是到了五十岁，甚至六十岁，也依然能找到那些如花似玉的芳龄女孩。因她们崇拜这种特立独行的男人，尤其那些自由而浪漫的。所以对她们来说，年龄根本就不是问题。

他们不仅自由自在，还能在游荡中遍尝女人的滋味。他们中的智者，总能轻而易举地把女孩骗上床，又能不着痕迹地将她们成功甩掉。或者，他们上床前就有了安民告示，丑话说在前面，如今的女孩子们已变得时尚。总之，他们总是能成功地拥有她们，又抛弃她们。总之，他们不会结婚，也不会让女人成为他生活和事业上的绊脚石。

当然他们也会欣赏女人，他们的眼睛就像是猎人一样，对猎物充满了警觉和感觉。只要端起枪，就不会放过任何美丽的女人。他看着，行走在路上的那些女孩。他觉得她们真美，简直就是天生的服装设计师。你无法知道，她们是凭着怎样的灵感去搭配身上的服装的，那种和谐的色调与款式。那是你刻意追求都求不到的，哪怕你已是成熟的艺术家。

你看着她们在街上走，就像看T型舞台上的模特在走台。你会不由自主地追随她们，默默地欣赏着，甚至想走过去对她们说，嫁给我吧，然后把她们吓得鸡飞狗跳。听这些男人说这种话，你一定要当心。他们只是随便说说，从来不认真。认真的只是他自己。

那么女人呢？

有哪个全力追求事业的女人，能找到如意的郎君？又有哪个女人能像男人那样放纵自己，今朝有酒今朝醉？有谁能让那个花季少年走马灯样地，在她的床前晃来晃去，不舍春秋，点着钞票，还能有年轻的男子对她一往情深吗？她不想有一天自己老了，铅华落尽，尽管她依旧撑持着昔日的美丽。

为什么男人脸上的皱纹就是岁月的沧桑，而女人脸上的衰朽就是岁月的锈蚀？

女人只有在没有顾忌的时候，才能够真正地随心所欲。记得在一部电影中看到一个漂亮的女孩。她清纯而羞涩，带着生命的微笑，但还是在战争逃亡中，被男人强奸。她的眼睛望着天空，被捆绑得动转不能。她是在男人的奸笑和猛烈的撞击中，睁大眼睛感受那最初的疼痛的。她不知性是什么，只有欲哭无泪的绝望。她没有死于那场轮奸，也没有死于不清白的名誉。她活了下来，然后就随心所欲了。

从此她不再羞涩，也不再拘谨，从此只穿短裙子。穿高筒的丝袜，和喜欢的男孩跳舞，事实上她已超越了自我，超越了不再有的初夜。

从此女人尽情地生活，不再有亲人的负担。要没有丈夫，或没有固定的男友，也没有孩子。如此，她便可以远离家乡，到一个没有背景的地方。这样便可以让她轻松起来，不再有亲人的压力和困扰。从此，你便可以随心所欲，找到你最喜欢的状态。你也不必再为他人的流言蜚语所左右，反正你的亲人听不到，或者你干脆就没有亲人，你已经成了另一个人。从此，你不必在事事处处做社会的楷模。

如果你仍旧生活在亲人的氛围中，就不要做潮流女人。潮流是需要勇气的，而勇气的第一步，就是冲决亲情的禁忌。

然后，你便可以想把头发染成什么颜色就染成什么颜色，亦可随意出入酒吧、舞厅，和咖啡馆。可以和喜欢的男人彻夜狂欢，忘却所有的不幸和烦扰。

你可以做爱，也可以不做爱。可以投入，也可以不投入。或者只是一种生理的需要，或者，逢场作戏。你也可以尽情地，在各种不同类型的男人中骄傲地穿行。你可以选择他们，但也可以不负责任地，随意将他们抛弃。只崇尚性的自由。完全根据自己的愿望去摆布他们，拾起或丢掉。没有人管你，生活也无须有规则。

你几点睡觉都行，或者昼伏夜出。你也可以坚持个性，什么人的面子也不给。该不高兴的时候就不高兴，高调地表现出来，决不抑制自我。哪怕有一丝的不愉快甚或某种无聊，你都可以即刻从你置身其中的场合中离开，不必在意他人的尴尬，只在乎自己的感觉就行了。这样会省去很多趋炎附势、穷于应酬的时间，这样，你便有了更多的属于自己的时间，沉思，或者读书，甚而无聊。

你当然也可以成为一个拥有无数隐私的女人，就像莱温斯基一样，从此她的事业就是贩卖克林顿，贩卖他们的隐私。就是拿不到几百万美金也要争取到几十万人民币，这也是当今女人的时尚。当隐私一旦变成财富，你就可无拘无束地供出那些你可能爱过或喜欢过或仅只是萍水相逢一夜风流的男人了。你很残酷。像一个女杀手。但那些虚伪的、无耻的、道德无比败坏的、流氓成性的男人确实欺骗了你，玩弄了你，又伤害了你，你当然应该还以颜色。不过，当你在供出了他们剥光了他们撕烂了他们的同时，也就供出了你自己，糟蹋和作践了你自己。但你只能如此了，破釜沉舟，没有禁忌。为什么，只有男人才能说，我是流氓我怕谁？你已经早就没有羞耻感了，也没有罪恶感，更无须对任何人负责，于是潮流女人一往无前。

你想爱他，他就是你的，不管他是不是有妻室有儿女有契约或者有道德。

潮流女人还有一点想为之而战的，就是她不想生孩子。她不是害怕离婚，而是她不想有负担。不想为自己以外的任何人尽任何义务，哪怕她们的父母。所以她们只想享受，而不让性的欢愉和种族的传递混淆起来，这是本质完全不同的行为。尽管，无论性还是生育，都是和生命相关的。

于是她们采用各种先进的避孕工具，让精子远离卵子。要繁衍人类，克隆便是，既然人类的基因科学已近登峰造极。潮流女人不生孩子，还因为她们更在乎形象。她们始终热衷于形体的完美，不想被男人的精子和女人的卵子所破灭，所以她们很少有臃肿的时候。当然，她们也绝不顾忌老年的孤寂。

这样的女人，显然就可以玩儿酷了，玩儿艺术，玩儿女权，甚或玩儿同性恋。然后是，玩儿时尚，玩儿潮流，玩儿化妆或者不化妆，玩儿有钱或者没有钱。玩儿傍大款，或者自己就是款儿，玩儿精神贵族或者家庭妇女。玩儿哀怨，玩儿愁苦，或者玩儿趾高气扬。玩儿风花雪月或名士风流，玩儿见风流泪，神经兮兮。然后，还可以玩儿非洲，玩儿威尼斯，玩儿古希腊神殿，再玩玩儿学位，玩玩儿票友，玩玩儿大师和弟子。再然后，玩玩儿吸毒，玩玩儿自杀和堕落，那才是真正的生命艺术。多么好，什么都玩儿遍了。

就轻松了吗？

做一个潮流女人，其实也很累。

性别的新时代

男人是一种性别。一个自己的世界。男人的行为与思考，通常是女人很难了解的。哪怕有时候和他们贴得很近，你就能了解他们的心吗？只是揣摩。揣摩进而猜测。猜测进而又会陷入猜忌，这就是女人的世界了，也是男人难以理解的。于是男人和女人在彼此不能真正了解的情况下，总会发生冲突。冲突进而战争，昏天黑地。有时候交战的双方竟然不知真正的原因。

毕竟是两性。

古往今来，无论在地球的哪个角落，只要有人类，就会有男人和女人永恒的战争，铸就仇恨的时刻。最好的办法就是相互容忍，尤其当女人爱着男人的时候。不要问为什么这样，或者为什么不这样。有时候连男人自己都解释不清，怎样陷入自身的谜团中。

对男人来说，始终保有对女人的兴趣，是衡量男人活力的象征。或者，这也是女人衡量男人的标准。所以要学会欣赏男人并不是一件容易的事，因为这是能否与男人和平相处的一种姿态。如此，男人们会有很多层面，坚强或懦弱的，看重思想或行动的，你喜欢或不喜欢的，但他们却一致地看重对肉体的占有。

在“垮掉的一代”中，美国诗人金斯伯格说他不喜欢女人，他认为男性之爱才是最为深刻的。他在说到他的同性恋人时，他说，他可以占有我，我的思想，我的肉体和我知道的任何东西。这便是金斯伯格对爱人所有的要求。

是的，思想。

女人能想到这些充满力量的想法吗？女人能在占有了另一个女人时，首先占有她的思想吗？然后才是肉体，才是情感，才是财富。所以在某种意义上，男人当然是强大的。因为他们所拥有的，是一种思想的合力，一种被对方的智慧和才能所吸引的欢愉。所有深刻的话题，以及与生俱来的责任感。这种对爱情的追求，难道不是对女人的启示吗？

当下，越来越多的男人说，他们很难也很累。要在社会上拼搏，养家糊口，还要承担起对女人的那种寄生的情感。于是男人值得同情，于是越来越多的男人开始反叛，有意无意地践踏历史延续下来的对性别的规范，开始对两性关系进行一场主动的革命，以重塑自我。譬如，通过对婚姻的冷漠以摆脱家庭的责任；譬如，以自省的方式摆脱女人的依赖。如此，男人们才能从性别的限制中逃离出来，自由自在地扮演他们所要成为的角色，这当然是性别的某种觉醒。

怎样证明彼此拥有

上床就是彼此拥有吗?

或者婚姻，婚姻就能彼此拥有吗?或者爱情。

她觉得，他没有逼迫她结婚，是对她最大的爱。这一点很重要，因为很多结了婚的人，又离婚了。而很多同居的人，也不了了之地分手了。而他们，在经过了漫长的岁月，风风雨雨后，却还糊里糊涂地守在一起，为什么?

尽管如此，危机依然存在。你没有死就不能说爱情是永恒的。她不想结婚，但又想用什么来证明他们是彼此拥有的。

那时候她爱的男人去了欧洲。那是个很遥远又很美丽的地方。一个寒冷而温暖的岛国。他可能回来，也可能不回来。因为他在那个遥远的国度，有一个家。那是她至今不能回首的一段痛苦的日子。因为她知道她拥有了爱，却不知那爱是不是真实可靠的。男人带走了她的心，留下思念。那时候，她不再相信海誓山盟的誓言，对未来的期待也心生怀疑。

这时，她的一个女友楚楚走来。那是个几乎和她同样处境的女人。她们聊天。一道去吃西餐。那个女人比她幸运的仅仅是名分。她是妻子，无疑会受到法律的保护。那时候男人才刚刚去到欧洲。几乎一个月了，那男人杳无音信。哪怕是，风中传来的只言片语。

她们坐在优雅的西餐厅，声讨她们的男人。好像谁都充满了怨恨，谁都对未来没信心。待很昂贵的那顿西餐结束，放下刀叉，用僵硬的漂白的餐巾，抹掉唇上的残渣和口红。她们分手。因她们都觉得彼此理解，但属于自身的那份痛苦，却是谁也不能够慰藉的。

她躺在床上，读男人寄自欧洲岛国的信。她比较着她和女友所处的不同境地。直到那一刻，她才知道，爱，原来是那么不堪一击。所以，爱是不能够许诺的，并且，永远是女人用大脑编织出来的一种幻象。用欺骗、麻醉和安慰平复自己的自欺欺人。她进一步看清的是，她和女友没有什么本质的区别。妻子又怎样。妻子即或是有着婚姻的保护，丈夫们不是依旧可以撒手闭眼，一走了之吗？

于是女人平静，因为她看清了婚姻的不堪一击。不过是一张纸，一个证明，兼及法律背后的那些条款。

那么，女人为什么还要苦苦乞求婚姻？女友的处境其实已证明了，婚姻并不等于彼此拥有。如果连婚姻都是不可靠的，那么，什么才能让两个相爱的人固定在一起呢？

女人读着男人遥远的来信。信中是许诺。后来她要求自己相信许诺。相信许诺就是去相信一个人。她爱着的那个人。一个男人。

所以，她可以依赖的，只是他们的心心相印，哪怕已经没有了肉体的接触。哪怕不再能彼此抚摩，甚至连面都见不到。但他们始终是彼此牵念的。信中说，他只想快回来，和他心爱的女人在一起。后来他就不写信了，而是在那个美丽冬日的夜晚回到了家，用他的臂膀证明了他的爱和他的许诺。

没有契约。

他们是凭着心灵的力量走到一起的。

也许他回来就是为了和她上床。上床也是彼此拥有的一种物质的表现。他们久别重逢，刚刚见面就做的，便是他们的渴望。那是彼此拥有的一种不可遏止的感情，欲望如奔腾的火焰。他们把自己关在房子里，三天三夜。直到他们精疲力竭地走进冬日的阳光里。

仿佛走过了一个世纪。

他说他回来，就是为了能实实在在地拥抱她。

后来女人说，一个人想念对方并不意味着拥有，但同时也并不意味着被拥有。

于是，彼此拥有是一个很复杂的概念，无论理论上还是实际中，都是很难阐释的。拥兵百万的只能是将军。而一个人的拥有者，就是他爱的人。

也许彼此拥有，是指的他的身体而不是他的心。心是千变万化的，看不见也摸不着。但身体是物质的，可触可感的。你们彼此拥抱，让肉体融为一体。这难道还不算拥有吗？

这一刻你们当然是彼此拥有的，一种物质形态的美丽拥有。但是心呢？心就不一定了。妓女也可以带来那种物质的拥有，但心如荒漠。所以，心才是最难拥有的。一个人可以拥有一个人的身体，占有它，但是却很难彻底拥有他变幻不定的心。

当然也有两心相依的故事，波伏瓦和萨特。漫漫五十年。没有人强迫他们，也没有婚姻的束缚，甚至对上述的身体的接触都没有浓烈的兴趣。但他们就是相爱的，相爱了五十年。为什么？尤其是萨特。他明明热衷于占有女人，像猛士一般地（主要是用他存在主义的哲学去迷惑、征服、掠夺女人的心），却对性毫无热情。他和波伏瓦在最初的几年有过很多。这是他们自己对记者说的，性已经成为格式化的哲学的一部分。大多是因为波伏瓦喜欢，那时她和萨特的性关系对她很重要，因为那时她和萨特一起发现了乐趣。当然萨特不是最好的，波伏瓦如是说。之后，只是因为这对萨特不是非常有意义，他们之间的性也就显得不那么重要了。

这之后，他们又维持了十五或是二十年的性关系，再后来，他们的身体分解了。但是，爱却始终存在着，波伏瓦说，他们毕生所真正拥有的，是他们之间的那种心智的关系。

于是，胶着着，毕生。

如此经典的关系，难道，还不能证明他们的彼此拥有吗？

不安分的日子

有些爱情不堪回首。尽管美好而又断肠。甚而充满了屈辱与伤害，那些残破的而又不可思议的。你恨你爱的那个人。从一张床转到另一张床上。你的爱情很脆弱也无奈，以至于抵御不住任何可能的诱惑。或者你以为那就是爱，不，那可能只是某种好感，或同情。但你还是被俘虏了，在五光十色的情感中慢慢迷失。有时候旧的还没有结束，新的就到来了。你总是匆匆忙忙的，不知终点在哪里。

于是，不安分的日子，伴随着你，不知道终其一生，你的未来究竟在何方。

一些女人有过这种彷徨而又不安的经历。她们总是很慌乱，想在现实中寻到某种依靠。于是她们不遗余力地证明自己是个好女人，有无穷魅力，但终究还是找不到心仪的白马王子。于是女人变得自负，宁可在流言中坚守她们美丽的品质。

于是她们寻寻觅觅，不停地寻找，让自己成了某种看上去不够安分的人。即如红颜薄命的王妃戴安娜也仍旧在寻找，寄希望于找到一个真心爱她的男人。她太美，也太迷人了，所以总是绯闻不断。因为男人，总是会觊觎那些迷人的女人。爱她们，便不遗余力地追逐她们。然而，戴安娜童话般的王子最终还是丢弃了她。那王妃所抱持的少女时的梦想，到住进肯辛顿宫就全然不一样了。那古老宫殿的石壁始终是冰冷的，仿佛没有人间的气息。总之，一个不再拥有爱情的女人，便不得不和她的保镖或马术教练坠入爱河，王妃也需要爱。于是她成为媒体追逐的焦点，就因为她是美的，伤感的，不幸的，被众人瞩目的。于是她只想消失，过正常人的生活。为此她不停地寻找那些根本就配不上她的男人。从一个到另一个，不同的男人不同的床，直到最终的多迪·法耶兹。

是的，只为了寻找。

在多迪之前，戴安娜曾爱过另一个男人。哈斯纳特，一位风度翩翩的心外科医生。这位巴基斯坦裔的医生来自于贵族家庭，当他一出现在戴妃面前，就立刻被孤独的王妃迷住了。不知道戴安娜为什么总是喜欢异族血统的男人，尤其迷恋那种中东一带的类型。无论是哈斯纳特，还是多迪，她说她总是梦想着，能为他们生下混血的儿女。也许她认为英国的男人太丑也太古板了，也许是查尔斯王子让她不再迷恋那种刻板的英国男人。哪怕堪称戏剧大师的劳伦斯，也算不上英俊。于是，戴安娜只好倾慕那些异域情调且风情万种的男人了。

她几乎一见到哈斯纳特就爱上了他，进而他闪电般地走进了王妃的生活。紧接着他们相爱，也确曾有过一段美好的时光。但两年之后，哈斯纳特与戴妃的爱情曝光，从此哈斯纳特所无比钟爱的医生职业，也被这段绯闻蒙上了一层可怕的阴影。从此他没有前途，无论爱情，还是事业。这个可怜的风度翩翩的医生只好消失，从此再不会踏上肯辛顿王宫冰冷的石阶。不知道戴妃死后，肯辛顿宫门前如海的鲜花中，有没有哈斯纳特献上的那一束，以此来凭吊那段如歌般的往昔。

哈斯纳特的不幸，让这个焦虑且孤独的女人匆匆登上了多迪·法耶兹的游船。游船上有床，床便是诱惑。戴安娜当然是一个好女人，被全世界公认的好女人，所以她才会为自己找到一个爱她的新男人。她要让自己独立而自由的躯体，尽快放逐到依附的位置上。在法国，昏暗的隧道中，戴安娜到底在寻找什么？

另一个女人和另一个故事。

她最先遇到A，那由来已久的崇拜，或者也迷恋。否则她不会第二次见面时，就留了下来。站起来，被那男人拥抱着，她不敢相信。她那时的心境很惶惑，也很悲凉。于是那男人乘虚而入，那晚，女人留下来，没走。从此，很多的信，寄过来，说他的爱。他时而会发来电报，或突然出现在女人的面前。想着，有一天能和他去另一个城市，却最终不了了之。

女人再度走进A的房间，只是不再说那些没有结果的往事了。但女人始终信任A，A永远是A，哪怕再没有见到过他。

便这样寻找着，女人却从不知在寻找什么。男人吗？或是一张稳定的床？麻木中，B的出现并不偶然，因为B也是A的朋友。和B没有开始的时候，便结束了A。

B问，为什么不早来？

那晚，A领着女人去见了B。后来B说，他一见到这女人就知道，他和她之间一定会有什么。

女人并不知B在寻找着谁。那时候，A已经有了他新的女朋友。他总是喜欢把他的新女友告诉女人，甚至那些爱与不爱的生活。他信任女人，并真心爱她们。于是A总是像父亲那样，为女人引路，像明灯一样地照耀着女人的未来。

A希望有一天，女人能见一见他的新女友，甚至让女人和他的新女友通电话。A迫不及待地倾诉他的爱，他要求女人倾听他们的故事。他说，他和他的新女友怎样在茫茫大雪中听《我一无所有》，那时候，她和A的女人已能平静地对话。他们在一起时就像老朋友，平静而美好。就是紧挨着，也不会再有任何激情。

当A结束，女人便走向B。清洁的身体和心灵，投入新的激情。她知道，其实B才是女人真正的理想，为此她宁愿像张爱玲那样低到尘埃里。和B的波澜起伏，很多次分离又和好，被精神折磨着。就像是歌德的少年维特，拥抱与亲吻，最终却是痛的灵魂。B说，他不喜欢女人和他的朋友有牵连，女人沉默。他又说，本来就是没有未来的，甚至不再信任。于是他们以仇恨的方式结束，一场人道的灾难。后来的那场风暴，几乎卷走了女人的一切。镂心刻骨地，如风卷残云。

不久后，女人遇到了年轻的艺术家，从此被艺术迷惑。但那也是短暂的，甚至流星一般转瞬即逝。但终究女人是幸运的，在寂寥的时刻，总能遇到那些爱她、喜欢她并且能帮助她的人，于是女人纵情地行走。那些过往的男人，似乎都没有真正地恨过她。

女人的生活，就像流星，匆匆闪过，不留下任何痕迹。那些深爱女人的艺术家们，也深深地怜爱她，以为她是个值得他们去爱、去经历的女人。于是，女人便匆匆穿过了那些男人，在他们身边度过了那段不安分的日子。

唯有和B的分手，让女人不堪回首。悠远的思念，以及莫名其妙的深仇大恨。女人始终不知道B为什么要恨她，曾经那么铭心刻骨的爱，或者爱也是恨？不久后，在不期的相遇中，女人匆匆而过，不想重蹈覆辙。但B却停下脚步，说，为什么装作不认识。不曾擦肩而过，女人想，或者早就陌生了。那段动荡的日子，就像天上的流云，早就随风而去了。但女人留了下来，以她的坚忍，始终在前行。女人只是不忘，B曾经说过，为什么？为什么你是那么深的女人，深是什么？

女人坐在桌前，想着，终究会有追忆往事的那一天。在不断发生的爱情事件中，女人无疑是那个贯穿始终的人物，检索着纷繁的往昔。

女人觉得，不安分的日子本身就是一个题目，充满了戏剧性。她最后遇到的那个男人，从未指责她。他们相爱，从此就再没有分开过。男人说，是那些过往的男人培育了你，你才成为今天这个近乎完美的女人。女人从不曾听到过如此独特的想法，她不知，在他的论调中，究竟是他的宽厚，还是隐藏着什么更深刻的东西。

从此，他们相爱，相爱了很多年。

这便是女人未来要写的那本书。

写作的女人，总是喜欢记录下那些和她们有过共同经历的男人们。一如波伏瓦在她获得龚古尔文学奖的作品《名士风流》中，就选择了她在美国独自旅行时遇到的美国作家尼尔森，作为小说人物的原型。那时的波伏瓦正热烈地爱着他。在这部小说中，作为原型的还有萨特和加缪，那时他们都已年近不惑。所以他们的爱情，无疑是理智而成熟的。波伏瓦所以逃离法国，是因为萨特爱上了别的女人。为此她和美国作家相爱了三年，但三年中，却没有一天不牵念萨特的，直到回到巴黎。这让波伏瓦自己都弄不明白，在她和尼尔森的关系中，萨特究竟起了怎样的作用。

《名士风流》的思想背景，是战后知识分子的焦虑和苦闷。而小说中的波伏瓦是爱着尼尔森的，于是在题记中，将此书献给了她的美国情人尼尔森。但结果又是怎样的呢？

尼尔森读过之后，怒不可遏，恨不能把这个女人撕成碎片。而让他尤其不能容忍的是，自己竟然被一个天才的女人记录在案。他进而愤怒地说，这个女人，肯定在我们每次做爱后都做笔记，否则，她怎么能在几年后，依旧对那些细节记忆犹新呢？

这便是写作的女人和同样写作的男人之间的区别。连同性，以及性的细节。所以写作的女人，很容易就能把性描写得极为完美，像诗篇一般，感人至深又绵长悠远，而不是像野兽般短暂地喷射……

女人记下了她不安分的经历。

她觉得，她刚刚谈到的那些艺术家或别的什么男人，其实只是线索，需要由此展开。女人还觉得，这有点像电影故事，通常，电影故事就是这么写的，滤掉了那些凄美和悲伤，只剩下人物、行动和线条。

女人又说，她的小说还没有开始，忧伤就到来了。

寻找保护人

一个阳光灿烂的下午。冬日。很冷。滴水成冰的季节，让太阳变成了一种遥远的光亮。女人甲坐在桌前，看着花瓶里那些僵尸般的玫瑰花枝，那种很深的紫色。那紫色，在黑暗中，就成了沉沉的墨色。那花影，挺拔而僵硬，在凌乱中狂妄地恣肆着，那木乃伊般的黑色花瓣，美丽而诱人，并且，残酷。

女人甲为自己冲了一杯即溶咖啡，她很忙，以至于连煮一杯咖啡的时间都没有。第一杯很浓，房间里立刻飘散出咖啡的浓香，那种很适合她的温暖的味道，那种宁静感。但第二杯就变得很淡了，因为女人甲的胃又开始隐隐地痛起来。女人甲对身体中任何部位的不适都很敏感，否则她也就不会被人们认定为所谓智慧的女人了。

然而这智慧的女人又怎样呢？她因此而变得很忙，被社会上各种各样的人和会议所缠绕，无处可逃。女人甲刚刚逃过了一个很例行公事的会议，这会议唯一的可取之处，就是某权威人士宣布，今后要关注各种世界性的思潮。所以，只有她知道所谓世界的新思潮对社会的发展有多么重要。但她还是逃离了那个空洞无聊的会议。因为冷。或者她总能感觉到胃部的痛。

但是留在家里就有意思吗？女人甲想，也许回到家坐在电视机前，亦是一种无聊的选择。电视机里晃动的是洲际运动会中的各种竞赛的项目。她认为这是她生活中唯一能提起精神的时刻了。如今，海量的诱惑，五花八门，让她对各种事物都失去了兴致。她觉得事情很多的结果，就是让所有事情都变得无足轻重，且索然无味。她不知这是不是那种所谓“后现代”的消解力量在作祟。在今天，要找到一件有意思的事情，确实很难了。

但女人甲还是坐在桌前，等待着那个为“三八”妇女节而来的记者。

她想，在“三八”妇女节这天，女人们依旧要做事，所以很不容易。但接受采访其实也是很无聊的事。她只是抵御不住女人乙也就是那个女记者殷切的请求。女人乙说，她的采访其实并不是为了弘扬女人甲的名声，而是为了所有的职业女性，为此，她是怀了一份使命的，所以，女人甲是愿意配合女人乙的，因她对广大妇女也是有着一份责任的。

女人甲仿佛在听着女人乙教诲。由此她竟然真的觉出自己，在使命感和责任心方面是有差距的。于是当女人乙如约到来的时候，女人甲竟显出了一份平常少有的热情，接下来就是女人甲和女人乙的对话了。

女人乙：您是个漂亮的女人，并且在事业上很成功。能说说您这种成功的女人，是怎样看待男人的吗？（女人乙开门见山。有点咄咄逼人的样子。）

女人甲：我觉得我迄今为止一直在做的只有一件事，那就是寻找保护人。你相信吗？

女人乙：（女人乙认为女人甲一上来就离题了，让她匪夷所思。）您所说的保护人是谁？是您的父母，还是男人？

女人甲：当然是男人。为什么不是男人？你认为男人不能保护我们女人吗？

女人乙：就是说您更需要父亲？

女人甲：只有父亲才能保护我们吗？对我来说，父亲也好，情人也罢，总之这是我多少年来一直追求的。是的，我需要保护人。

女人乙：这样的想法很强烈吗？

女人甲：一开始不。或者只是潜意识。后来才慢慢变得清晰。

女人乙：为什么？

女人甲：可能是因为年龄所致。年龄越大，就越需有人做伴。在现实中，那些没有保护意识的女人常常被欺骗。性骚扰，或流言蜚语……

女人乙：这让我很惊讶。我几乎不敢相信您这样的女人，竟会有这样的想法。印象中，您是个很女性主义的职业妇女，自尊自强，您难道就不能做您自己的保护人吗？说实话，我不喜欢您这样，这是在浪费您的智慧和才华。您这样想，真的让我很失望，尤其在“三八节”，我们应该向广大妇女说些什么呢？说您这样的女人都需寻求……

女人甲：我不想把这看作是你在羞辱我。我们生存在世也不是一定要给别人带来希望。因我们每个人都生活在自己实实在在的生活中。很多问题，是只有我们自己才能深切地感觉到的。我不愿硬撑着去说那些虚伪的貌似“希望”的假话。这一点你能理解吗？世间其实根本就没有真正意义上的女权主义者。

女人乙：您怎么能这样说呢？世界上那些优秀的女权主义者已经通过努力改变了这个社会。譬如波伏瓦。她难道不是真正意义上的女权主义者吗？她的《第二性》至今被誉为妇女运动的“圣经”，是有史以来研究妇女问题最权威的经典。

女人甲：正因为有了波伏瓦这种言行不一的女人，学术界才开始有人怀疑波伏瓦的女权主义立场。不错，这个女人确实分析了西方妇女的处境，并为她们的不幸开出了能够改变人生的良方，但她自己呢？却毕生都没能从萨特的阴影下摆脱出来。在她提醒女人不要成为男人的附属品时，她自己就处在了萨特附属的位置上。你知道法国作家莫洛亚是怎样谈论他们的这种关系吗？那么，就让我们来听一听："西蒙娜一直希望有这样一个思想刚劲而又不受条条框框约束的人来引导她。当萨特对她说，从现在起，由我来掌管你的时候，她听了真是心花怒放。"

女人乙：不，这并不足以说明西蒙娜同萨特的依附关系，她不过是想找到一个杰出的男人，做她的伙伴。她始终是在为思想而战，而不是置身在萨特的庇护下。

女人甲：可是，什么叫"掌管"呢？"掌管"是什么意思？难道不是统治吗？你不要再为波伏瓦辩解了。我并没有指责她。我觉得她选择的这种对萨特的屈从位置无可厚非。而且，五十年的风风雨雨已证明了他们的爱。爱，爱才是第一性的。她可太爱萨特了，以至于连萨特的兽性也爱，她甚至为这个男人寻找他的猎物。

女人乙：你是说波伏瓦的学生比安卡吗？比安卡是什么人？她什么也不是。我也读过那本书。这个无名的女人，用她和萨特睡过觉的花边新闻欺骗读者。太无聊了。她只想以诋毁名人而出名，对她的老师波伏瓦始终充满了恨。是嫉妒。所以萨特很快就抛弃了她，因为萨特毕生挚爱的女人，只有波伏瓦。

女人甲：一开始，我也像你这样想，也认为那不是波伏瓦和萨特的错。我也想护卫他们之间感情的平等性，是的，萨特当然是爱着波伏瓦的，且多少年来心心相印。但萨特同时也需要年轻的女人，那些不断找上门来且有着求知欲的漂亮女人。她们心甘情愿地匍匐在萨特的脚下，怀着无限的崇拜，任萨特征服。之后，萨特很快将她们打发掉。因为波伏瓦始终不愿放弃萨特身边的那个最亲近的位置。是的，那是她的，只属于她。这是他们各自思想以外的生活。

性的生活。然而一个坚定的女权主义者，她怎么能忍受在她和萨特平等的关系中，还有着别的女人呢？那么他们的关系还是平等的吗？然而这个所谓的坚定的女权主义者竟接受了这一切，哪怕屈辱。竟然还在萨特与别的女人睡觉时，执迷不悟地纵容他。她不是没有妒忌，她也是女人。当然，她在她的《第二性》中不会写这些。但在她的小说中，到处是怨妇的嫉妒和弃妇的苦痛。那是波伏瓦铭心刻骨的悲哀。她写这样的小说时，也许萨特正在和别的女人昏天黑地。所以波伏瓦的小说，总是哀婉而凄切的，又感天动地。那种被遗弃的感觉，成就了她的绝唱。她之所以能够和萨特和平共处地走过了五十年，是因为五十年中，她很多次放弃了一个女人的尊严。

女人乙：为萨特是值得的。

女人甲：你都这样想？所以，还能有什么女权主义者？女权真的是理想吗？而为了一个男人就该放弃理想吗？尽管我们有着各种各样追求的目标，而我们真正希望的，还是身边能有一个伙伴一个爱人一个男人。所以，对我来说，男人就是理想。

女人乙：为什么，您总是在歌颂男人？

女人甲：男人不值得歌颂吗？他们活得也很不容易。说说你是怎么和男人相处的？在街上散步？咖啡馆闲聊？那时候你会有怎样的感觉？是想驾驭他，还是依靠他？

女人乙：我嘛，是的，我只想追求平等。

女人甲：为什么？

女人乙：因为那种平等的关系不是本能。因为女人的本能就是依附。所以当代妇女要做的，就是超越女人的天性和本能，为自己争取独立和平等。

女人甲：假如有一天，家庭爆发了战争，女人和男人争吵，唇枪舌剑中，女人显然能占得上风。因语言通常是女人的天赋，而男人的行为就是动武。于是，战争升级，男人动用他们最后的武器。就像二战中美国人终于投放了原子弹。男人的身体，以及那身体所赋予他们的力量。是的，身体也是一种强大的天赋。他们知道，想要结束这场家庭的战争，只能是用拳头把女人打倒。然后扼住她们的撕裂的喉咙，扼住她们可能取胜的语言。当语言被阻遏，声音消失；当柔弱的女人被压在男人身下动转不能，男人便无可置疑地取得了胜利。接下来，是粗暴的家庭暴力，家庭暴力所导致的女人的哀伤和不幸。这样的伤痛和眼泪，这是平等的吗？是的，女人根本就没有反抗的能力，只能是无奈地坐以待毙。

女人乙：那么她为什么不离开？

女人甲：因为，有一天，你找到了那个你爱的男人。你们还是在街上散步或咖啡馆闲聊。你们突然遇到了意外，比如说，一帮歹徒。这时候男人的身体就成了屏障。他保护你。再比如，你在你的追求和奋斗中遭人暗算，这样的事，也是很多的。可是你势单力薄，这时候你的男人就会挺身而出，让你免受伤害……

女人乙：（沉默。）

女人甲：这就是我的观点，我的真心话。我不喜欢硬撑着那块女权主义的招牌。所以，我肯定让你失望了，对不起，谢谢你来。

女人甲关上了身后的门。

女人乙怀着失望和疑惑离开女人甲的家，那时天空已变得晦暗。一种暗红色的晦暗。后来，那晚就下了一场漫天的雪。那雪飘飘洒洒，立刻就覆盖了女人甲和女人乙之间的那段没有希望的对话。这是让女人甲很不满意的。

后来她后悔接受这次毫无意义的采访。再后来女人甲不再后悔，她觉得连后悔这种感觉都显得很无聊。那么世界上还有什么需要她做的事？

飘雪中，她回忆起从前和男友一道度过的那个周末。每一个清晨到来的时候，她都会有好心情。那时候，她被她的情人照料着，那时他们的生活几乎是完美的。但她深爱的那个男人还是走了。寂寞中，生命还有什么期待呢？

女人乙回到报社，写好即将发表的新闻稿。她想了想，觉得“三八节”这天，确实没有什么好报道的。

第二辑　行走，在时光的隧道中

她戴着沉重而华丽的皇冠，在漫天的血红中从天边走来。光焰四射的美丽笼罩着她，而她手中握着的，却是一柄无情的权杖。于是她变成黑色的魔鬼。挥舞着生命在漫天的血红中，成为那段永不逝去的历史。

千秋吕后

吕雉以其乡野之妇，辅助高祖刘邦平定天下，终于建立大汉王朝，已然惊天动地。

吕雉再以皇后身份，亲临朝政，将刘邦开创的王朝发扬光大，更属开天辟地。

世间有了吕后，才有了日后的女性亲政掌权。是吕后开创了女性临朝的成功先河。而后无论盛唐的武则天，还是大清的慈禧，无不以吕后为楷模，甚至将吕后视为向男性当权者挑战的王牌。

吕雉的亲政无疑改写了由男人霸权的中国历史。

这也是我们今天重新评价吕雉这个历史女人的意义。

三十集电视连续剧所以名为《吕雉》，因为剧中所要讲述的仅仅是吕雉被立为皇后以前的那段艰辛岁月。尽管史书中关于此间吕雉的记载颇少，但后来成为皇后并亲临朝政的那个吕后，应该也是我们在电视剧中塑造的“这个”吕雉的一个延伸。

吕雉在刘邦登基之前，曾经历无数苦难。无论是骨肉离散身陷囹圄，还是连年战火饥寒交迫，如此吕雉所亲身经历过的诸多磨难，都应当被看作是对吕雉的一种洗礼，对她的性格意志的一种锤炼。所以，吕雉这个女人应该是艰难玉成的产物。

在某种意义上，吕雉是伴随着刘邦一道成长的。刘邦在一路征战中终于登上皇帝宝座，而吕雉也是在一路艰辛中成为皇后，从此拥有了天下女人的最高权力。

不过吕雉不是自然被动地成为这个皇后的。应当说在刘邦为王权的艰苦奋斗中，也凝聚着吕雉的一份心血，那是一个女人的智慧和牺牲。因此这个女人不仅为刘邦平定天下出谋划策（常常是出于一种女性的直觉判断），也为自己日后入主朝政积累了丰富的经验。

吕雉作为女人如此关心政治并不是出于她的理性，而是刘邦东征西讨出生入死平定天下的现实，让作为妻子的吕雉不得不思考家国命运，不得不关心天下大事。

吕雉所以如此积极地辅助刘邦，一开始并不是为了日后的吕氏王朝，而仅仅是出于对自己丈夫的深深担忧，和无限恩爱。

吕雉在刘邦登基之前的日子里，不仅经历了连年战乱，颠沛流离，也经历了情感的波折和痛苦。

作为女人，吕雉也像当时的很多女人一样，生活在不幸的情感世界中。尽管她明媒正娶地嫁给了当时还默默无闻的小官吏刘邦，但她在情感上所遭受的伤害却是很深的。那个一直令吕雉痛苦不堪的缘由，就是刘邦的所谓“好色”。这一点已经被很多史书证明，“高祖居山东时好美姬”（高祖称帝后又何尝不“好美姬”？）。

被吕后因妒忌而迫害的戚姬尽管在刘邦称帝以后，但此前的“外妇”（情妇）曹姬，也曾给吕雉带来无穷痛苦。在刘邦的生活中，曹姬先于吕雉出现，并先于吕雉为刘邦生下了他的第一个儿子刘肥。尽管刘肥因母亲系“外妇”而日后不能成为太子，但刘邦对自己这第一个儿子的疼爱应该也是发自内心的。于是即便刘邦娶了吕雉，甚至对她有了很深的感情，却还是不能彻底斩断与曹姬的情丝以及对刘肥的关爱。哪怕是后来吕雉为刘邦生下了太子刘盈，却仍不能将刘邦完全彻底地据为己有，吕雉作为女人的伤痛可想而知。这或许也是吕雉渐渐疏远刘邦的原因，以至于后来她把关心的目标从感情转向了政治。

英武高大美髯的刘邦自然招女人喜爱。关键是刘邦自己也爱女人，并且对自己的这种嗜好毫不避讳。刘邦的这种“好美姬”的嗜好也许来自于他的天生秉性，但也和他总是四处漂泊的生活息息相关。刘邦动荡不定的生活几乎伴随了他的一生。年轻时他云游乡野，居无定所；中年后四处征战，戎马倥偬，亦不能有一个稳定的生活；即或是定国安邦登上王位之后，刘邦还是要四面出击，平叛异姓诸王，以保证王朝稳固、国泰民安。所以在如此动荡的戎马生涯中，刘邦似乎只能雁过留痕，四海为家。这大概也就是后来的戚姬倍受刘邦宠爱的原因，因为只有她能总是跟随刘邦辗转于军帐之中。而这恰恰是上有老、下有小的吕雉很难做到的。

对吕雉来说，嫁给刘邦最永恒的印象就是，这个男人永远不在家。甚至在吕雉为刘邦生下太子时，刘邦都不能守候在她的身边。

但对曹姬和刘肥，刘邦却总是难以舍弃。于是吕雉与曹姬之间必然结下很深的怨恨，这是这部电视剧中需要表现的一个重要部分。

英雄刘邦夹在两个美人之间难以取舍。曹姬是他的初恋，而吕雉是他的未来。在南北转战刀光剑影中刘邦也曾每每回到家乡沛县。刘邦会回到爱妻吕雉身边，但也一定会去看望曹姬和刘肥。而曹姬目睹了刘邦与吕雉的婚姻，亲手把忘情弃义的刘邦送出了家门。吕雉也是后来才得知曹姬的存在的。吕雉得知后的怨愤亦难以平复。吕雉曾不顾危险，一次次到芒砀山中看望丈夫；而曹姬也舍生忘死，追随刘邦的战马于刀光剑影之间。

吕雉与曹姬是仇敌，但有时候又形同家人。特别是在刘邦遭遇不测，身处危难的时候，她们会自然地聚到一起，团结一致，像姐妹一样地为远方的刘邦祈祷。这两个女人之间的关系是爱恨交加，喜怒无常的。但有一点却是不能改变的，那就是她们共同的对刘邦深深的爱。

便是在吕雉屡屡不能见到刘邦的情况下，刘邦家中的那个贴身舍人审食其就出现在吕雉的生活中。审食其之所以能成为吕雉情感的寄托，是因为他们不仅朝夕相处，共同经历了吕雉的怀孕产子，四处寻夫，还共同经历了被项羽扣为人质的两年苦难。这种在磨难中自然而然产生的感情当然弥足珍贵。那是种风雨同舟、相濡以沫的亲情和友情。

当然在吕雉和审食其的感情中有着来自四面八方的重重障碍。

首先审食其是刘邦的忠实舍人，他们从小一道长大，刘邦视审食其为兄弟，而审食其对刘邦也深怀敬意。所以在感情上，他尽管喜欢并同情吕雉，却也很难逾越刘邦这道鸿沟。

而吕雉婚后尽管一直生活在刘邦家，但她也要终日田间劳作，操持家务。既要侍奉公婆，又要生儿育女，怀念丈夫，自然也无暇全身心地顾及来自审食其的感情。

被项羽扣为人质期间，尽管吕雉第一次感受到了来自审食其的爱，但对她来说，刘邦才是她的唯一，她的最爱，也只有刘邦才能给她辉煌的未来。吕雉看清了这一点，何况她还是个理性的女人，所以很难跨越这道情感的鸿沟。吕雉在那样的艰难中自然需要来自审食其的抚慰，但更需要刘邦这个她看不见的希望和理想。而审食其自然也同样，尽管同情吕雉，尽管为这个女人不幸的处境愤愤不平，但他也能审时度势。因为他不仅能谙知那个可怕的结局，而且比起他爱的这个女人，他更加真心崇敬心目中那个英雄一般的兄长刘邦。

所以吕雉和审食其的关系始终是复杂而斑驳的。是被压抑的，但有时又难以控制，但最终还是被控制的。所以他们的关系才能很长久。久到刘邦死后，他们还能一直延续着那种情人的关系。

吕雉为人不仅刚毅果断，作为一个女人她也有着温柔宽厚的一面。有时候她会表现出凶狠和残忍，但那往往是出于无奈，是生活所迫。所以吕雉的心灵常常是很痛苦也很矛盾的，因为她总是在人性和使命之间反复权衡，垂死挣扎，所以说吕雉活得也很辛苦。

作为吕氏家族的女儿和姊妹，吕雉一直不遗余力地为自己的家人争取权力。她认为当初如果不是父母把她嫁给刘邦，她也就不会有现在的辉煌。所以她显赫之后便希望“鸡犬升天”，便要“姊妹弟兄皆列土”。所以吕雉不仅为父亲争到了临泗侯的待遇，还让兄弟们因她而显贵发达，高官厚禄。即或是妹妹村姑吕媭，她也要将她嫁给刘邦的心腹大将樊哙。诸吕的兴盛无疑让汉王朝深受外戚之扰，但这或者也是吕雉人性的一种扭曲的体现。她大概认为只有以这样的方式，才算对父母养育之恩对兄弟手足之情的一种报答。

作为妻子，吕雉也是深爱着自己丈夫的。她又何尝不愿像别的女人那样小鸟依人，温柔体贴，过一种夫唱妇随、和谐温暖的家庭生活？但既然时势造就了刘邦这样的天地英雄，吕雉的夫唱妇随也就只能是超脱了一般的卿卿我我儿女情长，让自己的爱成为能与刘邦相匹配的纵横时代、统领天下的那种“大”爱。吕雉又何尝不愿跟随刘邦南征北战尽一份妻子的责任？却无奈终日被父母小儿所累，唯有留守家园，望穿秋水。

作为儿媳，吕雉尽足了孝道。刘邦征战期间，吕雉不仅一直侍奉公婆，还与公婆一道落难成为项羽的人质。在楚军的追杀中，吕雉为保护刘邦的父母，不惜失去自己的儿女刘盈和鲁元公主。对于一个母亲来说这是怎样的伤痛。特别是对于一个后宫的女人来说，没有了儿子就等于是没有了未来，甚至就等于宣布了死亡。在远离儿女的日子里，吕雉是怎样的绝望。特别是当她得知刘邦为了摆脱追兵曾几次把自己的儿女推下车辇的时候，她又是怎样的痛不欲生，甚至一直不能原谅刘邦。而当有一天终于与孩子们重逢，吕雉作为母亲又是怎样的欣喜欲狂……

但就是这个被吕雉如此珍爱的儿子，有一天竟站出来反抗她，反抗她的残暴。作为母亲的吕雉是怎样的无奈甚至绝望。惠帝刘盈也许永远都不能理解，吕雉所以要无所不用其极地残害曹姬和戚姬，甚至杀死她们的儿子，其实全都是为了刘盈，为了自己的儿子能稳如泰山地坐在皇位上。

只是强势的女人往往造就了自己孩子的软弱。吕雉如此，日后的武则天更是难逃这个人生的法则。于是武则天一个一个地废黜她的儿子。在众多亲生的儿子中竟没有一个是让她满意的。武则天尚有四个儿子可供她来回更换，而吕雉却只有一个儿子任她摆布。然而就是这个她一直无比疼爱的唯一的儿子，最终也因为不能忍受她的残忍无情而从此自暴自弃。

历来那些碌碌无为的皇帝就是这样对待那些为了保护他们而困兽犹斗的母亲们的。他们永远看不清母亲残暴的真实意图，而只是对她们凶狠毒辣的手段耿耿于怀。他们可以心安理得地坐在皇位上，却不能容忍有人用残酷的鲜血去捍卫那个皇位。

有人说吕后所以滥杀无辜纯粹是为了有朝一日的吕氏王朝。但作为母亲，比起那些同姓的兄弟姊妹，当然自己的儿子才是吕雉的最爱。不幸的是吕雉唯一的儿子竟先她而去，那么她为了保护他而实施的那些暴行还有什么意义？这也许才是吕雉的最痛。

而吕雉刚毅决断的性格也是慢慢形成的。是被她所处的恶劣的环境逼出来的。刘邦常年征战在外，家中诸多事情便只能依靠吕雉自己做主。如此久而久之便养成了吕雉刚毅果断、不依赖他人的习惯。

所以吕雉不可能像刘邦其他女人那样温柔顺从，更不会和其他女人一样在刘邦面前搔首弄姿，风流争宠。艰难岁月早已经让吕雉从后宫女人的那种世俗境界中摆脱了出来。从此她变得豁达大度超脱宽容，变得能够居高临下俯瞰后宫风云。是岁月的磨砺给了吕雉坚定和力量，也因此在刘邦的众多女人中，唯有吕雉能成为那个母仪天下的皇后。

于是刘邦对吕雉也慢慢敬重起来。他可以有很多女人，也可以把她们全都不放在心上，但唯独吕雉除外。因为唯有在吕雉身上，他能感受到一种力量，一种支撑，而且是那么的无私。

也因此刘邦对吕雉慢慢敬而远之。他不会像对待其他女人那样对待吕雉，因为他知道吕雉不会依赖于他，也从来不需要他来为她解决什么。于是他尊重她甚至崇拜她，但是在她身上却感受不到种种女人的温柔，所以他不能像爱其他女人那样去爱她。

刘邦是以他独特的方式爱吕雉的。而这个独特方式就是，他让吕雉来做了汉王朝的皇后。

难道吕雉就真的那么没有女人味儿吗？

吕雉如果是那样的女人，她怎么还会私通审食其？

吕雉如果是那样的女人，她怎么还会在午夜时分一个人独自哭泣？

吕雉和项羽、虞姬之间应该也有一段惊心动魄的故事。毕竟吕雉被扣为人质，在项羽的军营中一待就是整整两年。两年中吕雉不仅目睹了项羽从胜利走向失败的整个过程，也看到了项羽和虞姬之间动人心魄的爱情。

吕雉在此深深怀念不断攻打项羽的丈夫刘邦。她只有从项羽那里才能得知刘邦的消息，所以她总是亲近项羽。

项羽是慢慢才知道刘邦为什么会如此敬重吕雉的。因为他自己也从来没有见到过吕雉这样智慧理性的女人。后来项羽在出征攻打刘邦之前，总要吕雉来为他预言战斗的胜败。

吕雉对项羽的感情异常矛盾。她赞许项羽的霸王之气，却又对这个男人的刚愎自用非常反感。她早就预言这场楚汉战争的胜者必定是刘邦。她也把这个预测毫不讳言地告知了项羽。并且她每每为项羽分析他在这场战争中的利弊得失。吕雉对项羽可谓又爱又恨。既欣赏他的勇猛，又可怜他的鲁莽。她为这个男人的注定灭亡曾经满心悲伤。

吕雉与虞姬之间的关系也是复杂而深邃的。对吕雉来说，虞姬一如她的小妹妹，但有时候又是她接近项羽的障碍。

为了达成楚汉议和，实现平分天下的目的，项羽忍痛把吕雉及刘邦父母送还汉界。项羽和虞姬在送别吕雉的时候都很难过。虞姬泪流满面，相约姐妹再见，但吕雉却清醒地知道，她们是绝不可能再见面了。

项羽垓下被围的时候，吕雉就在刘邦的汉军之中。

在四面楚歌中，当吕雉听到了虞姬自刎的消息后不禁悲痛欲绝，对虞姬更加敬慕。

吕雉在刘邦的请求下，和追兵一道前往乌江。刘邦要吕雉亲手杀了项羽，吕雉却想放项羽一条出路。这是吕雉唯一的一次被感情所惑。

但项羽最终还是在吕雉面前拔剑自刎。

吕雉亲眼看到了项羽的英雄末路，和英雄死亡的悲壮。

吕雉亲自把项羽的头颅带回汉军，并亲手摆放在刘邦面前，刘邦大哭。

吕雉和刘邦身边诸将领之间的关系，也可以展开描写。

吕雉便是在这种关系中，逐渐看清了形势，最终帮助刘邦平定天下，而后又帮助刘邦清除了异己。诸如韩信、彭越。

汉初“无为而治”“顺从民意”的治国方略也应该更多地体现在吕雉身上。

毕竟无论刘邦还是吕雉都来自山东乡野，没有文化，而身边的将领也大多为乡间小吏，没有治国谋略和经验。尽管汉朝决意摆脱秦朝的苛政，但汉时的很多制度依旧沿袭了秦制。唯有一点是不同的，那就是无论刘邦还是吕雉，都坚持以民为本，顺从民意，因为他们本身就来自民间，最了解民间的疾苦，特别是“苛政猛于虎”所带给民众的水深火热。

吕雉的治国思想，应该在她做皇后之前就已经逐步形成。那是她所亲身经历的，从秦到汉，又从楚汉之争到汉王朝的建立。所以她的治国方略应当是从实践中体验并摸索出来的。

当然吕雉的治国战略在某种意义上也可能就是凭着一个乡妇的直觉和判断，以最平易最朴素的方式表现出来。只要民众安康。因为她就曾是民众之一员。

总之，吕雉经历了刘邦迈向皇帝宝座前的所有事件。

在这所有的事件中，我们都能看到吕雉的影子。

在这部电视剧中，这些事件应当被当作吕雉所活动的舞台和背景。

而无论吕雉的政治抱负，还是情感取舍，也都是在这些事件中完成的。

吕雉就是在一个个事件中成长起来并逐步成熟，最终成为那个无冕女皇的。

而吕雉这一人物形象也恰好在这些事件中逐渐变得鲜明，而至最终的完整和完成。

编织爱与死的永恒

在唐宫那三位非凡的女性中，唯有高阳公主是我自己想写要写的。

一个为了人性和爱而最终被自己的皇帝哥哥赐死的大唐公主。

爱的故事发生在巍峨壮美的宫殿和那本应清冷幽远的佛家寺院中。在那里，人性之爱是怎样冲决着重重禁忌。于是爱才惊心动魄，才被涂上了宿命的色彩。不忘1993年夏季黄昏时的法门寺。从此法门寺永远铭记。想不到那就是《高阳公主》的精魂所在。从此知道世间还有如此宁静的处所。然而在高阳公主的年代，宁静的佛家空门中却有着不宁静的心性。那便是美丽非凡的大唐公主与佛教信徒欲望的故事了。在人性与信仰中冲突，被撕裂着，然后便是死亡。是死亡使一切终止。死亡是怎样不可遏止的力量。于是我痴迷于这部小说中的各种各样的死亡。死亡的样式，或者很美丽，或者很屈辱，抑或凄凉而惨烈。而唯有在这部小说中，死亡是同爱联系在一起的。于是男人和女人，于是爱与死就都成了永恒。

然后我还是要回过头来，还是要说五年前的那个冬季，我为什么非要把高阳公主的故事写出来，为什么一定要让今天的人们知道她。

其实一直有着强烈的想写高阳公主的欲望。一种难抑的思绪。

自从 1993 年写过长篇小说《武则天》，这思绪就一直在纠缠着我。

高阳公主究竟是一个怎样的女人？这是我一直想探究的。这个女人经久不息地诱惑着我。

事实上最初想写的，只是她身为人妇而又与在禁规中的和尚辩机相爱。就是这相爱吸引了我，还因为，这爱的困难重重。爱本身就不是一件轻松的事，而对于高阳公主和浮屠辩机这样的女人和男人来说，要使他们的爱成为可能，又要冲破多少道无情的封锁。首先高阳公主是当朝皇帝李世民最宠爱的女儿，又是当朝宰相房玄龄的儿媳，她还是散骑常侍房遗爱的妻子。而高阳这个女人的这些身份还只是来自外部的，她应当因这身份的制约还有着另一重心理上的压迫。那压迫应当是一重更为深重的封锁。而那个浮屠辩机呢？他的天然的禁忌便是他是佛门之人，而且他还不是一般的佛门之人，而是对佛教颇有造诣和建树的佛学才子。这个年轻的矢志于宗教的辩机又是唐代高僧唐玄奘的得意门生，始终对他的信仰抱有一种非凡的热情。他曾以优美的文笔撰写了由唐僧玄奘口述的《大唐西域记》，并深得唐太宗李世民的赏识，这是史书上有过明确记载的。而一个佛门之人最本质的生存原则便是他一定要超凡脱俗，其中之一便是要远离女人，遏制情欲，做到色空。如此一个佛界才学俱佳的年轻和尚，当然就更不应该纠缠于那尘世的儿女情长了。

然而他们还是相爱了。

这便是历史所提供给我的一个史实。便是这史实让我激动不已。其实这就是历史的魅力。因为历史本身就是震撼人心的，而这震撼就在于这限制，这障碍，这压抑，这艰辛，和这勇敢，这悲哀。

我于是了悟了这段历史真实背后的本质。我知道那本质其实就是爱。高阳公主和她所爱的浮屠辩机在贞观年间他们都还年轻的时候，便以他们最炽热的爱情和最强烈的欲望冲破了这一重又一重的封锁，将爱演绎得如火如荼。这是多么的了不起。爱本身就已经很不容易了，而爱却还要冲决重重障碍。

这就是高阳这样的女人为什么吸引我的原因。

他们的爱情故事让我想到了雨果的《巴黎圣母院》，想到了那部人道主义的小说中那个圣母院的副主教克洛德，想到了他是怎样用拉丁文在巴黎圣母院的砖墙上刻下“宿命”那两个字。克洛德也是禁忌中人，他也有着很丰厚的学养，并且还做了天主教中很高的官。但无论是虔诚的信仰、丰厚的学识还是很高的职位，都不能阻挡他对一个流浪的美丽女孩子爱斯梅拉达的欲望。那欲望是发自心灵的也是发自身体的。那是人性。但是他不能。他身上有锁链。这便是冲突，在他自身之间的。于是他被扭曲了。被他自己扭曲了。他转而伤害那个姑娘。他是因得不到爱才重新记起他宗教的责任的。雨果塑造了这个阴暗的人物不单单是为了指责他，更是为了抨击欧洲中世纪宗教的非人性。

是克洛德副主教让我看到了浮屠辩机的灵魂。同样的禁忌中人，同样的饱学之士和同样在宗教中显赫的位置。而辩机生活在东方，而且是生活在相对文明开放的贞观时代。那个时代开放的气息一定也影响到了辩机的心灵。于是在美丽的女人面前，他没有像克洛德副主教那么扭曲，那么抑制自己，那么深怀着不可动摇的宗教责任和信仰。所以当高阳公主把她年轻而美丽的身体硬塞给他的时候，他便动摇了。紧接着不再抵抗，全线瓦解。他接受了那一切。或许是因为畏惧大唐公主的权威，或许是在他的人性中，也是深刻地渴望那一切的。尽管在他享有着那个女人的时候，他的心里也曾是痛苦矛盾的。

他们相爱了。而且做爱。他们不仅相爱做爱，而且这爱还很持久。

辩机没有伤害他用身心去爱的这个美丽的女人。他不管这个女人是不是皇帝的女儿，他人的妻子，不管她有时候是不是很任性。辩机只是爱她。毫无功利地。辩机在他的爱中也是很英勇的。他不顾一切。他是冒着生命的危险去爱他心爱的这个女人的。在那爱的八九年中，死亡每时每刻都悬在他的头顶。但是他没有躲闪，似乎也并不惧怕。辩机的扭曲最终表现在他对自身的虐待中。他是在享尽爱与性的快乐之后，自动割舍自我的。他选择了从此远离女人。他宁可在与世隔绝的寺院中以完整的男性之躯去过阉人的生活。当然最终还是对于宗教的道德信仰和对于自身的痛苦忏悔战胜了那凡世肉体的快乐。当然也许还有非常世俗的一面，那就是辩机也想在佛教界占有一席不朽之地，那是他宗教的野心。所以他忍痛割舍了他那么深爱着的女人，搬出他常常能与高阳公主幽会的会昌寺，而将心性永远关闭在弘福寺译经的禅院中。为了悔过，他终日埋在翻译梵文经典的案台上。他远离尘世，将所剩不多的心血和精力毫无保留地献给了在中国佛教历史上很著名也是很浩大的译经工程，直至他被他所爱的那个女人的父亲唐太宗李世民送上长安城那可怕的刑台。

是突发的事件将这已不再延续的爱情断送。在此之前，高阳其实已有三年不曾见过她心里依然深爱的辩机了。她是已经为辩机的宗教事业做出牺牲了。

一个小偷无意间偷了弘福寺译经的浮屠辩机房中的玉枕。偷儿被抓获。而那玉枕恰恰是高阳公主送给辩机的定情之物，仅仅是为了纪念往昔。然而败露。于是那旧往的曾经美丽灿烂的爱情便成为罪恶。

一个偶发的事件。而偶发的也是必然的。必然的便是天命。

天命也是吸引我的又一个十分重要的因素。

结果，一场如此艰辛如此凄切并且已经痛苦结束了的爱情，便败露在了一个偶发的事件中，败露在了一个无名小偷的偷盗行为上。

多么轻易，又是多么的不值得。

和尚辩机所爱的那个女人如果只是个平民女子，他或许不会被刑杀。或者这个女子即或是他人的妻子，即或是当朝宰相的儿媳，但只要不是天子的女儿，他可能也不会被施以如此残酷的腰斩极刑。

是皇帝亲自下诏。

因为是皇帝蒙受了大辱。

想高阳公主在得知了辩机的死时是何等的绝望。

因他是她的亲人。而一旦有人把她的这亲人夺走，无论这人是谁，想想她心中所郁积的，将会是一份怎样的仇恨。

她从此坐在仇恨的火山口上。

她随时准备爆发。她绝望到疯狂。而绝望和疯狂之后，便是对杀了她亲人的那个人的更加强烈的仇恨。而那个人竟也是她的亲人。那就是她的父亲。而她的父亲又是当朝的皇帝。他握有王国至高无上的权力。他想杀谁就杀谁。

高阳一直认为，她是她父亲权力的牺牲品。她身为大唐的公主可以颐指气使，但比起平民女子却少了一层生存的自由。她只能对父亲的权力听之任之。但悲哀的是，她竟然还要顽强地坚守着她的个性。

所以在解释高阳公主的性格时，有三点是我特别注意的：一是她大小姐颐指气使的傲慢天性；一是她倾城倾国的美丽；再一点便是她的强烈的性欲。

高阳的颐指气使说一不二使很多的男人陷于绝境。她看上谁，想要谁，谁就必然成为她帐幄之中的那个牺牲品。其实，这同样也是权力使然。她的权力虽然远不及她至高无上的皇帝父亲，但却在爱情的双方中占有绝对的优势。所以男人只能是服从她，做她欲望的奴仆，做她的阶下之囚。

性是高阳公主生命中的一个非常重要的部分。高阳所在的那个时代较为开放的性观念使她这种女人天然就拥有了一重她自己并不了解的女权意识。她在生活中注重性，注重性的体验，她可能认为性是女人生命中不可或缺的一部分，所以她是一定要从性的交往中获得欢乐和幸福的。这一切都说明她是个并不保守的女人。

而高阳的悲哀却在于她除了纯粹的欲望之外还有着很深的感情。她若是只把性当作生命的需要，她就不会和禁忌中的和尚相爱得那么热烈那么长久，也就不会对杀死她情人的父亲怀有那么强烈的仇恨了。

高阳是个极致的女人。她总是把一切都做到极致。爱也极致，恨也极致，终局也极致。

然而高阳尽管享尽情爱，但她终究是权力的牺牲品。她难逃所有皇帝女儿的厄运。她无论怎样地被宠爱，也依然是作为皇帝赏赐给功臣的一项奖品而任由朝廷摆布。皇帝当然是不会给予她婚姻自主的权利的，更不要说爱情的自由。皇帝亲自下诏杀了辩机，其实就是想告诉高阳：尽管你是公主，但你依然是一个女人。而一个女人怎么能擅自选择自己的爱情呢？所以唐太宗把他最爱的这个女儿给了房玄龄的儿子做妻子，他也许是为了女儿的幸福，但更重要的是为了告诉房玄龄，你是朕最最信任的朝臣。唐太宗当然不会去考虑他的女儿是不是喜欢房玄龄的儿子。他把女儿下嫁到房家只有一个目的，那就是要房玄龄日后更加死心塌地、忠心耿耿地为他效力。

而高阳公主便是这效力的凭证，和继续维持这效力的筹码。

高阳在这场皇室的联姻中是作为一个标志而不是作为一个人。

所以高阳很不幸。而更不幸的，是高阳的这位夫君竟然是天下最大的草包，是个高阳无论怎样也不会爱上更不情愿与之做爱的男人。还有更不幸的，那就是在这个草包男人身边的那些男人，竟都比高阳的这个笨蛋丈夫要出色得多。高阳怎么能够平衡？

对于高阳来说，房遗爱最大的优点是，他能够自始至终以奴仆自居。他听命于高阳，几近百依百顺。他从不敢过问高阳的事。他不过是跟在高阳裙后的一条摇尾乞怜的狗。于是这狗为高阳开辟了一个博大的可供高阳自由舞蹈的爱与性的空间。这又是高阳不幸之中的幸了。她于是才有了同房遗直，同辩机，后来又同智勖，同惠弘，同李晃甚至同吴王恪的暧昧。

原本只是想写一个高阳与辩机间的惊心动魄的爱情故事，而且，仅仅是一个中篇。但后来写着写着就发现，故事其实并不是那么简单，高阳公主并不是那么简单，而且那小说越写越长。特别是在研读了更多的史料之后，在纠葛起高阳公主与她身边的各种男人的各种关系时，竟发现这已经不是一个简单的单线条的爱情故事了。于是小说的主题从一个事件变成了一个人。而这个人便是这部小说的标题——《高阳公主》。

我所以有了如此的变动是因为有一天我突然意识到，凡与高阳公主有过纠葛的男人竟没有一个是善终的。而且这纠葛几乎都是情欲的纠葛，即是说，凡被高阳公主爱过的或是与高阳公主睡过觉的男人最终都难免一死。多么可怕。这其中唯一得以逃脱的，是房遗爱的哥哥房遗直。他被高阳的爱和恨坑害得本已死过千回万回，但是他都阴差阳错地在夹缝和空隙或是事件的时间差中死里逃生。然而他虽最终免于一死，但却也被流放他乡，结局悲惨，那也是高阳所使然。

史书上说，房遗直这个人一向书生儒雅，名士风流。自高阳公主飞扬跋扈地踏进房府，他便格外小心谨慎，宽容大度。但尽管如此，却也难逃高阳这弟媳的攻讦和陷害。不知道为什么，高阳至死都对房遗直心怀仇恨。她不停地攻击他诬陷他，甚至时常把谋反的罪名扣在他的头上。想必他们之间定然有着某种不可告人的隐秘，和因为这隐秘而结下的仇恨。直到最后，高阳才终于向朝廷状告房遗直对她的非礼。这可能就是她始终不停地仇恨着房遗直的症结所在。这时候已经到了高宗李治的永徽年间。高阳公主在绝望中挣扎出如此的罪状，且史书上又如实摘录，想必也是为了向后人暗示高阳公主与房遗直之间可能有过的那段爱又不爱的经历。

房遗爱和辩机自是不用说了。他们一个是高阳的丈夫，一个是高阳的情人。他们也都是被拉到长安西市场的那个死刑台上被斩杀的。只不过一个是被高阳的父亲唐太宗下令刑杀，另一位则是被高阳的兄弟高宗李治送进地狱，不过那已经是另一个帝王的时代了。

而在这所有的与高阳有着牵涉的男人中，我最喜欢并且最钦佩的是最文武双全最风流倜傥的吴王李恪。恪才是真正的男人，真正的悲哀与壮丽。恪同高阳公主一道都是太宗的孩子。他们也都天生有着皇家的血统。恪这个男人令我激动。他是个值得让人激动的男人。他一出现我就知道唯有他是真正可歌可泣的。他当是任何的爱情中最最吸引女孩子的那一种。所以我赋予他坚硬的棱角雄浑的体魄，还有一个男人所能有的最深的深情。我觉得恪应该是比辩机更富男子气的。辩机是真正的书生。他聪敏灵秀。他是大自然的产物。他从山林中来。他有着一对像天空和海洋一样的蓝眼睛。他就是以这大自然的禀赋和资质而吸引高阳公主的，包括他天空一样高远的清洁的志向。而恪不一样。恪是宫廷里孕育出来的一个温文尔雅又伟岸坚强的男人。他身上不仅流淌着唐太宗的血，还流淌着极尽奢欲的隋炀帝的血。所以恪是真正的王孙贵族。他拥有最最典雅的宫廷气质。那是李世民的任何其他子女都不能比的。恪的不幸是他的庶出。而庶出对恪来说是致命的。同为庶出使他与高阳从小同病相怜，过从甚密。他们曾一道骑马一道打猎，在蓝天与山林之间。他们相亲相爱是因为他们是亲人是同父异母的兄妹，但同时他们又难以抵御对方的美丽英武和非凡的魅力。他们都认为，对方才是他们终生寻觅的理想，而这理想又是在离开了对方之后所不再能企及的。于是他们无望。随着岁月的流逝朝代的变更，恪开始变得世故变得审时度势。他天然帝王的资质，又深得太宗器重，仅仅因为他的母亲是隋炀帝的爱女，他便只能与皇帝的权杖失之交臂。恪慢慢地对这一点看得很深也很透彻，所以他才能当机立断，决意远离长安这权力的中心，在偏远的江南做他天高皇帝远的吴王。恪以为他就安全了。然而最终，他依然难逃权力争斗的厄运，被莫名其妙地连坐于房遗爱的谋反事件中。

他唯一的把柄是和高阳公主过从甚密。他和高阳过从甚密本来和政治毫无牵涉。他只是深爱他的这个妹妹，她是他的亲人，他们心心相印，也许还因为他们曾有过的那段难于启齿的但却是非常美丽的乱伦的关系。然而就是为此，他竟也被从江南押解长安归案并赐死。这是他为他的感情所付出的代价。也许太不值得。但无奈恪是性情中人，他便也别无选择。

一段情感的暧昧就这样被国舅长孙无忌专权的政治所利用，所以新、旧《唐书》都声嘶力竭地为吴王鸣不平，说长孙诛戮李恪是“以绝天下望”，是“以绝众望，海内冤之”。

总之也是因同高阳公主有了干系。

由此足见高阳公主是一个怎样的女人。一个女人因她的爱而把世界搅得昏天黑地，让众多优秀的男人为她搭上性命。这是为什么？因她爱得任性，而她任性的爱所导致的，便是政治的灾难。多么可怕。高阳是因爱而害人害己。当她把她所爱的那所有的男人全都送上了断头台，她的爱还有什么意义吗？她是胜利者，但胜利者也是失败者，最后的失败者。

结局是，她也被卷进了政治的风云中，最终也未能幸免一死。

于是，便开始选择高阳的死的方式。

这是很庄严的。

史书上说，赐死。这是对宗室罪人的客气，是给他们留面子。其实无论是斩杀还是赐死，最终都是一个死，死才是实质。

而高阳的死则应该有着她独特的方式。她的任情任性和她的欲望。还有，对吴王恪的歉疚和真情。我想她应当在死前见到吴王。而同被赐死的吴王也被史书描述成"甚为物情所向"的性情中人。于是他们死前的那相见就可以任由我们想象了。情和欲。如烈火在燃烧。最后的感天动地。那疯狂的美丽的兄妹之间的欲望的爱，便终于抚慰了死。

我想这该是个多么美丽而凄婉的结局。这不仅是高阳死前所最最需要的，也是死前的吴王所最最需要的。这两个都曾被他们的父皇无比宠爱的孩子，在此刻，便只能彼此宠爱彼此安慰了。然后，杀了自己。而在杀了自己的那一刻，他们的心与身都已因那性欲的得以释放和这释放所带来的生命的欢乐而死而无憾了。那便是死赋予生的永恒。

一种怎样的激情的死。

一种怎样的悲壮。

这就是我所要的高阳公主。高阳公主就是应当这样死的。在情与欲中，死得壮美。

这就是我所编织的一个女人的爱的历史。历史是真理性的。而对于一个人来说，爱也是真理性的。

关于高阳公主这个女人，我所参照的只有史书中的这么短短的几行字，以及与这几行字相关的其他人物的记载：

合浦公主，始封高阳。下嫁房玄龄子遗爱。主，帝所爱，故礼异它婿。主负所爱而骄。房遗直以嫡当拜银青光禄大夫，让弟遗爱，帝不许。玄龄卒，主导遗爱异赀，既而反谮之，遗直自言，帝痛让主，乃免。自是稍疏外，主怏怏。会御史劾盗，得浮屠辩机金宝神枕，自言主所赐。初，浮屠庐主之封地，会主与遗爱猎，见而悦之，具帐其庐，与之乱，更以二女子从遗爱，私饷亿计。至是，浮屠殊死，杀奴婢十余。主益望，帝崩无哀容。

又浮屠智勖迎占祸福，惠弘能视鬼，道士李晃高医，皆私侍主。主使掖庭令陈玄运伺官省机祥，步星次。永徽中，与遗爱谋反，赐死。显庆时追赠。

《新唐书》卷八十三·列传第八·诸帝公主

当我将这几行简洁而又蕴藉无穷的文字繁衍开来，我觉得我便已触到这场有血有肉的爱的断杀了。古往今来，高阳公主似乎一直是一种性爱的象征、淫欲的代表，是大逆不道。但是，又有谁肯去深究她何以淫欲何以总是以身试法呢？高阳是身上压着沉重的锁链而又要拼力反抗的那种女人。在某种意义上，她应当被看作是反叛的女英雄。她的出身和个性使她敢想敢做，敢同皇权较量，特别是敢于迷恋于性。而且，她追求这快乐。这有什么不好？难道性的快乐只是男人的权利吗？难道女人就不能成为性生活的主宰？也许高阳的先锋意义就在这对于性的追求中。而在中国漫长的无比压抑的封建社会中，对性的追求在某种意义上也是对人性的追求，对自由的追求。于是，高阳公主也就不仅仅是性的象征，她同时也该被看作是个性的、人道的和自由的象征。

这或者就是高阳公主何以能穿越千年风云，而至今仍被人们留意的缘故吧。

写完《高阳公主》是在一个温暖的春天的早晨。那个早晨吹拂着很温暖的春风。而重新改写修订新版的《高阳公主》竟也是在这样的早春。很认真也是很辛苦的劳作，仅仅是希望我自己所喜爱的这部作品能更加完美。因为《高阳公主》是一部我自己想写的，而且始终为之激动的作品。我想我倘不能将这高阳的故事讲出来，讲好，我是不会安心的。

当一切终于完成之后是一种被释放了的感觉。

春天来了。多么好。接下来是夏天。

感谢上海古籍出版社的朋友们，让我在这又一个早春到来的时候，能重新审视我的《高阳公主》。我几乎是在一个字一个字地重读五年前的这部作品，也是在一个字一个字地修改着。改过的每一个字都很费筹谋。我很认真。是为了自己，也是为了更多的可能会读到这本书的人。

这甚至是一个比写作还要艰辛的过程。眼睛被那黑色的汉字引导着，让我又回到了高阳公主当年的那一片美好而最终狼藉的生活景象中。那是一个惊心动魄而又起伏跌宕的生命的流程。我对她至今怀有着强烈的热情，那是高阳公主这个女人自身所禀赋的那生命的热情燃烧了我。重读她的人生，依然被感染。印象中她依然是那样如火焰般辉煌。有哪个女人敢如她般将自己抛置在爱与死亡的陷阱中。她真是勇敢，为了爱，她情愿将自己付之一炬。那是她自己对自己的安排。所以在某种程度上，她是掌握了她自己的。她要求自己为爱而死。所以在为爱而死的时候才能无所畏惧。这就是我为什么会不厌其烦地修改那尾声。一遍又一遍。我说那尾声也是属于高阳的，属于这个女人自己的，因为那尾声包含了全部的爱与死。

就这样在四季的轮回中我把我的《高阳公主》送给我的读者。我衷心希望你们能从我的书中读出那字里行间我对世间所有女人的那一份真诚的关切。

戴着镣铐的舞蹈

我急于接近那个女人。

我想再看到那女人眼中的所有景象。我知道那美丽的四季依旧。那永远的大自然。但毕竟洛河干涸了，宽大的河床上只遗留下一道混浊的小溪。宽大的梧桐树叶上落尽夏日的尘埃。而她，却坐在灿烂而又古老的车辇中，做很多女人想做而唯有她一个女人做到了的事情。

她戴着沉重而华丽的皇冠，在漫天的血红中从天边走来。光焰四射的美丽笼罩着她，而她手中握着的，却是一柄无情的权杖。于是她变成黑色的魔鬼。挥舞着生命在漫天的血红中，成为那段永不逝去的历史。她失去至亲骨肉，脚下鲜血淋淋，但她却始终不渝地顽强爬向那天子的尊位。到处是血。血流成河。堆积如山的，尽是亲人的尸骨。而四面楚歌，无辜的鬼魂在诅咒。但是她全然不管不顾，只要能坐在皇帝的宝座上。她终于如愿以偿。以前无古人后无来者的气势，泱泱国中历史，竟有这唯一的女皇帝。

她笑着，灿烂而凄然。她说她深知人的脆弱，所以为了生，便必得有人冤屈地死。她说她已身不由己，而杀人如麻是一切君王无奈的选择。她说她看不见血。血总是流淌在她视线以外的什么地方。她说她也听不到哭声看不见眼泪，那是因为，她面前永远矗立着一道由权力铸成的严酷屏障。她的丈夫情人兄弟姊妹子孙后代们。那些她以女人的胸膛所深爱过的诸多亲人。她不知道他们是怎样流血流泪的，她只是在那个时辰突然觉出了心的疼痛。然后他们便消失了。从此无影无踪，灰飞烟灭，化作她脚下的泥土，耳边的轻风了。于是她只能心有戚戚地遥望着天边的那一缕浮云，想着，那些曾与她心心相印的亲人的音容笑貌……

然而，她却依然不能停止她的残酷。那是她作为帝王的唯一选择。她一如既往地执着于帝国的梦想，她坚信那才是人类最伟大的诗篇。于是当有一天她终于坐在了那把至高无上的皇椅上，她才得知了她所要面对的，不是生存，便是死亡。那是宫廷中唯一的法则。她别无选择。她已经信誓旦旦地登上战车，唯有竭尽全力才不会辜负她对自己的誓言。

那么，谁来帮助她？

是的，她的天生丽质、百媚千娇。女人的资质无疑让她获得了无穷机会，她也顺势杰出地运用了这“天赋神权”，一次一次地接近着龙床。她知道那是确保她不断升迁的唯一战场，她将不遗余力地同那些能够给予她生存权利的男人同床共枕，不论他们是皇帝还是太子。这样的故事从她十四岁的时候就开始了。一个十四岁的小姑娘。乳房正在懵懂中悄悄鼓胀。那时候她还不知道什么叫相爱，什么是做爱。然而她被强暴。在威严的龙床上。那个她所无限崇敬的唐王李世民。但转而又被莫名其妙地遗弃。她怎么会知道这就是她不平凡的人生的开始？怎么会知道从此她要尝尽人间的苦辣酸甜，方死而后生？

在后宫暗无天日的生活中，她终于懂得了争宠的意义。那所有的全部。听到的和看到的。生的和死的。从此她谙知了宫中女人必须争宠，这是她们得以活下来的唯一的路。于是她将四十岁以前的全部智慧都用在了你死我活的争宠中。她为此战斗，不惜鲜血淋漓，哪怕九死一生。那时候她还不知道杀戮原来是一件很残酷但却也很轻易的事，或者她原本知道却故意以为自己不知道。她的手总是纤纤如玉鲜嫩白皙，人们不曾在她的指缝中看到过一丝的血污，她自己也从来没有看到过。

然而春去秋来，在四季的轮回中她一天天老去。那曾经属于她的青春无情凋落，美丽也在不经意间悄然而逝。尽管风韵犹存她却再也追不回她对男人的魅力，于是她才像抓住救命稻草一般地紧紧抓住了皇宫里的那柄权杖。她于是对历来本属于男人的那些政事倍感兴趣。她觉得一个人（无论男女）能拥有整个王朝才是人生的极致。她从此将全部生命致力于此。她甚至不再热心于用女人的方式征服男人。

是的，有天命在召唤她，她不能不走。

于是她毫不犹豫地走进了那个男人的世界。英勇，顽强，虽九死而不悔。幸运的是天下只有她一个宫婢气宇轩昂地如愿成了那个男性世界的主宰。

这需要怎样的气魄与谋略？

从一个十四岁的小姑娘，到年近八十的女皇。那时候女皇躺在属于她自己的龙床上已经动转不能。而她的头上却依然是那么阔大的屋顶。那个时代的工匠总是建造恢宏的殿宇，所以她在那恢宏的笼罩下才会显得那么渺小而弱不禁风。是的，她享尽一生的辉煌又能怎样呢？

她不记述什么，只任着生命的流淌，任着她不息的灵魂在天命、权力和人性之间苦苦地挣扎。冥冥天意中当她闭上眼睛，不知道是否还记得做民间女孩时的那一段欢乐，或者，第一次被皇帝恩宠时那撕心裂肺的疼痛、抽搐、喊叫和眼泪，那从未经历过的女人的初夜？

所有的恩恩怨怨终于一笔勾销。她走了，不再记得那个属于她的波澜壮阔的人生。

有碑而无字。那是她自己的选择。唯有她如此选择了消解自己的一生。她觉得无论功与过、枯与荣，也无论灿烂还是凋敝，被后人敬仰还是唾骂，总之那都是她自己的事情，并且她再也听不到也看不见了。她没有了。

她寿终正寝，安息长眠，在雄伟而悲壮的陵墓中超越世俗。那种终于被解脱了的自由与放松，她甚至都不再能感受得到。唯有死亡的宫殿，浩大的黄土，以及黄土上那苍远的青绿。这就是她。在权力的角逐中奔波了一生的那个女人。

是的，我急于接近她，接近她谜一般的美丽，和她作为女人的毕生；接近她充满神性的每一寸肌肤，以及她浩大心灵中的每一个角落；接近她孜孜以求的那个大唐帝国，还有她苦心建立的那个武周王朝。在接近的途中我想看清她，看清她生存的伎俩、与男人周旋的手腕、不断爬升的韬略、把玩众生的狡诈，以及操控社稷的胆魄……

她是这样的女人。

于是，我把自己藏进了故纸堆，在层层看不见但却分明能感觉得到的灰尘中，去寻觅她的踪迹。我感谢父亲书架里的那么多史书。我埋进去，拼命搜寻。在相关的每一本书中找她，并记录下来，融进思绪。如此殚精竭虑，直到有一天，我终于觉得自己仿佛已经和她很近了。然后我便带上十岁的女儿，在那个炎热的夏天踏上离她更近的那个旅程。从洛阳，到长安。我们穿越黄河，任凭酷暑，我们几乎走遍了她所有曾经驻足的地方。我们看她的树，望她的山。无数阶梯，漫漫古道，那所有曾经的她的景观。

一路上我感受她聆听她，努力去理解她为什么这样那样，又为什么不这样不那样。当我从中原大地和西北的荒远中返回的时候，我知道在我的心里，她已经不再那么让人捉摸不透，也不再那么神秘而高远了。我知道我与她的距离已经在旅途中被缩小，我觉得我已经慢慢了解她了，也能够尝试着用自己的方式去描述她了。

然后我便告别繁扰，拔掉电话，缩进了自己的小屋。我开始睡不好觉，也动不了笔，终日处在一种莫名的紧张和烦恼中。我继续读史，夜以继日。重温那些古人对她的记述和评判，直到有一天我彻底厌倦了，不再想听别人讲起她的故事。然后在一个清晨五点的时候我突然醒来。天蒙蒙亮。蒙蒙亮的夏日的凉爽。我坐起来。我突然想，这个时辰是不是她也该起床了？

我知道这就是她那个时代早朝的时间。她要梳洗打扮，将天生丽质公之于众。那时候她刚刚进宫，住在掖庭的永巷中。永巷深远而狭长，伸展着后宫的悲哀。那时候她还不知道自己从此要远离亲人，住在永巷阴冷潮湿的房子里度日如年。她带着十四岁少女的浪漫在这个灰蒙蒙的清晨走出她的小屋。她端着手中的铜盆到井边去打水。她揉着眼睛，然后抬起头，便刚好看见了从终南山飞来的一群乌鹊。那乌鹊鸣叫着穿越皇宫。她怀着憧憬怀着未曾脱尽的少女的童真，走向聚集着宫女的井边。她知道新的生活开始了……

因为她天生是女人。是女人她便必然知道美貌之于女人的价值。

因为她又是这样的一个拥有美貌的女人，她便必得会为了获取男人的宠爱而使用美貌。

美貌是后宫女人相互倾轧的武器，也是她们为了活着而拼力奋争的一部分。她们妒忌自己以外的任何女人。她们认为女人便是女人的天敌。她们如此不惜伤害他人地争来争去，无非是为了保护属于自己的那一份天子的宠幸。

便是这种你死我活的后宫生活养育了武曌，让她慢慢体察到帝王的宠爱对一个后宫的嫔妃意味着什么。权力，是她过去不曾想的，过早开始的后宫生活让她在被冷落的痛苦和绝望中学会了做一个聪明人。她是在变得聪明起来之后才意识到，女人单靠美貌是不够的。要想获得更多的安全感，她必须不惜一切地拥有权力。于是她开始在权力的阶梯上步步攀升。从唐太宗那里成为才人，又在唐高宗身边荣膺皇后。几经风雨之后她终于大权在握，而权力又使她这样的女人逐渐超越了性别。在不断前行的路上她变得愈发老谋深算，慢慢地竟也学会了将宫廷政治玩得炉火纯青。不过她的身上也有与众不同的地方，那就是残忍中附丽的那一份女性温婉的色彩。

后来她开始在政治的海洋中游泳。她游得很好，因此便成了一个有野心的女人。但是为什么历史就不能把她说成是一个有理想的女人呢？野心和理想的差别究竟有多少？总之历史在一位女性的伟人面前摇摆着失去了公正。那历朝历代正统的历史学家们，似乎都被这个敢怒敢恨敢想敢做并最终登上王位的女人吓坏了。他们于是口诛笔伐，女人怎么可以当朝？天下岂不因此而失了方圆？他们甚至不愿在记述历史的文字中，将一丝的理解施舍给这个气吞山河的女皇帝。

我曾一直被这些男性文蠹的历史话语所控制，好像唯有经由他们的引导才能真正了解那段历史、那个女人。但他们却在很多方面不能够给我一个正确的结论，更不要说那种性别的起码公允。在他们的笔下，武曌始终是一个心狠手辣、荒淫无度的女人，她除了滥杀无辜，就是窃取国器。如此方圆百里，上下千年，武曌的作恶多端好像已是板上钉钉。一度我曾被他们的结论所左右，直到有一天，我想，去他的历史吧，我再不愿戴着他们的眼镜去思考了。于是我终于下定决心，当即把一摞摞的关于这个女人的史书全都塞回了书架。

然后开始。

记得写作前我曾经反复对自己说：我一定要以我的方式，用我自己的目光。我要站在人性的立场，把她当作一个纯粹的女人来写。我要以我的一颗女人的心去理解另一颗女人的心，自始至终设身处地地为她着想。我要能够感觉得到她的所有情感情欲，还要触摸到她所有的魂牵梦绕，长歌当哭。我要在她做出的每一个选择背后看到她心灵的真实轨迹。我要写的，将不是一个女人的奋斗史，而是一个女人令人震撼的心史。

于是我想，此刻如果是我被关进了那个人间地狱般的感业寺，如果是我被迫弃绝世间的所有欲念与愿望……

是的，她还那么年轻那么美丽。她已经知道了爱情是一个怎样的境界。她触摸过那些她爱与不爱的男人，她也承受过那些爱她与不爱她的帝王。她还需要那些男人就如同那些男人也需要她。她还有今生今世都不得相见的母亲和姐妹……但是她此刻却只能斩断这一切人间的丝丝缕缕。是的，没有退路。她从此只能在这个与世隔绝的寺院中了此残生。

洛阳。

我并不能从这个古老的城市中寻到她一丝的踪影。这里没有她的痕迹。她仿佛从没有在这里生活过。这里哪还有一丝的大周帝国气派？那女人的气息也仿佛早已荡然无存。炎热的酷暑。没有风。硕大的梧桐树叶上落满灰蒙蒙的尘埃。空气是凝滞的，水也不流动。没有气象万千，而山，总是很遥远，很迷茫。

而我为什么要来这里？为什么还要那么费心费力地苦苦寻找？

天气那么热。唯有当我们的汽车穿越横跨在伊河的那座大桥时，风才会从很远的山中和水上吹来，而那深藏的浩大气象也才会赫然映入我们的视野……

终于看到，龙门石窟就那样气势恢宏地悬挂在峭壁之上，使人觉得那是天工。然后沿着崖壁的一个个佛龛向前走，直到终于看到了与武则天息息相关的那尊顶天立地的卢舍那佛像。佛像神圣宏伟、宁静庄严，就那样端坐在石壁中央，任江河日月。佛像是用武则天的脂粉钱建造，传说那就是女皇的模样。于是我为石壁上的那个女人拍照，不知道那是否真的就是那个仪态万方的武则天。总之我拍下多少张照片，那佛像就有多少种神态。她或者恬静超然，或者骄矜傲慢，或者目空一切，或者慈悲善良。总之你无法参透。那么不可捉摸，但又是无限的完整。据说这里曾有一座叫作奉先寺的佛院，但终因年深日久，木结构的建筑被彻底毁坏，只留下石壁上镶嵌木榫的石眼供后人唏嘘。但幸好石雕的女皇在，永远矗立那里，展现盛唐风采。

驱车穿越古隋唐东都城的遗址。在一片片绵延起伏的田野中，车没有停，只看到一块界碑匆匆闪过。而我一直寄厚望于洛河，因为那是助武则天最终登上皇位的一脉神水。我想那水应当是滔滔滚滚，被两岸丛林掩映……但却依旧事与愿违，我所看到的洛河竟然只是一道蜿蜒的断断续续的泛着浑浊污水的小水沟。我千里迢迢来寻的难道就是这样的一个所在？后来我只好安慰自己，毕竟沧海桑田，当年托起武则天的那条洛河肯定气象万千。

后来又去了那个声名赫赫的白马寺。如果不是武皇帝曾与这里的住持薛怀义献演过一段惊心动魄的爱情悲剧，我大概是不会在此驻足的。白马寺红色的高墙炫耀着一种热烈的情感，仿佛火在燃烧。可惜寺院中修行的僧人们都说不知道薛怀义这个人。我于是惶惑，想或许纯正的寺院历史中，不会记载薛怀义这种曾与女皇有过恋情的和尚。于是不再抱希望，只随手买下了一本关于白马寺的小书。

回到宾馆后翻读那本书，得知白马寺历史悠久，甚至是中国最早的佛教寺院。它北依邙山，南望洛河，绿树红墙，梵殿宝塔，想来如此庄严肃穆的地方是容不得爱和欲的。但是读下去，竟读到了这样的文字：隋唐两代，佛教极为兴盛，寺院有了自己的产业，中国式的佛教业已形成。武则天极力提倡笃信佛教，特指派怀义为白马寺住持。从此怀义大兴土木，扩建寺院。武则天也曾多次亲临这里，形成风靡一时的崇佛热潮……

这本小书如此巧妙地暗示了武曌与薛怀义间的宗教关系，但却回避了他们之间被史书言之凿凿的淫乱。这种为尊者（尊者一为佛教，一为武则天）讳的传统自然应该尊崇。

据说武皇帝经常来此进香时的白马寺比现在气派许多，寺门前有高大的石牌坊，寺周有宽阔的河水环绕，寺内殿阁辉煌，偏院多处栽满梅、兰、竹、菊、杨柳、梧桐……可惜这一切今天都没有了，只留下那袅袅香火和钟磬之声绕梁不去，也算是对斯人的某种怀念吧。

疾驰的汽车沿着旧时古道离开白马寺。两岸是苍翠的耸入蓝天的梧桐。想这可能就是当年通往武曌寝宫的那条故道吧，我计算着这里与唐皇城遗址之间的距离，仿佛看到了当夜色降临，高大伟岸的薛怀义便骑上他的高头白马，伴随着明月和璀璨的星辰，从这里直抵武曌温暖的怀抱。

后来又去了洛阳城外的邙山。在宽阔的山脊上看到了成群结队的墓冢。古往今来，九朝国都，邙山已是漫坡王公贵胄的尸骨。那是一派怎样苍凉的景象。由一座座隆起的坟冢组成的山脉。古墓展览馆陈列着无数从邙山挖掘出来的稀世珍宝。那些已深埋千年的陶器与彩俑。在那里我第一次看到了那个骑在马上的女人。那么生动的一个唐代的彩俑，就高傲地裸露在玻璃的展台中。这个骑马的女人穿着悬垂的长裙，头上裹着柔软的丝巾，丝巾外面是一顶男人的毡帽。马上的女人显得既优雅又英勇，那种女人骑马时独有的英勇和独有的美。那一刻我觉得自己仿佛真的看到了武曌。我知道她骑在马上狂奔的样子就该是这样的。

后来又看了翠峰岗上的上清宫。据说这里也是唐时留下的一处行宫。只是宫门紧锁，锁住了那将近两千年的凋敝。这里凋敝得实在令人感伤。到处是散落的石碑，那石碑或深埋地下，或倾斜躺倒，或者干脆被当作半段墙基，支撑着荒无人烟的旧园。而你只能站得高远，才能透过古树看出这座唐时殿宇的旧时气象。

没有能去的那个地方是偏远的恭陵。我一直为此而心怀遗憾。想去恭陵是为了武曌留葬洛阳的太子李弘。后来高宗武后举家迁回长安，弘就被永远地留在了这个本不属于他的故乡。弘是武则天生下的第一个儿子，也是她最最疼爱的。弘的诞生无疑给武曌带来了无尽的欢愉和生存的安全感。她曾经那么爱弘，不愿把他单独留在任何地方。在她与高宗带着所有家人前往洛阳的路上，每当她想到弘要独自一人留在长安那冰冷的太极宫中监国，就不禁满心伤痛，潸然泪下，以至于必得让皇家浩荡的车队停下来，直到禁军把幼小的李弘接来，直到她以母亲的温暖把弘紧紧地裹在怀中。她是那么爱他，而他却偏偏要在二十四岁的青春上溘然长逝。弘的死至今是一个难解的谜。或说弘对残酷的母后已完全绝望，不愿再承受无辜的罪名了；或说弘的反叛激怒了武曌，于是她便用鸩酒毒死了自己的儿子。总之弘被埋在了景山的白云峰。高宗特意为这个早夭的太子修建了宏大的陵墓。墓地的气势体现了武曌的思念与哀伤。如今那绵延的墙基依然，一对对伟岸的石雕依然。而陵墓东侧与太子冢遥遥相对的，则是那个谥号为哀皇后的凄凉坟冢……

登基并不是终点。

这个终于称帝的女人有着江河日月的气派，亦有着气壮山河的伟业。她还要怀抱起她的大周帝国，那曾是她多少年来梦寐以求的。如今那梦已经被她抱在了胸前。抱在胸前时的那一份沉重，本不是一个女人所能承受的。一个偌大的建立在大唐基业上的来之不易的大周帝国。多么伟大！此时站在则天门楼上的女皇满眼所见，应该尽是大红的旗帜，血样的飘扬，还有如排山倒海般呼啸着的她的子民的欢呼……

红色。一个女人喜欢的颜色。而唯有武曌使那女人喜欢的颜色变成了国家的颜色，于是武曌不朽。不知道历史面对这样的景象，是应该骄傲，还是悲哀？

如此一个六十二岁的女人站在高高的门楼上，向天下宣布一个新的帝国诞生。而她就是这个帝国的创造者，并且还将引导帝国走向强盛……

在如此壮丽辉煌登峰造极的时刻戛然而止，结束对一个做了女皇的女人的全部描述，我原以为是明智的。于是我告别她，掩去了她生命中最后那十五年的沧桑岁月，也掩去了她白发苍苍、力不从心，最终无奈在上阳宫孤独死去的悲凉结局。然而随着时间的流转，慢慢地我才意识到，如武曌般古往今来绝无仅有的女人，止于六十二年岁月的描述是不能穷尽她轰轰烈烈的一生的。而她在最后的生命中所献演的那惊心动魄、跌宕起伏、镂骨铭心，亦是古往今来所绝无仅有的。

于是便有了我在结束了《武则天》“上篇”“中篇”“下篇”之后的那个详尽的“附录”，以作为这个女人登基后十五年漫漫生涯的一个备忘。这个备忘仅只是一个简单的交代，并不能将这个女皇帝最后十五年的人生描画得栩栩如生。所以我才决意将“附录”推衍开来，续写“终篇”，使之与以前的三“篇”汇合起来，形成整部小说的构架。应当说每一“篇”都是这个非凡女人的一段生命之河流，也是这位千秋帝王的奋斗之心路历程。尤其“终篇”将叙写这位女皇帝的霸业辉煌以及一个老女人的悲凉之殁。我要透过岁月的蚀痕去触摸那个女皇晚年的一颗苍凉的心。而此时距离我写作《武则天》的前三“篇”已经过去了整整三年。

从女皇继续与和尚薛怀义的恋情到这恋情的结束，从她和这个男人急不可耐的床笫之欢，到最终将他残忍地杖杀，都发生在这十五年。而女皇以其年近八十的老迈年华，却还要在如花似玉的美少年张昌宗张易之兄弟身边享尽风流的宫闱丑闻，也发生在这最后的十五年。如此，我们可以判断则天大帝这个非凡的女人是有着超凡而饱满的情和欲的。她竟然不曾觉出四季的无情、时光的匆促，而只任凭着生命耽溺于她其实早已力不从心的激情中。

但毕竟不尽的年轮已经无法为武曌保住她昔日的美丽，而日复一日剥蚀着她的，还有大周帝国强加给她的那无尽的政务。边陲的战乱频仍，朝臣的钩心斗角，还有更让她疲惫不堪的，那就是李姓与武姓子嗣间为了争夺继承权的角斗。她对此总是心存犹疑，进退两难。李姓的子嗣是她亲生的，但让亲生儿子继承皇位就等于是复辟了被她自己推翻的那个大唐王朝，就等于是背叛了自己。而坚持武周帝国，就等于是将王位交给武姓的远亲，而她又从来不曾真的信任过那些心怀叵测的“外人”。女皇被如此政治风云折磨着。她想急流勇退，但又不能不全力以赴。她忽而冲进疾风暴雨，忽而又从风云变幻中淡出。在如此进退两难之间，她终于再也抵不过年轮的荏苒，以至于最终只能心力交瘁地躺在上阳宫的凄冷荒凉中，从此挨着动转不能的最后时光。

多么悲哀。

她最终将有滋有味有光有彩的生命坚持到了七十八岁。那一年由她钦定的年号叫“神龙”。

在女皇年老体衰、再无还手之力的时候，她被自己的儿子赶出了洛阳的皇宫。当生命垂危，她的政治使命自然也就完结了。她终于失去了权杖——她一生的最爱。当那驾昔日华丽的车辇载着奄奄一息的女皇离开宫城的时候，那是怎样的凄怆与悲凉……

当我看着已沦为“上皇帝”的武曌在上阳宫的荒寒中死去，我知道，我终于以我的方式完成了她。

算是寿终正寝，也算是无悔无憾了。女皇在“神龙革命”的剑戟中被迫离开了皇位，但她却幸运地没有死于非命。她死在已经先她而去的大周帝国的神都洛阳，沉没于中原大地的那一派浩大的气象中。她是半年后才被她的儿女浩浩荡荡地送回长安与高宗合葬的。她终于有了葬身之地，多不容易啊！她曾经为此而痛苦，痛苦到绝望。那时候她已经不再有任何奢望，唯一的要求是找到一个命的归宿。这归宿十五年来困扰着她，那是因为她一直不能肯定，百年以后究竟是由她的儿子还是她的侄子来为她送葬。不过她最终还是以她的大智慧解决了这个难题。于是她也便如愿以偿地为自己找到了那个气势恢宏的去处。

与高宗李治的墓碑咫尺相对的，就是女皇武则天那高高耸入云天的无字碑。

是非功过留待未来，这也是她作为伟大女性的伟大情怀。

登基对于武曌来说当然是生命的巅峰。当她站在高高的则天门城楼上，她以为她的生命才刚刚开始。她是在拥有了武周帝国之后才开始凋落的，一天一天地，生命从巅峰之上坠落。但是她却很久很久都不曾自知。那是生命自己的流程，不是武曌的。所以它径自完成。缓缓地，循序渐进地，走向衰落。然后在茫茫的黑夜中，陨灭。

我知道创作历史小说对我来说是一个全新的领域。用今天的笔去驾驭那些尘封的往事并不是一件轻松的事。尽管我们有我们自己的方式，但历史似乎永远是真理性的。那些最基本的历史事实不容违背。所以我们必须要钻进故纸堆。我们要尽力弄清历史人物的复杂关系，以及历史事件的来龙去脉。我们还要了解当时的政治制度、意识形态、人文景观、风土民情，以及服饰的特点、建筑的风格，等等。烦琐考证无疑会扼杀想象力，但我们又不能不耗费大量的时间去研究大量珍贵的文献。只有当这一切被我们翔实地占有后，只有当我们对那段历史中所发生的所有事件都耳熟能详，似乎才谈得上我们的方式。总之我们的方式是建筑在坚实而博大的历史基础上的，拥有了这个基础，我们才能够真正地随心所欲，恣肆汪洋。

所以，写作历史小说其实很难。

我便是在这样的基础上创作了《武则天》。我知道，只有当我了悟了历史我才可以驾驭它，但是我又不愿沦为历史的应声虫。我不想在重塑历史时重陷历史的泥潭。我必须摆脱那种貌似公正的男权历史的圈套。为什么古人的论断就一定是不可逾越的呢？我只有坚持那种批判的意识，历史也许才会闪出新的光芒。

如此我选择了自己的方式。我的方式让我在写作中充满激情。而更加令我兴奋的，是这些历史话题所给予我的无限的创作空间。我可以在讲述一个古老的故事时，充满了想象力地去探讨一种人性的可能性、心灵的可能性，以及生存选择的可能性。一个怎样博大的可以供人性舞蹈的舞台！在历史提供的已变得僵硬的脉络中，你可以天马行空地填充进去鲜活的生命；在千年遗留的已经干枯了的骨骼中，你可以挥洒自如地让那些可感可触的血肉灵动起来。

在《武则天》的写作中，众多历史的禁忌多少束缚了我的感觉，所以我一直说写历史小说就如同戴着镣铐的舞蹈。你将永远被史实限制，但又永远想让人性飞扬。如此我完成了她，完成了这个女人。这就是我的方式，让武则天穿越遥远的时空，来到今天的你们面前。

当我终于记述完这个女人的一生，很深的深秋已经到来。棕色的落叶开始随风飘舞，手指神秘地疼痛着。那一刻我身边没有亲人。我突然觉得孤单。一种莫名的苍凉和恐慌。我知道告别她的时刻已经到了。

然后是温暖而又感伤的梦想。

我独自一人走在悠远的古道上。向前，向着那个将她深埋的墓地。有灵魂在飞舞。石人石马的仪仗在身边匆匆闪过。而我一直在想的，却只有那个曾经叱咤风云的女人。她需要怎样的勇气和意志，才能如此沉静地告别她喧嚣的一生。四季是永恒的。墓道向前伸延。有金黄的秋草飒飒摇动，在山野的风中奋力支撑。大自然沉默，信守着忠诚，对那段血腥的往事秘而不宣。古老而沉重的，是那四季的永恒，就如同某些永恒的生命。我这样向前走着。那时候我已经心绪平静。因为我终于参透了一个天地之间的真理，那就是无论我怎样地企图接近她，我都无法真正地了悟她。她是那么遥远，我将无法靠近。

是的，没有谁能改变那个大自然。斯人已逝，便带走了她的全部，全部的心灵与肉体，全部的思绪与真实。那么留给我们的还有什么？企图接近的愿望，费尽心机的揣度，以及，永远不可能与真正的真相吻合的那万般无奈。

所以我不再奢求，决意合上那本书，合上那段往事。

我独自站在高高的秦岭之上，想象着被掩埋在大自然中的那个女人，她真的拥有过那些吗，她的爱和她的帝国？她的心确曾破碎过吗，带着泪水和血滴？可我们为什么看不见，那一直被她掩藏的忧伤？

于是，在瑟瑟冷风中，唯有她的那一份女人的伟业，她的那一番英雄的壮举，留了下来。让人们看到，就是那样的一份惊心动魄，就是这样的一番地久天长。她因而融化在高山流水中，融化在四季的轮回中。她于是成为大自然的一部分。成为历史，也因此永恒。

但是，她心里的那支真实而凄婉的长歌呢？

我屏住呼吸向前走。很冷的山野的风吹过来。然后黄昏慢慢降临，黑夜张开了它无情的翅膀。一切无辜的或有罪的灵魂，又开始在旷野的弥漫中巡游。然后我便扭转身，在惊恐中离开了那条漫漫古道。

哦，我终于听到了背后的窃窃私语，还有那首被深深隐藏的悠远的长歌。

从尘埃里开出花来

2005年是中国电影百年。

此前，我完成了三十集电视剧本《阮玲玉》的创作。一次疼痛的写作。长歌以当哭的。哪怕早已经完成，阮之于我，却仍旧犹如镜中的水，瓶中的花。是只可以遥望，不可以切近的。之所以要做这样的事情，仅仅是因为我迷恋阮这个女人。一个如此璀璨的生命，而又是，那样灿烂短暂。像一颗美丽的流星，在天空划过，燃烧着，而后坠落。那凋落的凄凉。

这又是我的一次关于女人的写作。阮的生平，她的爱情，以及她那倾城倾国的死亡。阮出身微贱，而却能献身于艺术。她热爱电影，却不曾拥有那完美的始终。她崇尚爱情，但遭遇的，却又总是男人的负心和欺凌。

于是让人想到了那个骄矜无比的张爱玲。她的小说写得那样的惊天地，而在送给胡兰成的照片背后，却写着这样美丽的微贱：

> 见了他，她变得很低很低，低到尘埃里，但她心里是欢喜的，从尘埃里开出花来。

这难道不是在说天下恋爱中的女人？这难道不是对那些糊涂女

人的至理名言？当然，这也是阮玲玉毕生爱情的概括和印证。

阮于是在尘埃中开出花来，而后硕果累累。这大概也是阮所始料不及的，她的最终的辉煌，生前身后。而她的辉煌来自两重的塑造。一重来自电影，而另一重，则得益于爱情。自投身电影，阮就没有离开过这双重的滋养。在爱情的激励下投身艺术，又在艺术的滋养中感受爱情。于是她如此走过人生，直至她对人生的失望使她再不愿拥有人生，乃至生命。

这个女人曾经是怎样的光照天宇，以至于到了今天，我们依然能记住她。而她美丽的影像和非凡的表演，也成了历史的一部分。在黑白的无声电影中，阮堪称女皇。她的短暂的一生为她留下了很多影片，而最后的一部，是“联华”为她拍摄的那无比美丽而悲哀的葬礼。她的谢幕依然是如此的辉煌，以至于被当时的《纽约时报》称为“世界上最伟大的哀礼”。而紧随她身后的，还有鲁迅先生的那篇论及“人言可畏”的文章。

说红颜薄命，红颜何以就一定薄命？阮玲玉就是证明。

那是1935年的3月8日。一个戏剧性的死期。一个刚刚完成了《新女性》拍摄的女人，却要在国际妇女节的这一天，结束她新女性的生命。这是讽刺，还是反抗？

所以阮的死被看作是社会的，但也许只有阮自己才最清楚，在事业的顶点让生命坠落，是因为她对她爱过的男人已经彻底失去了信念。于是阮采取了那种扭曲过激的方式——烧掉自己的船。然后将生命淹没。

我的故事是这样开始的——

天是阴沉的。下着早春的冷雨。人们急匆匆的脚步，仿佛在奔赴什么。雨打在油布雨伞上的细密的声响。

地方法院的门前人山人海。人们拥挤着，争先恐后。在雨中赶来旁听张达民状告阮玲玉案件的审判。他们脸上的神情是复杂的，兴奋却没有笑容。那是种古怪的肃穆。一些人的手中高举着阮玲玉的照片。照片上是阮生前甜美的微笑。但拿着照片的人却在哭泣。眼泪和雨水交织在一起。

法院黑色的雕花大门紧闭，将人们阻挡在阴冷中。

接下来一辆白色轿车驶来。人们无声让开道路。唐季珊出场。他一身缟素，脸上是哀戚的神情。人们当然知道这个男人是阮玲玉的丈夫，只是一时还难以辨别他在阮的死中所扮演的角色。于是人们茫然地看着他走进法院。

然后人们期待的另一辆汽车到来。车中的男人还没有下来，愤怒的人群就已经将汽车包围得水泄不通。显然人们对车中的那个男人深恶痛绝。咒骂声，唾沫，砸在那个男人身上的各种物品上。于是男人只能在法警的护卫下捂着脑袋冲向法院。他高喊着，我不是原告，我不是张达民，我只是律师……

黑色的雕花大门轰然打开。

人们蜂拥而至，如潮水般。

放慢的镜头。法官走进法庭。

唐季珊代替阮玲玉站在牢笼一般的木桶中接受审判。

法官质询原告张达民何故不能到庭。律师答因病。旁听席中顿时一片嘘声。阮没有了，张的诉状还有什么意义呢？

接下来法官质询被告阮玲玉何故没有到庭。法庭内长久的沉寂。旁听席传出抽泣声。一个旁听者缓缓举起阮玲玉的照片，将她的甜美的微笑朝向法官。

法官摇摇头不再追问。

谁都知道阮的何以不能到庭。

而此刻殡仪馆正在为阮举行隆重的悼念仪式。鲜花丛中沉睡着那个不幸的女人。她依然美。那种永恒的美。静美。她已经看不到人们在流泪。当然也再不会陪着那些爱她的人们欢乐或者悲伤了。

法庭审理的过程简捷而明晰。

法官起立宣判：驳回原告，阮玲玉无罪。

旁听席终于传出人们不再遮掩的哭声。像浪潮一般的。

阮玲玉出殡的宏大场面。

镜头从送葬的队伍推向阮玲玉的巨幅遗像。

口琴吹出阮玲玉悲伤而悠远的旋律。那是只属于她一个人的歌唱。

然后是阮玲玉萧索而悲凉的墓地。只有黄昏中的芦苇闪着点点忧伤的光斑。而如今，也许连这一片小小的墓地也已经无处寻觅了。

我之所以要写这个悲伤的结局，就是为了让人们看到那两个将阮推向死亡的男人。阮在她的短暂的生命中曾经是那样深爱着他们。而他们之间的明争暗斗又将阮推向了那个绝望的深渊。阮便是在这双重的挤对中自绝于尘世的。在失败的爱中阮看不到光亮。前方似乎只有沉沉的黑雾。那么阮便只能去往她的天堂了。阮相信那里一定是没有痛苦烦恼和悲伤的。当一个人连死亡都不再惧怕，当一个人觉得死亡都是亲切而美好的，足见尘世带给阮的是怎样的苦难与黑暗，以至于阮终于下定了决心——我欲乘风归去！

阮 1905 年出生于上海的一个工人家庭。阮从小生活在贫穷中，却从不乏亲人的爱，于是这爱便也锻造了阮的性情。父亲的早逝让母亲含辛茹苦地去做有钱人家的女佣。在十里洋场的旧上海，阮是透过地下室昏暗的窗户，了然了什么叫富有什么是贫困。于是阮不甘，向母亲索取更多。然而她向母亲要求的并不是财富，而是对母亲说，我要读书。

一个女佣的女儿，说她想要的是知识，足见阮从小就是一个怎样与众不同的女孩。然后便是在母亲的努力下，阮如愿以偿上了私塾，后来又从私塾转到了上海著名的崇德女子学校。从小学，到初中。阮尽管没有因此而改变她的贫穷，但是读书的感觉却让她无端地高贵了起来。而她在中学时最喜爱的书，竟然是那本《邓肯自传》。她崇尚那个自由而反叛的美国舞蹈家。于是她让自己渺小的人生，从此也随邓肯一道飞扬了起来。

紧接着爱情到来。

那时候阮只有十六岁。十六岁的花样年华。

然后我们就读到了著名电影导演费穆追忆阮玲玉的文字。

费穆的《小城之春》至今被视为中国电影史上的一部经典。然而费穆之于阮玲玉的意义却鲜为人们提起。阮的电影表演的巅峰时期竟有三部电影是与费穆合作。其中《城市之夜》是费穆的处女作，接下来便是《人生》和《香雪海》，主角都是阮。尽管那时候的阮玲玉已经声名远扬，但费穆娓娓道来的叙事风格还是为阮开辟了一片崭新的表演空间。从此他们成为挚友。

当然我并不是想说费穆和阮之间艺术的和生活的友谊，我只是想说在合作了三部作品之后，费穆对阮玲玉应该是怎样地了解。尤其他作为一名电影导演，对一个演员的内心又该是怎样地洞悉。

于是费穆在阮玲玉死后无比悲伤。后来还深情叙写了关于阮的文章。

费穆说，阮的身世，谁都知道甚为凄凉。她第一次的爱情给了某先生，而未被某先生所珍视。

而费穆所说的那个某先生，就是给了阮初恋的张达民。而这个张达民竟然又是阮的母亲做女佣的那个富有家庭的少爷。所以无论阮怎样崇尚着自由和独立的思想，她的爱情还是终究没有能够脱出少爷和女仆的那个传统的窠臼。只可惜无论是阮，还是张，都不曾用文字记录下他们当初的青梅竹马、两心相悦。但显然身份地位的悬殊是存在的，日后也必然会在他们的爱情中发生作用。直到他们同居，阮始终没有改变过自己要从张家专供下人使用的后门出入的状况，而张的富有的家庭也从未认同过这种被他们所不齿的感情。

他们便是在这样的背景下开始了长达十年的感情牵扯。而阮的电影生涯也恰恰是在这十年中有了千曲百回的发展。最初的时刻，阮一定是抵挡过张的锲而不舍的追求。因为读书的经历告诉阮，依附于一个阔绰家庭的少爷并不是她的初衷。阮未来雄心勃勃要做的，是成就一番如邓肯一般独立自由的事业，是要像那个时代所有进步的女性那样，摆脱掉所有封建桎梏的束缚，让自己的生命附丽于美好的憧憬之上。所以她怎么能年纪轻轻，就将自己交付于富家子弟，让自己为之苦苦奋斗的理想毁于一旦呢？尽管，这已经是她那个时代的贫穷女孩最好的命运了。

阮的愿望固然是进步的，而张达民面对如此爱情所表现出来的，则是更为激进的选择。也许背叛自己的家庭，已经成了那个时代富家子弟的某种时髦，于是张坚定地选择了和自己的家庭分道扬镳，下决心从那座大房子里搬出来，并用自己的零花钱，为阮玲玉母女租下了一套住房，让她们的生活从此衣食无忧。

张如此的毅然决然无疑证明了他对阮的爱情。张能这般以牺牲自己的前程为代价，深深震撼了阮，并使她无限感动。张所献演的，是一幕“金钱诚可贵，爱情价更高”的诗剧，这大概便是阮后来为什么在张已不堪地堕落之后，还不肯真正离开他的缘故吧。阮知道张在这场爱情中所付出的代价。于是一个新的压力呈现于阮的面前，那就是从此屈服于张的穷追不舍的爱情，还是继续留在崇德女中完成她的学业和理想？

可惜阮在面对人生如此重大选择时只有十六岁。一个十六岁的贫穷女孩在张所交付于她的那么复杂的选择面前，是很难做出准确选择的。或者阮已经被逼到了绝境，或者她满怀了感动，或者她也深爱着张，也或者，因为她怀了对张的难以释怀的深深的歉疚……

阮到底还是做出了选择。她流着眼泪告别了那个寄托着她毕生梦想的崇德女中，把自己无条件地交给了张。她以为爱情就是一切，就是未来。

阮不知道她所迈出的这一步，事实上是将自己置于了死地。她也不曾知道死过方能后生。她只是一味地沉浸于张的爱情之中，相信爱情能够战胜一切，却不知道张在家庭的威逼利诱下也会软弱，也会有一去不返的时候。

直到张如“黄鹤一去”，阮大概才如梦方醒，幡然悔悟。当她终于睁开了眼睛，才发现没有了张的资助，她和母亲的生活几乎已经难以为继。母亲没有了工作，她没有了学上，连起码的生活都难以支撑，阮觉得这一切都是她的错，是她让她和母亲的生活变得如此水深火热的。于是在深深的忏悔中，阮读到了报纸上那条对她的未来将发生巨大影响的招聘广告，大上海大名鼎鼎的“明星影业公司”正在为即将拍摄的影片《挂名的夫妻》征聘女演员。

阮如获至宝。她的喜悦足可以抵消了爱的失意。尽管心怀惴惴，甚至对应招不抱信心，但是阮还是让自己大胆地迈出了人生的这一大步。当然她从未期待过电影会让她青云直上。在那样的时候，阮找工作，仅仅是为了含辛茹苦的母亲，为了能聊以为生。

阮的年代，比文明戏更先进的电影，已经慢慢地被上海的市民所接受，甚至当作了一种时髦的东西去欣赏。而中国早期从事电影这种外来艺术的，也大多是学贯中西，留学归来，既掌握了西方先进的文明，又拥有深厚的民族学养，同时还对现实生活满怀了责任感的杰出人士。于是电影中的女演员，也就不同于传统戏班中那些所谓的“戏子”，成为更多年轻人追求的理想，甚至许多富家子弟、世家闺秀，都成为早期中国电影炙手可热的人物。

倘若阮的生活中没有张，倘若张没有将阮一家逼入绝境，阮或许不会这样背水一战，步入影坛。

这时候阮的爱情已经露出了晦暗的端倪，阮不是没有感觉，更不会毫无苦痛，但是阮宁可以一种乐观的姿态为自己争取未来。于是幸运降临。阮如愿以偿获得了那个角色。从此阮便阴差阳错地成为“明星”的女演员。而《挂名的夫妻》也使她很快家喻户晓，阮从此开始向她的事业巅峰攀缘。

接下来阮的成功反倒刺激了逐渐淡泊的张。而张的家境也刚好因为张父的辞世而日渐式微。或者阮早就应该在那样的情境之下急流勇退，但是她犹豫徘徊。因为她的心软。她大概不是没有看清张的嘴脸，而只是觉得她不能落井下石，有负于人。毕竟，张曾经做出过那么大的牺牲，才换来了他们之间那段浪漫的青春爱情，那是阮不愿忘怀的。

于是阮根本就不可能了悟什么叫作“当断不断，必有后患”。阮只是一味地与浪子回头的张分享着她成功的喜悦，而忽略了已然埋下的那一抹永恒的阴云。阮的快乐在于她终于找到了她喜爱的并且能够愉快胜任的电影职业。她想既然她都能够征服电影，为什么不能征服张呢？

而这所有的一切，都发生在阮的十六岁。这一年阮还不懂愁的滋味，更不可能了解爱情之于人生究竟意味着什么。

阮在“明星”迅速蹿红，影片一部接着一部，自然成为越来越多的影迷的偶像。同时阮的收入也让她扬眉吐气，从此再不要母亲去做女佣，也再不要张的施舍了。这种经济的独立无疑让阮有了一种看不见的气盛，但以张和阮的亲密关系，张大概是能感受得到的。

这种角色的换位对张来说不啻是暴风骤雨。张作为一个男人的心思一定是很彷徨的。他当然不甘于依附于一个女人，而那个女人竟然还是家中女佣的女儿。于是张忘却了当初他对阮是怎样穷追不舍，一往情深。他的思想的斗争和灵魂的挣扎一定是经过了一个复杂的渐变过程。开始的时候他苦撑着一个大男子的面子，不向那个出身卑微的小女子臣服。但是随着阮的蒸蒸日上如日中天，张终于意识到了阮的不可改变。于是他越发扭曲，以至于干脆矮下来，矮到尘埃中，从此寄生在大红大紫的阮的身上。而那个年代，十里洋场的大上海刚好就有那样一些白相的男人们肆意横行。而一旦张将自己真的放了下来，他就再没有什么可羞愧的了。他破罐破摔，不堪造就，无论阮后来怎样苦口婆心地激励他。

张如果仅仅被阮平平静静地养在家中还则罢了，可怕的是，张在心态的极端苦闷中，竟染上了赌博的恶习。可惜那时候忙于出名和拍摄的阮玲玉没有能够及时发现张的堕落。她只是一路神采飞扬地演下去，风光下去，待到她终于发现了张的赌瘾的时候，张已经嗜赌成性，难以自拔了。但是阮依旧没有因此而离开张，她大概也不会想到蜕变为寄生虫的张会给她日后的人生带来怎样的不幸。从此她任凭张像枯藤一样紧紧地缠绕着她，在她的身上吸收着无穷的养料，直到有一天将她榨干，看她死去。

然而阮的星途也并不是一帆风顺的。在起起落落之中，不久，远比阮的名声响亮许多的胡蝶加盟“明星”，从此抢走了阮的所有风光。于是阮只能渐渐地委顿，而终于坐在了“明星”替补的冷板凳上，只剩下了看着胡蝶一人在银幕上飞舞的落寞。

这是阮演艺生涯中最黑暗的时期。事业的阻顿让她把目光重新投回家中。她以为毕竟她还有张。但是张已经远不是当年的那个翩翩少年了，他只是一味地沉溺于赌博之中，对阮的苦痛全然不能够体会，而对阮的金钱却无尽挥霍，这就是阮在那时候，为什么会顿生轻生念头的缘故。

这是阮的第一次自杀。幸好被亲爱的母亲救下。而阮在急救室里返回人间的时候，睁开眼睛第一个想要见到的人，竟然还是那个把她逼上绝路的张。从此阮与张盟誓长相厮守。阮为了在那个晦暗的时期能获得张的支撑，她甚至对张赌博的恶习都忽略不计。

阮的自杀自然也给了张很大的震动。也许直到此刻，他才意识到没有了阮，他也就不可能再这样兴之所至地活下去了。他可能还意识到了他是深爱着阮的，尽管他是在用自己的那种残酷的方式。

然后是峰回路转，柳暗花明，所谓的风水轮流转。阮在困顿之中又一次做出了选择。她先是毅然离开了冷落她的“明星”，紧接着又加盟了“联华影业公司”，很快她成了“联华”最炙手可热的女明星，这也是她始料不及的，她没有想到“联华”会给予她毕生的辉煌。

此时“联华”拍摄的格调雅致的文艺片，正在慢慢引起知识阶层的关注。于是阮在中国电影的这个伟大的转型期重整旗鼓，开始了她“联华”时代的新生活。对阮来说，这个由年轻知识分子组成的影业公司是一个完全不同的世界，她愿意和这些锐意探索的年轻导演们合作，愿意尝试各种不同的角色，只是那时候她并没有意识到，这就是她将成为一个伟大演员的开始。

阮在“联华”先后拍摄了《故都春梦》和《野草闲花》，公映后大获成功。

新的电影培育了阮，也慢慢拉开了阮与张之间的距离。阮慢慢觉得她与张的现实就像黑洞，看不到一丝的亮光，而她却正在向这个黑洞的深处沉下去。这也就是费穆所说的，阮演过很多戏，她对自己主演的戏，必然比别人得到的更多。她的思想无疑颇受自己的作品的影响，因此她更发现了自己生活上的矛盾。

此时阮和张的关系，几乎只剩下了一种金钱的关系。阮知道张不可能改变他的以赌博为生的恶习，而阮为了能一心投身电影，便也只能息事宁人，甚至在金钱上更加满足张的奢望。他们在那个时期之所以能够相安无事，完全是因为阮知道电影对她来说太重要了。她不想任何事情干扰了她对电影的投入，所以她宁可去过那种同床异梦的双重生活，宁可让张继续贪婪地缠绕着她，无论什么都可以答应，哪怕变卖了她贵重的衣物首饰，只要能让她安心地拍电影。

阮很多年就是过着这样一种从污秽中爬起来，而后在高贵的艺术中光鲜起来的生活。阮果然做到了出淤泥而不染，在尘埃中开出最美的花来。

其实阮又何尝不知道张已然成为寄生在她身上的一个毒瘤？他们之间的隔膜已经很深很深，深到难以逾越。而张希望阮玲玉越来越好，也无非是把她当作他得以尽兴赌博的一株茂盛的摇钱树罢了。

此时的张成了阮生命中一个最大的伤痛。她是多么希冀能够摆脱张。她一直都没有停止过对这种摆脱的愿望，却又终因张后来的无赖面目而摆脱不掉。张就像被黏合剂紧紧粘在了阮的身上和她的灵魂中。阮为此而挣扎了几乎一生。整整十年。而最终摆脱的方式，竟然还是以她自己的离开做了了结。一个沉重的了结。

阮在这个漫长的想要摆脱的路途上，之所以长久地没有能够痛下决心，还因为她目睹了胡蝶与她的未婚夫林雪怀的那场“解约案”所带给一个女演员的伤害。

林雪怀在胡蝶主演的第一部电影《秋扇怨》中与之相遇相爱。当时十六岁的胡蝶迷恋并崇拜林，视其为艺术上的师长和知己。而林对胡蝶也如兄长般关爱呵护，情意深长。但随着胡蝶的声名日隆，林的心理便出现了落差。尽管胡蝶为了证明自己的忠诚，坚持与林隆重订婚，却依然不能挽回那破碎的爱情。林雪怀不能忍受自己深爱的女人超越自己，进而一蹶不振，苦闷消极，乃至自毁。当林雪怀将控告胡蝶的诉状递上法庭，他们的分手便在所难免。在长达一年的诉讼过程中，胡蝶不得不先后八次出庭，面对公众的谴责，而报纸对胡蝶的中伤也十分恶毒。

这场被闹得沸沸扬扬的名人“解约案”令阮玲玉震惊，更让张达民恐惧。而当时阮和张的状况，与胡林之间的关系简直如出一辙。于是两人偶遇不睦，张便以胡林解约的丑闻相要挟，扬言阮如若提出分手，他就会像林雪怀那样，将阮告上法庭，使之当众受辱，身败名裂。

张当然知道阮最怕的是什么。

于是阮只好忍痛不再提分手的事。阮是那样爱惜羽毛。她别无选择。对阮来说，与其像胡蝶那样被世人说三道四，羞辱谩骂，她宁可承受张带给她的这永无尽头的苦难。

后来阮在“联华”先后拍摄了卜万苍的《恋爱与义务》《三个摩登女性》，孙瑜的《小玩意》，费穆的《城市之光》《人生》，以及吴永刚的《神女》。

此时“联华”正在步入中国电影的黄金时代，而阮的演艺事业也随之蒸蒸日上。阮在默片时代的表演逐渐炉火纯青。无论是脸上的表情还是肢体的语言，都最大限度地表现了角色内心的世界。而阮为了不失去这个她好不容易才得到的明星位置，便也只能坚守着和张的没有感情也没有绯闻的生活。

然而，另一个男人还是出现了。那个被称为“茶叶大王”的富商唐季珊粉墨登场，也就是费穆文章所提到的那位与阮一道营造新的家庭生活的“唐先生”。

唐季珊在旧上海可谓大富大贵，声名远扬。而使他名声日隆的，不仅是他的风流潇洒，还因为他对电影女明星的格外偏爱。在阮之前，他就曾有过与电影明星张织云云雨情深而至结百年之好的浪漫故事。张织云是比阮更早一代的明星，曾因《玉洁冰清》而成为最令人怜惜的“悲剧圣手”。后来与唐结好，便放弃了电影生涯，在家做阔太太，乃至染上毒瘾，越发地颓唐了下去。而偏偏唐又是一个不肯停止猎艳的花花公子，单单是黄脸婆的形象他便难以承受，更不要说织云又堕落到已经离不开大烟枪的地步。于是唐的寻觅便转投他方。而以他的富有和他的品位，他所捕获的猎物，自然是要胜过织云一筹的。

而阮，在那个阶段，正大红大紫，是千万影迷的偶像，亦是普罗大众的情人。

于是唐毫不犹豫地就将他的视线锁定在了惊鸿一瞥的阮玲玉身上。在唐，他迈出的这一步是清醒的；而在阮，却对唐的狼子野心毫不知情，自然也就毫无防备。

阮是在极其自然的环境下经朋友介绍认识唐季珊的。而在此之前，阮对这位专与电影女演员周旋的上海大亨其实早有耳闻。阮大概也听说了唐与织云之间的岌岌可危；而阮在与她合作最多的导演卜万苍那里，对唐的为人更是了如指掌，因为在唐之前，织云一直是卜万苍的未婚妻，他们曾海誓山盟，但织云还是被唐抢走了。

可惜唐的种种劣迹却没有能阻挡这位风流名士对阮的进击。他先是在舞会上对阮的美丽极尽赞美，对阮的艺术百般颂扬，而后便轻车熟路地或者将鲜花送到阮的化妆室，或者将汽车停在摄影棚的门外。

而阮对于唐的浪潮般的攻势一定曾经是抵挡的。一来她是有了男人的女人，尽管她的男人已经让她失望；同时她也知道唐是拥有织云的，而当时的张织云尽管一蹶不振，但她旧日的名声还在，阮当然不会去惹这样的麻烦。于是阮远避唐的穷追不舍，无论这个男人所给予阮的是怎样的好。

于是那句俗语被应验——苍蝇不叮无缝的蛋。阮的家庭生活的不幸，也刚好印证了费穆先生所说的，在某先生的折磨下，她见过多少人生的悲剧，又尝过多少人生的苦味，以她这样一个女子——感情丰富的女子，她必然会对人生失望的。

于是在润物细无声中，阮慢慢地接受了唐的温情。阮觉得与张相比，唐给了她太多太多的好。尽管阮以她辛勤的劳动挣得了银两千万，却经不得张达民的日夜赌博，醉生梦死，况且他们之间的感情早已荡然无存。阮是因为爱惜自己的名声才如此忍耐，抱残守缺的。其实阮早已经厌倦了这种不能称其为生活的生活。阮只是不愿意面对自己的苦难罢了。

于是唐就成为阮得以离开张的那个契机。因为阮确实从唐那里感受到了一种温暖。唐不仅富有，而且做出了真心关心阮的样子。于是阮缴械，忽略了唐花花公子的名声，以为真如唐所信誓旦旦的那样，阮才是他的唯一。同时阮也忽略了织云的能量，忽略了织云也是深爱着唐的，不想离开他，于是她对阮便只能像所有的怨妇那样，除了怨愤，就是仇恨。

两相情愿的阮和唐便这样坠入了甜蜜的陷阱。接下来便是唐以天文数字的金钱了断了他与织云的婚姻契约，而阮也借张达民不在上海期间，搬出了他们原先的房子。

阮毫无戒备地接受了唐。她不仅接受了唐的风流往事，也不得不接受了织云在一份电影杂志上撰文对她进行的不点名的攻击。织云在《血泪凝成的控诉与自白》中字字血、声声泪，将唐揭露得可谓体无完肤。不仅如此，织云还深省了自己当初的爱慕虚荣，追求享乐，以至于堕落沉沦至此，不能自拔。织云的控诉在电影界掀起波澜，在获得诸多同情的同时，自然也损害到了阮的声誉。

尽管义愤填膺的织云并没有指名道姓，但是阮一直坚守的洁身自好还是被玷污了。然而至此阮还是执迷不悟，她说，我这个人就是经不起别人对我的好。要是有人对我好，我也会像疯了似的爱他的。

于是阮很快和唐同居，而后又搬进了唐沁园村的洋房里。阮在做出人生的这种几近于冒险的选择时竟然十分果断。那或者是因为张带给阮的苦难实在是太深重了，以至于她已经不堪其苦，疯了似的投进了唐的怀抱。

但是阮必得要有与张了断的那一刻。这是阮很多年来所不愿面对的。她一直抱有着不负他人的原则。幸好，唐有数不尽的金钱来了结此事。而张也刚好是一个见钱眼开的没有出息的无赖。于是阮与张的了断就变成了很轻而易举的事情，几乎不费吹灰之力，只要定一个合约，数出几摞钞票。

在律师的主持下，阮玲玉和张达民正式签署了脱离同居关系的约据。如此轻易，这反而是阮所没有料到的。难道漫长八年的关系，就这么易折易碎？阮于是才了然了赌博的毒素已经怎样深入侵蚀了张的灵魂，以至于他已经没有了人的感情，活着，也不过形同行尸走肉罢了。

于是阮轻松告别了她原先的生活。只是她心里还是有着某种唏嘘，总觉得也许是自己负了达民。她或者还常常记起当年张为她做出的那些牺牲，记起他们曾经的两小无猜心心相印。大概就是因为阮的善良，她才没有将张从她的心上彻底清除。对于张，她所怀的是一种悲天悯人的情怀，所以后来张无论怎样向她索取财物，她都会慷慨给予。因为她已经比张的境遇好了许多，她不愿看着张继续地沉沦下去。

阮本来以为这是个各得其所的结局。转过身来，她便可以更加专心地投入到她毕生挚爱的电影中。这以后，她又先后拍摄了费穆、吴永刚以及蔡楚生的电影。而每一次，她都是以一名杰出的电影演员的身份，拍摄这些年轻导演的处女作，这让“联华”的年轻导演们都非常感动，对阮的人格也更加敬重。是阮的表演使这些导演崛起，而阮却坚持认为是这些优秀的导演，将她的表演艺术推上了巅峰。

阮玲玉在拍摄《神女》时的表演简直是出神入化，炉火纯青，把一个母亲为了孩子不得不出卖肉体的故事，诠释得几近完美。《神女》被认为是阮最优秀的作品，接下来的《新女性》，阮的表演尽管依旧光彩照人，但这部影片却成了将她逼向死亡的一个重要因素。

《新女性》以女演员艾霞自杀的经历为原型，抨击了社会的丑陋黑暗和小报记者的造谣中伤。这是蔡楚生继《渔光曲》大获成功之后的又一部力作。蔡对阮的表演从来仰慕，也是几经周折之后，才请到了阮来出任影片的女主角。蔡当然也不会想到这部影片会导致阮对生命的如此绝望，以至于唯有死，才能洗刷干净泼在她身上的那所有的污水。

阮一如既往地活跃在电影中。这大概也是阮认为唐好的地方。因为唐不要求金屋藏娇，阮才得以没有像张织云那样结婚之后就退出了影坛。阮坚定不移地为自己选择了继续工作。这足以证明了阮是有着进步意识的新女性，她是绝不会让自己落入传统窠臼的。

而让阮悲哀的，是她刚刚建立起来的那个平静的生活中又新起波澜。到底唐是个死不改悔的花花公子，他的目光又转向了另一位女明星，却阴差阳错地被阮玲玉洞悉。

于是，唐到底是个什么样的男人，开始令阮玲玉疑惑。但是阮没有回答。或者她不敢回答。她不敢面对唐的朝秦暮楚，更不敢面对自己的可怜结局。

慢慢地阮不再相信唐。她自己的感情也变得复杂而游移。她甚至曾经对好朋友说起，她是不该和唐季珊好的。但木已成舟，她又奈若何？

所以正像费穆先生说的：阮和唐先生的家庭生活，并不是怎样圆满；或者，她已看到更远的未来，而已有所畏惧。但，她却自安于那种生活，再不愿突破那种环境而憧憬于更理想的生活。因为，那时她的身心两面都已比较安定而平静。这一点点收获，是她自己苦心造成的局面，她决不肯自己来破坏。不然她将重新坠入精神生活的迷渊。

于是，阮只能把更多的热情投入到电影中，那已经是她生命和感情的最后归所了。而此间同事们已经发现，阮在拍摄的间隙已经没有了往日的欢乐。她总是默默地坐在角落，眼睛里充满忧郁的光。

然而即便如此，生活依旧在持续着。而致命的，是那个张达民在阮如此的失望之中又来寻衅。他或者受不了阮如今的风光无限，或者，在他的凌乱的心灵的底处，还留有一片对阮的爱。

张一副无赖嘴脸，向阮索要金钱。尽管此前，阮已经支付了他整整两年的生活费。以阮的心性，她是不在乎那几个钱的，但是她的生活中有了唐就完全不同了。唐以为张是负在阮身上的一个永远的累赘，一个无底洞，所以唐坚决不同意再给张哪怕是一块大洋，于是张立刻扬言要以通奸罪将阮告上法庭。

张达民如此破釜沉舟。自毁，并且也要毁了阮。

张当然了解阮的怯懦。他看到过阮是怎样用眼泪梳理自己的羽毛。张知道阮能够从一个女佣的女儿走到今天不容易。所以张才会如此要挟，他知道这样就能从阮的骨头里榨出血来。

但是这一次与往日不同了。因为阮已经不是一个人，阮的生活里有了唐。唐作为一个男人当然不能被如此无赖敲诈勒索。于是唐的回答是否定的。那么就去告吧！

阮的无助的目光。她的漫漫浸上来的眼泪。她才知道，唐之所以如此决定，是因为唐已经不再爱她。因为不爱，才将她的羽毛丢弃，任凭蹂躏，甚至不如张达民爱惜。张的威胁也许仅只是为了索要金钱，而唐的冷酷，却是要把她逼上绝路。

这所有的她爱过的也爱过她的男人。

而这个时期，阮在银幕上的表演已经没有了多少光彩。阮已经委顿而死了，只是她在慢慢地死去。所以费穆才会说，阮对于这种内心的冲突，正如对待生活中的矛盾一样，无时不在挣扎，无时不在斗争。她的自杀的念头就有意无意存在于这种挣扎斗争的搏荡之中。

于是这两个男人将阮当作了争斗的砝码。一个咄咄逼人，一个毫不退让。阮为了平息这场斗争不知道做过了多少努力，她含泪请求唐季珊，又登门拜访张达民。但是她从这两个男人那里得到的回答却是一样的拒绝。于是，唐和张争相将对方告上了法庭，自然也连带了阮玲玉。同时这也就意味着，阮必须要出现在被世人所无限关切的法庭之上，当众接受来自四面八方的质询和凌辱，这当然是阮所不能承受的。

而热衷于花边新闻的小报也借机全力炒作。他们的目的仅仅是为了招揽看客，扩大印数。而阮玲玉却成了牺牲品，她的精神创痛被转化成报纸的滚滚财源。

张和唐为了阮争斗也许尚在情理之中，因为他们都曾和阮有过切肤的关系。而令人不解的是，阮刚刚拍竣的那部电影《新女性》，竟然也在这样的时刻推波助澜，将阮的悲剧推向了极端。

上海新闻记者工会以《新女性》“攻击新闻记者”为由，向“联华”提出强烈抗议，并威胁如不解决，电影将不能公映。阮本来就已经一无所有，《新女性》的不能公映，就更是扑灭了阮对生命的最后热情。阮一步一步地向后退着。她已经对生活彻底失望。可是当她把仅存的一点希望都寄托在了她为之呕心沥血的电影上，却连电影也抛弃了她……

由此便揭开了阮生命中最黑暗的篇章。

导演蔡楚生为了公司的利益只得将影片重新剪辑。想不到公映后《新女性》的票房竟出奇地好。于是在影片中被丑化的记者决计报复，既然他们不能打倒影片，那么就打倒阮玲玉好了，而刚好张达民与唐季珊的官司就是最好的武器。

阮便这样在三面夹击之下被逼到了那个死角。所有人的明争暗斗都把无辜的阮当作了靶子，这对于一个原本柔弱的女人是怎样的残酷。很快阮便看到，她与张达民、唐季珊关系的丑闻，已经成了各类小报的头条新闻。而且报纸上充斥着“诱奸”“通奸”一类污秽的字眼，被街头巷尾的人们放肆地议论。

如此阮玲玉已经无地自容。浪潮般的羞辱如芒刺在背。她觉得自己仿佛被扒光，任天下人宰割。这样还不够，出庭的时候，阮还要站在牢笼一样的木桶中接受审判，这是怎样的对人格的羞辱，对人性的践踏。而当时阮又正值表演艺术的高峰，如此的灿烂而完美。阮看重这些，以为这才是人的价值的体现。她不愿自己为之努力了毕生的这一切，就这样毁于那些可怕的“人言”。所以她恐惧。那么深刻的恐惧。以至于阮以为连死亡都要比这样的恐惧美丽了许多。

阮曾经说：这一切让她灰心、寒心，和痛心。张达民把她当作摇钱树，而唐季珊也只是把她当作专利品。在他们中间，阮根本就感受不到那种真正的爱情。阮之所以如此绝望其实绝不仅仅是为了一场官司，而是环境逼得她已经无路可走了。

于是，在3月8日的那一天，阮选择了死亡。

那是发生在8日凌晨的一个决断。或者，阮早就做出了这个最后的决断。

阮在3月7日的这一天是那样从容。为了终于完成的阮的最后一部影片《国风》，阮参加了夜晚与影界同仁的一次欢聚。为了这次聚会阮特意烫了头发，但是谁又能说阮仅是为了聚会而打扮自己，而不是为了那个美丽的死亡呢？

在那个晚会上阮喝了很多的酒。酒后她说，她之所以能有今天，首先要感谢“联华”，然后感谢你们这些优秀的导演。没有你们对电影艺术的执着追求，也就没有我在演技上的不断向上。她说无论今后的情形怎样，她对电影的爱将是毕生乃至于来世都不会改变的。

然后阮玲玉回到了自己的家。

在寂静的午夜阮一个人留下来。很久。在家人的沉睡中，她独自挨着漫漫长夜。阮也许还对她的光辉灿烂的人生有着很多的期许，但是现实的逆境又让阮觉得未来已经看不到光明，尤其是3月9日的出庭，还有就是，人们已经将她在尘埃中开出的花又重新踩进了尘埃里。阮大概还想过她要“质本洁来还洁去”。如若不再是一个干净的灵魂，那么她的生命还有什么意义呢？

阮把三个安眠药瓶拿出来摆放在眼前。然后将三十粒安眠药片倒了出来。她一粒一粒地数着，缓缓地做着这一切，却亦真亦幻，仿佛是在电影中。阮的内心依然充满恐惧。她知道夜已经很深了，没人来打扰她。但是她也许希望能有什么人偶然醒来，阻拦她。

房间里的灯亮着。她在房间里来回走着。她来到窗前，掀开纱帘。她觉得应该有一个什么人站在那里，在路灯下。她果然看见了，但又以为那是幻觉。她想自己如果不能把决定的事情立刻做好，也许她就会又一次错过死亡。

于是她回到桌前，把三十粒药片一粒一粒地放进面条里。然后搅拌着，让它们溶化。她做得依然很慢。她似乎还在犹豫，是不是真的要去……

然后阮开始慢慢吞下面条。她或许还在等待，但是没有人来阻拦她。就是说所有的人在这个深夜都放弃了她，让她自由，让她做她这辈子一直想做的这件事，让她彻底结束了这个卑微软弱、不幸而又屈辱的生命。

阮在吞服了整整三瓶安眠药后，一定还有过片刻的清醒。而她的语无伦次却又入木三分的“遗言”，大概也就是写于这个时刻。

阮对唐季珊说：我现在一死，人们一定以为我是畏罪，其实我何罪可畏？因为对于张达民，我没有一样对不住他的地方。可他却恩将仇报，以怨来报德。更加以外界不明，还以为是我对不住他。想之又想，唯有一死了之。我不死不能明我冤。现在我死了，总可以如他所愿。

接下来阮又写道：张达民，我已被你迫死，哪个人肯相信呢？你虽不曾杀我，但我是因你而死。现在我死了，你大概心满意足了。我不过悔恨不应该做你们两人的争夺品，但是太迟了！不必哭啊！我不会活了！也不用悔改，因为事情已到了这种地步。我一死何足惜，不过还是怕人言可畏，人言可畏罢了。

以上寥寥数语被当时认定为阮的“遗书”。而鲁迅先生关于“人言可畏”的那篇杂文，也是以此篇“遗书”作为基础。但是后来还是有人觉得阮的如此遗言有伪造之嫌，以为阮对唐的冷酷也是不会毫无怨言的。于是有人在当年的某杂志上又读到了阮的另外一份据说是真实的遗书文本，这篇同样也是写给唐季珊的。

阮说，没有你的迷恋某某，没有你那晚打我，今晚又打我，我大约不会这样做吧！我死之后，将来一定会有人说你是玩弄女性的恶魔，更加要说我是没有灵魂的女性。但，那时，我不在人世了，你自己去受吧！过去的织云，今日的我，明日是谁，我想你自己知道了就是。没有我，你可以做你喜欢的事了。我很快乐。玲玉绝笔。

只是，无论阮怎样抱怨，阮毕竟在3月8日的这一天离去了。是她自己结束了自己。她自己的决定。那时候她一定是觉得，死比之于生，定然是更值得她去追求的。

那个深夜，阮的邻居看到阮在她的房间里走来走去。阮房间里的灯光直到凌晨一直明亮。后来便是黄浦江上的一片金红。

顷刻之间，玉碎宫倾。没有人相信阮就真的去了。从此在银幕上，人们就真的再也看不到她的甜美笑容，她的贯穿于整个表演中的优雅气质，以及她的戏里戏外演不尽的苦难和悲剧了。

阮就这样，勇敢地以她的“一死”，洗刷了她的所有“罪名”。如她在“遗书”中所说的那样，“我何罪之有？”

为阮送葬的队伍长达数十里。沿途夹道送行者有三十万人之多。

“联华”的导演们抬着阮的灵柩悲愤地走向墓地……

不久，阮的墓地也已经枯草凄凄，满目苍凉。

只有几根芦苇在黄昏时分的阳光下闪着惨淡的光斑。

尘埃里的花，开了，又败了。然后是凋零。但却依然是花。永远地绽放着。

一次另外的写作

2001年末，我正在北京参加中国作家代表大会。其间，东方灿烂文化公司漂亮的女制片人田莉把电话打到天津找我。后来，我们在北京京丰宾馆的咖啡厅里第一次见了面。同时见到的还有陈汉元先生和电影学院的倪老师。

那是一次愉快的会见。

年轻的田莉兴致勃勃。她正在读电影学院的制片人专业。田莉刚刚起步，想做一番大事业，而她的目标就是，拍一部三十年代中国电影皇后胡蝶的电视剧，她并且真诚地希望我能成为这部电视剧的编剧。她说有很多朋友向她推荐我，大概是因为我曾和电影界合作过的那部《武则天》。她说她看过我的很多书，她相信我能够把握胡蝶这个人物，而在一部电视剧中，剧本又是至关重要的。她并且在见面的第一天就给我带来了很多资料，单单是那些资料就足以证明了田莉的认真和诚意。但是在那次接触中，我并没有决定是不是要接手这样的一种写作，因为那是我完全陌生的一种写作方式。

在此之前我其实并不了解胡蝶。我只知道她是二三十年代红透了中国的女影星。我对于她的了解甚至不如阮玲玉，我觉得阮玲玉的人生才是悲剧性的，因为她毕竟是红颜薄命，在二十六岁时就匆匆结束了自己的事业和生命，留下难解的永恒之谜。但是看过了胡蝶的资料之后，才发现其实她的一生也是波澜起伏，甚至惊心动魄的。她不仅是那个时代电影界的杰出代表，她还经历了在婚姻和感情方面的悲哀和痛苦，更经历了那场可怕的日本侵华战争，以及战争带给她的无尽的心灵创伤。因为是明星，她还始终被媒体追踪曝光，并被纠缠在绵绵不绝的甚至是莫须有的绯闻中。一个柔弱的女子，怎样才能冲破这生命的种种禁忌和局限，越过这不幸的沟沟坎坎?

当把胡蝶的人生读遍，我才惊讶地发现，胡蝶竟然也是一个命硬的女人，就像是我写过的那个大唐的高阳公主。其实我原本仅仅是想写一个高阳公主和佛徒辩机的爱情故事，但写着写着就发现，故事其实并没有那么简单，特别是在研读了这个女人的所有资料之后，就更是觉得没有那么简单了，因为我发现凡与这位大唐的公主有过感情牵连的男人，最终都死于非命。这让我兴趣陡增，因为我就是想通过这样的写作弄清楚，为什么这种情欲的纠葛能使男人们丧命。

这样的结论同样适用于胡蝶。因为在胡蝶的生命中竟然也是如此，她所爱过的和爱她的那些男人们最终也都没有善终，不是身染恶疾，就是不幸罹难，而她在晚年移居加拿大，1989 年仙逝于风景如画的温哥华的时候，已经是八十一岁的高寿。而和她有过感情纠葛的那些男人就没有那么幸运了，她初恋的情人林雪怀与她青梅竹马，可说是把她真正引上银幕的恋人，他们曾经那样相亲相爱，海誓山盟，甚至订了婚。但最终还是无奈走上解除婚约的道路，甚至诉诸法庭，在长达一年、八次开庭审理的官司中，心力交瘁，两败俱伤。而林雪怀就此郁郁寡欢，不能释怀，终于在一蹶不振中，患癌症死亡。不知道这样的结局所带给胡蝶的，是心灵上怎样的创伤。

接下来亡逝的是对胡蝶有着知遇之恩的、被誉为“中国电影之父”的郑正秋。是郑正秋和“明星影业公司”让丑小鸭的胡蝶真正流光溢彩，灿烂辉煌，走上她事业的最高峰。郑正秋对于胡蝶，应当是那种精神父亲一样的男人，他喜欢她，欣赏她，保护她，给了她艺术的生命，但是他却在胡蝶访欧归来之后的第八天，突然地溘然长逝。在四十七岁的年龄上，这无疑算是英年早逝。郑正秋的死，不仅让中国电影界顿失英才，也带走了胡蝶艺术的人生。那又是怎样的悲哀。

不幸中的大幸，是那位英俊宽厚、之于胡蝶有如兄长般的潘有声终于成为胡蝶的丈夫。这是和胡蝶有着情感关系的男人中唯一成为她的丈夫的男人。比起大明星胡蝶来说，潘有声尽管将他的洋行打理得很好，但依然是一介平民，但胡蝶爱他，视他为感情的支柱。本来他们或许能够将幸福和谐的婚姻生活走到尽头，白头偕老，但是依然是命定的，戴笠出现了，无情破坏了他们原有的格局和平衡。

在戴笠进入他们家庭生活的短短一年中，那种在权力和感情中周旋的三角关系是怎样惊恐而疲惫，可想而知。胡蝶被拉锯的关系所折磨，而作为丈夫的潘有声的痛苦更是难以言说的。他要终日在刀光剑影下挨着事实上已经没有了胡蝶的生活，又要在名誉上维持着与胡蝶的那种早已形同虚设的夫妻关系。尽管只有一年，但却铭心刻骨，他在感情的撕裂中呐喊，他在精神的折磨中挣扎。当然，他所做的这一切都只能是无声的，因为他与之抗衡的那个人物是戴笠。戴笠便是恐怖，戴笠便是死亡。大概还因为潘有声是深爱胡蝶的，甚至爱到了一种忘我的境界，他想如果胡蝶能接受戴笠，他为什么就不能接受这种苦难呢？既然他是那么深深地爱着自己的女人。于是他隐忍着自己。自己的苦。大概便是这苦将那可怕的癌细胞潜伏在了他原本健康的身体内，以至于当胡蝶终于摆脱了戴笠的纠缠，重新回到他的身边，他也没有能将那可怕的疾病驱赶。在勉力支撑了几年之后，他不得不撒手人寰，将他毕生最爱的女人丢弃在独自的忏悔中。在潘有声离开人世的时候，他也才正值壮年。

接下来的那一段死亡才是真正的宿命。和戴笠的那一段关系是胡蝶一直不愿启齿的一段历史，是她心中一段永远的痛。站在胡蝶的角度，她不愿提及戴笠，也许并不是出于政治的考虑，而是那种羞辱的感觉。因为她被戴笠截获期间，始终还是潘有声的妻子。她是以潘有声妻子的身份，陷入另一个男人的巢穴或是牢笼的，尽管身不由己，但毕竟事实是她背叛了自己的家庭，并且让自己的丈夫每一天都生活在死亡的痛苦和威胁中。那么万恶之源是什么？她的美丽。女人的美丽。是的，她是那么美丽，那么雍容优雅，光彩照人。当然还有另一种可能，那就是她对戴笠复杂而斑驳的感觉。慢慢地已经不是完全被强迫的了，而是有了某种莫名其妙的主动，甚至取悦于戴笠，这才是她真正不能原谅自己的地方。

所以酿成如此悲剧，当然首先要归结为戴笠对胡蝶的那种强迫性的、有着权力因素在其中的，但也许有着真挚、深情的一面，甚至是挟带着某种疯狂的爱。而胡蝶最终不得不屈从于这种爱，恐怕最主要的原因还是战争。记得一位意大利女导演在拍摄《夜间守门人》这部反思二战的电影时，曾经采访过很多纳粹集中营的犹太人。她记得那些犹太女人在回忆战争的时候，最让她们感到羞辱的，不是希特勒，而是她们自己在苦难中所表现出来的那种对于德国人不顾一切、不计后果的取悦。而她们这样做的全部原因，其实仅仅是为了能活着，能不被送进毒气室，那是她们求生的唯一手段了。所以她们才是真正可怜而又可悲的，同时又是可鄙的。她们自己认识了这一点。这种对于第二次世界大战的反思，在美国作家的小说《苏菲的选择》中也有同样的表述，那就是战后被提出的那种关于人类劣根性的话题。这种劣根性在人类求生的前提下似乎是可以被原谅的，就像是辛德勒在战争中救助了犹太人，他的其他缺点就可以被忽略不计一样。而胡蝶与戴笠的关系，大致也是如此。她经过逃难从香港到重庆，又经历了丢失所有贵重物品的切肤之伤痛，而在那个满目疮痍的战争年代，能在物质上补偿她，进而在物化了的精神上安慰她的，恐怕唯有戴笠。于是为了这种补偿，为了这种被抚慰，胡蝶只能取悦于戴笠，甚至献出自己的身体。而这样的一种关系，无论在什么样的背景下，都是不道德的。这便是胡蝶的羞辱。她认为那是她心灵上的一块永远也抹不去的污痕，是不堪回首的。

然而最终还是戴笠成全了胡蝶，没有让她在道德的歧路上走得太远。戴笠死亡的直接原因据说还是因为胡蝶。当时戴笠在北京。他本来是可以直接飞回重庆国民政府的。但是他又深爱胡蝶，不愿错过哪怕一分钟和她见面的机会。大概还因为在那个暴风雨的前夜，胡蝶的一声不恰当的，但却柔情似水的呼唤：你回来！他便一定要顶着雷电交加，大雨倾盆，义无反顾地回来，回到他此生最爱的女人身边。以至于电闪雷鸣的上海根本不能降落，他宁可又转飞依然雷声隆隆的南京，只要能离他的女人更近些。结果是，原本在政界扶摇直上的戴笠在南京附近的戴山坠机身亡，用生命演绎了一曲不爱江山爱美人的悲歌。

戴笠如此的死亡，无论如何在胡蝶的心上，还是留下了一道深深的印痕。哪怕是污痕。

那么接下来便是我们要问的，胡蝶生命中这悲剧性的一切，是她的命运所致，还是她的性格所致？

宿命显然是不可避免的，因为死在她前面的男人一而再，又再而三。但有时候命运也是性格使然，那么这个极尽灿烂而又极尽苦痛的女人，她的性格又是怎样的呢？

不负他人。

这也是她人生的准则。

怎么会不负他人而又偏偏害了他人呢？

爱着，而又被爱着。这就是胡蝶的一生。在这一生中，特别是对她的感情生活，她一向是善良的，温和的，冷静的，而且达观的。并且她追求完美。包括人与人之间的那种关系的完美。为此她宁可牺牲自己，也不愿伤害别人。譬如林雪怀。胡蝶何以在她与林雪怀的感情上已经出现了问题的情况下，还要坚持和他订婚，就是因为她不希望看到自己曾深深爱过的男人因他们之间地位的日益悬殊而堕落。所以为了挽救，她宁可牺牲自己的自由。再譬如戴笠。也许她本来是可以坚决拒绝的，但是她没有。在两难的困境中，她却一厢情愿地追求两全。因此，她还是给予了戴笠极大的机会，甚至以身相许，那也是因为她既不忍心拒绝戴笠那么疯狂的爱，又不忍心和潘有声彻底断绝。然后便伤了他们两个。

于是这种完美的原则便报应般地显现了它负面的效应。那就是她所做的牺牲，不但不能使那些男人获得拯救，反而让他们有了更大的压力。结果是，林雪怀并没有因为胡蝶婚约的许诺而停止沉沦，反而加速滑向了自毁的深渊。而潘有声也是在胡蝶当断不断的婚姻拉锯中，经历着痛苦，那种痛彻肺腑的煎熬，还不如胡蝶干脆说：结束吧，我们完了。

这种对于完美和不负他人的盲目追求，还在于胡蝶想要获得的一种心理的虚荣。她希望她的所作所为都能给别人留下好印象，所以她就总是半推半就地承诺，模棱两可地应允，让所有爱着她的男人，都在对她的疑惑中怀抱着不灭的希望，结果最后倒霉的还是他们，也是他们造就了胡蝶的这种关于完美的虚荣心。

胡蝶之所以将苦痛带给男人，还因为她的天生丽质，以及她对这天生丽质的一份成功的塑造。她太热爱她的电影了，以至于她义无反顾地献出了毕生。比起男人，电影在胡蝶生命中的分量显然更重。她因为电影而冷落了那些爱她的男人，但也是因为电影，那些男人就更爱她了，因为他们欣赏她对事业的这一份挚爱和投入，欣赏她对自我的塑造和把握，欣赏她的聪明和勤奋，欣赏她的名望，甚至欣赏她的富有。然而一个女人的这种努力和成功，对于男人来说到底还是一把锋利的双刃剑，因为在欣赏的同时，他们还不得不承受她的光环所带给他们的压力和自惭形秽。

就是这种或在精神上或在经济上的种种差异，毁了那些深爱她的男人们。林雪怀显然是最直接的受害者，而潘有声在某种意义上受伤更重，因为如果不是因为胡蝶的名声，就不会有戴笠那种魔鬼一样的男人的黑手，伸进这个无辜的家庭。

于是，这又回到了女性奋斗的问题上，而我是想从另一面来说明，男人对女人这种奋斗的承受力。无论如何，胡蝶的成功是对男权的一种颠覆。能否接受女人的这种成功，特别是在那个还不太开化的二三十年代，就更是对男人的一种挑战和考验。无疑，这是林雪怀和潘有声都不得不面对的。他们所爱的女人就是比他们功成名就，面对女人的蒸蒸日上和他们自己的困顿平庸，他们将何去何从？林雪怀的承受力是有限度的，或者说他更看重男人的自尊，当这自尊遭到重创之后，便出现了激烈的反弹：一种由自卑而转化的纸老虎一般的自尊，甚而无力回天之后的沉沦和堕落。于是他很快败下阵来，而他最后拯救自己的唯一方式，就是彻底毁了自己。与之相比，潘有声就游刃有余得多。因为他在事业上没有林雪怀那么落魄，性格上也比林雪怀豁达得多。他的不平衡全部隐藏在了一种表面的宽容和内心的承受中，所以他对自己内心的伤害也许就更深，也更惨痛。承受本身就是一种苦难。而潘有声不单单要承受妻子的成功，还要承受因妻子的成功而发生的情感转移。

我对胡蝶的身世满怀兴趣，还因为电影本身是一个非常有意思的话题。我虽然以文学为职业，却始终对电影满怀了一种热望一般的感情。我喜欢戈达尔，喜欢伯格曼，喜欢雷乃，也喜欢斯皮尔伯格。我并且写过很多关于电影的文章。而早在上个世纪初，中国的电影就是从美国引进的。好莱坞是全世界电影的发源地，是所有电影人的梦之城。而那个年代从事电影制作的那些人，也大多是从美国或是欧洲其他国家留学回来的。他们有着新的关于艺术的追求，他们是学贯中西的，又是满怀激情的，对社会、对人生都有着他们十分进步的思想和批判。是那种真正意义上的精英。他们希望通过电影这种将先进科技和艺术追求融为一体的形式来救国救民。所以在中国电影的这个拓荒时代，是满含了一种东西文化的融合与冲突的。这是一个非常有意思的文化背景，于是在这个背景之上的人物也会是非常有意思的。况且，在胡蝶那个时代，中国电影的发展，几乎和世界是同步的。从默片时代向有声时代的转变，我们和美国几乎是同时完成的。这是中国电影史上的一个非常辉煌的时代，而这个辉煌时代的那些电影人，也是风流万世，可歌可泣的。

因为胡蝶是主角，便自然地带出了电影界的那些郎才女貌、才子佳人们。而其中最最想要提到的，便是和胡蝶既是朋友、又是对手的阮玲玉。她们是同乡，又差不多同时进入电影界，但是她们的枯与荣、盛与衰，却是交错进行，此起彼伏的。胡蝶风光之时，必是阮玲玉抑郁不得志；而当阮玲玉光芒四射，胡蝶又每每会被不幸所纠缠。当胡蝶又一次走出阴影，阮玲玉就干脆以死亡成为胡蝶鲜明的反差。这是怎样的命定。阮玲玉终于在二十六岁的青春上，以美丽生命的结束退出了竞争。然而胡蝶却也并没有因此而辉煌，因为没有对手的成功是寂寞的。阮玲玉选择了永远离开痛苦，而胡蝶却要在不尽的痛苦中长久地忍受。自杀让阮玲玉的人生更具有艺术的色彩，她到底是用生命孤注一掷，完成了一种与社会的抗争。而胡蝶却让一生在隐忍中度过，哪怕每一天都是度日如年。阮玲玉的死是激情的，而胡蝶的生却慢慢失去了光彩。于是比起阮玲玉短短的戏剧化的一生，胡蝶的一生便显得庸长而平淡了。没有生命的冲突，也就没有了戏剧性，因之也就更难以把握，更难见闪光。但这就是人生。就像流水，缓缓地流，但流动本身，或许也是有着很深的我们所看不到的湍流。总之胡蝶的一生，尽管曾灿烂辉煌，但却痛苦多于欢乐，甚至从来就没有过真正意义上的幸福，是比激情的阮玲玉，更悲的悲剧人生。

另有一点需要提到的，便是战争，长达八年的抗日战争。战争不仅让人民遭受苦难，而且让电影长久地一蹶不振。那是致命的一种摧毁，在日军飞机的轰炸下，多少片场被焚之一炬。事实上，胡蝶自日军侵入上海之后，就再没有过真正堪称精彩的表演。幸好胡蝶在中国电影鼎盛的年代整整辉煌了十年，这十年对于一个电影明星来说，当然已足够证明她的才华了，但是如果不是战争，胡蝶肯定还能将她的这种繁盛继续下去。当八年抗战过去，胡蝶已青春不再，是战争毁了电影，也是战争毁了胡蝶。到了胡蝶勉强重回银幕的时候，她已是美人迟暮，回天乏力了。而对于一个女演员来说，这是致命的。

便是这样，胡蝶让我对她的描述有了一种强烈的兴趣。看着她默片时代的那些电影，慢慢地，便有了一种写作的激情。

但可惜这样的激情不是产生在描述中，而是在纯粹的对话中。于是在开始写作的时候，便有了一种激情的无以宣泄的困惑和苦恼。我写出的电视剧大纲无疑立刻便被影视界资深专家们认定为非影视的。于是我反思。看好莱坞电影剧本。后来终于明白，我要讲的故事本身是没有问题的；问题是，我必须要换成另一种讲述的方式。也就是我在标题中所说的，“一次另外的写作”。说话，动作，描述也是说明性的。然后又是说话，又是动作，以及场景的转换……

无疑这是一种我不习惯的方式，写过之后也才知道，这是一种我并不喜欢的方式。但是盛情难却，勉力为之，但总是不尽兴的，耿耿于怀的，总是达不到标准的，甚至动摇了我的自信。

当第一个较为详细的大纲完成，我终于有了一个可以稍事休息的时间。于是我便立刻重拾习惯的笔法，迅速写了几篇短文。

一种久违了的感觉。心情无比舒畅。特别是在我写作散文《为伊夫・圣・洛朗的离去》的时候，简直是一种幸福的感觉。那种行云流水，那种激情系于笔端。于是我不仅找回了自信，还下决心将胡蝶的故事写成一部真正的小说。我不希望简单地用电视剧本充当我对胡蝶这个人物的诠释，我认为那样无论是对胡蝶还是对我都是不负责任的。因为电视剧的要求和小说的要求是完全不一样的。而我对胡蝶的要求是小说的，是有着人性的生动和深度的，是有着更深邃的诠释的空间的，是有着无穷的爱的。

晚年的胡蝶移居加拿大温哥华，住在靠近海峡的一座二十五层的公寓中。她每每透过阳台遥望太平洋，希望能看到六十年前在大上海十里洋场、街头巷尾穿行的那个年轻姑娘，希望能听到拍摄场中的那人语笑声。

风过留痕。

然后，胡蝶飞走了。

这是她生命中留下的最后一句话。

那是永久的谢幕。

特蕾西亚为帝国而战

我们在欧洲的第一天，就是从伟大的特蕾西亚开始的。

特蕾西亚是欧洲皇室中为数不多的杰出女人之一。

在特蕾西亚之前，我所知道的欧洲女皇，只有英国的伊丽莎白一世，维多利亚女王，和俄国的叶卡捷琳娜二世。

英国的伊丽莎白一世 1558 年即位，1603 年去世。她是因为去世才离开王位的，她应该算是英国历史中很有作为的女皇了。其后英国又有了维多利亚女王，她 1837 年至 1901 年在位，是这个女人创造了英国历史上的“黄金时代”。而“日不落帝国”的美称，也是她执政时代的光荣象征。她还留下了维多利亚时期的那种辉煌灿烂的装饰风格。除此之外，就是俄国的那位叱咤风云的叶卡捷琳娜二世了。这个来自德国的女人首先推翻了自己的丈夫沙皇彼得三世，而后便自立为王，纵横天下。这个女人带来了俄罗斯的进步和繁荣，她的名垂千古当然也是天经地义的。

那么特蕾西亚是谁?

这个被称作伟大的奥地利女皇的女人，甚至是在我来到欧洲之前所完全不知道的。

因为曾写过三部盛唐时期皇室女人的长篇小说，特别是写了中国历史上的那个唯一的女皇帝武则天，于是就自然而然地对所有皇室中出类拔萃的女人都格外感兴趣，并满怀了一种本能或者是职业的热情。于是当那天在维也纳灿烂的阳光下，看到坐落在广场中央气宇轩昂的那个女人的雕像时，便立刻有了一种急于想了解她并亲近她的欲望。特别是听到导游说起，特蕾西亚之于奥地利，就等于是慈禧之于大清帝国那一段讲解之后，就更是对特蕾西亚满怀了一种神秘的冲动。

后来查阅资料，发现早于慈禧一百多年的特蕾西亚，虽然也曾垂帘听政，但她毕竟以长女的身份，继承了奥地利帝国的真正皇冠。只是欧洲的那些史学家们不愿意承认她罢了，他们宁可只把特蕾西亚称作奥地利的女君主。就像是中国那些撰写历史的男人们，不愿意承认那个在则天门正式登基的武则天是女皇一样。

然而由于特蕾西亚嫁给了神圣罗马帝国的一位真正的皇帝——弗兰茨一世，于是她在君主的身份之外，又成了一位名副其实的皇后。这样，她就又和慈禧有了相同的地方，她们都贵为皇后，而同时又都对政治满怀了热情。只不过慈禧的垂帘听政是因为咸丰皇帝驾崩时，她的儿子才只有六岁；而特蕾西亚则是因为她的丈夫是一个沉溺于自然界的万事万物，而对政治毫无兴趣的男人。所以在丈夫在位的二十年间，以及后来儿子继位的十五年中，她便不得不和他们一道掌管朝政，或者说，她不得不以他们的名义独自掌管着那个伟大的但却已经风雨飘摇的帝国。

玛丽亚·特蕾西亚就是这样的一个女人。任何版本的欧洲历史都不能不提到她。这已经足以说明她在欧洲文明的进程中，是怎样的举足轻重了。

特蕾西亚生于1717年，她的父亲查理六世曾经是神圣罗马帝国的皇帝。他代表着哈布斯堡王朝企图拯救日益衰败的帝国的意志。神圣罗马帝国是一个始建于公元962年的古老王朝，其历史悠久，直到 1806 年，才最终被所向无敌的拿破仑彻底推翻。而特蕾西亚就生于这个帝国消亡前的岌岌可危之时。她生为女人便举步维艰，又因身为长女而被父亲指定为帝国的继承人，就更是招致了普鲁士、法国等那些君主国家的强烈反对。他们坚决不承认特蕾西亚的继承权，于是便由此爆发了一场长达七年的奥地利王位继承权的残酷战争。

查理六世之所以把奥地利帝国的王位交给女儿，是因为在他的时代，哈布斯堡王朝已经国富民强，疆域辽阔。他不希望死后帝国的世袭领地被其他王朝分割，他要让所有的一切都归属在最亲爱的女儿特蕾西亚的名下。他是在活着时颁发“若无男嗣，由长女继承世袭领地”的“国本诏书”的，那是因为他已经看到了一些国家正在觊觎着哈布斯堡王朝的世袭领地，并企图分割奥地利领土的野心。

但是 1740 年父亲死去的时候，只有二十三岁的特蕾西亚能抵御那些虎视眈眈的侵略者吗?

父亲的突然去世让特蕾西亚万分悲痛，而随即爆发的奥地利王位继承权的战争，更是让这个年轻女人如履薄冰。这场战争就是关于特蕾西亚的战争。让一个女孩子置身于如此征战的旋涡之中，而且长达七年之久，这是怎样的残酷!

当战争终于打完，特蕾西亚已经成了一个三十岁的成熟女人。她不仅成功地接受了战火的洗礼，并且在战争实践中拥有了属于她自己的那一份对政治的把握和认知。

可惜特蕾西亚是以巨大的代价换取王位的。因为这场看似是继承人的战争，事实上是一场欧洲两大联盟争夺奥属领地的战争。战争以法国、普鲁士、巴伐利亚、萨克森、西班牙等王国为一方；奥地利、英国、捷克、匈牙利、荷兰、俄国等王国为另一方。在战争中特蕾西亚始终坚守着她的诺言：宁要中庸的和平，不要辉煌的战争。这样的宣言使整个欧洲记住了她。七年后，特蕾西亚不得不忍痛将工业发达的西里西亚大部分土地割让给了咄咄逼人的普鲁士，如此她才最终维护了自己的王位继承权。七年中，特蕾西亚始终以女皇的身份统治着奥地利，并且在战争中看到了哈布斯堡王朝在政治和军事上的诸多弊端，那是所有封建王朝的弊端。

哈布斯堡王朝是欧洲历史上最长久的王朝。因为和欧洲各国王室广泛联姻，而成为一个拥有庞大领地的家族。哈布斯堡的意思是"鹰之堡垒"，这是个多么富于诗意的壮丽象征。于是这个王朝果然像苍鹰一样盘旋并俯视着欧洲大地，它曾经漫长而又断断续续地统治着神圣罗马帝国长达六百年之久。这个鹰之王朝同时还统治着西班牙王国、奥地利王国、奥匈帝国以及其他一些小的王国和公国。它的辉煌是以奥匈帝国在1918年的彻底崩溃而告终的，从此便不再有哈布斯堡王朝，不再有"鹰之堡垒"。

特蕾西亚是满怀着对哈布斯堡王朝深深的爱，来拯救这个已经内外交困、四面楚歌的家族的。她宁可出让西里西亚这颗明珠，其实就是为了换取哈布斯堡王朝统治的稳固。连年的征战让特蕾西亚苦不堪言，她知道唯有和平才能有喘息的机会，从而对王朝的统治进行最全面彻底的改革。她不知道这样的割让让她永远失去了西里西亚，尽管在决定割让的那一刻，她曾发誓这必将是一块失而复得的土地。以后，她也曾为之不间断地斗争着，但是她最终还是永远地失去了西里西亚这颗"女皇皇冠上最美丽的宝石"。这是特蕾西亚作为女皇的毕生之痛。

尽管特蕾西亚以及她的哈布斯堡王朝岌岌可危，但她终究还是幸运的。因为她所生活的时代，欧洲的启蒙运动正在崛起。当时伟大的启蒙运动思想家伏尔泰和狄德罗都已经提出了"开明政治"的主张，特别是他们呼吁"开明"君主来革新政治，抛弃封建统治，摆脱宗教愚昧。当时奥地利宫廷的一些大臣深受启蒙思想影响，于是他们对特蕾西亚的影响，在奥地利的改革中起到了至关重要的作用。而更重要的是，特蕾西亚本人就是一个开明的女人，智慧的女人，她深知自己之所以被卷进漫长的战争之中，就是因为封建主义的束缚和宗教愚昧的限制。

赢得了和平之后的特蕾西亚开始大张旗鼓地对王朝机构进行改革。无论在政治、军事上，还是在外交、司法、教育，以及对商业、对农民的政策上，她都进行了极为大胆的革新。她的改革不仅带来了欧洲君主的未来，而且推动了欧洲历史的前进。

1741 年特蕾西亚生下了她的儿子约瑟夫，而她的丈夫弗兰茨一世在 1745 年也像她的父亲查理六世一样，成为神圣罗马帝国的皇帝。如此的特蕾西亚，如此的历史。她身边两个最亲爱的男人——父亲和丈夫，竟然都是她所视为生命的帝国的君王。后来，她的儿子约瑟夫在父亲 1765 年去世以后，也顺理成章地成为这个神圣帝国的皇帝。而约瑟夫在位的三十五年中，就有二十五年是和母亲一道看守着帝国的基业。

这就是特蕾西亚，在她漫长的生命中，始终陪伴在神圣罗马帝国身边。她是所有这三任皇帝身边最亲近的那个女人，一个勇敢的、智慧的女人，一个给了这些做皇帝的男人不可或缺的支撑的女人，她是他们的女儿、妻子和母亲。她是他们的一切。

其实特蕾西亚自己就是一个伟大的女人。在她还不知道自己将继承王位的时候，就已经认真研读了宗教史和世界史，并且能够流利地使用德语、法语、意大利语、捷克语和拉丁语。一个拥有如此天才和智慧的女人，一个在皇室里长大、被政治养育成人的女人，怎么还不能统治一个帝国？

清晨，汽车抵达的第一站，就是维也纳市中心那个有着特蕾西亚青铜雕像的广场。

那是个怎样气势恢宏的女人，她就坐在她所钟爱的那高高的王座上，颔首俯视着被哈布斯堡王朝统治的欧洲大地。那是唯有她才能有的威严和气魄。她的一只手臂向下伸展着，意思大概是奥地利帝国就在我的脚下。她的左手紧握着那柄神圣的权杖，无论这权杖是属于神圣罗马帝国的、奥地利王国的，还是哈布斯堡王朝的，反正都是她的。她已经拥有了这一切，或者说这一切已经与她密不可分，整个欧洲的历史已经与她密不可分。

几百年来，维也纳一直是那个强大的、有着深远影响的哈布斯堡家族的故都。在这里，他们建造了不朽的建筑，那是他们世世代代的家园。于是我们才得以看到气势如虹的霍夫堡皇宫，历史悠久的斯特凡教堂，以及开阔恢宏的英雄广场。几乎每一座建筑都被各种精美的雕塑所装饰。那建筑大气庄严，雕塑精美神圣。那是欧洲给予我们的最初印象，令人震撼，特别是后来参观的那座壮丽辉煌的申布伦宫。

申布伦宫位于维也纳郊外，这是一座曾企望与凡尔赛宫一比高低的巨大皇宫。在这里居住着哈布斯堡家族一代代被载入史册的君王们。这里也和凡尔赛宫一样，由一座原本十分简单的狩猎行宫改建而成。如今这座豪华的宫殿已经看不到一丝往日的窘迫，唯有那眼美泉流淌着古往今来的岁月。申布伦宫尽管最终不能和凡尔赛宫媲美争雄，但当年这里的一千多个房间和两平方公里的花园，已经足以显示出哈布斯堡家族的气派。

特蕾西亚在1743年将这座游乐宫改建为气势更加恢宏的夏宫，让这里像凡尔赛宫一样拥有了金碧辉煌的玻璃大厅和法国式的浩大花园。这座夏宫的奢华改建，完全是由特蕾西亚亲自指挥的，就像十几年前路易十四亲自督阵改建凡尔赛宫时那样。她成为夏宫最杰出的设计师，并使这座建筑成为建筑史上伟大的杰作。

与法国皇宫不同的是，凡尔赛宫是典型的古典主义建筑，而申布伦宫却是那种极尽雕琢的洛可可式建筑。特别是在室内的装饰上，特蕾西亚的夏宫更是竭尽全力去追求那种细碎饰物的堆砌。诸如贝壳、山石，乃至于卷草舒花，都会被当作装饰的材料，被特蕾西亚不厌其烦地镶嵌在大厅不同的角落中。据说特蕾西亚的那间号称“百万盾”的私人客厅，便是洛可可风格无所不用其极的典型代表。室内的壁板上一共镶嵌着二百六十块古波斯特色的微雕，这些微雕全部用纯金制成的金叶作为框架，烘托着东方的文明。这是怎样细碎的奢华。

夏宫无疑是特蕾西亚的得意之作，尽管那时候关于她继承权的那场战争还没有打完。但是作为女人的特蕾西亚更需要生活，而且要生活在一个舒适的环境中。所以她故意采用了洛可可方式来装饰她的夏宫，因为，这将会产生一种最温柔、细腻、纤巧并琐碎的格调，而这种格调所要表现的，是一种女性的优雅与柔美，充满了情调和脂粉气，而恰恰特蕾西亚就是一个这样的女人，所以在某种意义上，特蕾西亚就是洛可可。特蕾西亚弘扬了洛可可，而洛可可也为特蕾西亚带来了一种战争中女人所需要的那种温暖的安全感。

特蕾西亚还特别喜欢东方情调的饰物。在她的宫殿里不仅有古波斯的雕塑，还有几个专门装饰着中国饰品的房间，而且这样的房间被特蕾西亚称作珍宝室。在参观这些珍宝室之前，我们根本就不会想到，在这些房子里所陈设的，竟然全都是来自中国的珍宝。那些古老的蓝白色中国瓷瓶、镶嵌着贝壳的红木家具，还有大漆的屏风上那些画工精美的中国画……这简直令我们吃惊。后来才知道，特蕾西亚是深爱中国文化的，她不仅收集中国的艺术珍品，甚至还和亲友一道，在夏宫富丽堂皇的大厅里，欣赏过来自遥远东方的中国元朝大戏。特蕾西亚的中国珍宝厅令人惊异，但更让我们感到亲近。

后来听说在特蕾西亚的时代，拥有中国的瓷器、家具或绘画也是欧洲的一种时尚。那是财富的象征，更是皇权的象征。

为了冬天能够居住，夏宫在改建时，特意设计并安装了取暖设备。这大概是因为特蕾西亚已经吃尽了寒冷的苦头，不再能忍受那些建在郊外的中世纪古老城堡。想想在中世纪那么浩大的宫殿，漫长而寒冷的冬季只能依靠壁炉中木柴的火焰取暖……所以特蕾西亚要她郊外夏宫的舒适是全天候的，在那里既要有阿尔卑斯山中清爽的风，又要在冬天寒冷到来的时候有足够的温暖。

便是在这座由特蕾西亚亲自改建的漂亮宫殿里，她生下了一个又一个孩子。这位富饶的母亲，总共养育了十六个孩子，她的那怡然饱满的体态便足以证明了她旺盛的生殖能力。但不幸的是，在那样的历史背景下，即或是生活在皇宫里，她的很多孩子还是夭折了。包括她最最心爱的第一个儿子。不知道孩子们的先后离去，给这位英勇的母亲带来的是怎样深重的悲哀……

然而申布伦宫的女主人还是统治着整个奥地利，但同样住在这里的弗兰茨皇帝，却只是一心热衷于他的自然科学。这便是特蕾西亚为什么非要垂帘听政，面对着来自差不多整个欧洲的敌对势力，以至于照顾不到她那些幼小的孩子们，甚至眼看着他们一个个离她而去的原因所在。

孩子们的死亡让特蕾西亚无奈而悲痛，也使皇帝和皇后之间的关系越来越紧张。

后来特蕾西亚的儿子约瑟夫继承了神圣罗马帝国的王位。

约瑟夫也被认为是一代开明之君。母亲在世时他积极辅佐母亲，当特蕾西亚去世后，他便大刀阔斧地进行改革，比特蕾西亚更为激进彻底，乃至于遭到贵族和宗教势力的强烈反抗。可惜约瑟夫在特蕾西亚去世十年之后便离开人世，他为自己撰写的墓志铭非常感伤——

> 这里安睡着一个国王，他心地纯洁，却不幸目睹了他的全部努力归于失败。

特蕾西亚的一个女儿也非常著名，这就是为了哈布斯堡王朝的世袭领地不受侵袭，嫁给法国王储的玛丽亚·安东尼亚皇后。这是特蕾西亚为女儿做出的选择，她希望通过王室联姻使帝国的领土稳固下来。而恰恰在继承权的七年战争中，坚决不承认特蕾西亚继承权并参与了战争的，就有法国。特蕾西亚无奈地把自己漂亮的女儿嫁给了法国的路易十六，那是1770年，她以为从此奥地利就可以高枕无忧了。

但想不到命运对特蕾西亚是那么不公平，女儿所嫁的法国皇帝后来偏偏被国民议会送上了断头台。而十个月后，她亲爱的女儿玛丽亚·安东尼亚也在劫难逃，被无情处死。幸好女儿被法国人处死的时候已经是1793年，那时候特蕾西亚早已经走进天堂了。她是在那里迎来自己这个穷奢极欲的女儿的。玛丽亚·安东尼亚如果不是嫁给法国国王也许不会是这样的命运。她的命运是由母亲决定的，是母亲一开始就把她送上了断头台。那是命定，也是天意。而天意在某种意义上又意味着前进的历史，所以，是历史终结了法国封建王朝的统治，也是历史断送了玛丽亚·安东尼亚。

便是这段玛丽亚·安东尼亚的故事让我对欧洲历史更加着迷。从此，我希望了解欧洲的皇室是怎样为了国家的利益以及疆土的扩张或者稳固，而不断联姻的。我看到似乎每一个王朝都有着另一个王朝的血脉，而欧洲所有的皇室成员几乎都是相互的远近亲戚，这当然是非常有意思的，他们是亲人，可是为什么还要不断地征战，不断地相互杀戮呢？

但是我不知道为什么在夏宫里几乎从来不提特蕾西亚的这个嫁到法国的女儿玛丽亚·安东尼亚。在哈布斯堡家族的族谱中，也是轻描淡写地将这个奥地利公主的名字草草略过。在夏宫的厅堂里找不到安东尼亚的任何踪迹，但是导游器中却一直在不惜笔墨、满怀深情地介绍着特蕾西亚的另一个女儿、安东尼亚极为漂亮的姐妹——克里斯汀娜。大厅里悬挂着克里斯汀娜美丽至极的画像，还专门陈设了这位公主当年生活的房间，克里斯汀娜的美丽是那种“惊为天人”的美。

在夏宫没有关于玛丽亚·安东尼亚的介绍让我百思不得其解。但是后来到了法国，特别是在凡尔赛宫里，那位路易十六的美丽皇后就成为一位经常被提到的女人了，甚至无处不在。在凡尔赛宫皇室成员的画像中，也有了玛丽亚·安东尼亚，尤其是她被带到断头台前的那张素描，还有她被行刑之前关押的那座监狱。她在凡尔赛宫所居住的房间都反复出现在我们的眼前。那是很深的并且很令人触目惊心的印记。据说法国人不喜欢这个来自奥地利的挥霍无度的王后，所以他们才会最终把她也送上了断头台。玛丽亚·安东尼亚临死前依然优雅镇定，不失王后风范。在走向死亡的时刻，她那矜持而高傲的神情让人久久不忘。毕竟她是神圣罗马帝国的女大公，是伟大的特蕾西亚的女儿。尽管生她养她的申布伦宫已经不齿于再提起她了。

但无论如何，在法国历史中，来自奥地利哈布斯堡家族的玛丽亚·安东尼亚却是一个大名人。最近一位法国女作家写了一部被法国文坛普遍看好的历史小说，记述了玛丽亚·安东尼亚皇后被绞死前三天悲怆动人的景象。如果不是因为知道了欧洲历史中还有这样的一个女人，我大概是不会去注意这部小说的。小说的名字也非常感人——《永别皇后》，这说明了安东尼亚在法国历史中的那种凄怆的重要，并且也能调动起作家关于这个女人的创作冲动。

奥地利人之所以不愿意对玛丽亚·安东尼亚浓墨重彩，大概是因为玛丽亚·安东尼亚毕竟死得不够光彩，而且她所代表的，又是法国非常落后的封建势力。奥地利人希望他们哈布斯堡王朝的光荣是纯洁的，是没有瑕疵的，甚至是没有流血的。在这里，应当是只有特蕾西亚和那个来自巴伐利亚的茜茜公主所带给人们的骄傲记忆和赏心悦目的往事。但无论怎样逃避，玛丽亚·安东尼亚依然是特蕾西亚的女儿，她的血管里流淌的，永远是哈布斯堡家族的血。

茜茜公主是申布伦宫的另一种存在，一种美丽的存在。

茜茜公主是申布伦宫永远的玫瑰。皇宫的礼品店里所出售的物品，差不多每一件都是以茜茜公主的美丽影像为装饰的，包括各种语言的那些关于茜茜的传记。是德国那位伟大的女演员罗密·施奈德在银幕上出演的《茜茜公主》，让深藏于申布伦宫的那个公主，成为全世界人都爱戴的女人。施奈德是美丽的，而茜茜也是美丽的。她们后来悲剧的命运好像也有很多相似之处。因为她们都曾失去了自己最亲爱的儿子。

茜茜公主的雕像和绘画，在维也纳到处都能看到。除了她的美，还因为她近乎传奇的身世。

茜茜和特蕾西亚同样住在申布伦宫，但她们之间却相隔了将近两百年。茜茜的丈夫、奥地利皇帝弗兰茨·约瑟夫已经是特蕾西亚的曾孙，所以茜茜没有机会目睹这位真正女皇的风采，也许她们并不会彼此喜欢或欣赏，因为她们是完全不同的两种女人。

弗兰茨·约瑟夫十八岁便登基即位，成为奥匈帝国的皇帝。然后他便迎娶了美丽的巴伐利亚公主伊丽莎白。为了皇帝和新皇后未来美好的生活，申布伦宫又进行了一次声势极为浩大的翻修。很多房子都是为茜茜公主专门设计的，那是因为奥匈帝国的皇帝对他的新娘满怀着深爱。

伊丽莎白是嫁到哈布斯堡家族的纯真女孩，因为人们喜爱这位伊丽莎白皇后，才亲切地将她称作“Sissi”。Sissi 不仅没能见到那位奥地利伟大的女皇，她人生的追求和特蕾西亚也相去甚远。一个女人是为了王朝，而另一个女人仅仅是因了她倾城倾国的美丽，她所追求的自由，以及她那鲜花一样的微笑。Sissi 天真地走进申布伦宫，却被特蕾西亚巨大的阴影所笼罩，被申布伦宫冰冷的皇室气氛所压抑。当 Sissi 唯一的儿子鲁道夫死后，她便毅然离开皇宫，开始了颠沛流离、环游世界的漂泊生涯。她可能觉得即使是终生流浪，也要比住在冰冷的皇宫里快乐得多。最后 Sissi 果然再没有回到申布伦宫，而是真正地客死他乡，被意大利的无政府主义者杀害于瑞士街头。

Sissi 是一个凄美的故事。那是凋谢了的一朵夏宫的玫瑰。但夏宫还是拾起了这束美丽的干花，让她永远绽放在申布伦宫那个冰冷的角落中。

我们行走在申布伦宫特蕾西亚和 Sissi 的房间里。

我们静静地走，听那个像电话一样的导游器在我们耳边讲述哈布斯堡王朝和这两个女人的动人的故事。

一个一个幽深的房间。特蕾西亚、克里斯汀娜和 Sissi 的巨幅画像。还有那些夭折的孩子们的画像，那些在遥远梦幻中凋零的生命。

六岁的莫扎特曾在这里为特蕾西亚演奏。

成年以后的莫扎特又在这里成为约瑟夫的皇室作曲家。

这个承载着哈布斯堡家族伟大梦想的申布伦宫，因为曾在皇宫中发现过一处能为女人带来美丽的泉眼，所以申布伦宫又被称作美泉宫。

宫殿后面的花园美丽壮观，绿色山坡上的避暑长廊宁静而优雅。特别是那座古罗马人的废墟令人惊叹不已，你无法想象如此古老的建筑是怎样留存至今的，那也是神圣罗马帝国的伟大象征吧？

特蕾西亚的世代子孙坚守着哈布斯堡王朝的尊严，神圣罗马帝国的尊严，以及奥地利帝国的尊严。但历史的残酷无情是特蕾西亚所不能预见的。先是她的孙子弗兰茨二世在拿破仑所向披靡的攻势下，不得不宣布本来就已经是一盘散沙的神圣罗马帝国解体；而后，奥匈帝国的最后一位皇帝查理也被迫放弃帝制，使得哈布斯堡这个欧洲历史中最为悠久的王朝终结于共和的风暴中。

这样的一个惨痛的终结，一定是毕生为帝国而战的特蕾西亚所不愿看到的。她曾以坚忍不拔的勇气和开明进步的政策，挽救了这个已经是危机四伏的王朝，但却最终阻拦不住不断向前发展的历史进程。

如今特蕾西亚的光荣已经成为往事，我知道，那是申布伦宫深夜传来的最深长的叹息。

冰冷的辉煌

这是一个关于不情愿的皇后的故事。

那个全世界都知道的最可爱的茜茜公主。

一个来自巴伐利亚普通贵族家庭的女孩，能成为奥匈帝国皇帝弗兰茨·约瑟夫的皇后，这对于任何一个女人来说，都是生命中最光辉的篇章。但是这个漂亮的女孩幸福吗？她住在专门为她重新翻修的美泉宫中，走在那么富丽堂皇的大厅里，她快乐吗？

这使我想到我们这个时代同样被全世界爱戴的那个美丽的戴安娜王妃，所有的记载都告诉我们这个年轻的女人并不快乐。好像无论她怎样努力，都无法达到皇室的要求，一个现代的追求自由的女人，将永远是皇室的异类。只要她存活一天，她就被认定为皇室的叛逆，因为在她的身上没有真正皇家的血统，她始终是一个外来人，永远被排斥。于是被压抑甚至被统治的王妃，最后只能是死于非命。而茜茜也是一样，在一次意外的事件中死于非命，并且一样地客死他乡。

我们来到美泉宫，特意排队买票，参观了那些承载着哈布斯堡王朝历史的房间。在电话听筒一样的导游设备中，我们听到两个反复被提到的名字，那就是玛丽亚·特蕾西亚和伊丽莎白公主。人们把伊丽莎白公主称作茜茜，那是因为人们对她的爱。

特蕾西亚代表的是一个女人的王朝，她让我了解了欧洲一位伟大的女皇。但茜茜不是特蕾西亚那样的女人，她是那么纯真而美丽，并且是那么的不幸。

我们很早就知道了茜茜。这得益于那部堪称经典的电影《茜茜公主》。在这部电影中，我们通过漂亮的德国女演员施奈德，看到了那个闯进约瑟夫皇帝眼中的天真女孩。但是那时的茜茜并不知道等待着她的会是怎样的命运，甚至就在皇室为她举行隆重的结婚典礼时，她也不会想到她未来的不幸与坎坷。皇帝是爱她的，而她也是喜欢成为皇后的。她如愿以偿，从此成为美泉宫真正的女主人。

导游器里总是传出来茜茜、茜茜……说这里是茜茜和约瑟夫的睡房，那里是茜茜的更衣室，还有茜茜的楼梯阁楼，茜茜的公园寓所，茜茜的旋转楼梯，以及茜茜学习的房间，茜茜会客的处所，乃至于茜茜孩子们的住房，还有茜茜的美丽花园，茜茜最喜欢的丁香图案……

永远的茜茜，美泉宫似乎已成为茜茜的所有。但是真正的茜茜只是皇室的一件美丽的附属品，而当初约瑟夫皇帝的母亲索菲之所以为儿子选定这样一门亲事，其实仅仅是为了政治的需要，帝国疆界稳定的需要。那是年幼的茜茜所不知，或者她明知却有意忽略的。婚姻本身对茜茜这样成长于自由气氛家庭中的女孩来说，就是终生的牢笼。而这个牢笼又是难以逃脱的，因为那是个辉煌的而又无以违抗的所在。在那个高处不胜寒的位置上，茜茜又有着怎样难以承受的责任和苦痛。

美泉宫所有茜茜的房间都是那么美丽，甚至是那么温暖。但是这个只有十六岁的女孩子从一开始就对这样的宫殿充满了恐惧。因为作为皇后她要远离自己的所有亲人，特别是那些与她朝夕相处的兄弟姊妹，置身于几乎陌生的哈布斯堡王朝之中。就是她喜欢的皇帝弗兰茨·约瑟夫，也只是仅仅见过几次的陌生人。十六岁的茜茜还是个孩子。一个孩子是要生活在欢乐和朋友中的，但是茜茜却被突然投进了一个巨大的宫殿之中，从此承受着一个帝国皇后的所有职责。

单单是浩大而漫长的结婚典礼就令茜茜身心疲惫。在典礼中，茜茜不停地哭泣，害怕地躲避到她所有能躲避的地方。她甚至不能和她唯一喜欢的皇帝本人单独在一起。她的所有行为都在被监视中，甚至在新婚之夜上床的那一刻。

于是很快茜茜就想家了。但是她的家人却不能随意来看望她。

坐落于维也纳中心的霍夫堡皇宫是茜茜的新家。茜茜便是在这里成为哈布斯堡家族的新娘。这里曾经是德意志神圣罗马帝国皇帝的不朽城堡，直到这个有着八百年历史的神圣帝国不得不宣告解体。但接下来这里又成为奥匈帝国的世袭皇宫，而这个帝国也是在这里宣告灭亡的。霍夫堡始建于1279年，住在这里的每一代皇帝都曾对宫殿进行过改造和扩建，以至于这里成为欧洲各个时期建筑风格之集大成者。无论是哥特式、文艺复兴式、巴洛克式、洛可可式，还是上世纪末的仿古典式的建筑风格，你都可以从霍夫堡中找到。

霍夫堡在德文中的意思就是宫廷城堡。

那是我们在维也纳开始的第一天看到的第一处令我们震撼的建筑。霍夫堡坐落于一片巨大的草坪之间，而这一片气势非凡的草坪就是壮观的英雄广场。

广场的背后，就是霍夫堡皇宫。在众多生活在这里的不朽人物中，也留下了茜茜不朽但却细碎的印痕。

在整个欧洲旅程结束的时候，我们一直觉得维也纳是一个值得再去的城市。这里的古老建筑气势辉煌，大气磅礴，没有那种繁复琐碎的雕琢；而城市中的小街又全都是那么温暖，令人迷恋。但是不知道为什么茜茜不喜欢维也纳，以至于这种厌烦最终转化为一种强烈的仇恨。后来茜茜的全部生活内容就是不断地逃离霍夫堡皇宫，逃离维也纳。只要能远离这里，只要能忘记在这里发生过的所有的苦难。

是的，茜茜被投到了巨大而又冰冷的皇宫中。尽管皇帝是亲人，甚至皇帝的母亲索菲还是茜茜的亲姨妈。一个被姨妈照料的女孩子应当是幸福的，而且她还是由姨妈亲自选中的皇后。开初的时候，茜茜确乎被姨妈由衷地疼爱，但是慢慢地茜茜和索菲之间出现了矛盾，而且日益尖锐。其实这也许并不是茜茜和皇太后索菲的矛盾，而是天性崇尚自然的茜茜和封建皇室之间不可调和的冲突。

索菲曾真诚地欣赏茜茜的美丽和纯朴，她也曾尽力帮助过这个可爱的外甥女。但毕竟索菲已经被皇室塑造成了一个教条的女人，而皇帝的位子也是经过索菲的努力，才让自己亲爱的儿子获得的。索菲在皇帝的背后支撑着，她尽管没有摄政但却深刻地影响着皇帝，包括影响着皇帝对皇后的态度。当然也不能排除索菲对茜茜的妒忌，毕竟是茜茜抢走了原本只属于她的那一份儿子的感情。

而弗兰茨·约瑟夫的恋母情结对茜茜也是致命的伤害。比起茜茜，他更要尊重的，是母亲的感情和意志。加之皇帝的政务让他日理万机，以至于没有更多的时间和妻子在一起。每一天的整个白昼，他都只好把年轻的皇后置放于一群陌生的女人之中，让她们来照料美丽的茜茜。而在那些女人之中，最让茜茜感到恐惧的，就是那位亲爱的姨妈索菲了。

索菲是站在皇室的立场上来管教茜茜的。她也许并不是有意为难茜茜，但是茜茜自由的家庭和刻板的皇室生活相差得太远了，以至于茜茜不能严格遵从宫廷规则，并在一种强烈的反弹中，视索菲为天敌。

走进霍夫堡皇宫的大门，就是英雄广场。我们沿着广场旁边的小路前行，远远地观望霍夫堡皇宫的气势恢宏。维也纳几乎所有的建筑都是白色的，拱形的门窗和门楣，质朴而壮丽的廊柱，建筑上的雕塑也是恰到好处，那是一种庄严的象征。特别是霍夫堡屋顶上那神圣罗马帝国的苍鹰在掀动着金色的翅膀。广场上两座高大的青铜雕像，分别是为了纪念在与土耳其人的战争中战无不胜的欧根亲王，和成功抵御了拿破仑的卡尔大公爵。

让茜茜对维也纳的皇宫彻底失望，是在她生下了第一个孩子小索菲之后。因为茜茜还是个孩子，于是那个老索菲便明目张胆地抢走了她的女儿。以至于茜茜要见自己的女儿，还要征得婆母的同意。索菲这样做也许是有道理的，因为她相信一个连自己都不会照顾的年轻母亲，是带不好一个孩子的。何况茜茜自己还在学习皇室的规则，这样的女孩又怎么能承担起养育皇室后代的神圣使命呢？无疑这残酷的现实让茜茜彻底站在了仇视索菲的立场上。而在皇帝夫妇出访匈牙利的时候，作为反叛，茜茜执意带上了她的两个女儿，小索菲和吉塞拉，她把此番行动看作是对皇太后的宣战。茜茜不管她的女儿们是不是很小，其实吉塞拉那时还是一个只有十个月的婴儿。

便是在这一次出访中，小索菲不幸夭亡了。茜茜在漫长的十一个小时中，绝望地看着她的孩子慢慢死去。茜茜说我的女儿是一个天使，她走了，我们遭到了毁灭。从此茜茜陷入了真正的绝望中。她是为了反叛，才把不该带在身边的女儿带上旅途的。她的反叛让她付出了惨痛的代价，从此开始了她不幸的一生。

尽管茜茜后来又生下了王子鲁道夫，但她却从此冷酷地不再过问孩子的事，任凭索菲把所有孩子据为己有。

走出霍夫堡宫的另一座大门，两旁是高大树木组成的树林。当我们满怀对皇宫的敬畏向外走的时候，我抬起头，竟然看到远处建筑上的两座白色大理石雕像就悬浮在绿色的枝叶之上。不知道那雕刻中的人物究竟是谁，但他们就是那样悬浮于绿色的树叶之上，像被绿色波涛托起的两个白色的天使。天使的背后是维也纳的蓝天白云，而茜茜为什么会不喜欢这个悬挂着天使的皇宫？

小索菲的死让茜茜下决心远离霍夫堡。而适时到来的肺部疾病也让茜茜有了逃离冰冷皇宫的理由。她从此开始了到温暖地方疗养的漫漫人生旅程，后来这成为她一生动荡不定的理由。她总是在国外的时候多，在维也纳的时间少。她不关心自己的孩子，也不关心自己的丈夫。她只要一回到维也纳，病情就会神秘地加重，抑郁也会更深邃。所以茜茜是没有真正的疾病的。她的病就是维也纳，就是霍夫堡，就是美泉宫，甚至就是她想逃也逃不掉的皇后的身份。于是她只能不停地逃离，以至于形成了一种痼疾。就是索菲死后，她也不能够停止下来。因为她对皇宫的厌恶已经成为一种本能。她将永远不能留在这里，这里不仅会令她窒息，简直会把她逼疯。

美泉宫华丽的客厅金碧辉煌，几万支蜡烛闪烁着星星一般的光芒，照射着玛丽亚·特蕾西亚辉煌的往事。但茜茜却是不幸的，因为茜茜的时代是一个倒退的时代。如果说特蕾西亚和她的儿子约瑟夫二世是开明君主的话，那么索菲简直就是封建王朝的卫道士。所以撇开婆媳关系能否处好不说，茜茜如果生活在改革的特蕾西亚时代，她大概会快乐得多。

后来茜茜疯狂地迷恋上了匈牙利。她甚至毕生都在为匈牙利和奥地利的交好而努力着。如果说到政绩，这可能是茜茜唯一的政绩了。茜茜对匈牙利的那位伟大的政治家安德拉希始终怀有一种近乎崇拜的美丽感情。传说中也有人说茜茜深爱着安德拉希，为此他们毕生保持着这种友情。不过在茜茜的努力下，弗兰茨·约瑟夫确实同意了改善和匈牙利的关系，并最终加冕成为匈牙利皇帝，所以茜茜才能穿上匈牙利的加冕礼服，成为匈牙利这个她终生迷恋的国家的王后。甚至为了与匈牙利的这一份深刻的情愫，早已经和皇帝疏远的茜茜竟决定再生一个孩子。其实她并不是要生孩子，而是要生下一个匈牙利的王位继承人，作为献给匈牙利民族的最大礼物。

便是茜茜的这一举动，被历史认定是茜茜为奥匈帝国的统一做出的杰出贡献。

然而茜茜这一次没有能生下一个儿子，而是一个漂亮的女儿。茜茜为了生下这个王位继承人，甚至在预产期前的三个月，就从维也纳搬到了布达佩斯，在这里准备分娩。茜茜是在匈牙利的奥芬宫生下女儿瓦莱丽的。因为瓦莱丽是匈牙利的女儿，所以她也就成了所有的孩子中最受母亲钟爱的一个。茜茜始终把瓦莱丽有点病态地带在身边，亲自管理和教育，给她以关切和母爱。和这个匈牙利的瓦莱丽比起来，仿佛吉塞拉和那个奥匈帝国的王储鲁道夫根本就不是她的孩子。

是瓦莱丽给了茜茜留在皇宫的意义。在后来的一些年中，茜茜是忠实于王室的。尽管茜茜也有着她自己情感的世界，但她是爱皇帝的，因为皇帝始终在不遗余力地深爱着茜茜，甚至也曾为茜茜得罪过母亲。

后来的茜茜迷恋于写诗。写诗是很自然的，因为诗歌在当时很盛行。茜茜写诗师从于海涅，尽管她不是一个优秀的诗人，但至少那些诗歌忠实记录了茜茜的一生，记录了她对自由人生的渴望。

茜茜的另一个爱好就是对美丽的塑造。因为她天生丽质，倾国倾城，所以她就不能不为保持自己的美丽下一番苦功。她一天中的很多时间是用于打造美貌的。她的头发之长垂落到地，所以每天要费很多时间去精心梳理。当然茜茜常常在梳头的漫长时间里学习她所迷恋的匈牙利语言。

茜茜不仅要脸颊的美丽，她要求自己的身段也是完美的，所以十九世纪的茜茜就开始在皇宫里建造她的健身房。她不停地在那些健身器具上训练着，她训练的时候甚至穿着那种带弓子的长裙。为了苗条，茜茜每天进食很少，甚至只喝牛奶。所以她长期因饥饿而贫血，甚至浮肿。而如此苛待自己仅仅是为了姣好并且消瘦的体形。茜茜的努力终于产生奇迹，直到去世时她的体形一直保持得很好，她的腰始终很细，体形也毕生是修长的。

但长期的忧郁还是破坏了茜茜的美貌。而那种曾经美貌的历史又让茜茜害怕别人看到她已经美貌不再。于是茜茜便永远带上了那把扇子和阳伞。这也成为茜茜的一种病态的习惯。她要用伞和扇子遮住她的衰老，甚至丑陋，她要自己在世人的记忆中永远是美的。曾经的绝顶美丽后来成了茜茜最大的心理障碍。她为此而更加地封闭自己，不再见人，并且不出席任何活动。茜茜是被美丽异化了的一个女人。从此她不带扇子和阳伞绝不出门，永远戴着面纱，甚至不再让人为她画像，即或是亲近的人也不让他们目睹她苍老而干枯的脸。

茜茜留下的都是她最美的画像。整个欧洲在那个时候都在赞扬奥地利皇后绝世的美貌。茜茜的美丽已经成为一个美好的传说，在人们的心目中，茜茜是一个永远都不会凋落的美丽女神。既然茜茜已经成为那个关于美丽的神话，那么茜茜自己又怎么能打破这个神话呢？

于是后人遵从了茜茜的意愿。所以无论在霍夫堡宫，还是美泉宫，我们所看到的茜茜的画像都是最完美的。那是一种真正的美丽，惊为天人的美丽。甚至在城市公园中茜茜的那座雕像，那个成熟的王后依然是美丽绝伦的。茜茜就是以这样的美丽，成为奥地利永远的财富和骄傲。

茜茜的生活在生病、抑郁、健身和抚养匈牙利女儿的岁月中流转。茜茜一天天衰老下去，她不知道生命中还会有更大的不幸降临。

长久以来茜茜一直冷落着她的儿子鲁道夫，因为她觉得鲁道夫是索菲哺育长大的孩子。其实茜茜并不知道她的这个儿子和她是怎样的相像，他们不仅都崇尚自由，并且都疯狂地崇拜着那个匈牙利的智者安德拉希。而且鲁道夫也和母亲一样热衷于海涅，喜欢作诗，但仅仅因为鲁道夫是哈布斯堡家族的继承人，茜茜就不想和她的这个儿子亲近，甚至不愿意倾听鲁道夫是怎样地深深热爱并崇拜着他的这个美丽的母亲。相反，茜茜对瓦莱丽的爱是超乎一切的。但可悲的是，这位匈牙利的女亲王却是憎恨安德拉希的，她用整个身心崇拜的是她身为奥地利皇帝的父亲。

如此的错位让茜茜唯一的儿子常年生活在压抑和嫉妒中。鲁道夫是不幸的，他永远也无法得到他深爱的母亲的爱，或者理解，哪怕是茜茜曾有过一句对鲁道夫的关切和安慰……于是鲁道夫的生活是混乱的，无望的，以至于他最终和自己的恋人一道用手枪结束了他一直不快乐的生命。

大概直到鲁道夫死去，才惊醒了茜茜。从此她不能原谅自己多年来对儿子的冷落和疏远。鲁道夫被祖母抢去抚养不是他的过错，他也不能选择他作为王子的那种生活方式。他是深爱茜茜的，但这种深邃的爱却始终被茜茜忽略着……

茜茜认识到自己的这种无情是需要代价的。这代价沉重，那是用一个年轻的生命换取的。茜茜很伤心，几乎伤痛欲绝。从此她日夜想念着鲁道夫，甚至偷偷潜入教堂地下的皇家陵室，希望能在鲁道夫的灵柩旁看到儿子的魂灵，希望鲁道夫能到她的梦中与她相聚。茜茜说，她羡慕鲁道夫的死，并日夜渴望着她自己的死亡到来。茜茜还说她的翅膀已经烧毁，她企望安息。她认为世上最高尚的事情莫过于父母立刻杀死他们新生的婴儿。鲁道夫的死让茜茜悲伤至极，她想到了那个夭亡的小索菲，她恨透了孩子的死亡所带给她的痛不欲生。

那是1889年的一个寒冷的春天。奥地利的所有驻外机构都接到一份皇室的指令，传达了皇后沉重的愿望。皇后的生日和命名日，不再接受任何祝贺。不仅是近期，而且是永远的。

到了持续着悲伤的年底，皇后把她所有彩色的服装、雨伞、鞋、头巾和手包，总之一切华丽和鲜艳的物品全都送给了她的两个女儿和其他女人。她自己只留下黑色的丧服，从此不再穿彩色的服装。直到生命终结的那一天，茜茜始终身着黑衣，完全脱离了宫廷的豪华。人们说，她是以“悲痛的圣母”的形象度过了她的余生。

后来弗兰茨·约瑟夫皇帝满怀感慨地说，伴随着孩子们一个个地死去，我是在怎样一点一点地失去这个女人……

鲁道夫的死让茜茜对宫廷的期望彻底死灭。而不久之后，她毕生的朋友、那个匈牙利的安德拉希也离开了人世。直到此刻茜茜才真正意识到安德拉希对她来说意味着什么。她说她第一次感到如此孤独。加之她最爱的女儿瓦莱丽也出嫁离开皇宫，从此茜茜便踏上不归之路，开始了她近乎疯子一般的永远的旅行。

在此之前，茜茜还曾有过另一番豪迈的壮举，那就是为奥皇弗兰茨·约瑟夫找到了一位他喜欢的女演员。茜茜无比大度地为皇帝创造着与这个女人幽会的条件，她进而把这个女人当作她本人的朋友，使她可以名正言顺地出入皇宫，与皇帝同床共枕。也许是茜茜真的厌恶了皇帝，但是又不能离开她皇后的位子；还可能是茜茜可怜皇帝，因为她就要走了，要去远行，所以她不希望皇帝孤单，也不希望维也纳指责她对皇帝的无情，尽管她一生都在接受着这样的指责。

然而茜茜最终香消玉殒，在日内瓦湖畔的码头上。意大利的无政府主义分子选定目标刺杀了茜茜。她被刺中心脏之后竟然又向前行走了整整一百米。她死在她最喜欢的日内瓦湖边。她说日内瓦湖的颜色就像海水。她觉得蓝色的湖水会给你一种幻觉，似乎看到了生命的真谛。她希望有一天死后，人们能把她放入蓝色的海水中。她始终害怕那个尘世的世界。

让茜茜回归大自然吧，大自然之于茜茜才是真正美好而宁静的归宿。

但是茜茜还是被安放在了皇宫教堂的皇家墓穴中，和她的儿子长相厮守。

茜茜是那个正在走向衰落、潜伏着各种问题的帝国的皇后。她的所作所为没能推迟帝国末日的到来。茜茜是一个不情愿的皇后，但是她却经历了一个末日皇后惨痛的一生。

茜茜是自己的不幸，也是他人的不幸，更是她的那些亲人的不幸。

深藏着茜茜往事的宫殿是阴郁的，而掩埋着茜茜快乐的辉煌是冰冷的。

走在美泉宫的大厅中，你放慢脚步，屏住呼吸，也许还能听到茜茜的叹息……

而那个气势辉煌的霍夫堡教堂中，竟然还存放着茜茜不情愿的尸骨。那么，我们还能在哪里找到茜茜自由的灵魂?

然后是另一个不幸的话题。因为说到茜茜，就不能不联想到那位漂亮的德国女演员罗密·施奈德。因为这两个女人的命运竟然是如此相似。她们都曾经历那种丧子的悲哀。

这位著名的德国演员竟然就出生于维也纳，而来自巴伐利亚的茜茜也是在维也纳消磨了她不幸的一生。大概便是因此，施奈德与茜茜才有了那种天然的契合。

施奈德所饰演的茜茜是人们公认的唯一的茜茜。而她在扮演年轻茜茜的时候，曾是那么全身心投入，在茜茜的故事中燃烧着自己。她一连拍摄了三部关于《茜茜公主》的影片。但是当制片方邀请她出演第四部《茜茜公主》的时候，她断然拒绝了。因为她觉得她已经不堪茜茜这个角色的重负。她甚至为此而逃到了巴黎。不知道这是不是和茜茜一样的逃亡。

于是二十岁的施奈德在塞纳河畔开始了她的新生活。她拍摄了很多优秀的电影，又经历了好几段感情的折磨。几次婚姻都终告失败，但尽管失败却让她拥有了一对可爱的儿女，那该是她生命中最大的安慰。但是想不到她十四岁的儿子戴维竟也如茜茜的儿子一样死于非命。施奈德知道人必得在生活中承受苦难，但是她却没有想到苦难之于她竟会是如此深重。她和茜茜一样对儿子满怀歉疚，甚至她最后的一部影片也是献给儿子戴维的。

那是她所拍摄的第六十部电影。而就在电影刚刚开始发行的时候，施奈德突然神秘地在她巴黎的寓所死去。据说她死于突发心脏病，但人们宁可相信她是死于一颗破碎的心。

施奈德死去的时候年仅四十三岁。比茜茜的生命短了许多年。但有一点是她们身后都应当满足的，那就是，她们都和心爱的儿子葬在一起，在那个远离尘世的地方与他们永远相守。

加德纳夫人的波希米亚传奇

对波士顿艺术博物馆的展览记忆犹新。尽管距离那个春天已经五年。记得那里丰厚的馆藏，也记得那座宏伟的建筑。藏品从古埃及到现代美术，堪称新英格兰地区最大的艺术博物馆，又因其拥有四十万件不朽之作而成为全美国第五大博物馆。记得怎样和女儿在那些宽阔而高大的展厅里不尽徜徉，也记得窗外的玉兰花正开得烂漫飞扬。那时候不知道不远处还有一座叫作芬威院的博物馆，当然更不可能知道加德纳夫人那波希米亚般的璀璨人生。

在一本书中偶然读到芬威院，吸引我的是画页中那个美丽的花园。那是个看上去就禁不住想要探访的地方，一个被四面高墙围拢起来的郁郁葱葱的庭院。如果那只是一个明媚的所在——不，那庭院的周遭不是普通的高墙，而是高耸的威尼斯式建筑的外墙；花园中也不单单是绿树葱茏，百花绽放，而是有那些来自古老欧洲的大理石雕刻和铜像点缀其中——于是那是一个迷蒙的所在，因为你不知在那样的地方会获得怎样的感受。

终于来到这座让我充满好奇的建筑前。在外观上你几乎看不出它有什么与众不同。站在芬威院的墙外朝四周看，想不到我曾经参观过的波士顿艺术博物馆就在对面。我认出了几年前曾走过的那些地方，那时候怎么会不知道还有一个如此曼妙的所在？或者这座建筑的外表太不起眼了，或者是主人故意低调为之。所以你只有走进这座建筑，才能真正领略到它那博大精深的独特魅力。

是的，我们走进芬威院，就仿佛蓦地走进了春天。扑面而来的满眼和煦，到处绿荫掩映，鲜花烂漫，足以用别有洞天来形容这温暖的庭院。于是疑惑这肃杀的冬季，怎么会有如此勃勃生机？记得不久前探访波士顿公共图书馆，那里也是一座意大利式的建筑，于是也有一个被四面高墙包拢起来的中庭。只是那里看上去虽然优雅，却早已是一片萧索的冰冷。尽管那些很美的桌椅依旧支撑在长廊里，却只能在想象中看到那些坐在徐徐春风中的读书人了。

但是为什么芬威院温暖如春？下意识抬起头来才发现，原来这里并不是天井式的建筑，而是不折不扣的一座温室花园。那巨大的玻璃天窗是透明的，透过它你可以随时看到天空变幻的色彩，看到云朵怎样轻轻飘过，甚至能看到夕阳西下时，那慢慢地流淌的忧伤暮色。

中央庭园四季鲜花，这应该是芬威院中最迷人的部分。这里盛开着春天的小苍兰、茉莉、杜鹃和旱金莲，遍布着秋季的各类菊花。当圣诞节悄然来到寒冷中，一品红和仙客来便点缀了所有冰冷的空间。而花园中心用雕花石板砌成的方地，远远看上去就像是一块美轮美奂的镌花地毯。

然而走进回廊的感觉就不同了，有意为之的灰暗笼罩了那些古老的艺术品。甚至展厅内也要挂起厚重的窗帘，为了那些珍贵的藏品能日久天长。偶尔也会有阳光穿过回廊，流泻在那些精雕细刻的大理石花纹上。

从一楼到三楼，到处遍布着艺术品，哪怕那些看不到的地方。这些藏品来自世界各地，于是你能够感受到不同国度的异域风情，譬如镶嵌着贝壳的那扇巨大的中国屏风，便令许多参观者驻足流连。

这里的藏品年代久远，跨度悠长，洋洋洒洒地装饰着这座优雅的建筑。它们被不经意地摆放在你所能看到的任何地方，从绘画、雕塑到古玩、家具，甚至那些精美的花边饰物。这些艺术品品质高尚，单单是绘画，你就可以欣赏到从波提切利、拉斐尔、提香，到鲁本斯、伦勃朗的油画，从马蒂斯、德加的肖像画，到美国早期画家萨金特及惠斯勒的作品。

那么，究竟是谁缔造了这个完美的艺术帝国？

是的，就是这个被叫作伊莎贝拉·斯图尔特·加德纳的女人，后来这座博物馆也是以她的名字命名的。是的，就是这个富有的并且艺术的女人，她五十岁起开始以个人名义收购世界顶级的艺术品。那是因为她继承了父亲留给她的巨额美金，而恰恰此前她已经无数次周游世界，看遍了她所能看到的那些不朽之作。于是她终于可以用父亲的钱购买那些她钟爱的艺术品了，她也终于可以将那些伟大的艺术品占为己有了。

是的，就是这个女人，从爱艺术到懂艺术，进而建造了我们眼前的这座殿堂。在漫漫二十五年间，她收购了从古埃及到十九世纪初叶总共两千五百件艺术品，并且为这些艺术品设计了她的芬威院。进而在这个与众不同的博物馆中，实现了她通过捐赠让更多市民享受这些艺术品的愿望。这在美国是前所未有的。

那么这个女人的一生，怎么会活得如此壮丽？

1840 年 4 月 14 日，一个叫伊莎贝拉的女孩在纽约出生。女孩承袭了祖母的名字“伊莎贝拉”，而她的祖母是一位非常杰出的女性。她在长岛建立了自己的农场，并两度荣膺纽约农业协会的奖章。伊莎贝拉一直以斯图亚特的皇家血统而自豪，这可以在芬威院遍布的苏格兰蓟和白玫瑰装饰中体现出来。

这个衣食无忧的女孩在幸福中成长着，早年在纽约的私立学校接受教育，而后跟随父母前往巴黎。1856到1858年期间在巴黎的基督教学校接受高级教育。其间伊莎贝拉和父母一道游历了意大利，并参观了波尔迪·佩佐利的艺术收藏——那些精美的陶瓷、古老的青铜器、文艺复兴时期的装饰艺术，以及书籍和手稿、壁毯与绘画等等。这段梦幻一般的米兰之旅无疑在这个女孩心中留下了深刻的印象。

结束了这段令她耳目一新的欧洲之旅后，伊莎贝拉来到波士顿拜访她巴黎时期的校友朱莉娅·加德纳，并很快和朱莉娅的哥哥杰克·加德纳订婚。他们有着几乎相同的家庭背景，自然在感情上心心相印。加德纳家族十六世纪中叶定居马萨诸塞州的塞勒姆市，那是一座诞生过美国著名作家霍桑的小城。那里很古老，也很幽静，东印度公司遗留的建筑见证了那里曾经的繁荣。十九世纪初，加德纳家族搬到波士顿，他们以经商致富，早期曾经和中国贸易，后来转向投资铁路、矿业和加工厂。这个家族最辉煌的时候，曾经拥有一支环游世界的海上船队。

不久后杰克·加德纳和伊莎贝拉·斯图尔特在纽约成婚。三年后伊莎贝拉生下了杰基。可惜这男孩不到两年就夭亡了，可以想见这对年轻的夫妻怎样悲伤。而后伊莎贝拉不断流产，当医生告诉她不能再要孩子后，她开始神经衰弱，患上严重的抑郁症。在医生的建议下，杰克·加德纳带着忧伤的妻子再次出行欧洲，这一次他们周游了斯堪的纳维亚半岛，穿越了挪威北角看午夜的太阳，又去了俄罗斯的圣彼得堡、莫斯科以及诺夫哥罗德。途经维也纳和巴黎时，伊莎贝拉·加德纳为自己买了最新潮的服饰。

这样的旅行让伊莎贝拉恢复了往日热情洋溢的个性，她开始重新热爱生活，重新对艺术品感兴趣。伊莎贝拉结婚的前几年，正值美国南北战争，由于身边朋友稀少，加上要尽母亲的职责，伊莎贝拉显然已经决心被维多利亚时期波士顿女人的行为准则所约束，但现在，她终于重新成为那个结婚前的杰出而又开放的女人。

此后，周游世界成了这个家庭的传统，不过这一次他们不再只是流连于欧洲大陆，而是沿着东西文化交融的那条文明之路，依次访问了埃及、努比亚、巴勒斯坦，而后进入欧洲，前往雅典、维也纳、慕尼黑和纽伦堡，并再次回到久违的巴黎 。显然伊莎贝拉痴迷于这种环游旅行，并陶醉于这种充满了惊喜和震撼的心情中。从她的游记中可以看出她的冒险精神和对历史建筑的浓厚兴趣，她骨子里浓郁的浪漫主义，以及她对外来文化和生活方式的真诚接纳。为此她写下许多唯美的文字：“河流一如流淌的金子，似乎所有的一切都变成了昂贵的金属，向内部燃烧着；然后太阳下山，整个世界还来不及变成紫晶和银子，就被黑夜笼罩了……一切如此寂静，当祈祷的哀鸣在空气中呼唤时，眼泪已经在慢慢流淌。”

事实上从这时起，伊莎贝拉作为一个特立独行的女人，已经引起了当地媒体的兴趣，以及波士顿公众的好奇。一位不知名的波士顿记者在那一年写道：“伊莎贝拉·加德纳女士是波士顿的七大奇迹之一。她在整座城市甚至整个国家都那么与众不同。她是个百万富翁波希米亚。她乖僻，她同时有勇气乖僻。她是聪明人的代表，但没有人有勇气去追随她……她不模仿任何人，她做的任何事情都富有新意，都是独创的。”而著名的艺术品鉴定专家伯纳德·贝伦森对加德纳夫人的评价是，她是“波士顿电影时代之前的明星”。

1875 年，杰克·加德纳丧偶的兄弟约瑟夫不幸去世，加德纳夫妇承担起了带大他们侄子的责任。1879 年，他们带三个男孩去看法国和英国的教堂。在伦敦，他们拜访了他们的美国同胞亨利·詹姆斯。就是在那次拜访中，詹姆斯将伊莎贝拉引荐给画家詹姆斯·麦克尼尔·惠斯勒，而此前伊莎贝拉刚刚在画廊中看到了惠斯勒的作品。在那次展览中伊莎贝拉看到，画廊在人们欣赏美术作品的同时，还招待客人晚餐并举办音乐会。那时候这种优雅时尚的画廊已经成为伦敦社交界不可或缺的角色，自然也给加德纳一家留下美妙的记忆。

回国后，伊莎贝拉·加德纳开始被波士顿的学术生活所吸引，她通过和小说家马里昂·克劳福德的友谊，甚至某种迷恋，她开始阅读但丁的作品，参加哈佛大学的查尔斯·诺顿读书会，并于1885年加入了但丁协会。之后，伊莎贝拉·加德纳便开始收藏珍贵的书籍和手稿，包括但丁早期版本，以及威尼斯和法国的出版物。

在博物馆看到克劳福德的照片，一个非常英俊迷人的年轻作家。伊莎贝拉和这个才华横溢的年轻人之间一定有了某种眷恋，她才会如此痴迷于但丁进而痴迷文学。但也许并不是但丁在吸引她，而是她想要贴近克劳福德的文学。然而1883年克劳福德还是离开了波士顿，足见他们的关系何等迷蒙。他们毅然决然做痛楚的告别，以至于此后十年都不曾相见。这段情感纠葛无疑给加德纳夫人带来了痛苦，但同时也让她收获了才华。这些可以在她的日记中感受到，如果没有对文学的执着，她的感觉和文字绝不会这般美丽。

在如此断肠的割舍后，伊莎贝拉和杰克·加德纳开始了他们又一次重要的旅程。这一次加德纳一家来到遥远的东方，单单在日本就停留了整整三个月。他们先后拜访了横滨、东京、京都、大阪和神户，并历尽艰辛到达了日光的庙宇，从此伊莎贝拉·加德纳对日本文化情有独钟。

接下来加德纳夫妇又造访了中国和印度，途经埃及后，再度来到威尼斯。这一次，她认识了画家拉尔夫·科蒂斯，后来他成了伊莎贝拉·加德纳艺术收藏的顾问。拉尔夫带领加德纳一家重新认识这座水城，伊莎贝拉也以十分严肃的态度对待威尼斯。五个星期内，她不仅认真学习意大利语，还深入了解了十五、十六以及十八世纪的艺术。而他们所住的宫殿一般的洛可可式房间，也为日后加德纳博物馆的房间以及花园的设计提供了最初的灵感。

伴随着频繁的世界环游，伊莎贝拉对艺术品的兴趣越来越浓厚。直到1891年伊莎贝拉的父亲去世，为她留下了可观的财富，她才正式开始了收藏名画和古董的生涯。这时候她对收藏已经做好了充分的准备，对艺术品的鉴赏也拥有了她独立的品位。

哀悼期过后，伊莎贝拉夫妇再度前往欧洲。这次出游对于伊莎贝拉·加德纳成为未来的收藏家无疑至关重要。这一次她在巴黎收购了一幅维米尔的作品，旅途中，又先后购买了惠斯勒及佩塞利诺的作品。三年后，她通过收购波提切利的名画《柳克丽霞的悲剧》，开始了她与著名艺术鉴赏家伯纳德·贝伦森之间的代理关系。

其实早在1884年伊莎贝拉就认识伯纳德·贝伦森，不过那时候他只是一个哈佛大学的研究生。加德纳夫妇所以认识这个年轻人，是因为他们捐资支持贝伦森前往欧洲游学。虽然贝伦森最初打算研究文学，但最终还是转向了意大利美术，并由此开始了他成为那个时代最著名的艺术鉴赏家和代理人的事业。

六年中，伊莎贝拉和贝伦森几乎没有联系，直到1894年后者出版了著名的《文艺复兴时期的威尼斯画家》一书后，才收到了来自加德纳夫人的一封赞赏信。六个月后，他便在伦敦为加德纳夫人收购了波提切利的《柳克丽霞的悲剧》，而后贝伦森成为加德纳夫人最重要的收藏顾问，并帮助她收购了一系列非凡的艺术品。当然，伊莎贝拉·加德纳也依赖于自己的知识和感觉，她与贝伦森之间的通信证明了她审美的独立性。因为她不想收藏贝伦森向她推荐的一幅华托的油画。他在信中提醒她："华托是你的品位中唯一的空白。"然而伊莎贝拉回信说："你一点也不了解我对华托的认识。

我没有你说的那种‘空白’。我其实非常欣赏他，但不是按照提香的方式喜欢他。你难道不认为用同样的钱，可以买到更优秀的作品吗？”

在收购了伦勃朗1929年的《自画像》，以及提香、委拉斯开兹的作品后，加德纳夫妇突然意识到，他们当时的住房已经容不下他们收藏艺术品的野心和速度了。他们需要更大的空间，于是他们有了想要建一座博物馆的计划。伊莎贝拉原本打算将灯塔街的两幢房子连在一起，但又觉得也许买地建一所新的建筑才是更明智的选择。而对于加德纳夫妇即将建造的芬威院来说，那幅伦勃朗的绘画应该就是奠基石，因为这是第一幅加德纳夫人为自己的博物馆购买的巨作。

加德纳夫妇所以被这片曾经的沼泽地吸引，是因为这里已经被景观设计师奥姆斯特德打造成一片时尚而迷人的地带。慢慢地，这片波士顿的新地变得昂贵起来，不久后交响乐大厅也落户于此。然而真正吸引加德纳夫妇的，是这片土地的平坦和开阔，他们可以平地而起一座独立的建筑，而这座建筑的四面墙山都可以照见阳光。

想不到这个关于芬威院的梦想，转瞬就成了一份沉重的责任：一场意外，让伊莎贝拉感知了生命的脆弱以及来日无多。1898年12月10日，杰克·加德纳因中风突然亡逝，这一悲剧让伊莎贝拉意识到，她必须加快建造博物馆的脚步。从此她全力以赴投身到她和杰克的这个曾经遥远的梦想中，仅一个月后便购得了目前博物馆所在的这块土地。失去丈夫的痛苦让伊莎贝拉一心一意地投身于芬威院的建设中，而1899年动工的时候，加德纳夫人已经五十九岁了。

加德纳夫人自己设计了自己的芬威院。建筑的灵感来自于1897年的威尼斯之旅。这座房子按照十五世纪威尼斯宫殿式的风格建造，不过她要让这幢楼房的外墙冲内，从而营造出一个到处是花朵、橄榄树和喷泉的优雅庭院。自然的光线从玻璃天井倾泻下来，让整个庭院沐浴在不断变化的景象中。对伊莎贝拉来说，自然的光线比什么都重要。

在芬威院，她所追求的不仅仅是丰富的收藏，还有整座建筑那种令人赏心悦目的韵味。她要三层楼面的所有展厅都能看窗外的花园，甚至能感受到那里绚烂的芬芳。这座建筑砖石结构，许多建筑材料如石柱、门道、阳台一类，都是加德纳夫妇从欧洲买来并融入建筑中的。

为此加德纳夫人频繁前往芬威的工地视察，在那里规定每个建筑元素所在的位置。她亲自拿着油漆桶爬上梯子，并不厌其烦地向工人解释她想在庭院中创造出怎样的氛围。她毫不退让地拒绝任何钢架结构，与建筑检查员激烈地斡旋。最终事实证明了加德纳夫人的正确——符合文艺复兴时期建筑规则的结构才是最最稳定的。

在建设过程中，加德纳夫人的计划永远在改变，而所有的改变都要重新绘制图纸。她随时随地迸发出来的灵感，让楼梯两次建好又两次被拆除。成箱从欧洲进口的建筑石料堆放在仓库里，由加德纳夫人本人决定它们被打开的顺序。

尽管有诸多挫折以及各种复杂的环节，加德纳夫人还是在 1901 年 11 月 18 日（很奇怪，竟然是一个中国的幸运日）搬进了芬威院，四楼是她的私人住所，她一直住在那里直到去世。

接下来她开始精心摆放她的艺术品，她的理念显然和那些程式化的博物馆不同。芬威院的展厅极具个人色彩，艺术品的位置完全依照她本人的审美安置，这或者也是她刻意追求的某种个性的方式。

于是艺术品陈列的秩序没有规律可循，似乎既不曾融进编年史的概念，也没有经意营造的分门别类。展厅里除了墙上的绘画，还有古董、雕刻、家具，乃至蕾丝花边一类，感觉上是把展区当作了自己的家来布置。总之加德纳夫人想怎么摆布就怎么摆布，只要她自己看上去赏心悦目，只要她自己觉得那些艺术品适得其所。于是在这座充斥着世界顶级藏品的房子里，果然形成了一种由女人营造的随意与亲切，由艺术构成的优雅和高贵。以至于近百年过去，我们依然能感受到加德纳夫人所带给你的那种温暖的气息。你仿佛能看到加德纳夫人就坐在壁炉前，在燃烧的炉火前，在窗外的落日中，欣赏着她那些伟大的艺术品。

加德纳夫人为每个展厅起了名字。这些名字听上去既美丽又简朴。譬如一楼的蓝屋、黄屋、中国凉廊，二楼的荷兰厅、小沙龙、短画廊，三楼的哥特厅、长画廊……

二楼的挂毯厅是整座建筑中最大的房子。这里除了展示高悬的十幅巨大壁毯，也是加德纳夫人定期举办音乐会的地方。夫人除了执着于收藏艺术品，还一直致力于对音乐的资助。尤其当她拥有了芬威院后，就更是经常在家中举办春季和秋季的定期音乐会了。这间挂毯大厅由木头建造，高挑的木梁支撑的天花板不仅展现了优美的景观，也为乐队演奏提供了极好的音响效果。地面是伸展的意大利马赛克石，壁炉前小小的舞台至今保留着。没有演出的时候，那些座椅便静静堆放在大厅的角落里，等待着日落时分那诗一般飞扬的旋律。

芬威院进门处的长廊里有一幅很大的油画，那是美国画家萨金特的杰作。不知道这幅画是否专为芬威院的音乐会而作，但总之是一幅很美也很扣人心弦的画作。画面中一位黑衣白裙的女人在舞蹈，很灵动的形象，背对着我们，手臂向前伸展，有点骄横地指着身后的什么地方，但我们看不到她的脸。女人的背后是弹奏乐器的那些迷茫的男人。昏暗的背景中，唯有舞女身上斑驳的红色跳荡出来，让人不禁心中一动。这是我喜欢的一幅萨金特的作品，因为他画出了旋律和热情。

然后到了 1903 年 1 月 1 日的晚上，这个对加德纳夫人来说历史性的时刻。在经历了整整三年的建筑和装饰后，客人们被邀请来芬威参加一个私人音乐会。五十位波士顿交响乐团的音乐家，在挂满了壁毯的哥特屋演奏巴赫、莫扎特和舒曼的作品（她终于做到了像伦敦画廊那样将各种艺术融为一体）。演出的最后，那扇能看到庭院美景的镜门被缓缓打开，日式的灯笼照亮整个房屋，被蜡烛点燃的画廊在客人面前展开……人们的第一反应是惊叹不已，然后是兴奋激动，赞不绝口。他们在梦幻般的景色面前仿佛变成了孩子。然后，这美的极致让在场的所有人都变得宁静而温顺，仿佛他们看到的是福音般的奇迹……

是的，这不是什么人都能做到的，而伊莎贝拉·加德纳是这一奇迹的唯一缔造者。

1911 年在加德纳夫人的生日酒会上，哈佛大学的艺术教授登曼·罗斯代表所有客人写道："你对美术界中的任何人都认真地感兴趣，他们中的每个人都接受了你慷慨的捐赠。我们见到了你对舞蹈和音乐，戏剧和文学的忠诚。而对雕塑和绘画的热爱，你通过众所周知的对杰作的收藏向我们展示。你建立了一座如此美丽的房子，你自己作为建筑师，并且用珍宝填满了它。你，不仅热爱艺术，收藏艺术，更是一位艺术家。"

加德纳博物馆于 1903 年 2 月向公众开放。它履行了加德纳夫人"以艺术教育为目的，对公众服务为宗旨"的使命。这是她十六岁参观波尔迪·佩佐利博物馆时就萌生的信念，也是她从年轻时就开始的梦想。直到她终于建造了这座令她无比骄傲的芬威院，并做到了将这里的一切永久地送给了那些热爱艺术的人。

而在这些热爱艺术的人们中，那些叫作伊莎贝拉的女人将更幸运。因为加德纳夫人留下遗嘱，凡是名为伊莎贝拉的，都可以免费参观这座博物馆。不单单因为夫人叫伊莎贝拉，还因为这名字是从成功的祖母那里继承来的。所以她要给所有的伊莎贝拉无偿享受艺术的机会，芬威院的大门将永远向她们敞开。

不久后，波士顿的艺术博物馆追随加德纳夫人的脚步，也从市中心的科普利广场迁到了芬威院对面。博物馆的古典主义大楼于1909 年落成并对公众开放，而加德纳夫人的私人博物馆已经向公众开放整整六年了。而那时伊莎贝拉·加德纳个人收藏的欧洲艺术品，甚至比波士顿艺术博物馆的还要杰出。

或者就因为加德纳夫人私人收藏的艺术品众多，充塞于此的艺术品才显得过于拥挤，于是产生某种目不暇接的感觉，甚至些微的审美疲劳。浏览中你若稍不留意，很可能就会错过那些稀世珍宝。譬如楼梯的转弯处，长长的走廊上，你会毫不经意地就将那些来历显赫的艺术品当作了普通的装饰物，进而忽略了芬威院主人对那些精美细节的良苦用心。

然而不幸的是，1990 年的某天，这个距今天并不久远的日子，加德纳博物馆的十三幅名画，竟一夜之间被窃贼盗走。其中最著名的是伦勃朗的那幅风景画《加里利海风暴》。那是一幅很大的画作，据说保守的估价就值两亿美元。自失窃之日起人们就开始奋力搜寻，只是二十年过后依旧杳无音讯。至今没有人知道这些画藏在了哪里，更不知被何等汪洋大盗收入囊中。其间不曾有任何人对这些名画进行交易，也没有关于这些藏品的蛛丝马迹。甚至神勇的 FBI 也无能为力，没有人知道这些珍宝要失踪到什么时候。倒是好莱坞一部电影抓住了这个由头，千回百转地讲述了一个名画失而复得的故事。但是没有人真正知道这些画是怎么丢失的，尽管可以天马行空，任意想象，但最终还是没有谁能接近那个惊人的真相。

如今墙壁上依旧保留着那些名画的画框，只是画框是空的，没有复制品。这或者也是为了履行加德纳夫人的遗嘱，任何艺术品必须摆放在它原先的位置上，不得擅自挪动。所以即或名画被偷走，也只能以画框的方式留在那里了，以提示人们那亡失的缺憾。

照片中的加德纳夫人并不美，但却很优雅。那种看得出来的富有孕育了这个女人，让她在那个年代就能自由自在地生活在艺术中。加德纳夫人不仅收藏那些不朽名作，并且将自己的肖像也融进了她的藏品中。她的画像就悬挂于那些大师的作品中，甚至比那些大师的绘画更醒目。

安德斯·佐恩的杰作陈列于二楼的短画廊中。这幅伊莎贝拉的肖像创作于威尼斯。不知道那是夫人哪一次前往威尼斯，但无论哪一次，威尼斯都给她带来了无尽的欢愉。油画中穿白色连衣裙的女人伸展双臂，在浓重的有着些微光亮的背景中，凸现出她那有点不知所措的茫然。画中的加德纳夫人明媚而丰满，或者那时候她还不曾明确自己作为收藏家的雄心壮志。她只是不断在异国他乡享受着人类文明的成果，似乎也渴望将自己的身影留存于艺术的长河中。

穿黑色连衣裙的那幅肖像画很大，加德纳夫人端庄地站在画面中。黑色的衣裙跳荡在背后温暖的棕黄色中，而夫人的神态是平静而又有某种向往的。金色画框包裹了这个优雅而闲适的女人，只是在这张平和的脸上，竟一点也看不出她决意收藏世界财富的咄咄野心。这幅肖像被摆放在三楼哥特式房间的墙角处，这里还陈列着乔托和马提尼的圣母像。

不知道这幅肖像创作于哪个年代，它只是留下了加德纳夫人中年时的丰腴影像。那种身形和姿态的闲适让人很容易联想到中国唐代的仕女图，女人们衣食无忧的近乎奢侈的妖娆。也许画像中女人的神态并不重要，重要的是，这幅画是美国早期著名画家约翰·辛格·萨金特的杰作。也许在世界美术的长廊中萨金特只是区区小辈，但在美国，这位画家却可谓大名鼎鼎，而他为波士顿留下的遗迹更是俯拾皆是。那个年代，波士顿几乎所有重要的建筑中都有萨金特的绘画。无论是1876年落成的波士顿艺术博物馆，还是1895年建成的波士顿公共图书馆，你都能看到萨金特恢宏的壁画高悬穹顶。

在某种意义上，也许出生于1856年的萨金特并不是美国人，他是父母旅居意大利时出生的。他十四岁就被送进了佛罗伦萨的美术学院。四年后他们又举家前往巴黎，不知道是不是为了萨金特的绘画事业。在巴黎考入以肖像画著称的卡洛莱斯·丢朗画室，从此在艺术之都潜心学艺。

加德纳夫人第一次见到萨金特是在1886年。那一年加德纳一家再度赴欧洲旅行。在伦敦，他们的老朋友亨利·詹姆斯将伊莎贝拉介绍给年轻的美国画家萨金特，那时候萨金特正住在画家惠斯勒原先使用的画室中。这次会面开始了伊莎贝拉和萨金特之间深厚的友谊，以及艺术家与客户之间亲密的关系——加德纳夫人日后拥有了六十多幅萨金特的作品。回到波士顿后，萨金特时常拜访加德纳夫人，并为她画了三幅传至今日的肖像画，而黑色长裙的这幅就是其中之一。

后来萨金特回到美国，继续潜心创作他的肖像画。他的社会肖像画为美国绘画开拓了一个广阔的空间，也就此留下了那个时代美国的众生相。有人说，萨金特让画中的人物看起来很富有，不过只有当他们看到画中的自己时，才能真正意识到自己到底有多富有。然而这种富有并没有凭借奢华的物品来表现，你只要看看站在金黄色背景下的这个黑衣女人，是的，这是唯有富有的女人才会有的安逸与平和，也是唯有伊莎贝拉·加德纳这样的女人才可能有的典雅和雍容。

萨金特为加德纳夫人画的最后一幅肖像，是她临终前不久的那幅水彩画。这也是最让人感动的一幅画。在黑色的绚丽之后，夫人又回到了那种简单而质朴的白色中。这幅画完成于1922年，夫人两年后就谢世了。这个璀璨一生的女人在最后的画中可谓风烛残年，但却依旧在透明而飘逸的白色中飞扬着。尽管她已经八十二岁，被病痛折磨，却仍然保持了淡定从容，恍若长风依旧。她周身陷落于粗质的白色衣裙中，甚至用白布包住了她的头。她靠在大床上的姿态说明了她已力不可支，却依然坚守着那无形的刚毅。整个画面一片凄然，唯有枕头上的花纹支撑着那片白色的萧索。画中的女人有点无奈地望着前方，应当也就是望着老友萨金特的方向。不知道那目光的交流中有着怎样的惨淡与感伤，看得出那种死之将至的悲凉已然灌满了夫人身心。在萨金特画这幅水彩画的三年之前，夫人就已经罹患中风，半身瘫痪。于是这幅画的名字也很忧伤：《加德纳夫人在白色中》。

伴随着岁月流转，心事更迭，萨金特的画风也变得朴素而简洁。他的晚年之作大多寥寥数笔，就将这个死亡边上的女人传神地表现了出来，甚至比他年轻时的作品更有穿透力。

这时的萨金特也已然秋风落叶，尽管他比加德纳夫人足足年少了十六岁。他们将相互之间的友情坚守了将近四十年，特别是当他们年华老去的时候，依旧惺惺相惜。夫人谢世之后不到一年，萨金特便也追随老友乘鹤而去。或者这也是某种友谊的象征。当一个去了，另一个，似乎也就没有存在的必要了。

1924年，伊莎贝拉·加德纳平静地离开，与丈夫和儿子一起葬在剑桥的奥本山公墓。在弥留之际她仍旧不忘她的芬威院，那一年她的侄女在写给贝伦森的信中说："芬威院似乎很奇怪也很孤独。她的侍者告诉我，几天前他时常觉得她在呼唤他。她的工作人员觉得她一定是希望他们能像她活着时那样，尽心地照看这个地方。这地方一定要像最初设想到最终实现时那样活在人们的心中，提醒子孙后代艺术的美丽。”

一些人认为这个女人很诡异，但只有真正了解了她，你才会知道她是怎样的了不起。是她在J·P·摩根、亨利·克莱·弗里克以及亨利·E·亨廷顿、威廉·伦道夫·赫斯特等著名收藏家之前，率先在美国建立了这种在个人富丽堂皇的家中陈设伟大艺术品的先河。

是的，这就是这个女人的传奇，一如当年那位波士顿记者所言：她在整座城市甚至整个国家都那么与众不同。她不模仿任何人。她做的任何事情都富有新意，都是独创的……

今天，加德纳夫人尽管已经远离了芬威院，但她灵魂的旗帜，将永远在热爱艺术的人们心中飘扬。

我们选择奥赛

巴黎最后的那个上午。

在最后的可以自由选择的时间里，你究竟是选择奥赛博物馆，还是那个大名鼎鼎的“巴黎春天”？

去奥赛可以看到印象派画展，而“巴黎春天”可以购物。其实在此之前，我们既参观了卢浮宫那样古老的艺术博物馆，又去了拉法耶那样的商店购物。但是无论卢浮宫，还是拉法耶，留给我们的印象都只是差强人意。卢浮宫的展厅就像是一个繁忙的集市，拉法耶也是乏善可陈。而“巴黎春天”的连锁店几年前我曾在上海光顾过，当时就非常钦佩巴黎商人没有错过上海的眼光。如今上海成为世界上最著名的城市之一，而它未来的发展前景，更是世界上很多古老城市望尘莫及的。

比较“巴黎春天”，我们当然毫不犹豫就选择了奥赛艺术中心。

对我们来说，购物确乎不是最重要的。而我们不能舍弃的，是这个被称为“欧洲最美丽的博物馆”的奥赛。特别是，在卢浮宫的拥挤和匆忙中，我们没有能真正享受到那种参观世界上最经典的博物馆时应该有的那样一种美好的感觉。那是你无法想象的，当卢浮宫被人群塞满，每一幅绘画或是雕塑的前面都站满了人，你要钻进人群才能看清楚艺术品的真正面貌，还要不停地躲避那些以艺术品为背景拍照的人们。我用我的照相机记录下了这样的拥挤。我甚至不敢相信这就是卢浮宫。这样的一种观赏状态，和我想象中的那种在宽阔的厅堂中缓缓欣赏艺术的场景简直天壤之别。人们走来走去，甚至漫无目的。他们的目光是游移的，神情是浮躁的，一副知其然却不愿意知其所以然的样子，不知道他们走进这座古代艺术的殿堂想看到的究竟是什么。

好像人们只是为了匆匆赶路，只是为了曾经来过，曾经穿过这壮丽辉煌的厅堂，看到过这里所收藏的那三件最能代表卢浮宫的展品——胜利女神雕像、维纳斯和蒙娜丽莎。

当然万里迢迢，我们还是要看这三件卢浮宫的宝贝。但是我只能避开人群，才能拍下维纳斯那张没有石头底座的侧面照片。在拥挤的人群中，我几乎不可能走近那座举世闻名的伟大雕像，后来只好在我当时拍摄的照片中，慢慢欣赏她的断臂和裙上的皱褶，不过那已经是回家以后了。其实我知道那只是一件复制品，当然复制的艺术也是绝顶的。想想那个在米洛岛上被农民发现的原作是真正的稀世之宝，怎么能让人们反复拍照呢?

在雕塑馆我们几乎没有停留，那个掀动着翅膀的胜利女神雕像也只是远远地为她拍摄了一张照片。从石雕的颜色上判断，这座色彩古旧滞重的女神像应当是原作。但后来又想，那座来自公元前古希腊时期的作品怎么能承受得起经年累月频频闪亮的照相机灯光呢？那是一个完美的但没有头颅的女人，但丰满的身体之美就足以令人震撼了。也许这种不完整的美就像维纳斯的断臂一样，是一种残缺的美，可以给人无穷想象。在如此完美的身躯之上，你当然应该想象得出她那倾城倾国的美貌。

然后便是参观被收藏在黎塞留楼中的绘画作品。这里展出的大都是从十六世纪佛朗索瓦一世时期就开始收藏的绘画珍品。这位佛朗索瓦一世皇帝酷爱运动，喜欢纵情玩乐，并且是文艺复兴时代艺术和学术的倡导者，他甚至盛情邀请过达·芬奇到法国来。

自遥远的1546年起，佛朗索瓦一世开始了对卢浮宫的改建，与此同时，伴随着卢浮宫日益辉煌，这位皇帝又开始为皇宫收集那些与之相匹配的艺术珍品。那幅令世人旷古痴迷的蒙娜丽莎画像，和那座断臂的古希腊石雕维纳斯，就是这位与众不同的文人皇帝广为征集的结果，于是这两件艺术珍品便成为卢浮宫最早的宝藏。

卢浮宫的绘画作品多得令人眼花缭乱。但是在匆忙的行走中，你已经无法在意什么是法兰西画派，什么是意大利画派，什么是英国画派，什么是西班牙画派了。当然更没有时间去欣赏不同画派的不同技法，也不可能将绘画和当时的社会背景以及战争故事联系起来。当然我们在这里还是看到了巴黎革命，圣女贞德，乃至于拿破仑加冕时那雄踞霸主的傲慢神情，那时候，他已经成为法国人心中的英雄。

绘画馆最后的位置是留给蒙娜丽莎的。去看望这个女人要经过一段漫长的等待。那种等待就仿佛是那个美丽的贵妇人还活着，她同意了，你才能走进她的客厅。

蒙娜丽莎是不能错过的，于是你将永远难忘那期待的景象。为了瞻仰达·芬奇画出的那一抹难以名状的微笑，来自全世界的参观者便排起了长队。队伍以极为缓慢的速度向前移动着，人们等待着走到蒙娜丽莎的面前向她顶礼膜拜。反正无论等多久都要等，不看到蒙娜丽莎就不算是来过了卢浮宫。

那是怎样一个长长的队伍。从一个大厅一直延伸到另一个大厅。当蒙娜丽莎终于出现在了那个遥远的圣殿之上，人们便纷纷抬起手臂，举起各种各样长焦短焦的照相机，还有数码的照相机或者摄像机……总之，足以让蒙娜丽莎在疯狂的闪烁中被一网打尽。于是那幅绘画被频频闪亮的灯光曝光。那种闪光灯的光芒和速度足以在瞬间成百上千次杀死这个女人。

直到这一刻，我们才真正确信了卢浮宫的大部分作品都是复制的。这是千真万确的。我们正在被欺骗。不过，在这里观看欣赏复制品的感觉也会让人激动不已。因为这里毕竟是卢浮宫。而恰恰因为这里是卢浮宫，而这些珍品又确实被收藏在此，所以这里的复制品也就具有了更大的欺骗性。

这是我们离开卢浮宫的时候才有的遗憾。不过，当我们来到了贝聿铭的玻璃金字塔下，便不再为刚才那些复制品的欺骗而感慨了。因为至少贝聿铭的金字塔不是假的。后来慢慢地用一种宽容的心态来理解那些复制品，便也不再斤斤计较。其实我们本来就应该知道，任何稀世珍宝都不可能被普通人经常看到，如果那样，它们还怎么称得上是稀世珍宝呢?

在卢浮宫我拍摄了一些建筑的画面。我想那些名画名雕塑我们都能够在印刷品中看到，但建筑的恢宏所带给我们的感觉却是只属于我们自己的。卢浮宫是真正的古老真正的金碧辉煌，这里无论是建筑的格局还是博物馆中随处可见的雕塑，都让你不能不受到震撼。巨大的皇宫，转而又成为巨大的博物馆，这是怎样的气魄。哪怕我们知道装饰着这座建筑的艺术品真假并存，但无论真假，它们都会让你顿觉渺小，黯然失色。

走在光滑的大理石地面上，穿过那些浩大的雕塑厅、绘画厅，古埃及和古希腊的展室……你会不由得肃穆起来，感叹艺术的力量才是永恒的。那是一种灵魂的光照。

当结束了这一切，你会觉得自己丰富了许多，富有了许多。但同时也萌生了一种愿望，那就是希望自己能成为一名探险家，像阿里巴巴那样找到深藏着那些真正珍宝的那扇门。我猜想这座隐秘的宝库一定就在卢浮宫地下的某个部位，在那里，那些珍品被完好地保存着，一尘不染，闪闪发光。

绘画馆里的一幅画作我非常喜欢，甚至是一种钟爱。那是一个中年男人的画像。我在那幅画像前不由自主地停留了很久，渴望解读画面中那个男人脸上神秘的神情。我走过之后又反转回来，再度观看那个男人阴郁的神情和沉重的目光。在这个男人的肖像背后是一些古希腊雕塑，不知道他和那些雕像有着什么样的关系。画面是很凝重的那种色彩，但整个色调却是寒冷忧郁的。这幅绘画是一种力量的象征，大概还有某些悲哀。我不想错过这幅给了我一种灵魂震撼的油画，想来想去，还是拍下了这幅被金色画框镶嵌的男人肖像。我不知道这个男人究竟是谁，但是我相信他一定是一个举足轻重的人物，否则他不会被人画像，更不可能被保存在皇室的绘画藏品中。

…………

于是我们毫不犹豫地选择了去参观奥赛博物馆。

其实在走进奥赛之前，我对这个博物馆真的知之甚少。但在此之前我们已多次乘车或者乘船经过了这里，导游也曾告诉我们，这里原先是一个叫作奥尔良的火车站，后来才改建为博物馆。

对这座火车站改建的博物馆留下印象，是因为这座建筑外部的那个很大的钟表。在钟表两侧的雕饰中，刻写着 PO 两个大写的字母。回来后在照片上才发现，原来这 PO 就是巴黎和奥尔良的缩写。那是火车站原先的标记。在房檐、屋顶和大门外的石头基座上，还有着很多非常精美的雕塑。

我们很早就走进了博物馆，到参观过后我们走出博物馆的时候，奥赛的外面竟然已经排起了长长的队伍，在那里等候门卫将他们一拨一拨地放进去。为了保护博物馆和那些艺术珍品，馆内观众的人数是受到限制的。

博物馆竟依然是火车站原先的样子。拱形的圆顶和透明的玻璃窗将阳光笼罩在温暖的大厅里。旧时的火车站只留下了黑白的照片。原先火车行走的地方，如今已成为摆满艺术珍品的走廊。而旧时中央候车大厅的两侧，也都改建成了一个个典雅宁静的展厅。

坐落于塞纳河左岸的奥赛博物馆，曾经是法兰西帝国账务院的所在地。后来被巴黎公社摧毁，直到 1898 年，才由巴黎奥尔良铁路公司修建为奥赛火车站。第二次世界大战期间，这座火车站被无情废弃，以至于很长一段时间无人管理，内部设施也日渐衰败。虽经很多名人反复呼吁，这座火车站依然难逃即将被拆毁的厄运。直到 1973 年，才被远见卓识的蓬皮杜总统宣布为国家文物，并呼吁在此创办一个能够接纳第二帝国时期直到立体主义诞生以来的艺术作品的博物馆。而此前在 1972 年，蓬皮杜总统已经主持了文化高地博堡的划时代建设，那就是蓬皮杜国家艺术和文化中心的巨大工程。在那里展出的，将是二十世纪六十年代以来的现当代艺术。而奥赛就成为将古典艺术的神殿卢浮宫，和现代艺术的蓬皮杜中心完美连接起来的一个博物馆。这是蓬皮杜总统对巴黎文化建设的一个总体的规划。从此，博堡的文化工程拉开了序幕。

这就是我们今天所看到的奥赛博物馆，在火车站旧址上营造的一个艺术的殿堂。这里陈列的绘画、雕塑等艺术作品总共有四千多件。底层陈列着 1850 到 1870 年间的雕塑和绘画，而上层则展出着印象派以及后印象派画家的经典作品。奥赛的很多画家和雕塑家都是我们非常熟悉的，因为他们的年代已经和我们十分接近了。

在底层，我们首先看到了安戈尔的《泉》。那个美丽的汲水女郎是我们很早就熟悉的。而安戈尔也一直是我非常喜欢的画家，一个新古典主义的学院派画家。事实上他的大多数作品是被收藏在卢浮宫的，只是因为他的长寿，才使他晚期的作品进入到奥赛博物馆这样的现代展厅中。当然如果他能活得更久，说不定还能在博堡占一席之地。安戈尔的《泉》来自于古希腊罗马神话，他的女性是光滑的、理想主义的，那是一种完美的美。我们站在安戈尔面前的时候，不能不惊叹他所赋予女人的那种清洁的神圣。

在底层我们还看到了马奈和德加的作品。虽然那是他们早期的创作，但已经能够看出试图挣脱安戈尔学院派传统束缚的痕迹，并开始向印象派的方向进发。看德加早期的作品，很难想象他后来会成为印象派绘画大师。而马奈的作品从一开始就充满了反叛精神，他的《草地上的午餐》堪称对未来的宣言，和对安戈尔学院派的挑战。

底层还有一幅我们特别喜爱的作品，那就是米勒的《拾穗》。米勒的贡献在于让劳作成为绘画的主题，据说这样的主题刚好符合了共和党人的追求，因为当时他们正在极力反对那些不劳而获的资产者。

如果说底层展厅反映了从古典主义向现代主义的一个转化，那么顶层的展厅就是纯粹现代绘画的殿堂了。没有任何一个国家任何一个博物馆能如奥赛一般地收藏着这么多现代绘画的经典作品。我们在顶层的长廊和展厅间满怀激情地徜徉着。在这里我们惊异地找到了那些印象派画家的房间，找到了莫奈、雷诺阿、德加和马奈；我们又在后印象派展厅的墙壁上，发现了更加令人精神振奋的塞尚、高更和凡·高。

莫奈的户外画越来越朦胧。从他 1868 年的《哥迪拜夫人》到 1886 年的《阳伞下转身的女人》，你简直不敢相信那是同一个人的作品。特别是他反复描绘的《鲁昂大教堂》，那是真正的令人震撼。而《蓝色莲花》是莫奈的永恒，一望便知是出自莫奈之手。那是你一看到就会惊叹的画面，尤其是当你真的站在了这幅很大很迷蒙的画作之前……

雷诺阿说，我想把颜色变得比钟声更响亮。这是一种怎样的追求。他用钟声一般的颜色只为了完成他毕生的主题，那就是女人。他痴迷于女人的身体，他说如果上帝没有创造女人的胸部，他就不知道自己是不是能够成为画家了。他按照自己的意愿安排主题，然后像孩子一样地去描画女人。他的绘画中既有野兽主义的狂野，亦有表现主义的风范。他用画布上跳跃的色彩，将那些女人的肉体复活，让她们变得温暖柔软，充满了对万事万物的诱惑。无论在城市还是在乡村的舞蹈中，他的女人都是灵动的。那是我们听得到的一种声音，那是色彩发出的明亮的钟声。

德加在奥赛的作品非常多，他占据了一个又一个展厅。从最初刻板的《贝雷利一家》，到晚年迷蒙的《梳头发的女人》，转换中的德加判若两人，绘画风格的变化也有天壤之别。很快他放弃了古典主题而陶醉于现代生活，他知道该怎样抓住现代生活的灵魂。他的一连串的舞女画作，使他成为“舞蹈中的女人”这个主题中最令人难忘的创造者。他不间断地在后台或者排练厅观察着那些跳舞的女人，她们所有日常的形态在德加的描述之中都在劫难逃。特别是《明星》那幅画作，将穿着白色纱裙的女演员舞蹈着的状态表现得淋漓尽致，那是德加的经典。而咖啡厅里的那些女人构成了德加的另一道风景线。到了后来，《梳头发的女人》已经是一片迷茫，那时候德加的眼病几乎使他完全失明。

在顶层，我们见到了反叛的马奈。马奈的绘画变化多端，他短促而自由的笔触以及色调强烈的色块，使他终于成为印象派绘画的真正大师。马奈的晚年疾病缠身，但是他从未停止对景物的探索。他希望哪怕是仅仅通过一朵鲜花或是一个水果，就能表现他心中的一切。

马奈晚期的那幅《水晶花瓶中的石竹和铁线莲》，将花和绿叶浸在透明的花瓶和清澈的水中，那是一种凝固的凄凉的美丽。可惜在画过这些美丽花束不久，这个一生探求的伟大画家便与世长辞了。

然后是塞尚。他的作品从一开始就与传统背道而驰。他总是主题过激，用色晦暗，人物变形，且笔触浓重，明暗剧烈。总之塞尚是不被学院派认可的一个无名小卒，但那恰恰可以看作是他参加美术学院考试落第后的一种激烈的反弹。于是塞尚的绘画反而具备了印象派绘画的所有特点，特别是他的那种夸张的扭曲和变形。而更加令人惊异的是，那个时代的很多画家是从传统走向反叛，走向现代，而塞尚却是从现代回到了一种传统。这大概也是他慢慢被画界所接受的缘故吧。被承认的塞尚一改他早期的绘画风格，彻底放弃了那种阴暗而沉重的仇恨手法。在风景画中，他采用了轻快的色彩和连续的笔触，这是为什么？塞尚的风景画画风越来越趋向于稳定，他希望能通过自然的感觉重新回到古典。他追求透视的效果，笔触的抑扬，后来他的景物成为他真正的品牌。在今天看来，他的作品就像是一些最完美的装饰画。他的景物是生动的，灿烂的，他的画面是立体的。他甚至把人物都当作了景物来描绘。到了晚些时候，这些画仿佛又回到了他原先的那种变形，但色彩却是绝对鲜艳的了。后来塞尚又开辟了二十世纪初的新绘画方向。他的作品不再愿意服从于那种传统的可视性规则，而是创造了他自己的空间和物体的美学规范。而塞尚所尝试的这所有的一切，其实仅仅是为了表达自己内心的声音。塞尚是善于变化、不断创新的那个画家。所以后来的野兽派绘画大师马蒂斯才会无限感慨地说，他是我们所有人的老师。

高更的作品在一个长长的画廊中。这个曾经是公司职员的业余画家，后来竟迷上了印象派油画，以至于丢掉了公司饭碗后依然欲罢不能。然后他便开始了寻找自己绘画道路的漫长人生之旅，甚至不惜离开妻子儿女。在苦苦寻觅的路上，他的画风显得粗野而蛮横，那究竟是和人的生存现状紧密相关的。他以他的方式为一个漂亮的姑娘安吉尔所作的画像，纯朴得几乎丑陋，以至于安吉尔本人都觉得不堪入目。而高更却固执地认为，这是他最成功的一个作品。到了《黄草垛》的时候，高更便不再沿用印象派绘画的技巧，他反对写生，提倡要凭借主观回忆自由地选择想要描述的事物。色彩和线条也全都应该随“心”所欲。高更是从马赛乘船前往大洋洲的塔希提岛后，才真正找到他心目中的那个原始文明和绘画理想的。在那里，他表现了塔希提岛上安静、迟缓、静止，以至于麻木的女人。那是些像植物一样伸展着的自然的身体，而大块鲜艳色彩的堆积，也为后来的野兽派开辟了道路。高更后来曾带着他塔希提的作品回到欧洲举行画展，可惜画展的彻底失败也让他对生他养他的欧洲彻底绝望。那时候的欧洲把高更当作粗俗幼稚的画家，根本不能够理解一个伟大的画家对自然和色彩的崭新解释。于是四十七岁的高更又一次拖着病弱的身体上路，在塔希提岛画出了他最精湛纯洁的作品《金色的身体》之后，不久就与世长辞了。高更竟然再也没有能回到欧洲，那个曾经无情拒绝了他的家乡。

1886年凡·高来到巴黎。他当时的《蒙马特的小咖啡馆》仍属荷兰画法。但仅仅一年之后的《意大利女郎》就让这个天才飞扬了起来。无比艳丽的色彩，没有光影的形体，脸上的棱角竟然用绿色来表现，如此的与众不同，这便使他的绘画立刻让人为之一振。但是在巴黎，凡·高却郁郁不得志，激愤之下，他便远离了这个艺术之都，来到一座法国南部的小城。在这里，他终于可以疯狂创作，任意想象，用色彩传达内心所有强烈的感受了。他甚至成了一个自由的色彩学家，绘画手法也越来越大胆，并且在默默无闻中建立了一种已经超越于任何绘画派别的独特的风格。他的《星空》因此成为他的经典。后来的作品则是在原有风格的基础上不断地夸张。只是这时候他的画作中已经有了那种精神病患者的透视痕迹，但他还是在绘画中顽强地探索着怎样用颜色来表现空间和距离。于是在这个阶段的作品中，我们看到了他是怎样仅仅通过色彩的重叠，就建立起了一个复杂的空间。这样的探索不单单是艺术的，也是哲学的。后来他的精神疾患越来越严重，这应当归咎为他在艺术的追求中总是怀才不遇。自杀之前凡·高的画面已经异常繁乱，那些四分五裂的意象疯狂扭曲着，相互缠绕着，其实他的那些作品就是他自己，他的身体和他的生命，以及他已经崩溃的灵魂。

便是在这样的博物馆中缓缓行走，停留在那些令我们震惊的画作前。其间还有很多其他我们在印刷品中早已熟悉的画作，比如于勒的《干草堆》，雷欧的《收获者领工资》，亨利·洛特莱克的《红磨坊之舞》和《跳舞的珍》，以及保罗·西涅克的《红色的浮标》，甚至为数不多的马蒂斯的作品。特别是亚克·埃米尔的那幅《普鲁斯特肖像》，那是我在《追忆似水年华》中早就熟悉的。

我们认真观赏着在奥赛所能看到的每一幅作品，那才是真正享受的感觉，能置身于如此众多的名画中。

我们穿行，并不时在心底发出惊叹。

清晨的奥赛展厅格外安静。很轻的脚步。没有声音。只有激情和心灵在静静行走。

在顶层，还有一个能看到窗外塞纳河的咖啡厅，正发出迷人的幽香诱惑着我们。原先想，在看过最后一幅画后，一定要去喝一杯咖啡。无奈看到最后的画也就到了最后的时刻。

但已经足矣。

然后告别奥赛。告别左岸。告别美丽的塞纳河。那是巴黎最完美的尾声。

唯有这光束是永恒的

在《岩松看美国》中第一次看到这座建筑。那是波士顿一处迷人的所在。庭院中那些铁艺的雕花座椅，优雅地散落在长长的回廊中。角落里一些读书的人，被天井泻下的阳光温暖着。知道这一期节目是在女儿协助下拍摄的，那时候她已经供职于美国 PBS 电视台。于是疑惑，为什么我在波士顿住了那么久，却从不曾走进这宁静而又美丽的花园。

记得第一次访问美国，华盛顿“国际访问者计划”的项目官员就为我安排了参观美国国会图书馆。轻轻走过布满书籍的阅读大厅，感受着从窗外流泻进来的温暖的光。那种棕红的色调至今记忆犹新，甚至那曾经的话语也仍在耳畔。然后流连于美国各个图书馆，尤其对大学图书馆进行拜望。记得先后参观过弗吉尼亚大学、摩根大学、爱荷华大学以及新墨西哥大学的图书馆，后来，很多年后在女儿的毕业典礼上，又参观了她曾经工作过的伯顿大学图书馆。

但是，为什么偏偏就没有进过波士顿的公共图书馆？

于是这项目被列在我们 2010 年访美的计划中。当然要等到女儿有了空闲的时间。然而那个早晨天气晴好，我们决定独自前往优雅而时尚的纽堡大街。想不到转过弯来，就看到了那座气势恢宏的波士顿图书馆，而这时已经是很冷的冬季了。

这座富丽堂皇的图书馆，始建于遥远的1887年。其间经过漫长的设计与建造，直到1895年才最终完工。这是一座典型的意大利宫殿风格的建筑物，所以从内庭院的回廊看过去，更像是一座古老的城堡。而那个时期波士顿几乎所有的建筑，都不同程度地有着意大利宫廷建筑的影子。无论是古罗马式的巍峨城堡，还是威尼斯式的华丽殿堂，都会被那些美国新富的巨贾们垂青崇尚，亦会将那种典雅奢华的建筑元素，毫无顾忌地融进他们自己的房舍中。自然波士顿公共图书馆也在劫难逃，在经历了漫漫八年的艰苦卓绝后，便翻版了一座气势宏伟的意大利古建筑。那是由精美木材和白色大理石完美结合的一个壮丽的奇迹。当图书馆落成时所带给波士顿人的惊喜和欢乐可想而知。而那个年代在波士顿不大的城区内，如此大气磅礴的建筑确属凤毛麟角。

我们在纽堡大街看到的只是图书馆的东侧。圆拱的玻璃窗外一排排屏风一般的高树，寒冷中留下的唯有枯枝在风中不停摇曳。却也能想象那人间四月的早春时节，在阅览室读书的人会偶尔抬起头来，望着远方，便望到了这窗外的满目青绿……

女儿早早赶回家中，说我们去买东西吧。于是出门。然而途经图书馆的时候她又说，我们进去参观吧，哪怕黄昏已逝。

是的，这时的波士顿已华灯初上。黑夜中满天星斗，城市里火树银花。那时候尽管人们已走出圣诞的欢愉，却仍旧满怀着对新年的激情。于是欢歌笑语，脚步匆匆，瑟缩中仿佛有着过不完的假期。站在图书馆的台基上，女儿说，建造这座宏伟的图书馆时，还没有对面那座望不见顶的汉考克塔。于是我们尽力扬起脖颈，看汉考克塔那一路向上闪烁的窗中灯火。而此刻它像一把插入黑夜的尖刀，想要把苍穹刺破。女儿说，这是贝聿铭最著名的建筑之一，也是他向河对岸母校MIT的致敬之作。就是说，你看到了这座六十层的高塔就意味着，你已经来到了波士顿。但，女儿看着黑夜中瑟瑟的我，你喜欢的这座图书馆却始终不曾成为波士顿的标志性建筑，它只是以它送达知识的功能，让波士顿人生活在了永远的精神家园中。

正面台基上两座女神的雕像，恪尽职守地镇守在图书馆大门的两侧。黑夜中尽管看不清她们的容颜，但那气若长虹的庄严之美，却还是能依稀地感受得到。雕像的基座上分别镌刻着科学家和艺术家不朽的名字。左面的科学女神手托圆球，以此证明牛顿的万有引力学说。而右侧女神手持调色板和画笔，显然是她将灵感给予了那些伟大的艺术家们。这两座大型雕塑出自波士顿艺术家贝拉·普拉特之手，它们于1912年被安放在图书馆门前。

然后跟随女儿通过安检。这已经成为“9·11”后公共设施的例行检查。进门后赫然一派辉煌景象，仿佛置身于古罗马气象万千的豪华宫殿，而传奇中的恺撒、安东尼以及妖娆的埃及女王，似乎就在我们身边献演着他们的慷慨悲歌。所以有一种被眩惑的感觉，好像不是在参观图书馆，而是流连于一座古老而伟大的历史建筑。

这座被称为麦克吉姆大厦的建筑，以其完美的比例著称于世。它典雅宁静、含蓄优美的风格历经流年逝水，却无论外在的魅力、精美的细节，都至今如故。

低而开阔的入口大厅呈典型的古罗马风格。天花板的圆顶上覆盖着意大利的马赛克石。平滑的地板由白色格鲁吉亚大理石铺就，中间走道上竟镶嵌着铜制的十二生肖图案，让我们恍惚以为回到了中国。

迎面楼梯的顶部是一个壮美的凯旋门。那也是古罗马时代最时髦的建筑。凯旋门通常用于炫耀帝国强大的力量，抑或彰显帝王所赢得的伟大胜利。然而图书馆并不曾有战争，或者这里的凯旋门仅只是为了纪念这座建筑的落成。

用以装饰大厅和楼梯的材料均采用大理石。而据说这些大理石的成分中，既包括了灰色象牙石，又融入了年代深远的贝壳化石。于是墙体呈现出一种丰富而典雅的淡黄色，尤其在夜晚灯光的照耀下，甚至能发出炫目的光泽。而白天的大理石呈现出棕黄的色调，没有了夜晚灯光下的那种迷人的温润。窗外的日光如瀑布般流泻下来，还原了大理石原本的光彩。

楼梯分两侧盘桓而上。转弯处盘踞着两座石雕的睡狮。这雄伟的睡狮是为了纪念南北战争时马萨诸塞州步兵二团和二十团的赫赫战绩。

然后是美丽的德查瓦纳长廊。远远地，你就会被二楼迎面的壁画所震撼。透过高贵的大理石廊柱，是一些在天空中自由飞翔的女人。她们穿着白色长裙，伸出美丽的手臂。这些缪斯一般的女人仿佛在期待着什么，所以飞升的姿态美且悠扬。如此飘逸的伊甸园景象，就这样被镶嵌在贝茨大厅的外墙上。那墙从此美丽而灵动，吸引着在此经过的所有目光。

这是法国艺术家德查瓦纳的绘画，于是镶嵌着这幅长卷的走廊，就被命名为德查瓦纳廊。画面中九位希腊神话中的缪斯，在橄榄树和月桂树之间优美地游弋。她们由衷地欢呼中间那位代表着“启迪天才”的男性的诞生。她们臣服于他的脚下，哪怕那所有的智慧和灵感都是她们为他带来的。而那个天使一般的男人目空一切，仿佛整个世界都是由他缔造的。他乘着云朵，掀动翅膀，从云端深处款款而来。然后就诞生了智慧，诞生了天才，诞生了这座能够容纳智慧与天才的图书馆。是的，这就是德查瓦纳的壁画《缪斯》，为波士顿人装饰了他们长长的图书馆走廊。

德查瓦纳长廊南端的大堂，被装饰成一种温婉的绛红色。从第一眼看到那红色，便立刻被它的色调所吸引。那是有着某种优雅的红色，后来方知道这种红被称作“庞贝红”。于是蓦地想起北京的某个早春，我曾经一个人前往参观意大利来华展出的《庞贝的末日》。废墟中的雕像被挖掘出来，而那些复原了的背景中，就是眼前看到的这种“庞贝红”。不知道是燃烧着的火山的熔岩，还是被血水染红的灰烬。而伴随着红色庞贝的装饰物，是庞贝的面具、火炬、七弦琴和那些永远被火山灰掩埋了的花卉。

由此进入以豪华之美而著称的艾比室。这里也是一个展示艺术的厅堂。天花板上遍布着繁复的椽条，静静地排在屋顶以供游人观赏。而艾比室真正壮观的所在，是高悬于墙壁顶端的那幅长长的画卷。画卷环绕在四面墙壁上，绘画中每个人物都形神兼备。这个长长的画卷讲述着关于“圣杯”的古老故事。于是这组丰富而灵动的系列壁画叫作《圣杯的探索》。这是由美国艺术家埃德温·奥斯汀·艾比绘制的，而艾比室也因艾比的绘画而得名。

整座建筑中最宏伟的地方是贝茨厅。它几乎占据了图书馆的整个二楼。大厅长 218 英尺，宽 42 英尺，高 50 英尺，终日被窗外自然的光线照耀着。如今这里被用作图书阅览室。长长的大厅摆放着长长的桌子。绿色灯罩的台灯千篇一律。大厅里安静至极，稀稀落落的阅读者。偶尔的咳嗽声，窃窃私语，走动，脚步声，以及电脑发出的键盘声。于是这静，静得几乎能听得到任何响动。然而我们坐在这里。没有低声细语，甚至不敢大声喘息。其实并不会有人注意到你，你只是被这里的静谧所束缚。这间庄严而浩大的会议大厅（以前或者是用来开会的），是以图书馆的第一个赞助者约书亚·贝茨（1788—1864）的姓氏命名的。

然后是又高又长的萨金特走廊。这里陈列着美国早期画家约翰·萨金特的绘画。萨金特在此花费了数年时光，最终以雄伟而原始的壁画组合《宗教的胜利》，装饰了图书馆巍峨的墙壁。不过画廊墙壁上深色的砂岩、楼梯的栏杆以及窗的缺失，让萨金特走廊有种阴郁而晦暗的感觉。萨金特是那个时代美国最著名的画家之一。后来他长年住在波士顿，为这里的诸多建筑和博物馆留下了永恒的遗迹。

萨金特走廊的南端是阿尔伯特·威金走廊的入口。这个宽敞的房间于 1941 年开始展览威金的收藏。威金出生于波士顿，在纽约成为金融家。后来威金将他收藏的版画和素描无偿地转赠波士顿图书馆。自此图书馆对版画的收藏开始稳步发展，尤其以收藏十九世纪和二十世纪欧美艺术家作品而见长。威金走廊以漂亮的中央圆顶及石膏模型的浆果图案为装饰。在这里，你还可以看到窗外优雅的庭院。

我们白天夜晚，上上下下，前后两度将这座壮美的建筑看了个遍。最后才来到这个被四面建筑围在中央的美丽而优雅的内庭院。事实上这里有点像中国建筑中被称为天井的地方，甚至一些富有的乡间住房都拥有这样的格局。四面房舍依中心天井而建，建成后中间就成了一个露天的庭院。不知道这样的建筑格局是来自古罗马开阔的广场，还是古老中国幽深的庭院？但总之这个庭院中可供散步的长廊，就是参照古罗马谢列利亚宫广场的回廊而设计的。

是的，就是这样的一个庭院。一个宁静而优雅的所在。这里深深吸引着那些读书或休憩的人们。据说在波士顿众多公共建筑中，这里是少有的一处平静而美丽的港湾。四面的高墙，四面的回廊，悠闲地摆放着黑色镂空的铁艺座椅。只是黑夜中有很暗的廊灯，于是花园也暗到迷蒙。但可以看到夜空的月光，亦可以看到四面楼宇的窗中，透出来那温暖而明亮的灯光。于是那暗处的圆桌和座椅，在夜色中有一种别样的味道。

第二天清晨再度前往图书馆，也许仅只是为了再看到夜的花园。

而白天的庭院凛冽地冷，却清晰得好像进入了电视的画面。阳光下的回廊和廊柱，俨然古罗马富丽的皇宫。只是缺少了月光下的迷乱。而黑色的圆桌，雕花的铁椅，冬日下依旧昨夜模样。

还有昨夜星辰，昨夜的风。黑暗中向上伸展着的枝形吊灯，后来竟成了图书馆的徽饰。那光束在黑夜中照耀着。或者只有这光束才是永恒的。

十七英里海岸

十七英里海岸，很多年来的梦想。因为很多年前就曾听说，那是一段美丽而浪漫的海岸，却始终未曾前往。在心中等待着某个时日。总以为迟早会见到那片妖娆的碧蓝，以及海岸线上那些昂贵而漂亮的房子。

事实上加州的每一片海岸都很美丽，漫长的海岸线上，到处能看到宁静的海湾。然后就开始了我们的海岸之旅，从帕萨迪纳前往洛杉矶迷人的海滩。天上苍鹰盘旋，路边热带植物。在上下十二个车道的高速公路上，我们飞快行驶。我喜欢这种随丘陵起伏又不断伸向前方的道路。上坡时你仿佛永远看不到前方的路，登顶后又会王一般地纵览天下。宽阔的道路让你恍若置身于无限的天地间。阔大的视野，变幻的天空，不断向前行进的路，以及，被匆匆甩向身后的美丽风景。

终于来到一片喧闹的码头，在此停靠着很多捕鱼的小船。在椰树和棕榈树的掩映下，走来走去的竟全是墨西哥人。码头上的商铺大都是墨西哥人开的，甚至冰淇淋小店也是墨西哥人在经营。到处飘散着墨西哥饭菜独特的味道，街头还有墨西哥歌手在激情献唱。围观者跟随鼓点即兴表演，孩子们在音乐声中欢乐奔跑。俨然一派祥和景象。这里就像是墨西哥城。

然而这里少有白人，某种看不到的不屑与歧视。而John把我们带来这里，是因为他从小和墨西哥孩子一道长大。他熟悉墨西哥人的所有嗜好，对他们的文化也格外热衷。他喜欢墨西哥人的热情奔放，喜欢到墨西哥人的码头来买鱼。

其实这里原本就属于墨西哥，是战争让美国吞并了这块土地。所以墨西哥人从来就是这片土地上的主人，就像印第安人是美洲大陆真正的主人。然而一来二去，不知道为什么，那些原本拥有土地的人，却全都失去了他们的家园。

西班牙人于1540年“发现”加州大陆。而后一直以传教的方式来影响这里的墨西哥人。1848年墨西哥忍痛将加州割让美国，1849年美国人就在此地发现了金矿。从此美国各地的淘金者纷纷涌入，伴随着种族关系的日益紧张，墨西哥人便被无情地边缘化了。说起来这是一段令人悲伤的历史，失了家园的墨西哥人仿佛无根的蓬草。但幸好我们在码头看到了墨西哥人的欢乐，看到了他们是怎样自由自在且满怀激情地生存着。

然后是圣莫尼卡的海岸公园。它被壮丽地悬置于高高的峭壁上。褐黄色的崖石斑驳而粗粝，极为壮观。崖顶上高耸着迷人的棕榈树，而棕榈的枝干竟也皲裂出崖壁的色彩。这个悬浮于峭壁之上的花园优美而宁静，也是观赏落日最好的平台。这里视野开阔，海湾浩瀚，天空中翻卷着各色云彩。于是美丽的圣莫尼卡城也神话一般地被悬在了这壮美的山崖之上。

圣莫尼卡曾经是一个安宁的海边小镇。直到十九世纪九十年代，电车将这里同洛杉矶连接了起来。从此人们趋之若鹜，将这里的海滩视为梦中仙境。伴随着二十世纪初叶好莱坞影星们开始在此购置地产，圣莫尼卡一时“寸土寸金”，被誉为当时的“黄金海岸”。从此这里的饭店、商业区以及艺术活动交相辉映，让这座小城变得灵动起来，充满活力，绚丽斑斓。

而让这座城市愈发声名远播的，还有赖于那位被称作美国侦探小说之父的雷蒙德·钱德勒。如今钱德勒的侦探小说已尽数在中国出版，而他在小说中塑造的硬汉侦探马洛的形象，至今被人们津津乐道。而钱德勒的诸多作品诸如《再见，吾爱》，就是以圣莫尼卡为背景的。那是圣莫尼卡开始繁荣的时期，也是伴之以腐败、邪恶以及滨海赌博的堕落时期。这便是一个作家之于一个城市的作用，尽管，圣莫尼卡是一个令作者厌恶的城市。

我们沿海湾继续向前，便是一片浩大的高尔夫球场。起伏蜿蜒的山峦和果岭，被重新武装的海岸一片葱绿。这座海岸高尔夫球场来自于美国房地产大亨川普的梦想。川普可以创造房地产的奇迹，亦可以将乱石海岸缔造成高尔夫的王国。这里依山傍海，景色优美，远远近近都能看到壮阔的海湾。

黄昏时分，海上迷幻的色彩。在云飞云卷的天际尽头，是顽强着最后一抹金黄的惨淡的太阳。大海像镜子一般平滑，偶尔会闪出银色的碎光。海滩被深棕色的沙砾和碎石覆盖——在海浪冲击下那几乎黑色的海滩。海岸的原始植物大多低矮，哪怕最温暖的季候也会依四季而花飞花落。于是那些枯枝在海风中摇曳，映衬在漫无边际的暗蓝色苍穹下，那种很苍凉又很坚硬的一种隽永的美。

或者就为了驱赶海岸的苍凉，川普修建了巨大的人工瀑布。尽管人烟稀少，四野无声，川普还是在这里点缀了人的光辉。只是灰蒙蒙的海上还不曾落日，我们就已然感到了那份海上的冷。

我们离开川普的海岸，沿山崖上的海滨公路前行。一路同行的还有绵延的管道，于是疑惑，何以如此先进的美国，竟然让管道暴露于光天化日。John 为此 U 形转弯将我们带回到一座海边的房子前。那房子的一半悬于半空中。塌陷的山崖让房子随时可能坠入大海。

这座遗迹一样的房舍被锁链围了起来。醒目的昭示牌用红色字体提醒人们不要靠近这里。这就是为什么水管要摆放明处的缘由，地震的多发，地基的变化，水管随时都可能因地壳的运动而发生爆裂。John 说同样的问题也出现在川普的高尔夫球场，人们打着打着，不知道什么时候，那第十八洞就不见了。是的，没有几年，这十八洞就断进了大海。后来经地质人员精心勘测，这一带被规定为不允许建房区。

然后进入一号公路。从洛杉矶通往旧金山的路。沿海岸线一路处处美景，于是这条路也被称作观光路。我们沿蜿蜒伸展的海岸一路向前。这里是加州最荒凉也最壮观的海岸线，于是被美国作家史蒂文森誉为“世上最壮观的海天交界处”。长达一百六十千米的山脉、悬崖以及乱石丛生的海湾，无论何处都会让人激动不已。

不同海域的海水翻涌出不同的姿态，碧蓝乃至碧绿的海水深深浅浅，参差错落。天上的云彩波及着大海的色泽，太阳的光照也让海水在明与暗中次第翻动着它那起伏动荡的波纹。海岸的斑斓更是一步一景，白色的沙砾倏忽间便怪石嶙峋，将海浪撞击出摧枯拉朽的声响。海面上忽而如镜般平滑，忽而波涛汹涌；忽而闪烁出碎银般的光斑，忽而卷起雪白的浪花。

公路两旁一面是千姿百态的大海，一面是连绵起伏的山峦。壮阔的海和壮阔的山，便成就了这条修建于二十世纪三十年代的公路。从洛杉矶到旧金山走高速公路只需八小时，而 John 为了让我们看到加州最美的海岸，选择了这条分三天才能走完的观光路。

赫斯特庄园的海岸开阔而明亮，这里被称作圣西米恩角。海湾风和日丽，很少游人。我们在草坪的木桌上午餐。在太阳下，听海浪轻轻拍击堤岸的吟唱。不久便有海鸥结队而来，盘旋于我们的食物上。仿佛已经很有经验地在木桌上跳来跳去，这或者已经是它们乞食的惯伎。于是将面包屑、薯条撒向天空，便即刻一片你死我活的争抢。和鸥鸟一道进食的感觉让人莫名地快乐，仿佛你也融入了大自然的万事万物中。

海边的栈道很长，深深伸向海湾。过去从海上来赫斯特庄园的客人大都在此上岸。透过木栈道狭窄的缝隙可以看到脚下的浪涌，木栏上栖息着不为任何行人所扰的水鸟。我们沿着栈道漫步向前，直到栈道所及的那个阳光明媚的尽头。栈道下一种水生植物在碧蓝中漂浮，那橄榄树一般的枝叶仿佛在摇曳着轻盈的舞蹈。那水一般的柔美，美到一种妖娆。我从未见到过如此美丽的海中植物，更无从知晓它来自怎样一个美轮美奂的世界。

栈道对面的半岛丛林茂密，被碎银一般的粼粼波光所缠绕。逆光中伸向大海的半岛几乎成了剪影，黑森林一般的端庄与宁静。天空一抹抹白云在碧蓝中行走，仿佛自然天成的一幅幅绘画。

海水中坚硬的礁石和远处的峭壁。这里的细沙也是深棕色的。平缓的海滩，碧浪一道道滚来，掀起平静的浪花，然后退去，聚集起新的冲刷。湾角内似乎永难形成拍天激浪，那水流总是温文尔雅的，那种永恒的涌动。

正午，天空多变的云。于是，海上的云的美，圣西米恩角的美，加州海岸线的美。

沿一号公路，继续向北，旧金山的方向。那一路美丽着的海岸景象。

在大苏尔我们看到了火山的锥顶。于是明白了这一带海滩何以沙石粗粝，而这些沙石又何以近乎赤褐色。不知道什么时候火山曾喷发，将火热的熔岩绵延于远远近近的海滩，便遗留下这片如此奇谲而壮观的自然景色。这里还栖息着数不尽的海豹。它们懒洋洋地躺在沙滩上，混沌中恹恹地晒着午后的太阳。

海上的云永远在翻卷，鬼斧神工出油画的笔触。不同光照下不同的色调。逆光中那些迎风的芦苇。然后黄昏弥漫，穿不透的云层。落日金红被阻隔在浓浓的灰暗中，直至夜幕降临。

愈加黑暗的一号公路，我们风驰电掣。不久后便开始翻越陡峭的盘山路。有点危险的感觉，带一点刺激。山林苍茫，四野无声，仿佛只有车灯在伴随我们。尽管山路陡峭，天色深黯，却依旧能听到山下的海浪。在悬崖的顶上，我们停下来。John 说，这就是那座架在山谷间的“里克斯比河桥”。这座著名的大桥建于 1932 年，建成后很多年都曾是世界上最大的单拱桥。这座跨越峡谷的大桥可谓气势恢宏，而一号公路被确定为加州第一条观光公路的仪式，就是在这座大桥上举行的。然后在沉沉夜色中，我们穿越了里克斯比河桥。

清晨离开海边小城蒙特瑞。接下来就是十七英里海岸。想不到如此轻易就能抵达那梦一般的地方，而为了这个充满浪漫的海岸，我竟然整整期待了十六年。自从 1994 年第一次赴美，就听说了这片迷人的海岸。以为那是神话一般的仙境，大海，还有海边那些美丽的房子。富有而知名的好莱坞明星住在这里，很多好莱坞电影也在这里拍摄。从此觉得那是加州最美的地方，却并不真的知道它是怎样的美。于是铭记了这片想象中的海岸，铭记了十七英里海岸这美丽的名称。

以为那或许会成为永久的梦。以为怀抱着那梦也很美好。想不到十六年后真的来到这里，是 John 让我们梦想成真。

是的，十七英里的海岸，即或现实里也恍若梦中。

事实上十七英里海岸并不是一条海岸线，而是一片可以驾车行驶的区域。所有关于这片区域的宣传品都标着“17 Mile Drive”的字样，意思是，你可以循着一条收费的路线，驾车巡游在这片美丽的地方。而你在此行车的路程，刚好就是十七英里。沿路可看到各种美丽的景观，亦可以在你喜欢的地方随意驻留。如此一路观赏下来，那天然美景一定会让你惊叹不虚此行。

于是进入这条 Drive 线路，却和想象中的不尽相同。那些美丽的房子并没有坐落于海岸，途中也不曾看到名人出入。也许十六年的倥偬已经让这里面目全非，甚至一些房舍已开始衰微破败。

蒙特瑞半岛最美的一段，就是这片十七英里海岸。车行道起于西班牙湾的一片野餐地。沙滩上零零星星散落的桌椅。没有人在此野餐，桌椅便成了鸥鸟的栖息地。辽远的天空格外晴朗，只有丝丝缕缕淡淡的云。鹅卵石被海浪冲击上岸，鬼使神差地排列成一片圆石的堤坝。靠海的部分很细的白沙，踩上去丝绸一般的柔软。大海在这里呈现出最迷人的景象，那海天一色的碧蓝将海天融为一体。白色浪花映衬着白色的云，而碧蓝的天空就是碧蓝的海。

是的，十七英里海岸一如想象中的美。那美是一种壮丽的美，甚至，英雄的美。这里乱石丛生，激浪澎湃，于是有海浪拍岸而碎的壮观景象。浅海中到处密布着低矮的礁石。远远地，那蓄势待发的海浪如潮如涌。眼看着它们咄咄逼人，摧枯拉朽，夹带着一路呼啸奔涌而来。当这样的海浪撞击在礁石上，便必然一片水花飞溅。很辉煌甚至很疼痛的一种力的碰撞，迸溅出一片雪色的飞扬，然后坠落，那舍生忘死的英雄气概。飞溅着。死亡。在乱石丛中。

十七英里海岸的另一处风景，是沿岸斑斓的植物群。高高矮矮的草丛和树林生长在不同的土壤中。一些树被海风吹成倾斜的样子，却依旧顽强支撑着它们的葱绿。那些从西班牙移植而来的柏树，悄然无息地生长在异国的海岸线上。一些枯萎而至死去的柏树竟也丛丛簇簇，如活化石般恣肆在它们曾经生存的悬崖上。不知道什么时候就枯竭了，却枯竭出姿态万千的美丽造型。这些朽木和崖顶乱石纠结在一起，仿佛在雕琢着生命的挽歌。它们悲壮地死出各种各样的姿态，却始终挺立着，哪怕针叶落尽。它们就像被撞碎的海浪从此无影无踪一样，这些枯树也已然风流散尽。很悲壮的一种离去，让人伤心的一种不忘。

在崖顶的乱石中我们终于找到，那棵独立于山崖之上的孤柏。它是十七英里海岸最招牌的树，就那样孤零零地坚守在崖石上。那是伸向大海的一块断崖。那崖上可谓寸草不生。却不知何以有一棵大树，不知道它已经在那里独立支撑了多少年，亦不知它从何获取生命的力量。几乎所有十七英里的宣传册，都将这棵孤树当作封面。于是各种各样它的照片，或远或近，或清晰或朦胧，或清晨或黄昏，或阳光灿烂，或阴雨绵绵。总之它成了十七英里海岸最大的明星。人们可以错过任何其他，却绝不可以错过它。在众多照片中我最喜欢的，是那张日落时拍摄的它的剪影。那一刻断崖被黄昏照得很亮，灰白色的崖壁被染成一片金红。而它的背后却一片浓的灰暗。那翻卷的云。那暮色中不懈的坚守与支撑。在某种意义上它已经不是树，而是灯塔一般的永恒照耀。

是的，日落，海上最为壮观的景象。那落日的美，是很难用人的语言描绘的。那是自然天成的壮丽景观。只要看到那美的坠落，便不能不被陷入，那满心的感动。整个天空，像油画一般地，涂抹着。原本阴云密布，却忽然地，明亮了起来，像火在燃烧。曾经的阴云，依旧淡淡地，挂在天边。那灰暗和蓝的，慢慢地交融。于是错综而次第的色彩，蓝、白、棕、红、黑，交织起来，那天边的云彩。最后到来的，那金样的红色，一轮太阳，正在沉落。

落日照亮崖壁，温暖的光芒。那是海上余晖，也照亮你的灵魂。天空愈加斑斓起来，一种飞扬着的美的极致。那是一种无限的美，也是人类所不能及的。于是人类臣服于自然，随之一切被改变了。像天空和大海都在燃烧，像整个世界都在沉落。

是的，我的十七英里海岸，就像是一个被创造的奇迹。一个人，为着一片遥远国度的美景，有了一段不懈的念想。而这念想竟神话一般，在未曾想到的时刻成真。是的，不是每个人都能如此。那甚至不是自身的努力而致，而是上天给予我们的格外眷顾。

塞拉神父的传教所

在洛杉矶，无意中看到一幅画，立刻被那幽深的景象所打动。那是一道长长的中庭走廊，无限延伸着，仿佛没有尽头。画面的色彩是那种深深浅浅的棕色，色调暗含着那种温暖而忧伤的悲戚。两个一看便知年代久远的长椅孤零零地靠在晦暗的墙边，对面是砖石垒起的圆拱形廊柱。有光投射进来，从清晨到黄昏。后来才知道画面所呈现的，是一座建于1776年的传教所。这样的传教所沿加利福尼亚海岸依次排开，从圣迭戈到索诺马，每隔四十八千米就有一座。自1770年至1823年，五十多年间竟然建造了整整二十一座。

从此这二十一座传教所深深印在心里，期望着能在加州看到这遥远而又深邃的所在。又是不经意间，在一个叫作圣路易斯·奥比斯波的山谷小城，我们竟真的看到了其中的一座。传教所静静地伫立于小城中央。教堂的山墙、十字架以及高耸的钟楼，建筑风格朴素至极，全没有欧洲教堂那般繁复的装饰。墙外那道长长的回廊和那幅画中的一样，只是这里的圆拱形廊柱被白色灰浆覆盖了。同样长长的寂寥而幽深的走廊，但这一次我们看到了，走廊尽头的那一片葱茏的光亮。

在那里，第一次，我看到了那座青铜的雕像。尽管年深日久，斑驳了绿色的铜锈，但那位神父的目光却依然坚定而执着，仿佛被某种不灭的梦想支撑着。他身穿粗布长袍，手握木棒拐杖，几乎赤着双脚，却被身边簇簇瑰丽的野花环绕着。只是那一刻我并不知道这座雕像是属于谁的，更不会想到在未来的旅程中会经常看到他。

那一刻却蓦地想到了澳门那座叫路环的小岛。尽管荒凉却是很美的地方，沿岸到处都是迷人的海湾。岛上最著名的建筑是那座圣方济各教堂，而圣方济各这几个字，竟然也和美国加州的这些传教所相关。方济各（即法兰西斯，中文早年的译音）会是天主教著名的托钵修会，由意大利人法兰西斯于1209年创立。这位法兰西斯出生于商人之家，当过兵，打过仗，又曾被俘虏过，而后建立了以他的名字命名的天主教兄弟会。他号召修士麻衣赤足，托钵乞食，步行前往各地宣传“清贫福音”。

记得路环的教堂为了明示法兰西斯修会的神圣宗旨，特意张贴了一幅红色的宣传画。画面中传教士也是粗布长袍，手持手杖，捧着《圣经》，很像是佛教中那种千方百计自我折磨的苦行僧。或者任何宗教都是如此，以为苦行能使人获得某种神秘的力量。教堂的侧室还悬挂了一幅基督复活的绘画，画的名字叫《哈利路亚》。画中基督的姿势和钉在十字架时一样，双臂伸开，双腿垂落，却没有十字架。于是呈现完全不同的景象，基督在飞。是的，升天。被一种神秘之力驱使着，那充满了力量的，飞扬中释放的那种受难的欢愉。

然而，眼前的这座雕像古朴沉实，但同样肩负了神的使命。是的，这位来自西班牙的传教士名叫胡尼佩罗·塞拉，生于1713年，十七岁时就成为天主教法兰西斯教派的虔诚信徒，并从此开始他苦行传教的辉煌一生。塞拉神父于1749年来到墨西哥传教，1767年被任命为南北加利福尼亚地区的传教首领。他不仅是加州天主教最具影响力的人物之一，还和加利福尼亚海岸那二十一座传教所息息相关。

塞拉神父当年传教的愿望很单纯，无非是希望这片荒蛮之地的土著们能成为上帝的子民。但塞拉神父的愿望却被无形中打上了政治的烙印，这和塞拉神父的祖国西班牙密切相关。那时候西班牙正狂妄地称霸海上，计划着将美洲大陆的加利福尼亚变成殖民地。于是塞拉神父的传教行为，便自然而然地纳入到了西班牙帝国的整体战略中。

想那一定不是塞拉神父的初衷，在他的心目中宗教一定是独立的，只和人类的灵魂相关。这种将宗教和政治捆绑起来的吞并方式无疑让塞拉神父很苦恼，毕竟他不仅是圣法兰西斯的传教士，还是对祖国负有义务的西班牙公民。于是他身不由己地追随西班牙船长加斯帕尔·德·普尔托拉，在远征中建立了一个个传教所。这种不断占领土地并不断建立教堂的战略，在宗教与政治之间可谓相得益彰，让人们很难将塞拉神父摒弃于帝国政治企图之外。

1770 年塞拉神父跟随西班牙统治者来到蒙特瑞，在这里建立了一座名为圣卡洛斯·布洛梅的教堂兼城堡。从此这片荒凉的海湾繁荣起来，也就顺理成章地沦为西班牙的殖民地。但仅仅过了一年，塞拉神父就将他的传教所搬离了蒙特瑞，理由是为了使传教所更靠近卡梅尔河的淡水水源。但同时塞拉神父又提出了另一个理由，那就是他的传教所要和蒙特瑞的军事要塞保持距离。那么我们可否将这第二个理由，看作是塞拉神父逃离蒙特瑞的真正原因呢？由此他将自己从侵略和占领的罪恶中解脱了出来，让心灵回到了纯粹的宗教世界中。

然而即或知晓了塞拉神父的生平，却仍不知我们眼前的这座传教所，就是塞拉神父从蒙特瑞搬来的那座。尽管几百年前它就已经迁移到卡梅尔这座美丽的小城，却始终延续了蒙特瑞时期的名字：圣卡洛斯·布洛梅传教所。

是的，本来我们很可能会和这座传教所失之交臂，但我们最终还是从蒙特瑞返回了卡梅尔。在教堂外，我们以为不过是看到了二十一座传教所中的又一座，却不知这座建筑对塞拉神父来说有多么重要。

圣卡洛斯·布洛梅传教所之所以重要，是因为自从传教所迁至卡梅尔，塞拉神父就一直在此传教，直到1784年与世长辞。他在这里生活了整整十三年。十三年间，他不仅让众多墨西哥移民在此安顿下来，还缓慢而小心地让那些当地的印第安人成了虔诚的基督徒。

塞拉神父在传教首领的任上，先后创建了九座传教所。这需要从南部圣迭戈到北方的旧金山之间，很多次艰辛困苦的徒步远行。尽管那时候塞拉神父已经五十四岁了，他却从不曾停下过神圣的脚步。他一座座地建造教堂，又一次次在他建造的教堂中讲道，足见他有着怎样的信念和意志力，直到七十一岁时积劳成疾，罹患重病。或者只有衰老和病痛才能让他停下脚步，终止他那矢志不渝的圣法兰西斯苦行。

透过铁门看传教所的石头教堂并不宏伟，却是典型的地中海沿岸建筑的风格。砖墙外覆盖的白色灰浆已经斑驳，显然已经年深日久。镶嵌在泥墙里的神龛中，是圣母怀抱基督时那宁静的忧伤。在神圣与庄严中却莫名其妙地有某种伤感，那种晦暗的感觉仿佛被阳光抛弃了一般。

教堂前一个很小的花园。大理石喷水池边一个拭泪的女人。她身后那座为纪念哈利·道尼的房子上爬满青色藤蔓。然后就是我们已经看到过很多次的那座青铜雕像。同样的粗布长袍，手持木杖。在这样的地方，除了塞拉神父不会有别人。

这座传教所要付费才可以进入。售票处和礼品店完美地交融在一起。参观后你很可能会因为余音绕梁而购买那些跟二十一座传教所以及塞拉神父相关的礼品，让这个传奇一般的故事继续激荡在你的脑海中。

轻轻地走在这些泛着黄色的老房子间。显然这里被重新修缮过，所以并不古旧。但传教所格局却是古老的，置身其中，就仿佛回到了塞拉神父进进出出的原始环境中。

传教所最珍贵的地方应该是“塞拉博物馆”，那里确曾是塞拉神父的居所，也是他去世前弥留的房间。房间里所有摆设都是根据塞拉传记作者的笔记依原样装饰，于是你便可以在这个复原的空间里，想象着塞拉神父怎样读书，怎样起居，怎样叹息，甚至怎样经历了1784年8月28日那个炎炎夏日的死亡时刻。

然后走进石头教堂。卷拱式的房顶垂挂着美丽的枝形吊灯，却依然不能照亮四壁的寂寥。教堂里有绘画、管风琴，以及和《圣经》相关的各种装饰，甚至还有一个展示神职人员服饰的陈列室。服饰被镶嵌在不同的玻璃柜中，告诉我们什么样的宗教仪式将穿戴什么色彩的服饰。最耀眼的是那件胸前绣有繁复花饰以及十字架的黑色长袍，不知道塞拉神父在主持葬礼的时候是否穿过如此精美的衣袍。不，当然没有，在那个物质极度困乏的塞拉时代，神父怎么可能拥有几乎可以被视作艺术品的精美服饰呢？

慢慢地靠近着幽暗的祭坛。祭坛是神圣的，于是总会有各种关于神圣的传说。记得澳门那座蓝色的圣方济各教堂祭坛下，就曾因存放过法兰西斯手臂的骸骨而无上荣光。与这段传奇相关的，竟也是一位来自西班牙的传教士法兰西斯·沙勿略。他在巴黎大学攻读哲学时成了法兰西斯教派的第一批会士，于1540年以教皇使者的名义航海东来，从此辗转于印度果阿、新加坡，以及马六甲等地，后又搭乘中国商船前往更远的东方，先后在日本沿海各地苦行传教，直至1551年来到中国广东的上川岛。这位法兰西斯·沙勿略必是怀了登临中国大陆传教的美好愿望，却因为当时明朝海禁森严未能如愿以偿，而致最终在上川岛上孤独地死去。据说就是他将法兰西斯神圣的骸骨带去了澳门。

是的，同样来自西班牙的塞拉神父，也将他整个的生命奉献给了美洲大陆上的人们。然后便永远地留在了这里，将尸骨葬在异国他乡的圣坛下。塞拉神父的葬礼可谓极尽哀荣。而他的大理石石棺是美国最美的石棺之一。他从此安睡在卡梅尔这座宁静而优雅的小城中，不知道透过加州的蓝色海湾，他能否眺望到遥远的故乡西班牙。

这座塞拉神父的主传教所庭院开阔，被四面低矮的平房包裹其间，背后是加利福尼亚迷蒙的远山。这片碎石铺就的庭院原本是教堂的耕地，种植的庄稼和圈养的牲畜足以养活这里的神父和教徒。而那些红瓦的房舍是修道院的学校，当年印第安人的女教徒在入教后或出嫁前大都生活在这里。

庭院深处再度出现塞拉神父的雕像，那是一个由葱翠绿树、鲜花藤蔓以及十字架构成的宁静的角落。水池前的卡瓦拉十字架标明了塞拉神父曾经布道的地方，那时候这里只有一座用木柱干草建造的简陋神所。铜像背后的楼梯通向教堂的顶部，每一级石阶都苍凉着灰黑色，却在缝隙中滋生出顽强的野草。攀爬在侧墙上的三角梅灿烂着加利福尼亚的紫色花朵，遮掩了那座古老教堂的无限凄凉。

房舍前依旧是那道长长的走廊，和曾经看到的那些大同小异。大概每一座传教所都会为来者提供这样一个或等待或休憩的场所，那斜的屋顶，镂空的廊柱，光的流泻，散落其间的木椅或长凳，以及，那永恒的寂静。只是在我所见过的那些传教所的长廊中，竟从不曾看到过哪怕一个人。空的长廊总是空的寂寞，在寂寞中回环着那些不朽的悲歌。

教堂背后有一片很小的墓地，经年累月，竟已经有四千人长眠于此。有的人有墓碑，更多的已经被历史所销蚀。但依然能看到人们用鲍鱼壳标记的逝者的位置，或者在教堂斑驳的墙壁刻上各种不同形状的十字架，以确认亲人不灭的踪迹。守护着这片墓地的是圣母玛利亚的雕像。单单从她的温婉的背影中，就能想象出她那无限慈悲的哀容。或者圣母就是为这些失去生命的人们而生的，为她的儿子耶稣基督，也为那些信了耶稣基督的灵魂。

离开传教所时满心悲怆，那是塞拉神父给予我们的灵魂的荡涤。灰浆的斑驳证明了教堂的久远，但后来才知道这座教堂其实并不是塞拉时期的建筑。那是1793年塞拉的继任者拉苏恩神父建造的，这时候塞拉神父已然谢世九年。然而即或这座石头教堂坚固而厚重，却也在岁月的流转中，难以避免地衰败凋零。直到1931年才有一位叫哈立·道尼的工匠勇敢地站出来，说他决意恢复这座古迹的历史风貌。结果道尼用去了生命中整整五十年的时光，才将塞拉神父的这座古老的传教所恢复成今天的模样。而今天距离道尼修复工程的告竣，也已经又过去三十年。

二十一座传教所的格局大致相近，都采用了墨西哥式的巴洛克风格。这些建筑的特点是，在厚重的墙壁、窗口、圆形建筑以及多重钟塔外覆盖一层白色的灰浆。传教所中除了教堂、住房以及墓地这些建筑外，都会有一个长长的走廊，一道拱形的廊柱。那远远望去的，望不到尽头的幽深。

这些朴素的建筑多为修道士所设计，由当地那些技术不甚熟练的原住民建造。建筑材料大多为砖坯和木头，伴随着岁月的流逝，大多腐朽或在地震中被损毁，但后来人们还是精心地复原了它们。

其中位于洛杉矶的圣胡安·卡皮斯特拉诺传教所建于1776年，这里是塞拉神父曾经讲过道的教堂中唯一幸存至今的。只是教堂在 1812 年的大地震中被彻底摧毁，只留下残垣断壁间那遥远的苍凉。

1791 年建造的旧金山多洛雷斯传教所也是塞拉神父的杰作，如今已成为旧金山市最古老的建筑。传教所的名字“圣弗朗西斯科德阿西斯”源于附近一片古老的沼泽之地。那片沼泽被称作“我们那充满悲伤的淑女之湖”。多么凄美而又忧伤的名字，赋予了塞拉神父第六座传教所那悲悯的神性。这座建筑朴实无华，厚达 1.2 米的墙体经历了加州历次地震的磨难，却至今屹立。这里的墓地横跨旧金山市区多条街道，埋葬于此的多为当年的拓荒者以及原住民。

而圣巴巴拉传教所是二十一座传教所中的第十座，被誉为“传教所中的王后”。或者因为这里有漂亮的圣花园，抑或为了纪念四世纪伟大的殉道者圣巴巴拉。总之，传教所于 1786 年圣巴巴拉宗教节那天落成，只是传教所的缔造者已经不再是塞拉神父。塞拉神父于两年前怆然辞世，从此身后的十二座传教所都出自他人之手。但相信塞拉神父在世时一定已经规划了这座教堂，甚至已经规划了沿皇家大道一直向北延伸的这所有的二十一座传教所。

坐落于旧金山以北索诺马山谷的圣弗朗西斯科·索拉诺·德·索诺马传教所，是二十一座传教所中最后的一座。这座传教所于 1823 年落成，被掩映在一片遍布着葡萄园的美丽山谷中。这时候塞拉神父已离世整整三十九年。至此，由塞拉神父一手缔造的“传教所工程”终告完成，而他的名字也就以传教所的方式，被永远镌刻在了加利福尼亚的大地上。

只是塞拉神父的伟业原本是在墨西哥的土地上铸造的，但是伴随着 1848 年的战争，墨西哥最终不得不将加利福尼亚割让给了美国。于是美国在吞并加州的同时，也就一道吞并了塞拉神父的所有神迹。

塞拉神父修建的二十一座传教所，就像是散落在太平洋海岸的一颗颗珍珠，为圣法兰西斯编织了一条美丽的花环。那花环所描述的是一个悠远而又凄迷的故事。而那个故事，就是塞拉神父用坚韧和毅力铸造的那个永不舍弃的梦。

迈阿密，夜未央

在迈阿密的丽兹酒店。喝酒。古巴的那种酒。有青叶浸泡在冰块中。很柔和的光束。被沙发围起的圆桌。是南希的提议。因为她看够了南海滩街上那些疯狂的迈阿密人。于是逃离。那个曾开枪射杀了范思哲的街区。那座，依旧伫立在那里的范思哲旧居，依旧车水马龙，依旧壁垒森严。也还是那座厚重的雕花铁门。有黑衣保镖站在那里咄咄逼人。但那个清晨，惨案还是发生了。就在这大门前，范思哲应声倒下。川流不息的人们。骄阳下很招摇的裸露。酒吧里涌出杂乱的古巴音乐。街头的男男女女，高级轿车。还有什么？

于是逃离。找一处幽静的所在。翩然走进丽兹饭店的酒吧。很散漫地聊天。也很放松的心情。丽兹所以有名是因为戴安娜。戴安娜在罹难之前所在的那家法国酒店，就是丽兹。所以只要提及戴安娜，就离不开丽兹。于是丽兹以一个美丽女人的死亡为代价，成了世界上著名的酒店。大凡有瑰丽的风景，大凡有旅游者汇集，丽兹都会在那里开设酒店，而且都是最好也最昂贵的。于是在那不勒斯海滩，我们也曾在丽兹的餐厅午餐，在木栈道的木桌上。透过丛林绿色的叶片，是不远处的蓝色海面，以及，白色沙滩上，那些美丽的人。

于是再度提及弗拉门戈。那是从 Key West 返回迈阿密的路上，南希在宣传品上看到的一条娱乐消息。在我们再度留在迈阿密的那个晚上，将会有一场弗拉门戈的表演。于是我们兴奋不已，尤其热爱舞蹈的女人们，一路上不停地打电话，却总是没能和演出场所取得联系。于是 John 把女人们的心思记在心里。从丽兹酒吧离开的时候，在酒店前台，他终于为我们打听到了演出弗拉门戈的那家酒吧。于是接下来的所有活动，便都是围绕着弗拉门戈了。虽然那只是一家酒吧，但我们还是换上了稍微正式的服装，并满怀了一种期待的激情。

然后来到迈阿密那条著名的酒吧街。街两旁密布着迷人的小餐馆。入夜时分，餐馆里依旧坐满了人。每家餐馆除了室内的餐厅，都会有一些摆放室外的餐桌。在这个一年四季温暖如春的城市，人们似乎更喜欢坐在室外。在这里可以看到小街上川流不息的人群，而川流不息的人们亦可以窥见餐间的风景，可谓相看两不厌。

在小街的深处，我们终于找到了那家弗拉门戈酒吧。演出九点钟以后才会开始，但我们还是走进了这家烛光闪烁的西班牙餐馆。所有菜肴都是纯粹的西班牙风格，很浓很重并且很热辣，似乎更接近我们的口味。被引领着来到一个离舞台很近的木桌旁。因为服务生听说我们是专为弗拉门戈而来的。

不知道什么时候起，弗拉门戈就成了我最喜欢的舞蹈之一。最早看到弗拉门戈是在电视里，从此记住了这是西班牙南部的一种舞蹈。画面中的舞者是一位年华已然老去的女人，但看上去却很挺拔也很健壮，不像我们观念中的那种纤细的舞蹈演员。她的身上有一种独特的味道，一种莫名的力量。粗犷的，又异常优雅的，那种近乎魔力的魅力。她穿着长裙，发髻绾在脑后。不停地击掌并不停地在旋转中扯动着长裙的下摆。而让我更加难忘的，是她始终不渝的严峻的神情。仿佛有什么悲伤，又仿佛，一种愤怒。她低声吟唱着，那满腔的忧愁。于是这位年长的舞者，就深深地印在了我的心中。那时候甚至不知道弗拉门戈是什么，却再也忘不了这位仿佛在诉说着什么的舞者。

不久后就看了那部叫《卡门》的西班牙影片。在这部描述爱情的影片中，到处是弗拉门戈式的舞蹈。不过西班牙人坚持说，倘若把《卡门》当作弗拉门戈就实在是一种误会了。还记得那一年竟然有三部以“卡门”命名的影片问世。其中我最喜欢的，是法国新浪潮电影领军人物戈达尔的《芳名卡门》。戈达尔的这部影片几乎和卡门无关，无非是电影中的一个人物刚好也叫卡门。事实上这部影片所表现的，完全是戈达尔本人的某种意愿。不搭界的故事，不相交的人物，海浪，贝多芬的室内乐，在黄昏中寻找的最后一抹凡·高的金黄。此片堪称戈达尔的经典，尤其他对电影语言的探索和尝试，日后深深地影响了我的小说创作。

后来记住了弗拉门戈这个词汇，尽管对其中的真正含义一知半解，但至少知道了这是一种非常独特的只属于西班牙的舞蹈形式，从此热衷于购买有关弗拉门戈的各种光碟。我竟然就能阴差阳错地买到这些光碟。其中有纯粹记述这种舞蹈形式的，也有专门介绍弗拉门戈大师的。画面中歌手、舞者和吉他手围成半圆形，坐在舞台中央的椅子上。那些歌手眉头紧皱，表情忧郁，舞者亦神色严峻，抑郁悲伤。这让我再度想起最初见到的那位弗拉门戈长者，她的那么柔韧的身段和舞步，她的击掌，她的突然的静止，又突然的旋转，飞扬着踏出雨点般的节奏。哦，那足以令人灵魂摇撼的舞蹈！

在舞蹈中，唯有弗拉门戈舞是无须只靠青春的。甚至年纪越大，越能表现出这种舞蹈的魅力。因为这是一种诠释人生的舞蹈，所以舞者的经历越丰富，所表现出来的内涵也就越深刻。而伴随着舞蹈的那些撕心裂肺的歌唱也令人难忘。歌者大多是一些年长的男人或女人。无论独唱还是合唱都激荡人心。歌唱时发声的位置不断地变换。忽而高亢，忽而低沉，忽而金戈铁马，忽而如泣如诉。总之这种起起伏伏叙事一般的歌唱，这种近乎歇斯底里的喑哑的喊叫，这种所谓的“大歌”或者“深唱”方式，才是弗拉门戈最原汁原味的传统方式。

阴差阳错地买到了一张以弗拉门戈诠释《莎乐美》的影碟。很清晰亦很朦胧的镜头，记述着这部舞剧的台前幕后。包括舞剧的排练，服装的色彩，演员的介绍，甚至舞台的调动，以及，这部描写《圣经》故事的舞剧是怎样诞生的。于是《莎乐美》中的弗拉门戈更让我心向往之。那所有充满了力量与魔力的舞动，让我们看到了被砍下的圣徒约翰的头颅，是怎样在莎乐美邪恶的舞蹈中滴着鲜血。

后来在女儿电影作业的放映式上，一位同班的女生也拍摄了一部关于弗拉门戈的短片。这部短片堪称完美。歌声，鼓点，尤其画面上那位动人的弗拉门戈舞者。她虽已中年，却周身每个部位都散发着浓烈的弗拉门戈韵味。旋转的手腕，扭动的身躯，响指，以及高昂的头颅，那斑斓的色彩，流动的舞姿。后来制作这部短片的女生对我们说，她已经把弗拉门戈当作了她的生命……

一直以为弗拉门戈是一种在舞台上表演的艺术，而不是在街头这个不大的并且昏暗的小酒吧。穿过各种拥挤的餐桌，来到属于我们的桌前。才发现前面的那个舞台，面积竟然不到五平方米。那时候小小的舞台上还没有人，只有静静地躺在黑暗中的吉他和鼓。印象中如此伸展的弗拉门戈舞蹈，难道就在这局促的舞台上表演吗？

我们挤在狭长的木桌前。很兴奋的甚至蠢蠢欲动的心情。喝酒。后来又要了西班牙风味的菜肴。终于歌手、吉他手和鼓手先后走上舞台，吸引了人们的目光。舞台上的灯也随之亮了起来。唯一的背景是红黄相间的西班牙国旗正中，镶嵌着一只黑色的斗牛，似乎就囊括了西班牙文化的所有要素。

然后我们所期冀的演出就开始了。自从走进酒吧，服务生就告诉我们，今晚的弗拉门戈只是男性表演。于是不禁些微地失望，以为弗拉门戈就应该是女人的华丽长裙，五彩霓裳。当然也曾看到过男人的弗拉门戈，以为他们的存在只是为了配合女人。不过在迈阿密这个唯一的弗拉门戈场所，我们也只能接受这个现实了。

首先是歌唱。一首接着一首。一个年轻漂亮的男人，很投入的样子，便也获得了阵阵掌声。却比我曾听过的那些弗拉门戈轻飘了许多。或者因为他还没有沧桑的阅历？总之我们听到的歌唱，已经偏离了弗拉门戈的本真。漂亮的西班牙青年唱着很现代的歌，尽管那歌唱还勉强保持着弗拉门戈的曲式和范式，但我们已经听不到诉说，也感受不到那种被命运捉弄的无奈了。吉他和鼓点热烈地伴奏，歌者自始至终很激昂。

其实最早的弗拉门戈，只是纯粹的演唱方式。以拍掌击打节奏，歌声在很高的音符以及音符之间大跨度地滑动。歌中强烈的情感表达，让人听上去不能不感动。尤其是那些年迈的歌者。嘶哑的嗓音，你尽管听不懂他们在唱着什么，却能够感受到他们那么深沉的悲痛与忧伤。所以弗拉门戈的精华是歌，以歌声诉说歌者的心境。后来才加进去吉他这种乐器，也后来才有了即兴的舞蹈。弗拉门戈是歌唱在先，有了歌才有了后面的一切。

在弗拉门戈的歌声中，我们仿佛能听到黑人灵歌中的那种无望和思乡。而那些创造了弗拉门戈的吉普赛人，在某种意义上也和远离家园的黑奴一样，唯有流浪的哀伤。

吉普赛人起源于印度北部。公元1000年离开印度。他们历尽艰辛，经由阿富汗、波斯、亚美尼亚、土耳其等地抵达欧洲。吉普赛人作为天生流浪的民族，内心始终坚守着关于流浪的浪漫向往。在流浪中他们不仅得到了当地文明的养育，也从印度和阿拉伯带来了神秘而感伤的东方风情。

十五世纪中叶，吉普赛人流浪到安塔露西亚。伴随着第一批吉普赛人的到来，弗拉门戈便开始在西班牙流行起来。是吉普赛人创造了弗拉门戈，又让这门艺术在安塔露西亚形成并发展。但产生于安塔露西亚的弗拉门戈究竟有着怎样的渊源？而安塔露西亚又是一个怎样的地方？当想要深入了解弗拉门戈的时候才发现，我对我深深热爱的这门艺术竟知之甚少。

在世界地图的西班牙页上，竟然找不到安塔露西亚的字样。后来才知道这几乎是西班牙南部的代名词，它代表着幅员辽阔、温暖而富饶的整个西班牙南方。这里比邻大西洋和地中海，隔着直布罗陀海峡，对面就是非洲的摩洛哥和阿尔及利亚。于是安塔露西亚就成了欧洲通往非洲的桥梁，而亚非传往欧洲的各种文化，也自然首先汇聚在这里了。

安塔露西亚的历史证明了这里曾被各种文明浸润。从青铜时代的塔尔特文明，到罗马帝国的英雄时代，再到伊斯兰教统治的辉煌时期。在经历了各种文明在此的交汇之后，便产生了安塔露西亚特有的文化。而弗拉门戈这种交混着各种文明的艺术形式，也便在这块土地上应运而生。弗拉门戈不仅代表了安塔露西亚由摩尔人、拜占庭、伊比利斯半岛以及地中海文明混合而成的文化，还因为吉普赛人的迁入而有了一种无家可归的痛苦与忧伤。于是深藏于流浪者心中漂泊无根的悲楚，也就自然而然地镌刻在了弗拉门戈中。

伴随着穿黑色衬衫的男性舞者登场，我们用了整个晚上期盼的弗拉门戈舞蹈表演终于开始。在如此狭小的舞台上，在灰暗而温暖的灯光下，在飘散着浓郁的西班牙饭菜味道的空气里，在我们拭目以待的苛求中。一开始舞者的舞步缓慢，不停地做出各种静止的或骄矜的优美姿势。渐渐地他的舞步开始加快，越来越快，以至于双脚跟击地的声音密集得一如“大珠小珠落玉盘”。伴随着急促的吉他和鼓点，舞者做出用脚跟脚尖击地的造型。仅仅是几个准确而有节奏并充满了力量感的动作，就足以把在场的观众都调动起来了。

于是一种被征服的感觉。

在一片赞叹和惊叫声中。

然后舞者开始了在狭小舞台上的纵情表演。他的身体几乎没有移动，而只是在原地蹬踏、旋转，舞出弗拉门戈的各种经典动作。或者击掌，或者响指。忽然地舞动起来，又忽然地静止。被折服的所有在场的观众，跟着他的节奏疯狂起来。所有的目光都紧紧盯在舞者身上，仿佛要将他的弗拉门戈吞没。直到吉他手的拨弦戛然而止，舞者便停在了那个优美的造型上。于是人们为这突如其来的优美所震惊，紧接着是响彻酒吧的高声喝彩。

想不到一个小小的酒吧一个小小的舞台上，弗拉门戈就能产生出如此的震撼力。后来知道人们何以被这般感染，就因为弗拉门戈在表演中所追求的最高境界，就是演员和观众之间的那种“心灵的相通”，这也就成为舞者在表演中所要追求的效果。大凡优秀的弗拉门戈演员，都能调动起观众的热情。所以弗拉门戈被誉为最能征服人也最能与人亲近的舞蹈。

与正宗弗拉门戈表演者不同的是，我们所看到的舞者的服装，并不是严格意义上的弗拉门戈演出服。他不曾穿那种黑色的紧身裤，也没有装饰感很强的长袖衫。他只是穿着很日常的衣服，黑色的布衬衫，和黑色的裤子。而那位偶尔上台伴舞的女士就更随便了，只是穿着吊带背心和牛仔裤。而且她的头发是披散的，不像真正的弗拉门戈舞者那样，将头发向后梳成光滑的发髻。更不要说那种紧身胸衣和艳丽的有着很多层花边的长裙了。不过有一点还是符合弗拉门戈着装风格的，那就是她裸露了她的颈项和双臂，并做到了舞姿的放肆和优美。这位女舞伴说不上很美也说不上不美。一看便知她所爱的并不是那位充满了诱惑力的舞者，而是刚才的那位漂亮的年轻歌者。于是她一举手一投足都在那位歌者的身上。她看着他的目光，她追随他的身影，她和他手牵着手。不过她还是倾慕舞者的，不伴舞的时候她所做的，就是不停地为那位舞者拍照。

想来这种简朴的着装或者也无可厚非。毕竟这里不是安塔露西亚，不是塞维利亚的那些古老的酒吧，甚至不是正式的演出场合。这里仅只是迈阿密的一个西班牙风格的小酒吧，而前来这里观看弗拉门戈表演的人，也大都没有盛装。在台上热烈而投入地表演时，甚至厨房里还会飘出来各种煎烤烹炸的气味。是的，这里是美国而不是西班牙，所以在这样的场合下，他们的服装就已经算得上得体了。

事实上弗拉门戈的表演，最初就是从酒吧这样的地方开始的。十八世纪四五十年代，弗拉门戈在安塔露西亚风行一时，歌手们在塞维利亚等地的弗拉门戈酒吧以驻唱的方式，开始了他们的表演。接下来的五十年是弗拉门戈的黄金时代。以歌唱为中心并伴以即兴舞蹈的表演形式，也在这个阶段逐渐形成。所以我们在迈阿密这个小小的西班牙酒吧所看到的，说不定就是那种最原始的弗拉门戈的再现。

舞台上的弗拉门戈舞者跳得越来越投入，仿佛自己也被自己的舞蹈打动了。于是随着亢奋起来的神经，抑制不住的激情，他的舞步越来越疯狂，也越来越绚丽。鞋跟蹬踏在舞台上的那种感觉就仿佛在跳踢踏舞。弗拉门戈所特有的那种对身体的控制，那手臂的舞动，手腕的婉转，手指的捻动，那奔放的热情，刚健的优美，仿佛直击你灵魂的深处。

伴随着舞者精彩的表演，是酒吧里不断响起的尖叫和喝彩。显然这位传承了弗拉门戈真髓的舞者已经做到了与他的观众“灵魂交融”。于是几乎每一位看客，都对这位舞者充满了敬意甚至迷恋。而这位表演者在中间休息的时候，竟然主动走过来和我们亲切交谈。那时候他的黑色衬衫已被汗水湿透，接下来他换上了一件红色衬衫，但还是很快就又湿透了。接下来的表演同样精彩，同样的尖叫声喝彩声，同样的群情振奋。直到舞台上的灯光熄灭，直到，西班牙旗帜上的斗牛也被笼罩在了黑暗中……

这位舞艺精湛的舞者显然已不再年轻，眼睛里透出了某种参透世事的沧桑。按照弗拉门戈的传统来说，他这样的年龄才是表演的最佳时期。他年富力强，还没有老到力不从心，却又已经有了很多经历，刚好能通过舞蹈，将他对人生的感悟表达出来。不知道这位在迈阿密献艺的舞者是不是也像流浪的吉普赛人那样，满怀了思乡的忧伤。也或者他已经融入了美国的生活，只有当夜晚到来，在酒吧的舞台上表演着弗拉门戈的时候，才会因这家乡的舞蹈而黯然神伤。

弗拉门戈不仅是一种表演的形式，它也被用来形容一种人生的态度。对于一个正常的社会而言，弗拉门戈所代表的是一类放荡不羁，追求享乐，不事劳作，并且经常生活在法律边缘的人群。但同时弗拉门戈也意味着对自由的追求，对金钱的唾弃，对墨守成规的蔑视与反叛。在略带忧伤的生存中，不放弃任何人间的欢愉。所以弗拉门戈又被称作是诠释人生的舞蹈，是灵魂在经历成长时的一种艺术的表现方式。因而我们所看到的弗拉门戈才会是既疯狂热烈，又发人深省的，甚至每一段舞蹈每一次歌唱都表现出了极强的命运感。

想不到在迈阿密的这个晚上，这个昏暗的酒吧，我们竟能体验到弗拉门戈那所有的真实与辉煌。

最后和弗拉门戈的舞者告别。这时候他们已经换上了和酒吧里其他顾客一样的T恤衫坐在吧台前，享受着属于他们自己的这个午夜。显然他们和酒吧里的服务生以及一些顾客已经非常熟稔。他们相互了解，热情地招呼着。他们喝酒聊天，开怀大笑，或者含情脉脉……

然后离开这家给了我们整整一个晚上惊喜和欢愉的难忘的酒吧。

这时候酒吧外的那条小街上已经是一片清澈。刚刚的一场雨滤掉了白天的炎热与尘埃。雨过之后依然喧嚷热闹。人们或来或往，熙熙攘攘。

迈阿密，夜未央……

从这里到永恒

不知道该怎样描述我走进福克纳故居时的心情。我想，那房子之于我应当是一座圣殿。

我独自一人坐在门前的木楼梯上等了很久。此刻所有的房门都被锁着。静极了。

已没有家人住在这里，也没有游客，只有我和我的翻译仪方。我们在这里。等待着。

我们等了整整一个中午。在空无一人的福克纳的树林、草场和花园里散步。我们独自参观他的牛舍和马厩。碎石铺就的小路很长，弯弯曲曲，路两旁是高大的雪松，还有高大的橡树。福克纳喜欢在这条路上牵着他的马。还喜欢穿花格呢的西服上装。他有很多张穿着这件花格呢上装的照片，就悬挂在奥克斯佛的“广场书店”里。

秋天，对于这个一年中大部分时间都被炎热所困扰的南方小镇来说，是个气候宜人的季节。不再有可怕的太阳，热汗，和那种人体发出的令人难以忍受的气味……而那却是福克纳喜欢在他的小说中描述的南方景象。他总是残酷地让人们陷入热的苦难中，然后看他们怎样苦苦地挣扎。

然而秋天不一样。秋有凉爽的风。福克纳家园的橡树和雪松高高地向上挺拔着，还有光秃秃的白蜡树，一串一串鲜红晶莹的果实，远处随风摇曳的金色秋草。

然而这里却荒凉。一种沉重的无望的满目荒凉，让人心生悲哀。

也许是因为刚刚去过猫王的家，在那里像所有的歌迷那样怀恋着谜一样消逝的歌王奥维斯。以为福克纳也应当有一个像样的家，但直到踏上这碎石的小路，才意识到一个伟大的作家和一个伟大的歌王是怎样的不同。福克纳像暗夜中的星辰，照亮了人类的灵魂；而猫王则像山崩地裂，几乎改变了一代人的行为。他们都是创造了永恒的艺术家，但他们的故园却又是迥然不同——福克纳的家苍凉，萧条，如遥远的悲歌；而奥维斯的家却灿烂，明媚，依然如天上的太阳。

心于是愈加地沉重。就像重读福克纳沉重的小说。

如今福克纳的家归属于密西西比大学的南方文化中心。当我们离开孟菲斯后，便沿着公路拜访了这个中心。中心的威廉姆·菲瑞斯教授热情接待了我。他问我此行的目的。我说福克纳，他是我最喜欢的作家。于是教授便楼上楼下地开始为我寻找中心所收藏的几乎所有关于福克纳的资料和报刊。菲瑞斯教授告诉我，密西西比大学每年要为福克纳举办一次研讨活动。因为福克纳曾在这里教书。他是密西西比大学的骄傲。他拥有一代一代的崇拜者。而他们会将每年一度的"福克纳纪念周"搞得五花八门，色彩斑斓。

教授为我找到了一张 1994 年"福克纳纪念周"的海报。海报上是一幅有点夸张的水彩画，画面看上去不像福克纳本人那么沉重。在福克纳家乡的小镇奥克斯佛的广场上，人们聚集在一棵大树下，听站在高处的一位什么先生张牙舞爪地夸夸其谈。画面上还有各种各样的脸和各种各样的表情。而在人群的后面，就是那个端着烟斗的假装若无其事的福克纳。无疑海报再现了奥克斯佛当年的情景，并昭示人们，福克纳就是在小镇这样的场景中，得到他的写作素材的。他不动声色地站在那里，就像是一个高超的“窃取者”。

菲瑞斯教授还告诉我，我们将要入住的假日旅馆，就在奥克斯佛广场附近的小街上。福克纳几乎每天都要到广场上来，所以教授提醒我一定要认真观察那里。教授说，那样你会收获很大的。

于是，我在小镇的广场上转了一圈又一圈。我瞻仰了广场前著名的士兵雕像，还认真出入于政府大楼、法院、教堂、书店、餐馆和杂货店。我相信这所有的地方都是福克纳曾经光顾的。据镇上的人说，尽管福克纳已经去世三十几年，但小镇几乎没有变化。所以，我完全可以把自己想象成和福克纳生活在同一个时代的人。也许，他此刻正在奥克斯佛狭窄的街道上与我擦肩而过……

这样感受着福克纳的家乡，感受着福克纳小说中的约克纳帕塔法县杰弗生镇中的那种种生动的景象。

奥克斯佛实在是太小了，但却是美国南部一个十分典型的小城镇。商店的橱窗里琳琅满目，暖色调的服饰和昂贵的价格，都充分显示出了南方富有者所追逐的高贵和奢华。看得出的等级观念和严重的贫富悬殊，还有让福克纳始终愤愤不平且猛烈抨击的那种种族的歧视……

很强烈的奥克斯佛的阳光照射着。天很蓝，而且清澈。政府大楼顶上的大钟为所有行走的人们指示着时间。表针缓慢地行走着，但却听不到《喧哗与骚动》中昆丁自杀前的那巨大的催促着生命的表的嘀嗒声。白色的士兵雕像在太阳的照射下高高伫立在广场中央，守护着奥克斯佛清晨的宁静。广场的绿色长椅上没有人。不像密西西比大学的那幅夸张的海报。后来知道，镇上的习惯是，黄昏时分，人们才开始向这里汇集，并在此交换奥克斯佛一天发生的各种离奇古怪的人和事。

而奥克斯佛著名的“广场书店”早上也不开门，因为它是整个奥克斯佛关门最晚的一家商店。它等待着镇上所有会来此光顾的人们，直到最后一个。“广场书店”显然很有名气，因为从孟菲斯开始就有人不断提到它。他们说，到奥克斯佛一定要去“广场书店”。于是我们就去了。在很深的那个夜晚。

很深的夜晚书店里却亮如白昼。书店里的人仍旧很多，但却异常安静，以至于能够听到书页被轻轻翻过的声响。各种各样的书随意而散乱地摆放着：书架上，地毯上，楼梯上，甚至窗台上，把两层楼的书店挤得满满的。

走上楼梯，迎面的墙壁上，挂满了各种与南方紧密相关的名人伟人的照片，当然其中最多也最为显赫的，是福克纳，显然这里以福克纳为荣。这里可能是整个城镇与福克纳的精神最为接近的地方，也是推销他精神产品的唯一的场所。可今天这里出售的福克纳的小说却并不多。或者是因为他的精神正在遥远？总之福克纳正在被其他种类繁多的图书以及奥克斯佛人日新月异的追求所淹没。随着时间的推移，曾使家乡有了一份光荣的福克纳似乎变得不再重要。他尽管伟大，尽管是镇上的是美国的乃至于是世界的骄傲，但他也不是唯一的，这就是奥克斯佛人今天的观念。

能够感觉得到福克纳正在被他的家乡遗忘。镇上的人们只是偶尔才会提起他。也许当初就是这样，奥克斯佛人从未真正认识过这位诺贝尔文学奖得主的不朽的价值。尽管这个伟大的作家从未离开过自己的家，但却始终没有真正属于过这里。福克纳是属于世界的。

原先在中国，最向往的就是美国的南方，就是密西西比河，就是奥克斯佛，就是福克纳的家……而当此刻就在美国南方，就在密西西比河畔，就在奥克斯佛，就在福克纳的大房子里，那种梦一般的向往反而逃遁得无影无踪，甚至那种圣殿般的感觉也蓦然之间消逝殆尽。后来想了很久，才意识到是因为距离。因为当你梦想的一切突然近在眼前，你就再也看不到光环了，原因是，你已经置身其中。

我独自一人坐在福克纳房子前的木楼梯上等待着。

房门紧锁。白房子里空无一人。丛林和旷野伸展着。一种超然的宁静在荒凉的感觉中油然而生。

我坐着。等待着。想象着三十年前那逝去的风景。

在漫长的午后，我终于看见有人穿过树丛，绕到了房子的背后——先是用钥匙打开后门——进去——穿过走廊来到前门——清晰的脚步声由远而近——前门被推开——这时刚好是下午两点。

福克纳故居下午两点准时向游人开放——我从木楼梯上站起来，小心翼翼地走进去——迎面看到走廊尽头的墙上，是一幅福克纳年轻时黑白照片的印刷品——他望着你，执着而沉重地——于是你被震慑。

就这样，福克纳迎接了你，你们所有的来访者。

福克纳的家是深宅大院。除了南方所特有的那种高大的白房子，还有院后的一片片草场，又一片片的树林。福克纳家的树林很深，深得没有尽头。你只能看到树的枝杈繁乱地向四面伸展着。矮下来的地方是一丛丛灌木。阳光照射在林中空地上，树叶和芦苇便会闪出摇曳的光斑。隔开树林和草场的，是用木板条和木桩钉起的长长的围栏。连福克纳家的大门，也是用这种木板条钉起来的，裸露着粗糙的木纹，简易而朴拙，大概也代表了福克纳朴素的审美。门敞开着，静而超然，像一幅古老庄园的油画，给人很多联想。你看到的，是满目荒凉一片衰败；而看不到的，却是一首痛苦挣扎的灵魂的长诗。

然后是他的院落。秋天枯败的落叶铺满了那座白房子的门廊和花园。中午时分，一辆白色的汽车开进来，停靠在福克纳的房子边。

然后一个黑人走下来。他告诉我们，他是受雇每天为这里清扫落叶的。然后他开始工作。枯叶在他的扫帚下发出飒飒的秋天的响声。

也有点凄凉。

问他是不是了解这房子的主人，问他你曾经有幸见过他吗？黑人显得模棱两可。大概并不知道这里的主人是谁。又问他福克纳孩子们的下落。这一次他坦诚地说，不知道。他还说他没有读过福克纳的书，当然也就无从了解这个白人作家对于南方黑人以及他们的处境所怀的那一份深切的同情。但这些并不妨碍那个黑人为福克纳空无一人的萧条故居清扫落叶。他继续工作。干活儿也很卖力气。他的劳动很快就显出了成果。那些枯黄的落叶在他的扫帚下很快就像小山似的堆积了起来。

我独自走进了福克纳的家，接受了在这工作的密西西比大学研究人员亲善友好的微笑。我想他们一定是热爱并了解福克纳的，尽管我们彼此听不懂对方的语言。最后，我们只好放弃交谈。我便开始一个人静静地参观福克纳家从上到下的每一个房间。我是为数不多来此访问的人们中为数不多的中国人。我用中文在门口的登记簿上郑重地写上了我的名字。

参观福克纳的故居不收费。这也和用十七美元去观看猫王奥维斯的故居全然不同。

尽管1949年的诺贝尔文学奖已经使奥克斯佛镇上的福克纳变得很富有，但他的家却依然显得简朴之极，甚至使人联想到贫困。最普通的上下两层的房子。简易的楼梯和书架。陈旧的打字机。几乎没有多余的陈设，也看不出一丝的奢华。很多年福克纳在此过着朴素的写作生活。就在他的那架打字机上，他写出了《喧哗与骚动》《我弥留之际》《圣殿》《去吧，摩西》《押沙龙，押沙龙！》……

我至今无法描述阅读福克纳作品时的那种灵魂震动的感觉。

——他先是用文字把你带进了南方的苦难中，然后又用那种神圣的精神引领你从苦难中拔脱。

——他用他所能传达的人们从各个角落发出的声音来拯救人类。

——他在太多的生存之不幸中，终于发现了一种不可摧毁的精神，那便是他一生苦苦追寻的彼岸。

——他告诉他的读者，你无论被压在生活中怎样的底层，但精神应当永远支撑。这样你才可以不倒。

——福克纳所要的不是一个人的生存的质量，而是一个人的生命的力量。

其实这里无非是美国南部最普通的乡村；其实存在于这里的无非是房子、马厩、草场和丛林；其实生存在这里的无非是黑人和白人，四季和苍穹……但就是在这平淡无奇的夏日炎热中，福克纳开始了他从这里到永恒的艰苦跋涉。然后他逝去并升上天空，成为闪亮在美利坚夜空中的那团最辉煌灿烂的星座。

慢慢地，福克纳的亲人们不愿再住在这座大房子里了。他们先后搬走，甚至远离了奥克斯佛。于是这座房子便开始伴随着岁月流逝，而日渐荒凉，杂草丛生。后来，幸好密西西比大学的南方文化中心接管了它，从此，它便成为一段历史，一种文物，一个可以向游人开放，供学者研究的场所……

我在福克纳的家中停留了整整一个下午。离开奥克斯佛这个平和宁静的小镇时已是黄昏。就这样，告别了福克纳，告别了我此次访问美国的最重要的地方。很复杂的感受始终伴随着……

天黑之前，我们终于赶到了 Canton 镇一个黑人农场主的家。他的家很富有，拥有大片的牧场、几百亩棉花种植园和美丽的房子。我们留在这里过夜，看夜晚动人的星空，听宁静的湖水和牛群遥远的叫声。农场主是 Jackson 的一位出色的黑人牧师。他和他的家人同福克纳小说中的黑人一样，虔诚地信仰基督。他在晚餐前用黑人所特有的那种声音庄严祈祷。他请仪方把他的祷告翻译给我听——感谢主给了我们幸福美好的生活。感谢主让远道而来的中国客人走进我们的家庭。感谢主赐给我们如此丰盛的晚餐，阿门……

没有福克纳我就不会来到南方。没有福克纳我也不会走进南方黑人的家庭。没有福克纳我更不会听到那么美好的祝愿。所以，希望福克纳也能听到我们对他的感谢。

在孟买，她的名字叫加尔各答

仿佛被什么诱导着，一走出孟买机场就以为到了加尔各答。其实并没去过那座叫加尔各答的城市。炎热的天气，汗水，以及恶浊的气味，那是这种热带城市所固有的味道，仿佛整座城市都在腐败。沿街的房子上布满灰褐色的斑迹，到处爬满绿色的苔藓，流水也泛出臭乎乎的气味。黄色的出租汽车塞满街道，至今保持着二十世纪三十年代的样式，就像《情人》在渡船上的那种汽车。于是一下子又恍若来到了湄公河上。

是的，在孟买，以为是加尔各答。这种印象来自杜拉斯有关印度的小说。或者不是加尔各答而只是越南的西贡，总之杜拉斯小说中所有东南亚的景象。非常本能的一种折射，当走进孟买炎热的空气中。加尔各答的炎热也是从杜拉斯那里得知的，而其实在纬度上，加尔各答远比孟买凉爽许多。

一组关于印度的小说和电影，来自法国作家玛格丽特·杜拉斯。那是一组被研究者称为"印度星云"抑或"印度情结""印度系列"的作品。由小说《爱》，连接着小说《劳儿之劫》《副领事》，以及由此衍生出来的电影《恒河女人》和《印度之歌》，或许还有《在荒芜的加尔各答她名叫威尼斯》。

是的，立刻就想到了杜拉斯的这些作品。就仿佛作品的魂灵追随我来到了这个一如加尔各答的孟买。那空气中飘浮的“印度星云”立刻遮蔽了我。我寻找着，那个朝向恒河的法国驻印度大使馆。那是一座很大的房子。院落中清冷的网球场。靠在那里的一辆红色的自行车，那是大使夫人的。

然后就看到了孟买的街景，那似曾见过又似是而非的迷蒙景象。是的，那拥挤的城市街道，那灰绿色的破旧民居，那气势恢宏的维多利亚建筑。还有，晾晒在阳台上的绚丽衣物，巴士中望出来的一张张苦涩的脸。还有什么？“东印度公司”时期留下来的百年沧桑？那破损的门窗那锈蚀的栏杆？是的，还有那一望无际的金色的阿拉伯海湾，黄昏中海岛上美丽的伊斯兰大寺，还有海岸上三三两两的行人，还有，杜拉斯无数次说起的那黄昏一样的晨光……

从印度回来后接到法国学者德耐赛女士的来信，想知道杜拉斯之于我有着怎样的吸引力。于是在众多的理由之中就包含那特有的东南亚风情。尤其我刚刚从杜拉斯的印度归来。我说这氛围就如流动的空气，盘踞在杜拉斯所有“印度星云”的作品中。能呼吸得到的，甚至触手可及。那些发生在湄公河流域以及恒河流域的故事。西贡的，永隆的，或者加尔各答的。从《爱》到《副领事》，再到终于帮助她荣膺了龚古尔奖的《情人》。杜拉斯终于沿着来巴黎的路又回到了那个初始，从印度到西贡，她出生的那个印度支那……

那所有杜拉斯生活过的地方。是的，在字里行间，我们闻到了加尔各答的气味。空气中弥漫的热带调料的粉末。潮湿和闷热中夹杂的爱情，迷幻一般地，就描绘出了杜拉斯的印度，让我们在不知不觉中记住了加尔各答。以至于地理上的加尔各答都不再是加尔各答，唯有杜拉斯描述的加尔各答才是真实的并且魅力四射的。于是按照杜拉斯的地图去寻找。后来，当真踏上了印度的土地。

是的，杜拉斯先入为主，而且是那么蛮横霸道地占据了你整个认知的世界。于是你迷失了自己本来可能的判断力，而只是一味依赖于杜拉斯叠印在你头脑中的那张地图。于是你在孟买看到了加尔各答的建筑，不，不只是建筑，而是加尔各答那所有迷幻的风情。她说，在加尔各答，有着落日一般的晨光。还说，那噩梦一般的酷热让人难以忍受。

于是孟买，于是，加尔各答。

待我们住进孟买闹市间的那家旅馆，甚至就已经不再是加尔各答了，而是，西贡。还是出自于杜拉斯的小说。当法国少女和中国情人在闷热中认真地做爱，门外却是来来去去，熙熙攘攘，支那人行走的脚步声。于是在孟买的旅馆给女儿打电话，说这里太像西贡了。女儿问，那么，你知道西贡什么样吗？我说尽管我不曾去过，但肯定就是西贡，炎热而嘈杂的，就像杜拉斯的小说。

是的，孟买哪儿也不是，只是它自己。有着自己的历史自己的风貌。尤其我们下榻的这家局促的宾馆，据说已经有着上百年的历史了。尽管这里没有德里的阿育王酒店那般恢宏，却也刚好代表了孟买的风格。尤其和孟买街上那些斑驳而灰绿色的房子匹配，以为唯有住在这样的地方，才是到了真正的孟买。

杜拉斯的“印度星云”其实来自于永隆。在居民点的林荫小路上，白人居住区，道旁开满金凤花的街上，寂静无人，仿佛河水也在沉睡。于是她乘坐的那辆黑色汽车在这条街上驶过。这个行政管理区行政长官的女人。

来前并不知道孟买是由七个岛屿组成的。甚至在孟买驻留的时候也不曾知道。于是行走在孟买街头时不会想到脚下曾经是大海，更不曾惊叹于距今将近两百年的那个伟大的填海工程。是的，这是由七个小岛组成的一组阿拉伯海湾的群岛。1534 年成为葡萄牙人的殖民地。伴随着葡萄牙公主凯瑟琳嫁给英国国王查理二世，1661 年，这几个岛屿便作为嫁妆转送给了英国。从此孟买七岛成了大英帝国的领地，但几座荒芜的岛屿又能给殖民者带来什么呢？

是的，杜拉斯说，他们从老挝迁到这里来。行政长官的女人在老挝曾有一个年轻的情人。杜拉斯说，全部都在这里了。就像《印度之歌》中写的那样，在湄公河上游很远的北方。与这两个情人相共的这条大河向下流经一千公里，经过的这个地方就是永隆。从此这个女人就成了杜拉斯独自一人的秘密：安娜－玛丽·斯特雷特。

加尔各答被称作印度最大的城市。这个城市有文字记录的历史，始于1690年英国东印度公司的侵入。到1699年，英国人完成了旧威廉城堡的建造。1772年，加尔各答被指定为英属印度的首府。而那时的孟买，却依然是漂流在阿拉伯海中的几个寂寞的岛屿。从此英国人开始大面积地修建加尔各答。政府区沿着流经城市的胡格利河岸建造。到了十九世纪初期，这里已被分割成截然不同的两个区域：英国人区，和被称作“黑镇”的印度人区。市区东西方向的尺度很窄，一端止于胡格利河的河岸。这座南北延伸的城市的北部最为古老，拥有几乎所有十九世纪的建筑物和狭窄的小街，让人冥想加尔各答那些尘封的往事。

这就是杜拉斯的加尔各答。一个我不曾去到的城市，却以为已经非常熟悉，甚至在那里驻留过。仅仅是因为我读过“印度星云”？或者，还因为我曾经来过这像极了加尔各答的孟买？

维多利亚火车站是孟买最具标志性的建筑，也是最古老也最辉煌的殖民地见证。当初修建时或许是为了那些大英帝国的殖民，而今天人山人海的却只剩下印度人了。是的，维多利亚火车站至今仍雄伟壮丽。似乎在附近的所有地方，都不可能拍出这座建筑的全景。在国内曾经的殖民地城市中，似乎还不曾见到过类似的恢宏。无论上海外滩，还是天津解放路（原维多利亚道）上的那些高大建筑，都不能和孟买的维多利亚火车站相媲美。在孟买，如此气宇轩昂的建筑可谓鳞次栉比，足以想见当年的那些殖民者如何决意在此安营扎寨。可以佐证孟买一时间成为英帝国骄傲的，还有中国天津的一道钩沉，那就是在英租界旧有的路名中，竟然就有着赫赫的孟买道（Bombay Road）。

那么，这个到处是英国建筑的孟买，为什么就不是加尔各答呢？

加尔各答，这个被称作“宫殿之城”的城市，却是杜拉斯从不曾认真描绘的。尽管在那里，殖民地时期的宏伟建筑星罗棋布，却仿佛从来就没有进入过杜拉斯的视野。在梅顿公园的周边，林立着各种哥特式的、巴洛克式的、罗曼式的，以至东方式的历史建筑。怎样的一个迷人的所在？为什么在杜拉斯的“印度星云”中却不见踪影？

那个从老挝来到永隆的安娜－玛丽·斯特雷特，为什么却又突然生活在印度的加尔各答了？而那个管理区行政长官的女人，怎么又变成了法国驻印度大使的夫人？在地域的迁徙身份的转换中，这个优雅而风情万种的女人唯一没有改变的，就是她的名字，安娜－玛丽·斯特雷特。那么，就是这个慵懒的倦怠的女人，加尔各答的女人，也是永隆的女人。被身边的男人所爱着，但她却不再爱他们。是的，无论“印度星云”的哪部作品里，那个穿着黑裙或白裙的女人都是安娜。安娜－玛丽·斯特雷特。而她生活的地方也只在加尔各答，唯有加尔各答，那个一天中所有时刻都沐浴在黄昏般的照耀中的城市。

孟买一如加尔各答的地方，是那些建筑，以及建筑所分割出来的长长短短的旧时街道。但是孟买没有恒河，有的只是壮阔的阿拉伯海。这片伸向大海的半岛三面环海，有着漫长的海岸线。这里从清晨到午后，再到杜拉斯所迷恋的黄昏，都可以看到美丽的海湾。

但是不知道为什么，到海边来的人却非常稀少。于是海滩寂静。没有浪涌。走在堤岸上的人形单影只。然后在金色余晖中，定格。

故事发生在由安娜－玛丽·斯特雷特所纠葛的各种人物关系中，其中的一个叫劳儿的女人身上。杜拉斯说，劳儿是她所有的源起。还说我在我所有的书中所写的女人，无论她们的年纪有多大，她们的来源无不是出于劳儿·瓦·斯泰因。

于是将所有“印度星云”中的故事交汇起来，再抽丝剥茧，我们便了悟了那个故事的来龙去脉。叫劳儿的女人和她的未婚夫米歇尔·理查逊在舞会上，但是突然出现的一个黑衣女人抢走了劳儿的未婚夫。从此米歇尔·理查逊跟着那个黑衣女人天南地北。或者老挝或者加尔各答，而劳儿，也就依次变成了萨塔拉（劳儿家乡）的女儿、漫游者，以及海滩上嗜睡的疯女人。而抢走了劳儿未婚夫的黑衣女人，或者就是那个无处不在的安娜－玛丽·斯特雷特。

然后汽车停在了孟买的十字路口。拥挤的街道让我们长时间地滞留在红绿灯前。于是只好望着窗外的街景。那些斑驳的建筑尽管苍老，但却依然能看出当年的华美。所谓的美人依旧，抑或，美人迟暮吧。

街口一座典型的殖民地时期的楼宇。这座年久失修的五层楼设计精美。灰褐色的肮脏墙体掩饰不住那昔日风采。屋檐下向外探出的半圆形阳台，被锈蚀的但却精美的铁栏杆装饰着。门窗是衰败的，无比的衰败。那错落有致的，以为窗内一定深锁着某个凄迷的故事。静静的，在那个喧嚣的街边，没有人迹。但蓦然之间，不知道在哪个时辰的哪一刻，二楼的一扇木门被推开。一个女人出来张望。中年妇女，印度人，却很雅利安人种的骨骼。不知道为什么她不穿纱丽。印度的女人都纱丽在身。亦不知道她为什么那么不快乐。那么怀疑的甚至仇恨的目光。她在恨谁？恨着什么？透过车窗，仿佛能看到女人的身后，房顶上那摇摇欲坠却依旧旋转的破风扇。那也是殖民地时期留下的遗迹（现在被当作一种时尚）。于是再度想到加尔各答。在生命的最后时刻，安娜–玛丽·斯特雷特一直站在风扇下，在昏暗炎热和潮湿中。一年四季的夏天，或者，一年四季只有夏天。这是一个难以忍受的季节。是的，仅只一个瞬间，那个推门而出的女人就退了回去。转瞬视线中就再没有她了。仿佛是我做了一个梦。但是她留下的影像我不会忘记。也不会忘记她满脸的绝望和抑郁。为了什么会有那样的表情？在空门内，她是劳儿一样的女人，还是安娜–玛丽·斯特雷特？

有人说，是上帝要英国人在加尔各答再造一个伦敦。于是加尔各答有了和伦敦同名的圣保罗大教堂，有了和大英博物馆一样的维多利亚纪念馆，有了宛若海德公园那般的梅顿公园……让大使夫人那样的欧洲殖民者，在遥远的加尔各答不再思念故乡。只是为英国人自己建造的这个家园如今已人去楼空，空留下这些永恒的建筑。

便是在加尔各答，劫掠了劳儿未婚夫的黑衣女人再度出现。以优雅而又恹恹的大使夫人的形象，周旋在包括劳儿未婚夫在内的更多的男人之间。在朝向恒河的大使馆里，在悠然的并且忧郁的情绪之中。爱着她的男人除了她丈夫，还有被她劫掠的米歇尔·理查逊。爱她的男人似乎越来越多，包括青年随从，以及，终于喊出了他爱她的那位副领事。在加尔各答的炎热中我们终于知道了这个女人来自威尼斯。她无意间招惹了那些爱她的男人，她没有错，但是她没有错本身就是错。她是毒药，毒死身边的那些男人。而她自己，这个叫安娜–玛丽·斯特雷特的女人，也是被毒死的。是她自己毒死了她自己。杜拉斯说，她只能活在那里，靠那个地方而活。她靠印度、加尔各答每天分泌出来的绝望生活。于是她也因此而死，就像被印度毒死。

孟买迷人的街景。残破不堪的，却又充满着一种莫名的诱惑。这里能看到世界上色彩最为丰富的景象。女人们，被包裹着的，艳丽衣裙。纱丽，唯有印度才有的，恍若天边云锦。人世间所能有的色彩，甚至，不能有的，在孟买这里也有了。而纱丽后面，是若隐若现裸露着的女人的身体。

是的，杜拉斯不愿意告诉我们真相。她只要我们看到她说出的那些表面的现象。但是她自己心里是明白的。她只要自己心里明白，却要让别人无尽地猜谜。或者这就是小说的魅力，所以杜拉斯从来不讲故事本身。她讲的只是故事之前之后的故事。不过那故事已经囿于其中了。

才知道建造孟买依旧和英国的东印度公司相关。在这里，东印度公司不仅为自己建造了第一座深水良港，以供日后掠夺这块丰饶的大陆，还围海造田，将七座孤立的岛屿连成一片，然后孟买成了这座从此被整个世界渴望的城市。孟买的改造工程自 1817 年起，至 1845 年终，历时二十八年。二十八年后，英国人便送给了印度这个完美的孟买，就如同当年东印度公司送给了印度一个伦敦一样的加尔各答。从此殖民者和移民者纷至沓来。从此，这里成为印度通往世界的门户。

有一天，在她面前出现的，是恒河……

恒河，加尔各答的恒河，后来则成了杜拉斯“印度星云”中反复出现的意象。大使馆就在恒河的岸边。大使馆朝向恒河的花园。那恒河的浪涛声穿过树丛。她在恒河里游泳。在恒河里，最终，消失……

加尔各答的恒河？恒河流经加尔各答？

以为是杜拉斯出现了地理的偏误。加尔各答的大使馆怎么会建在恒河岸边？更不应有人在恒河中游泳，恒河根本就不可能穿过加尔各答。

于是翻阅各种地图，就是不见恒河穿越加尔各答。加尔各答只是恒河流域的一座城市，而流经加尔各答的不是恒河，而是恒河的一条支流胡格利河。但是加尔各答的印度教教徒，就把胡格利河当作了恒河。于是每天清晨都会有成群的教徒浸在加尔各答的恒河中。沐浴。洗礼。今生与往生。就像恒河穿越瓦拉纳西的那一刻。那个净化和重生的神圣的时刻。

所以不是杜拉斯的偏误，而是恒河之于她，之于她"印度星云"的真正意义。是的，她喜欢写关于印度、加尔各答以及恒河的作品。而她的文字中如果没有了这些意象，还能有什么支撑那故事的存在？是的，她喜欢她的人物生活在一个"痛苦的、噩梦一般的、难以忍受的"环境里，喜欢他们在黄昏一般的晨光中苦苦挣扎，并热烈地爱着，又为着不知其然更不知其所以然的一些因由，而死去。如她所说，循着让自己消失的路。

于是杜拉斯让那个悠然而悠闲的安娜－玛丽·斯特雷特死于印度，死于非命。因为她坚信她看到了加尔各答的那座英国人的墓地。她在"印度星云"中不停地说着这块墓地。她说安娜－玛丽·斯特雷特的墓地就在加尔各答的英国公墓中。但是她却没有让她死于恒河，更不能理喻恒河之于生命的意义。安娜－玛丽·斯特雷特最终投向了大海。为了不能承受的生命之轻，或者之重。安娜－玛丽·斯特雷特始终在内心保持着一份优雅。但最终的一切都沉了下去，沉没于无边的寂静中。她被每一个浪头淹没，她或许在海里睡着了，或许，在里面哭泣。

在孟买，一座被称为"悬挂的公园"的尼赫鲁公园。城市高楼就像是水泥篱笆，包拢着这个高高在上的鲜花盛开的宁静的所在。于是置身于悬起的大自然中，仿佛不再能闻到孟买的气味，甚至看不到英国人留下来的那些建筑，看不到，那斑驳楼宇中掩藏着的杜拉斯般神秘的女人，看不到那黑暗中哲人一般的玄机。

孟买，就这样留在了眼前，又倏然而逝。而加尔各答，这个上帝再造的城市，干脆我就没有真的看到过。但幸亏有了杜拉斯的引导，我才敢于相信，孟买就是加尔各答。

然而真正的答案就像是一场骗局。因为杜拉斯最后说：是我给自己创造了一个印度，一些印度，如他们所说的那样，在殖民地时期……

原来！

杜拉斯又说，加尔各答是恒河边的一个城市，在这里，它是印度的首都。所以所谓的“印度星云”完全是建立在对印度的一种“想法”之上。而杜拉斯之所以选择了印度作为背景，也许更深的意味是，她想回到她出生的那个地方去。

而我，却一直以为那是真实的印度。大概很多人都像我这样地被她欺骗了，也大概很多人为着不是印度的印度而对她耿耿于怀。

于是为了她的“印度星云”得以存在，她最终以艺术的需要为前提阐明了：《印度之歌》中举凡地理的、人文的、政治的诸多情节，纯属虚构。因此，切勿认真地坐上汽车用一个下午的时间，从加尔各答奔向恒河口看个究竟。也同样，印度行政首府是新德里，而不是加尔各答。同时她又以艺术的名义再次重申：本剧中出现的印度的城市、河流、行政区域及海域之类的名称，都具有一种音乐感。即是说，杜拉斯所以把加尔各答、把恒河、把阿曼海写进她的作品，仅仅是为着一种音乐感。

于是我们终于得出了结论，杜拉斯的印度是虚构的。一个虚构中的地理学概念，在文学创作中本无可厚非。只要杜拉斯自己能看到。杜拉斯说她确实是看到了。那加尔各答大使馆的围墙。从城市中穿过的恒河流水。从这头到那头，那巨大的水域，两岸茂密的树丛……

她说她本不知道恒河里是否会有这些景致，但是她就是把它们看成是这样。她不仅看到了加尔各答，看到了恒河，还看到了，掩埋着安娜－玛丽·斯特雷特的那座英国人的公墓……

遍寻我所拥有的几十本关于杜拉斯的书后，我终于找到了那个真相。在《话多的女人》中，杜拉斯说，是的，我去过一次加尔各答。但那时我才十七岁。我在那里度过了一天。渡船的中转站。后来，这里，我从没有忘记过。

哦，又是杜拉斯的，一个圈套。或许仅仅是为了辩解？毕竟，她不该写一个她完全没有见识过的城市。

杜拉斯以她的记忆的碎片堆积出了“印度星云”。一个她想告诉世人的印度，一个，她自己的印度。故事就是那样发生的，在那片背景之上。心理的现实主义。对于一个好的作家来说，是的，只有一次，只有一天，就足够了。何况，她从此再没有忘记过。于是，加尔各答在杜拉斯的小说中，成为永恒。

为什么一天就能永恒？

这样的《印度之歌》。我们在影片中根本就不曾看到加尔各答。是的，作者无须了解印度的全部，那悠久的历史，深邃的文化，不，她无须弄清楚那所有纷繁的一切。只要有了关于印度的意念，就足以支撑想象中的一切了。所以在拍摄《印度之歌》时，她甚至拒绝看任何关于加尔各答的照片。影片的拍摄地点甚至也不在印度，就在法国那座荒废破败的罗思柴尔德城堡的外面。但，她却还是看到了印度，看到了加尔各答，看到了恒河凝重而浓厚的，肮脏的河水，就如同，我们在瓦拉纳西看到的那样。

尽管，加尔各答只停留在理念之上，但《印度之歌》依旧成了电影中的经典，至今仍旧在世界各地放映。那一年它迷住了整个戛纳电影节，但最后只得到了法国实验艺术电影协会奖，为影评人留下无尽的遗憾。

在进行着“印度星云”的时候，杜拉斯还没有写《情人》。那或者只是她最终回到童年回到湄公河流域回到永隆的一个过渡？为此她说：或者应该比加尔各答走得更远，应该到……到印度支那南边的稻田旁去……到我出生的地方。尽管，她对她曾经生活过的那个地方充满恐惧，但却始终不能够停止对那里的思念和追寻，直到，她最终写出了让她荣膺龚古尔奖的《情人》。那片她真正生活过的实实在在的地域，而不是，只停留过一次、一天的那个加尔各答。

哦，这样，在孟买。在我的地图上，也叫作加尔各答的这座城市。

是的，在孟买，我看到了什么？那金色的阿拉伯海湾。那拥挤的车水马龙的城市。那纵横交错的街道。那灰绿色的潮湿的墙体。那阳台上晾晒的艳丽衣裙。那藤蔓遮蔽的木窗。那巴士里望出来的窘困与无奈。那黄昏中晃动的金色人影。那宏伟的“东印度时期”的璀璨建筑。那海上迷茫的伊斯兰圣堂。那顶楼打开的残破的百叶窗。那探出身来的不快乐的妇人。那舷窗一般迷幻的顶楼圆窗。那三角门楣上娟秀的浮雕。那雨水在外墙上留下的流痕。那遥远的加尔各答式的黄昏般的晨光。那拱廊里悠闲老人泰戈尔般的智者的面容。那草地上美丽的棕皮肤姑娘。那沿街乞讨的令人怜爱的小女孩。那廊柱下深邃的关闭着凄迷故事的大门。那手拉着手的年轻的恋人。那辉煌与破败相间的亭台楼阁。那树冠上漫天飞舞的大鸟。那楼顶上掀动着翅膀的自由女神。那曾经吸引着四方游客的华丽客栈。那拱券形美丽无比的回廊。那泰姬陵酒店的庄严与雄伟。那朝向大海的巍峨的印度门。那菜市场来来往往的叫卖与喧嚣。那人挨着人的拥挤的比肩而行。那行走中蒸腾的热汗的味道。那飘散在空气中扑鼻的咖喱香。那街头卖花或行乞的老妪。那橱窗里绘画一般的纱丽面料。那黑暗中海上吹来的阵阵热风。那仿佛加尔各答的属于杜拉斯的，孟买的一切。

只是加尔各答的今天已然萧条。人们希冀着离开那片安娜－玛丽·斯特雷特的死寂。于是加尔各答几乎成为一座美丽的空城。据说离开那里的人大都会来孟买。因为孟买依旧充满了机会和活力。

就这样，在孟买的文章中写想象中的加尔各答，竟然也像杜拉斯那样仿佛真的看到了那座城市的影像。是的，在身居孟买的时候想到了加尔各答。而写着加尔各答的时候又忘不掉杜拉斯的《印度之歌》。

永远是错位的，在这篇文章里。我，并没有去过加尔各答，而杜拉斯，也没有看到过真正的恒河。

在这如此美丽的错位中，便交织了我们的所有故事。是的，在孟买，本没有加尔各答，也没有杜拉斯，更没有《印度之歌》。但，他们又全都在这里，和我，和孟买，在一起。

永恒面颊上的一滴眼泪

阿格拉，多美的名字。印度北方的一座城市。想象中的美丽城堡。

不是因为在这座城的尽头，伫立着世界七大奇迹之一的泰姬陵。而是，一个曾经金戈铁马的王朝，在这里鲜艳的血腥与灿烂。

是的，莫卧儿这个伟大的王朝，从北方辽远的荒原走来。从成吉思汗，忽必烈，到帖木儿，再到雄心勃勃的阿克巴大帝。这支蒙古大军一路杀来，就杀进了阿格拉这座古老的城市。从此在印度的土地上，一代又一代，直到将王国拱手送于大不列颠帝国……

印度，这个自古兵家的必争之地。

何以世世代代都要在外来者的统治下？

阿格拉曾经很美。一度是莫卧儿王朝的皇都。这里有辉煌的阿格拉堡。那红色城堡笼罩了这座城市的岁月沧桑。但前往阿格拉的途中，却是一路的萧索与落败。荒漠一般的风景，让人很难和完美而洁净的泰姬陵联系起来。公路上拥挤着轿车、卡车、摩托车和人力车。车上形形色色的人们。公路上所有的交通工具汇成一团，摩肩接踵般缓慢地向前移动，以至于两百公里的路程，要走上至少六个小时。于是便也没了脾气，像印度人那样接受一切。看车窗外破旧的房舍，荒芜的田野，也算是一种无奈的观光。偶尔途经某个小镇，就更是一片肮脏的嘈杂。没有大城市中斑斓的纱丽，却随处可见街边小便的男人。于是在冬天的阿格拉依旧弥漫着尿臊的气味，以及到处飘荡的蛛网一般的电线。

然而蓦然地，眼前突然出现了一座白色清真寺，圣洁得恍若美丽天堂。完全的另一种神圣的境界。于是目不转睛地凝望。这座刚刚落成的清真寺堪称完美，说明本地有很多的穆斯林。那些莫卧儿王朝遗留的子民们，仍旧笃信着祖先的宗教。在印度教几乎占据了整个国家的今天。或者就因为这里是阿格拉？如此隽永的白色清真寺，像一道白色的光在我们眼前倏然而过。

唯有阿格拉。

莫卧儿是一个怎样的王朝？成吉思汗应该是它的先祖。这支崛起于东方的蒙古大军，以横扫千军之势征服欧亚，从而建立了最伟大的汗国。这支无敌的蒙古军队可谓所向披靡，铁蹄所过之处林立着成吉思汗及其子孙们的各种汗国。其中察合台汗国与所辖地区的突厥人不断融合，进而慢慢融入了伊斯兰文明。而这些深受伊斯兰文明影响的突厥人，后来也影响了莫卧儿王朝。

那美丽的波斯女子叫阿姬曼·芭奴，原本是杰汗基皇后的侄女。王子沙杰汗和芭奴结婚的时候只有二十岁。二十岁以后的刀光剑影，血雨腥风，宫廷的杀戮愈演愈烈，你死我活的征战烈火燎原。在残忍地杀害了自己的三个兄弟之后，沙杰汗终于带着满身的血污，登上了王朝至高无上的宝座。这时候沙杰汗已经三十六岁。十六年的东征西讨，骨肉相残。在这样的背景下，血脉已经不再是温情的理由。除非那来自灵魂的爱。

这位年轻的君王尽管冷血，但却一往情深地深爱着自己的王妃。其间曾起兵争夺父皇的王位，兵败后颠沛流离整整七年。七年间芭奴生死相随，不离不弃。登基后沙杰汗便赐给了阿姬曼·芭奴新的封号：蒙泰姬·玛哈尔，意思是“宫廷的王冠”。于是美丽的爱情续演着辉煌，想不到仅仅三年之后，这王冠便从宫廷的顶端跌落……

在成吉思汗起兵南下之前，是发源于叶尼塞河上游的突厥人向西部猛烈扩张。于是在一段漫长的历史时期中，印度一直被突厥人所统治。这些突厥人一跨出中亚草原，就接受了伊斯兰的信仰。他们所以皈依伊斯兰教，是为了向阿拉伯帝国的纵深地带长驱直入。伽色尼王朝是突厥人在波斯境内建立的第一个国家，公元1000年开始远征印度。进入恒河流域后他们掠夺财物，屠杀人民，给印度带来了巨大的灾难。奴隶出身的突厥人库特布在德里建立了自己的王朝，并自立为苏丹，在印度历史中被称作“奴隶王朝”。而新德里南部始建于1199年的雄伟的库特布塔，就是这一王朝的不朽见证。而这时的莫卧儿人，还在辽远的北方静候着雄狮的梦醒。

沙杰汗登基仅仅三年，蒙泰姬便在难产中死去。即或做了皇后，即或身怀六甲，蒙泰姬也不曾离开大王一步。她死于郊野的军帐之中。她死是因为要为帝国生下最后一个孩子。她的死或者也是英雄的死。像圣女贞德？不，她死只是死在了爱情的伟业上。蒙泰姬撒手人寰的时候三十八岁。这时候她已经为沙杰汗生下了十四个儿女。作为十四个子女的母亲她已经可以算作是英雄了，却没有和沙杰汗的帝国同生共死的命数。

莫卧儿王朝的缔造者应该是帖木儿。他出生在突厥部落的一个贵族家庭中。帖木儿或许并不是成吉思汗的子嗣，但却以先人曾与成吉思汗同族而骄傲自诩。于是他的帝国被称作“莫卧儿”，仅仅是为了证明他是蒙古大汗的后代。

帖木儿这位英勇的战将，血管里流淌着成吉思汗的英雄血脉。他最初只是一个普通的军官，骁勇善战让他成了汗国的首领。在政局混乱、邦国分裂的风云之中，他终于成为帖木儿帝国的统治者。而后便开始扩张版图。尤其在对印度的劫掠中，帖木儿的铁蹄挞伐之地，无处不是尸横遍野。他离开德里时所留下的，就只是惨不忍睹的废墟了。在战胜了强大的奥斯曼帝国后，帖木儿已经所向无敌。但却在征战东方最强大的明帝国时，空怀着一颗称霸之心因疾患而终。从此他建立的横跨亚洲的帝国江河日下，不久便从版图中彻底消失。他当然不会想到自己的后代，会在一百年后再度踏入印度的土地，并建立了属于帖木儿家族的莫卧儿王朝。

伫立在远处遥望泰姬陵。那洁白的辉煌，承载着整个陵墓的温柔。那是泰姬之美，爱情之美，也是建筑之美。为什么印度会有那么多伊斯兰建筑的名胜古迹？为什么这些建筑的风格全都气势恢宏？是因为侵入印度的外邦大多信仰伊斯兰教。不单单统治印度长达三百年之久的莫卧儿王朝，此前突厥人建立的苏丹王朝亦是伊斯兰教忠实的子民。一种耐人寻味的宗教状态。将伊斯兰教带入印度的并不是正宗的阿拉伯穆斯林，而是后来信奉了安拉的突厥人和蒙古人。

莫卧儿王朝是一个以突厥人为主体的入侵者对印度当地居民实行统治的政权。他们有一个庞杂的皇室谱系。帖木儿的六世孙巴布尔 1519 年从阿富汗起兵，进入印度，最终建立了强盛的莫卧儿王朝。巴布尔因母系出自成吉思汗，他便自称为蒙古人。那时候自称蒙古人一定是一种骄傲，一种毋庸置疑的力量的象征。毕竟蒙古的成吉思汗和帖木儿，都曾创建了空前强大的帝国。巴布尔所以将王朝命名为莫卧儿，是因为莫卧儿即是蒙古的变音。巴布尔一生中曾先后四次进入印度。第一次、第二次是为了掠夺，第三次是想要占领，而到了第四次，他便统一了印度北方。当他终于将德里和阿格拉都收入囊中，就迫不及待地在德里清真寺的礼拜中，宣布自己为印度斯坦大帝，从而建立了这个统治印度三百多年的伊斯兰王朝。但巴布尔似乎并不喜欢这个既无良驹，亦无葡萄的地方，于是便开始招募工匠，大兴土木，为他在首都阿格拉兴建各种宫殿和花园。但可惜这位印度斯坦大帝好景不长，四年后便像他的祖先帖木儿一样，因罹患疾病而命归西天。

胡马雍在父皇死后四天即位。却因为生性软弱而最终丢失了巴布尔建立起来的印度斯坦王国，从此开始了他长达十五年的流亡生涯。胡马雍毕其一生都未能掌握印度的主动权，直到苏尔王朝出现了内乱，他才得以卷土重来。重回德里后立刻恢复了王位，但转年便跌下楼梯，死于非命。从此帝国转到了莫卧儿王朝中最声名显赫的阿克巴手中。

是的，蒙泰姬在濒死的那一刻神志清醒，也看到了沙杰汗是怎样痛断肝肠，泪如雨下。他只是紧紧抓住爱妃的双手，问她有什么要嘱托的。蒙泰姬于是留下她心里的牵挂。作为母亲，她最最放心不下的就是她的孩子们。她一生为沙杰汗生下十四个孩子，但是在战乱频仍中只活下四男三女，她希望所剩的孩子都能健康长大。她或者不想看到日后自己的儿子们手足相煎，她或者已经看尽了宫廷的骨肉相残。是的，她已经目睹了沙杰汗对自己兄弟的杀害，否则他怎么可能坐在帝王的宝座上。于是濒死的美姬对她痛不欲生的帝王说，陛下一定要好好抚养我的孩子。

唏嘘中沙杰汗山盟海誓，那么，还有呢？爱妃还有什么需要嘱托？

如果，陛下还爱我，如果……

我怎么可能不爱你呢？

如果陛下还爱我，就为我建一座美的陵墓。

怎样的美的陵墓？

天堂一般的。

天堂一般？那么天堂有什么？但紧接着沙杰汗就有了答案。是的，天堂唯有鲜花唯有鲜花唯有鲜花……

于是，郁金香，百合花，蝴蝶兰，水仙花，红罂粟……

于是，泰姬陵这座到处镶嵌着花朵的陵墓……

阿克巴在父亲胡马雍的阴影中勇敢地走来。他登上莫卧儿王朝的王位时才仅仅十四岁。而那时王朝的版图也只有德里、阿格拉和拉合尔。然而当他把他的王朝交到儿子杰汗基手中时，已经是一个西起中亚坎大哈，东至孟加拉海湾，向南延伸到温德雅山脉的强大帝国了。阿克巴毕生征战不已，不仅扩大了帝国版图，还对疆域之内的宗教进行了前所未有的改革。这也是他为后世所称道的伟大之处。他将“普遍的宗教宽容”视为理想，希望印度人能不分信仰地团结起来，为印度的统一而奋斗。为了证明他的信念，信奉伊斯兰的阿克巴娶了信仰印度教的拉其普特公主，并册封她为皇后。阿克巴这样做尽管是为了与北印度最强大的政治势力持久联盟，但到底还是实践了他所提倡的宗教融合。他还指出任何宗教都是有光的，而有光就会有阴影，这也是一切宗教所共有的，所以任何宗教都应该拥有同等的地位。于是后人才会在阿克巴修建的清真寺和他为自己设计的陵墓中，到处看到印度教建筑的风格，甚至用印度教所崇拜的大象，做伊斯兰建筑的装饰。

在蒙泰姬的遗愿中，还有另一个近乎奢侈的请求，那就是希望沙杰汗不要再婚。这是一个男人能做到的吗？何况一个帝王。但是所有的史书都言之凿凿，说沙杰汗真的始终没有再婚。这对于一个君王来说实属罕见，足见这个男人对他死去的妻子是怎样忠贞。这位沙杰汗国王曾双手沾满父兄的鲜血，却对一个珍爱的女子如此忠诚。或者就因为满眼是杀戮，他才能更深地去爱一个温柔的女人。

在阿克巴的统治下，统一宗教的理想深入人心。尽管他的子孙们很快就遗忘了他的倡导，但这种对宗教的宽容态度，至今在人们心中留下深刻印记。如今坐落于新德里的莲花庙，在某种意义上就是对阿克巴宗教理念的传承。这座1986年由政府建造的圣殿高大空旷，庙堂内既无神像，亦无雕刻，只有一排排大理石的椅子。这里不崇拜偶像，也没有复杂的祭祀仪式。人们虔诚地来到这里，只为了有一处沉思和默祷的地方。这里的教义也十分明了，融合各个民族、国家和宗教，组成一个全人类的大家庭。这难道不是阿克巴的回声？

沙杰汗为美姬芭奴修建的陵墓巍峨秀美。一座堪称美的奇迹的死亡宫殿。那或者不是蒙泰姬所期冀的一个死后的栖身之所，而只是沙杰汗为自己留下的一个永恒的艺术品。蒙泰姬只是给了他一个建造这座宫殿的契机，用她的不幸的死亡，和他的深深的爱。然后便有了沙杰汗的浮想联翩，那思绪中镌刻的全都是蒙泰姬一样的鲜花。既然把“宫廷的王冠”赐予了蒙泰姬，这王冠便也要生死不离地追随她。于是，一个天堂一般的完美的所在，那个被鲜花装点的华丽陵宇。

阿克巴辉煌的业绩名垂千古，却不曾看到他与兄弟间的你死我活。阿克巴的后代们再没有消停过，以后历代王朝的更迭，几乎都是通过杀兄弑父来完成的。如此一代一代充满了血腥。在腥风血雨中迎来了莫卧儿王朝最鼎盛的时期，也开启了王室斗争最为残酷的黑暗篇章。

自阿克巴的长子杰汗基登上舞台，这种谋权篡位的表演就开始了。杰汗基不仅图谋父王阿克巴的权杖，还亲手杀死了自己的兄弟。伟大的阿克巴或许就因为看到了这父子间、兄弟间的兵戎相见，才无奈饮恨而亡的。杰汗基终于如愿以偿，从此躺在父亲为他打下的江山中，声色犬马。但登基未久，他自己的儿子便重蹈覆辙。这现世就开始了的生死报应，让他尝尽了人间的苦酒。长子举兵谋反，让他们父子相见于沙场。不久后长子被囚，被弄瞎双眼。尔后终获大赦，又被自己的兄弟残忍地毒死。而这个毒死了兄长的皇子就是沙杰汗。

面对儿子们为角逐皇权的争斗，杰汗基不再有征战的斗志。从此他宁可声色犬马，做一任玩物而丧志的君王，却也成就了那个时代文化的繁荣与昌盛。不久后，苍天不负这位笃爱艺术的君王，让他在出游中遇到了一位国色天香的波斯美女。这波斯美女与安卧在泰姬陵中的女人有关，她便是蒙泰姬长袖善舞的姑姑诺姬罕。杰汗基见到诺姬罕后，便非她不娶。娶了她，又立刻将她封为皇后。想来这位嫁给皇帝时已三十五岁的女人一定不同凡响。不仅能琴棋诗画，还能骑马陪帝王在林中狩猎。这是一个怎样的波斯女人，能够将杰汗基帝王的整个人生玩得团团转。她可以六宫粉黛集于一身，又可以伺候得君王从此不思朝政。于是权杖顺势旁落于皇后父兄的手中。这种外戚专权的现象，在各国王朝的历史中可谓屡见不鲜。

后来大概是玩得太过火了，杰汗基五十岁就开始恶病缠身，朝不保夕。面对父皇如此昏聩，另外的三个儿子又开始火拼。是时长子已经被沙杰汗毒死。另一个皇子也因嗜酒沉饮而一命呜呼。当父皇驾崩，最小的儿子沙利雅便倚仗皇后诺姬罕的支持，火速在拉合尔登基称帝。这让沙杰汗愤恨无比。

让人疑惑不解的是，皇后为什么不支持自己的亲侄女，反倒去怂恿那个沙利雅？或者那个沙利雅更容易驾驭，抑或，那干脆就是王后自己的儿子？

未料在拉合尔登基的新皇帝很快死于战乱。是的，我们很快就看到了这个必然的结局，王后的哥哥，也就是蒙泰姬的父亲、沙杰汗的岳父立刻出兵，为自己的女婿或者不如说为了自己挺身而出。这位坐拥重兵的阿沙夫汗一面将皇后软禁起来，一面助其女婿击败了拉合尔的末日皇帝，并将其处死。在此番征战后沙杰汗终于荣登王位，而他的岳父竟然也堂而皇之地成了首相。

于是，沙杰汗和蒙泰姬凄美的爱情故事才得以存在。在那样的情势下，不是在拉合尔称帝的沙利雅死，就是被排除在王权以外的沙杰汗亡。是的，没有任何调和的余地。宫廷政治从来就是你死我活，别无选择。

于是有了沙杰汗和蒙泰姬的深深的爱。也于是有了这举世闻名的陵墓，这世代传颂的悲歌。沙杰汗无疑是深爱着自己的亡妻的，为此他竟然真的终生不再娶。是为了故事的完美，还是为尊者讳？无论沙杰汗后来到底有没有女人，有多少女人，和他一道流芳百世的，也只有辉煌陵寝里的这位蒙泰姬。

但无论爱情是怎样的结局，沙杰汗心里是有着罪恶的这一点不能改变。毕竟他曾对父亲剑拔弩张，也曾毒死自己的哥哥、处死自己的弟弟。他的手上是滴着血的，他的心也应该是伤痕累累。而这扭曲的负罪的心灵或者只能在蒙泰姬的爱抚中找到安慰，或者这就是他为什么那么深深地眷恋着蒙泰姬的缘故。或许只有在她的身边，这个罪恶累累的男人才能获得片刻的宁静。不，不单单是沙杰汗，蒙泰姬对于整个兵戎相见、冷酷残暴的莫卧儿王朝来说，都是一个温暖的所在。

只是，沙杰汗即位刚刚三年，便永失爱姬。在征战中，蒙泰姬死于野营的军帐，这是沙杰汗没有想到的。这个需要温暖也需要有人来为他洗涤罪恶的君王是怎样痛心疾首，为此他下令全国为王后致哀两年，停止一切娱乐活动，足见沙杰汗是怎样的痛苦绝望。生命中那唯一的温暖唯一的光亮弃他而去了，把他丢在了他和蒙泰姬所生的那些争权夺势的儿子们中间。为了摆脱宫廷的险恶，沙杰汗不停地征战，不停地平定来自各方的叛乱。不久后他便决定离开阿格拉，离开祖父阿克巴的红堡。或许他离开这里只是为了不再被思念所折磨。而这时他在亚穆纳河岸的皇家花园中为蒙泰姬建造的陵墓早已破土动工。

离开阿格拉时的恋恋不舍可以想见。那亡国之君的悲歌，月明中的故国不堪回首。那时的沙杰汗当然不会想到，有一天他会被放逐到这故都城堡，在凄切中遥望泰姬的美陵。

沙杰汗的迁都德里，让阿格拉这座城市从此衰败。至今。

如果沙杰汗没有留下泰姬陵，那人们还会从世界各地赶来阿格拉这座颓败的城市吗？

事实上沙杰汗死前就已然知道，他的第三个儿子已经杀光了自己的手足兄弟。历史中一代一代的骨肉相残，听上去实在令人触目惊心。在手足之间，为什么非要杀死对方才能保存自我？而双手沾满亲人的血的内心又会怎样地惴惴不安？连血缘都不能维系的生存，是怎样地天伦丧尽？而唯一留下来的沙杰汗和蒙泰姬的第三个儿子奥朗则布，就成了莫卧儿王朝兴盛时期的最后暴君。

是的，奥朗则布，这个杀害了三个兄弟的恶魔。沙杰汗生前便目睹了这一幕兄弟相残的惨剧，悲哀的是，这所有的儿子都是这个漂亮的波斯女人蒙泰姬的骨肉。幸好蒙泰姬生前没有看到孩子们之间的你死我活，或者她就是为了不看到这一幕而匆促死去的。否则每一个孩子的死亡都将撕碎她的心。

奥朗则布在泰姬活下来的四个儿子中排行第三。所以他没有天赋的继承权。但是他却偏偏想要继承王位，这或者是天下王朝每一个皇子都渴望得到的。于是他便只能穷兵黩武，联合其他两个兄弟征战他们的太子长兄。这场战争持续了一年之久，直到太子战败，在流亡途中被奥朗则布杀害。接下来奥朗则布乘胜追击，将年迈的父亲沙杰汗赶出首都德里，从此囚禁于阿格拉的红堡之中。又一代王朝没有能逃脱杀兄篡父的罪恶魔咒。第二年，这位天良丧尽的奥朗则布便登上王座，自立为皇帝。

是的，这所有的一切都是沙杰汗没想到的。他竟然回到阿格拉，从此陪伴在心爱的蒙泰姬身边。被锁入阿格拉城堡的沙杰汗不知是怎样的心境，那生生不已的骨肉相残，那报应一般的杀戮的轮回。阿格拉这个曾经辉煌壮丽的故都，这个他曾与爱妻蒙泰姬缱绻柔情的地方，这座能看得到天堂一般的陵墓的古堡，这个，能回首自己一生的孤独的所在。

在养育了泰姬不孝的子孙后，如今老沙杰汗又被儿子遣回这里。沙杰汗被关押进红堡时已英雄迟暮，老迈而目衰。他想着泰姬的第一个愿望是抚养好她的孩子。他没有能实现泰姬这个最深切的愿望。在泰姬所有的儿子中就只剩下奥朗则布这一个了，如今高高地坐在德里的皇位上。

但泰姬的另外两个愿望他都尽力实现了。他没有再娶，所以老来孤单，一个人挨着无尽的岁月。在历经二十二年后，他也终于为泰姬建成了堪称奇迹的陵墓。恍若天堂般的，被鲜花环绕。他原本想在亚穆纳河的对岸修建一座自己的黑色陵墓，却因被囚禁而成了空中楼阁，永远不可能再实现了。

那么，谁来陪伴他的凄寂，谁又来关心他的往生？

当年泰姬的遗愿一个接着一个，却唯独没有对沙杰汗本人的关切。她或者以为这个南征北战的君王将毕生所向披靡，她甚至梦想着沙杰汗全身而退时的儿孙绕膝，梦想着他所拥有的那个幸福安康的晚年。她不会想到这个至高无上的大莫卧儿王朝的大帝有一天，竟会被自己的儿子终身囚禁在古堡里。

回到阿格拉的沙杰汗定然是另一番感慨。他或者会反思在位三十年的戎马倥偬中，他得到了什么，又丢掉了什么，为什么会被赶下王位，落至如此悲惨的结局。沙杰汗 1627 年即位时已经三十六岁。十二年后离开阿格拉，迁都德里。蒙泰姬离世的第二年便开始建造泰姬陵。1658 年沙杰汗被赶回阿格拉的时候，历时二十二年建造的泰姬陵已经完工。那美轮美奂的陵墓沙杰汗生前就看到了，甚至在他被关进阿格拉堡时，泰姬陵就已经优雅地伫立在亚穆纳河畔了。他能够在红堡内远远地望着泰姬的天堂，只是被囚禁后不能再步出红堡一步，更不能接近那座花样的陵墓。

在阿格拉堡的最后岁月中，沙杰汗每天只能透过小窗，凄然地遥望亚穆纳河水中那美陵的倒影。那是这位被废国君最后的寄托。后来沙杰汗视力衰退，便只能凭借一颗宝石的折射观看泰姬陵了。生命将尽的时刻，沙杰汗能做的只剩下了两件事：为泰姬陵伤心落泪和诵读《古兰经》。八年之后，便在这悲伤与落寞中结束了残生。

从此奥朗则布东征西讨，履行着一个帝王的职责。除了要对付印度境内马拉提人的进攻，还要抵御阿富汗人的入侵。始终不曾平息的战争让莫卧儿王朝风雨飘摇。最后为了筹集军饷，奥朗则布不得不接受英国东印度公司交纳的现款，以准许他们在西海岸和东海岸的恒河口继续贸易，自此，英国殖民者便堂而皇之地在孟买和加尔各答建立了他们统治印度的基地。

泰姬陵始建于 1631 年。1653 年完工的时候，沙杰汗可谓宝刀未老，于是便也雄心勃勃地为自己选择陵墓的地址。他或者早就选中了亚穆纳河对岸的那片开阔地带，准备在那里为自己建造一座和泰姬陵一模一样的陵墓。只是泰姬的陵墓是白色的，而他的那座却是黑色的。用黑色大理石镶嵌那些美丽的花朵，或者还有刀枪剑戟那类帝王的象征。可以想见那将是一座怎样气势恢宏的陵墓。把所有的白色换成黑色，那黑色壮丽雄伟，大气磅礴。所有的穹顶，所有的塔楼，所有开阔的大理石地面。被黑色大理石反照出来的黑色的影子。那黑色的浮雕以及被雕镂出来的黑色孔格。是的，沙杰汗便是想以这样的方式，向他的泰姬陵致敬。而连接着这黑色与白色的，将是亚穆纳河上一道半黑半白的大理石桥梁。是的，沙杰汗本想以这样的方式与他的爱妻相对而眠，在白色和黑色的永恒中。但是他的不孝的儿子击碎了他的梦，让他的黑色陵墓永远停留在了历史的想象中。

而我们今天站在泰姬陵上朝亚穆纳河对岸眺望，依然能看到构想中黑色陵墓的一处红色的塔楼。那塔楼孤单地守望着那片浩大的墓地。被隐约围起的那一望无际的荒凉与凄清。尽管沙杰汗最终不能如愿，但日后的三百多年间，却没有任何人敢去碰触那片沙杰汗的土地。那或者也是人们对沙杰汗遗愿的某种遵从。是的，没有人去碰那块与泰姬陵遥相呼应的土地。纵然沙杰汗没有建起那座伟大的黑色陵墓，但那陵墓就仿佛已经在对岸巍然屹立，陪伴并守候着泰姬那优美的白色魂灵。

在莫卧儿王朝的历史中，奥朗则布堪称暴君。他惯于猜忌，残忍成性，在执政的数十年间杀人如麻。他不仅囚禁父亲，杀害兄弟，还将他的侄儿们尽数毒死，甚至，拘禁反对他的亲生骨肉，让自己的儿女双双死在牢狱中。这诸多的血腥让奥朗则布成了孤家寡人，而他最大的倒退是践踏了由阿克巴大帝实行的“宗教融合”。在一个有着大量印度教徒的国家里，他只准民众笃信伊斯兰教。为此他下令拆毁各地的印度教庙宇，让莫卧儿王朝孤立于来自四面八方的反对势力中。

这个由巴布尔、阿克巴、杰汗基，以及沙杰汗共同缔造的印度帝国，在奥朗则布手中每况愈下，风雨飘摇。不仅不断遭到印度本土各个族裔的抵触，来自国外的各种势力也都在虎视眈眈盯着这座半岛，加之宫廷内部纷争不断……总之你方唱罢我登场，直扰得莫卧儿王朝难以招架。不久后王朝沦为英国附庸。从此英军长驱直入恒河流域。1757 年，莫卧儿帝国的最后一个国王被英军废黜，王朝终结。

过去一直以为莫卧儿是一个古老的王朝，离我们很遥远。想不到这个王朝的尾声，竟连接上了印度被殖民的历史。莫卧儿王朝的拱手相送，使得印度沦为英殖民地长达数百年之久，直到 1950 年才宣布成立印度共和国，却仍然没有彻底摆脱英联邦的控制。

后来翻读有关印度的资料，才发现马克思曾对印度有着深入的研究，他说："英国在印度的统治是怎样建立起来的？大莫卧儿的无限权力被他们的总督们打倒，总督们的权力被马拉提人打倒，马拉提人的权力又被阿富汗人打倒，而在大家这样混战的时候，不列颠人闯了进来，把所有的人都征服了。"

小心翼翼地走进陵墓，怕惊醒了那个长眠的女人。尽管在拥挤的人群中，缝隙中依然能看到那些雕镂的鲜花。郁金香或者百合花的图案，浮雕于温润的暖色调的大理石上。那花柔美得几乎呼之欲出，甚至能闻到几百年来的沉香。而那些高墙上花的美丽图案，都是用云斑或玛瑙，甚至来自中国的水晶和玉石拼嵌而成。那是怎样高妙的完美，以为不是人间之力所能完成的。

每当朝霞初起的时候，一轮红日伴着亚穆纳河袅袅的晨雾，泰姬陵便会在沉睡中苏醒，呈现出她静谧安详的优雅。傍晚时泰姬陵最为妩媚，在斑斓的暮色中，白色的陵壁便被染上了黄昏的色彩。从灰黄到金黄，又变成粉色、暗红、淡青色。然后月亮升起来，泰姬陵又被罩上了一层银白。这时的泰姬陵清幽娴雅。随月影的移动，泰姬陵也仿佛灵动了起来，曼妙着波斯女人那柔媚的舞姿。于是那形形色色的故事娓娓道来。无一不让人领略到那永恒脸颊上闪烁的泪珠。

才知道不同的时间去拜谒泰姬陵，景色也不同。陵墓的白色大理石就好像一块柔润的画布，吸附着一天中不停变幻的光谱。据说观赏泰姬陵最好的时间是清晨和黄昏，因为那是一天中天空的颜色最绚烂也最柔和的时刻。所以泰姬陵不同时间的票价也不一样。最贵的是早上七点以前和下午五点以后，因为那时候你看到的景色，也是一天中最最昂贵的。

在嘈杂的人群中，依然能感到泰姬陵的静谧。轻轻地走着，不惊扰几百年前那一帘凄美的幽梦。想象着那个美丽的波斯女人，温柔的母亲。她终于没有看到宫廷的血污，那是她作为母亲的毕生的幸运。

在孤独中死去的沙杰汗的棺椁，终于得以和蒙泰姬的石棺共同停放于泰姬陵的葬室。这或者也是奥朗则布的某种良心发现。毕竟这对用一生一世相爱的夫妻是他的父母。总之，奥朗则布将父皇和母后安葬在了一起。在这个美丽而壮阔的宫殿一般的陵墓中，也算是极尽哀荣了。只是安放着沙杰汗的那个石棺稍嫌宽大，和泰姬精美的镶满了宝石的棺椁很不对称。幸好在蒙泰姬的陵墓中沙杰汗没有喧宾夺主，忠实地成了蒙泰姬的永恒陪衬。

奥朗则布作为莫卧儿王朝的一代君王，没有像他的前辈们那样热衷于大兴土木。他毕生只为自己的信仰建造了三座伊斯兰教清真寺。在贝纳勒斯，他拆毁了印度教大庙，改建为清真寺；在拉合尔，他用红色沙石建造了一座大规模的清真寺；第三座清真寺建在德里的红堡之中。这是用白色大理石建造的一座很小的清真寺，到处闪烁着珍珠一般的色彩。于是又被称为“珍珠清真寺”，被认为是“印度最美丽的清真寺”。

除此奥朗则布不再有任何建筑，终其一生也没能超越父亲沙杰汗。沙杰汗时期的建筑被认为是莫卧儿王朝的最顶峰。他继承了阿克巴时期雄伟的建筑风格，但却更华丽，更完美，更优雅，也更壮观。沙杰汗作为帝王，不仅将印度古代建筑艺术推向了顶峰，还为人类留下了一份瑰丽而永恒的遗产。

是的，泰姬陵堪称一座伟大的建筑。她端庄华美，一如泰姬生前那般妩媚婀娜。她的高高的用红石岩建造的围墙和长廊，以及陵墓两侧那对称而深邃的清真寺，正面门楼上镶嵌的各色宝石，红色砂岩和白色大理石交错砌合，红白相映，蔚为壮观。门上二十二个白色圆顶象征着二十二年风风雨雨的工期。红墙中遍布青草，绿树成荫。很多很古老的大树，掩映着红白相间的壮丽景观。陵墓内到处是印度本国的游人，于是女人们的纱丽就成了簇拥着美陵的另一道绚丽多彩的景观。

远远地看到蓝天白云下的泰姬陵。尽管已无数次地看到过这白色的景象，但当你真的来到“奇迹”之前，还是抑制不住地满心震撼，仿佛被一种静谧而神秘的感觉所劫掠。那白色的陵墓在午后的那一刻，果然被笼罩在了淡淡的昏黄中，仿佛能触摸得到一种柔软的温润。

泰姬陵就坐落在池塘的尽头，你的正前方。但突然地，仿佛硕大花园中的每一个角落都被阴影所笼罩，却唯有泰姬陵，被照亮在一片天堂一般的光束中。不知道这样的光照是怎样形成的，就仿佛圣母玛利亚和基督耶稣脑后悬浮的那明亮的光轮。就照耀着，泰姬陵，照耀着，泰姬本人。那是任何人都不能掠夺的，那上天的光芒。

这样一步步向前，向着泰姬陵的深处。慢慢地接近着那个白色的建筑，在庄严的神圣感中，甚至已经感觉不到身边还有别人了。

当真的看到了这座美丽的建筑，反而觉得，这不是真的了。甚至怀疑，我们怎么可能真的接近了这座伟大的建筑？缓缓地向前走，为着陵墓中优美的爱的故事。池水中的漂亮的印度少女的影子，恍若泰姬款款而来，摇曳出水中的婀娜。

泰姬陵的大门恢宏壮丽。门楣上用玛瑙和翡翠嵌满了色彩绚丽的藤蔓花朵。那花朵栉风沐雨，春夏秋冬，却从来不曾褪色。因为成了花的不是颜色，而是珍贵的宝石。甚至门框上《古兰经》的经文也是黑色宝石镶嵌。为了从上到下视觉效果的一致，顶上的文字被拼嵌得更大。将珠玉宝石镶嵌在大理石中一定是很艰辛的苦工。不知道工匠们要怎样精心，才能让那些花的图案既鲜艳夺目，又精湛完美。

或者就因为黄昏已近，白色的大理石变得温暖起来，那百合花的浮雕也被染上了一层金黄。花的浮雕像长卷一般环绕在泰姬陵的腰间。那是我最最喜欢的画卷。于是抚摸着那光滑的墙体，那花的根茎，花瓣和花蕾，那光滑流畅的凹凸的感觉。几百年的风雨让浮雕的花色陈旧，但花的烂漫姿态却始终依然，不离不弃地陪伴着那个花样的女人。

坐在泰姬陵的拱顶下，你会觉得渺小。而置身于泰姬陵的光照下，你又会觉得自己是尘世中幸福的人。然后是身后的亚穆纳河，能看到黑色陵墓的那一片辽远。想象着当金色黄昏降临在黑色大理石上是一幅怎样壮丽的景象。那种属于沙杰汗的高贵色彩或者柔软了我的心。不知道为什么，只要一想到沙杰汗，就会满心的酸楚和忧伤，仿佛能看到他被囚禁时那悲凉的景象。一个男人曾金戈铁马，又曾将一生的柔情献给了唯一的女人。所有泰姬所要的，无论生前还是死后，沙杰汗都尽其所能地给了她。但是又有谁能给予沙杰汗呢？他要的黑色陵墓，他要的寿终正寝，他要的生死与共，是的，谁又能把这一切给他呢？是的，泰姬丢下了他，丢在了狠毒的奥朗则布手中，丢在了仅一墙之隔却不能同生共死的古堡中。就这样，隔着亚穆纳河想着黄昏中的沙杰汗。

在古老的故事中徜徉于泰姬陵。寻访着那往日的踪迹，一位美女，一座美陵，以及一段斑驳的历史，破碎的辉煌。曾经的怎样的壮丽，又怎样的凄凉。在黄昏，白色的陵墓就如同覆盖在金色的光芒下，甚至泰姬陵自身也闪烁出了迷人的光辉。

在离开阿格拉的路上，终于一睹阿格拉城堡的芳容。红色砂岩砌筑的城堡，尽显阿克巴大帝时期建筑的雄伟风格。这里的一砖一石都象征了莫卧儿王朝的伟大和气魄。漫长的红墙延伸着这个看不见尽头的城堡。那层层叠叠的红墙，次第向上的楼宇，碉堡式的塔楼，尘封已久的凄迷……

是的，红色的城堡就意味着，红色的悲凉。

想着，那个被囚禁于此的沙杰汗，那个双目失明的沙杰汗，那个想念亡妻的沙杰汗，那个在《古兰经》中悄然逝去的沙杰汗，那个终于飞升到妻子身边的沙杰汗，那个，天堂里的沙杰汗……

无论泰姬陵还是阿格拉堡，不知道为什么，留在我心中的只是这个男人。是他创造了花的天堂，也是他，铸造了大理石上永恒的诗行。

于是沙杰汗成了心中的永恒。

一个斑驳的男人。

总觉得他的幽灵就在城堡与陵墓之间。

他该也穿着白色的衣衫，留着白色的胡须，像一个智者，或者艺术家。

然后他哀叹，并寻觅着，他丢失了的那个黑色天堂。

泰戈尔说，泰姬陵是“永恒面颊上的一滴眼泪”。

以为，这也是说给那个飘荡的游魂的。

第三辑　读与写的风景

要按照规律的时间起床，每天奉献定量的时间于沉思，阅读，或聆听音乐，或散步。同时要避开那些行尸走肉者，那些肉体尽管活着，灵魂却已经死掉的人。要避免那些思想和谈话都琐屑不值的人，那些用喋喋不休代替谈话的人，以及那些用陈词滥调代替思想的人。

优雅背后，把美丽和智慧结合起来的女人

女人，究竟该利用身体中的哪一个部分？

美丽，或者别的什么？生儿育女？

通常，电影明星都很漂亮。而这里要说的，是一些男人。他们很酷，亦很潇洒，棱角中透着坚硬的魅力。我们恰好有机会，接触这样的男人。但结果是，他们说过几句话后，女人便立刻对这种太阳神般的男人了无意趣了，甚至不再有交往的欲望。

尤其那些成熟且有知识的女人，总会对此不屑一顾，因她们从来不喜欢那种浅表的东西。就像是大街上做香烟广告的那个男人，他很帅也很苍凉，一个真正硬汉的形象，并且永远是沉默的。他将他的本质，牢牢固定在深沉的伪装上，让人永远琢磨不透。既听不到他的声音，也看不到他的本质。而且他缄默。缄默让他深不可测。所以他逝去时，让那些迷恋他浅表的女性很悲哀。甚而，她们觉得这男人连浅表的东西都是深刻的。

而我想说的是那些女人。那些漂亮的女人，美丽而智慧的。那些，因智慧而更加漂亮的女人。

小时候，女儿不知道波伏瓦是谁。一天，她看到她的照片，就立刻被这个女人的外表征服了。她问我，她是谁？女儿说，为什么，她脸上有种神秘而又典雅的感觉，有古怪而深邃的目光？她要我讲

讲这个女人，我说她就是波伏瓦。一个漂亮的女作家、一个深邃的哲学家，以及一个坚定的女权主义者。人们说她有着“高雅的外貌”，是当下“所能看到的最美的存在主义者”。

女儿在书中寻找波伏瓦。直到1980年，她年华老去。任何女人都难以抵御岁月的锈蚀。女儿不相信那个在蒙巴纳斯公墓被人搀扶的老女人，就是波伏瓦。不再美丽而高贵。她是在参加萨特的葬礼。那是她毕生挚爱的男人，她爱他透心透骨。仿佛她的生命，已和萨特一道弃她而去，而没有了生命，又怎么可能美丽呢？

波伏瓦就是那个最美的女人。她的美并不全是来自于她的天生。她的美是因为她有智慧有追求，在思想的浸润中，慢慢就成为那个优雅的女人。她的小说曾获得龚古尔奖。她的关于女性的著作，至今被誉为世界妇女运动的“圣经”。

她出身于一个大资产阶级的家庭（尽管她毕生对她所出生的家庭充满了阶级的仇恨，以至于不共戴天）。在传统的有钱人的学校接受教育。她喜欢哲学，喜欢概念、体系一类，通常女人不喜欢的那种枯燥的学问。所以她养成了勤于思考的习惯。之后她便和萨特成了终生的朋友，成为萨特存在主义哲学最积极也最热诚的追随者。他们一道思考，共同战斗，获得了文学界和思想界的盛名。他们发现着知识，创造着真理，永不停歇，当然，他们也一道生活。

风风雨雨。无论是战争时期还是和平年代，他们都在积极思考着人生和人类。都在努力创造着文明的财富。于是，波伏瓦才称之为波伏瓦，那个美丽的女人。她的美是深邃的，是以不停的思索作为基础的。没有思考，就不会有波伏瓦脸上那独特的味道，那是种知识与智慧连接起来的魅力。所以，那美丽才是常人所难以企及，更难以超越的。

于是优雅由之而来，那是种极为奇异的某种造就。如果波伏瓦只是资产阶级家庭铸造的大小姐，而没有把哲学和文学连接起来，她的美就一定不会是今天的样子。她或者也高雅，也很有气质，但绝不会如此深邃。因大小姐的波伏瓦是写不出《第二性》那样的著作的。这是她所有成就中最光辉的一部分。还有，她认为小说家应该描写纯精神的体验在情感上造成的结果。而她的小说，就是用精神铸就的。便是这精神，让波伏瓦浅表的美丽变得深刻了起来。深刻，而至永恒。这就是波伏瓦的美。

只是，波伏瓦并不像漂亮女人或电影明星那样，去利用她的美。如果她看重美貌，也就不会举毕生之力去追逐一个又难看又矮小的男人了。萨特如此丑陋的外貌，当然配不上美丽的波伏瓦。但波伏瓦没有利用自己的美貌，她或者认为美貌不是用来表演的，她更看重的是思想。一种能改变世界改变人类处境的思想。而拥有这种伟大思想的那个人，就在法国，是的，只有萨特。于是，她追求他，她是在哲学和文学的前提下，深深地倾慕他的。

所以，她始终对萨特丑陋的外貌忽略不计，而是紧紧抓住了他那些闪光的概念和体系。他们长达五十年的关系是建立在知性的基础上的。她几乎毕生都在依赖这个思想刚劲而又不受任何约束的思想者，永不停歇地被萨特这种男人引导着。于是她变得越来越美，越来越深邃。而她和萨特的爱情，也在滋养着她的美。直到萨特死去，她才写下了那深邃而美丽的怀念萨特的文章。那就是《众神的仪式》。

在墓地前，波伏瓦说，他的死把我们分开了。而我的死不会使我们重聚。虽然如此，我们的生活能如此漫长地协调一致，就已经很美丽了。

于是所有人都在说波伏瓦的美。她端庄的坐姿，优雅的风度，那种极少的能将美丽和智慧结合起来的女人。这对于一个知识女性来说，当然是理想，而这一切，都源于她的知性。

接下来要说的是杜拉斯。

同样的法国女人，也同样在写作。而杜拉斯和波伏瓦不同的是，她是在印度支那长大的。而她的生命是被爱情滋养的。所以所有的可称之为思想的东西，都来自于爱情。

这女人几乎所有的生命，都是在她心里度过的。她不喜欢心灵以外的任何外部的环境，她甚至讨厌巴黎。她是个纯粹生活在小说中的女人，从不关心那些政治或社会总之离她很远的事。她只生活在自己的隐私中。那些关于爱的，美丽而又纯洁的，就像她儿时的那张无忧无虑的脸。

没有纯真年代。

杜拉斯的童年在印度支那。她忘不掉西贡的炎热和肮脏的人群。在贫穷中，怎么可能无忧无虑。湄公河上的渡船，是的，中国情人，那丝绸一般光滑的黄色皮肤。便是这一切，给予了杜拉斯得天独厚的语言。天生的小说语言，用短句子烘托情境。一开始就这样了，直到几年前，那个美丽的生命终于终结。她的美是附着在她的文字中的。《琴声如诉》《蓝眼睛黑头发》，还有不朽的《广岛之恋》和《情人》。我们今天重读她的书，哪怕她已经不在这尘世上，但她的文本，以及文本背后的那个文本，会更深一层地披露出爱的隐秘。

《物质生活》。

是的，这本小书已被奉为经典，无论男人或女人，都在说着她这本书。读这本书时的那种激情与快感，总觉得由此能探究出杜拉斯爱情的轨迹。所以杜拉斯的写作总是隐秘，总觉得在她身后站着无数隐秘的男人。

或者还因为杜拉斯离世界很远，于是她总能把现实的爱当作了小说，从而萦绕出一种唯美的诗境。这个女人以她独特的语言，迷倒了无数读者，无论男人或女人，都被她倾倒。那个广岛的法国女人，那个死去的德国兵。她天生就具备了那种简洁而又繁复的能力。在铺张中，又回到单一的线条，她游刃有余。不可能的欲望，然后消逝，成为历史。很多的句号，在画面里戛然而止，便成为永恒。

杜拉斯的智慧，在某种意义上，也在爱的深邃中。那些，仿佛被拼贴在肌肤上的疼痛与苦涩。那些在眼泪和做爱中生发出来的思想。纵向地，向着很深的那个地方，发展着，直到那个近乎歇斯底里的部位。心的，也是肉体的，那可知可感的。但有时候肉体的结合，并不一定会有深刻的爱。欲望背后的险恶，很可能会导致一场性的骗局。这对于杜拉斯来说，显然是痛苦的，因为她始终纠缠在爱情中。那触目可见的荒园，被遗弃的废墟，她的智慧和情境。那全是她自己想象并创造出来的，用爱的思想，编织起她的美丽。

杜拉斯其实并不优雅，也没有那份倾城倾国的美貌。她并不喜欢哲学，且疏于思考，她没有波伏瓦那样的阶级背景。儿时她生活在贫穷中，记忆中的大房子荒凉而萧瑟。后来便成了她的精神财富。那是她凭借自己的才华，创造了自己的辉煌。没有人把天赋和教养赐予她，她也从未上过当地的好学校。她是灰姑娘，在爱情的怜悯中穿上了水晶鞋，因为有爱，并且能把爱的体验毫无顾忌地表现出来。水晶鞋与玫瑰花，辛德瑞拉的故事。于是《情人》和《痛苦》都披挂上了龚古尔奖的桂冠。

然而，曾经美丽过的杜拉斯还是老了。她的八十岁的脸上布满了刀刻一般的皱纹。她坦言，她无序的生活，还有她不羁的天性。她是神经质的，违反常规的，是不能好好照料自己，更难以控制自己的。她酗酒，酗到生命垂危，幸好晚年迎来了扬的爱情。

然后是电话中那个中国情人。

总之杜拉斯身边永远有情人，却谁也说不出她真正的爱。她只是在小说中爱着和被爱着，有痛苦和欢欣就足够了。她的小说，无疑是深刻体验之后的成果。那刻骨铭心的，以及从爱中诞生的思想和深度。如此，她才能源源不断地写下去。在某种意义上，她就是为她的情人们写作的。

所以杜拉斯很自信。她认为，获得爱，并不单单靠外表。她认为，她始终拥有着诱人的力量。所以她才能坦承自己很矮小。于是她总是穿着那身 M. D 的制服，十五年不变。这对女人来说，需要何等的勇气和淡定。

她说，她永远不会成为那种卖弄风情的女人，她也不会每天换行头。她只是想知道，身体中哪一部分才是最重要的，她还说，美并不重要，重要的是写作。她知道，男人喜欢写作的女人，他们只是不说出来。因她们的深度是永远探寻不尽的。一个作家，就是一片难以理解的奇异的土地。所以，写作之于我才是有价值的。

杜拉斯这样说了，也做到了。

弗吉尼亚·伍尔芙。

一个美丽的英国女人。她几乎成了思想的奴隶。因为她每天都在艰苦地写作，探寻文字的表达。于是她苦思冥想，始终在探索着小说应该用怎样的方式，去表述人类生存的状况，以及生命的意义。于是她把自己的生活弄得很累，很艰辛。于是她原本就很脆弱的神经，被写作折磨得几乎要发疯。

她脆弱的身体，发作时的癫狂，是自己所不能控制的。于是她沮丧。她是病人，英国病人。为此她无数次企图自杀，却始终执着地，要想出什么来。这是种近乎偏执的举动，是的，或者就因了她的偏执，而诞生了意识流。

二十世纪二十年代，那是个充满想象和创造力的时代，尤其文学与绘画。而伍尔芙关于意识流的理念，也成了那个年代的产物。

她说，意识的纷纷坠落，就像碎片，慢慢地连缀起来，像水一般地流动。她并且认为，人的大脑在意识前，是混乱而无序的，也是真实的。这就是她的意识流。艰涩而美丽的句子。《到灯塔去》的悲凉。

《到灯塔去》，后来几乎成了我唯一的向往，那是种永恒的意象。是因为灯塔在大海中，伍尔芙和杜拉斯的小说，也在大海中，那不熄的情结。女人与大海。于是我停下。我不会沿着刻板的思路，我要飞跃那教条，我心随我想地，跳过那一页页随意识而跳动的诗行。这或者就是意识流，伍尔芙的意识流。

紧接着，跳动的意识，很快成为意识的经典。慢慢地，那纷纷坠落的意识，终于成为意识的河流。流过语言，流过房屋和灯塔，这便是伍尔芙思考的成果。

一个女人。一个写作的女人。一个创造了“意识流”的女人。

于是她的作品成了二十世纪的经典，毕竟她成功地创造了这种可供后人借鉴的知识。于是积累着，成为一种学问，否则她精神疾病就白得了。所以，所有的文学史都在强调，是伍尔芙创造了“意识流”。是她在苦思冥想中建立了意识流动的这个概念，让写作者开启了一扇新窗，进而成为她的专利。

我是在差不多读遍了伍尔芙的作品，以及他人对她的评价和研究后，才对这女人有了浅薄的认知，才能懂得她。

我几乎拥有了被翻译过来的所有的伍尔芙的作品。无论是她的小说，她的评论，还是她的散文随笔，以及她死后，她丈夫伦纳德为她编辑的那本日记。这很不容易，要耐心采集。我甚至拥有两本《达洛维夫人·到灯塔去》，两本都是我从新华书店买来的，因为我对这个美丽女人已充满挚爱。我还拥有了《海浪》，那是发表在早已停刊的《外国文学季刊》上的，还有谁能记得那本刊物？那是在 1982 年的“冬季号”上，刊载了《海浪》，为此我始终珍存着那个最初的版本。那是伍尔芙的杰作。

小说的第一句，就是，太阳还没有升起。

我还拥有过最早的翻译伍尔芙文集的瞿世镜先生送给我的那本关于伍尔芙的研究文集。这后来便成了我的嗜好。从此我痴迷于此。总是会想方设法地，把我喜欢的那个作家的作品弄到手。比如福克纳。从《喧哗与骚动》始，到《我弥留之际》，再到《去吧，摩西》《圣殿》《八月之光》。进而切盼，由李文俊先生翻译的那本《押沙龙，押沙龙！》。再比如，杜拉斯。不不，还是回到伍尔芙。回到那个美丽而智慧的女人的生命中。从此我奋力追寻伍尔芙的作品，就是为了能了解她，了解她作为一个女人一个妻子一个作家的，那每一个思维的瞬间。

她每每历尽艰辛地写完一部作品，接下来，她总是热切期待着她的丈夫伦纳德，他是她的第一个读者。她总是认真倾听着伦纳德的意见，她在日记中写到了她的等待，以及作品完成之后的那种焦虑。

当《海浪》完结，那是 1931 年 7 月 7 日的早晨，伍尔芙说，我想，我可以说我已结束了。也就是说，我又一次，第十八次，誊抄了开头那几句。伦纳德明天要读。到那时，我就可以打开日记本，把他的判断记录下来。我承认，我很担心伦纳德的看法。他将很坦诚。这次尤胜以往。而且有可能是一部不成功的作品。我已尽力了。我倾向于认为作品是不错的，只是不连贯，过于凝重。话题的跳跃，一个接一个，或者太仓促了。不管怎么说，总算结束了，而且相当紧凑。我试着写出了我的梦幻，即使没能击中目标，但射击的方向是正确的。可我还是忐忑不安。总体效果也许很弱，且过于拘泥。

天晓得。就像我所说的那样，伦纳德出来时，比方说明天晚上，或者星期天的早上，他来到我那间花园小屋，当他拿着手稿，坐下来，说“开始吧”时，我会非常紧张，不知他会如何评论……

接下来，1936 年，当《岁月》完成，她的新一轮的对第一读者的期待，就又开始了。

1 月 6 日，她说，昨晚 6 点 30 分我读了《岁月》的最后部分。那种少有的沮丧。它看起来是那么苍白无力，仿佛是一堆无聊的废话，看起来就像闪烁的闲言碎语。这么长的篇幅，充分暴露了我的衰弱。我只能把本子“咚”地扔在桌上，疯狂地冲到楼上去找伦纳德。我觉得，以前从未像这次这样这么糟糕。

11 月 3 日，奇迹终于出现，伦纳德真的喜欢《岁月》。

11 月 4 日，伦纳德已读到 1914 年。他依然觉得这本书很好，很不平常，很有趣，也很伤感。

11 月 5 日，昨晚大约 12 时，伦纳德终于放下最后一页，无法开口说话，他哭了。他说这是我“最出色的书”，比起《海浪》来，他更喜欢《岁月》。他又说，毫无疑问，一定要让它问世。我目睹了他的情感和他的投入，因为他一直在读。所以我对他的看法没有疑虑，无论怎样，伦纳德为我带来了无比的宽慰。

伍尔芙日记中记录的，另一件极为重要的事情，就是她每日写作之余在读谁的作品。或狄更斯的，哈代的，奥斯丁的，勃朗特姐妹的，或者贝内特的乔伊斯的福克纳的和蒙田的。她在日记中详尽评述了那些作家以及他们的作品。她写了那么多书评，是因为她读了那么多人的作品。

去读读她那些关于文学的文字吧，就像在读一部深刻的欧美文学史。那也是她每天所做的。她唯有读书。

这就是伍尔芙的每一天。她每一天都陷在思想和艺术的纠缠中。

怎样的一个女人。

然后我们听到，伦纳德是怎样评价他已逝妻子的。他说，我认为弗吉尼亚是一位严肃的艺术家，她所有的作品都是严肃的艺术品。这些日记起码表明了她非凡的精力和信念，她对于艺术创造的精益求精，以及在其作品的创作和反复修改中，体现出她坚持不懈的精神和认真严谨的态度。

一个怎样美丽的女人。

看过她照片的人，都会被她的优雅和她的美所倾倒。在我所拥有的不同版本的书籍中，有着她不同时期的照片。年轻的，或苍老的，梦幻一般的，或写实的，都是那么典雅。

从此，我书桌的玻璃板下，始终是一张伍尔芙的素描。用深蓝色钢笔所描摹的，那美丽的线条。那素描，始终被压在那里，已经很多年了。我只要低下头写作，就能看到她。那是我喜欢的画家为我临摹的。他读我的书，知道我深深地爱着这个美丽的女人。画家先是借走了我托朋友从上海译文出版社买到的那本蓝色封面的《论小说与小说家》去读。当他把那本书还给我的时候，书的封面上，就被装饰了那幅伍尔芙的彩色照片。那真是绝美的女人。画面中，她用她细长的手指，轻轻抵着她美丽的脸颊。画家的那幅钢笔的素描，就是在这张照片的基础上完成的。

那已是伍尔芙的晚年。

却依然倾城倾国。

彩色的那一张似乎更完美。原本栗色的头发已开始变得灰白。宽阔的额头上，那一道道柔和的皱纹。长的脸，长的鼻子，眼窝深陷，却依然那么美。眼睛里闪动的，是让人无限感动的那种善良的光芒，以及智慧。还有她孜孜以求的小说和艺术。她的生活的全部和生命的全部。而那幅钢笔素描的画像，就没有那么轻松了。或者，更逼近伍尔芙晚年的心境。那是种更沉郁也更忧伤的某种无奈。一种在战争中失去家园的悲伤，甚至一种绝望，一种对未来的茫然。

可怕的战争。

是战争剥夺了女人的智慧和光芒，同时也剥夺了她的美丽。

伦纳德说，1940 年 9 月，他们在伦敦的住所遭飞机轰炸，全部家具被毁，便只好搬到了罗德美尔的僧舍别墅，直到第二年。

伍尔芙的最后一篇日记，是在她诀别人世的四天前写的。那是 1941 年 3 月 24 日。此前她去了伦敦，看到了劫后伦敦凄惨的景象。她说，我在伦敦，去了伦敦塔桥，看到河水中烟雾弥漫，飘着一缕缕青烟，大概是从着火的房屋飘来的。周六这里有一次大火。然后看到了一堵残壁，有个角落被风蚀了，另一角也变成了粉末。我看到一家银行，纪念馆仍矗立着。我想挤上公共汽车，可上面已经挤满了人。我只得又下车。看到第二辆车的情形，心想，最好还是走过去吧。街道被炸弹炸毁，交通阻塞得很厉害，所以我只能乘地铁去教堂。漫无目的地走了一会儿，原先熟悉的街区已成荒芜的废墟。挨了炸弹，已夷为平地。原先的红砖已变成白色的粉末，看上去就像建筑商的露天仓库。到处是灰尘，窗玻璃全破了，还有旅客。所有的一切全都被破坏了，毁灭了，是的，毁灭。

她还说，这不仅是欧洲文明的毁灭，也是我们最后一段行程的毁灭。

她又说，我突然有种奇怪的感觉，即写作中大写的"我"已经消失。没有读者，也没有回声，这就是死亡的一部分了。

精神上遭受无尽折磨的伍尔芙，终于再也无法忍受。

1941 年 3 月 28 日，当伍尔芙五十九岁的那一年，她给伦纳德和她的姐姐各自留下一封信。她把她的帽子和手杖丢在乌斯河畔，在衣袋里放满了石块，便向河中走去……

她的所作所为，无疑很清醒，她只想逃离生的苦难。

河水很深。很快就吞没了她，也吞没了她的智慧和美丽。

她在给伦纳德的信中说，她确信她又要疯了，她感到她不可能再经受住又一个可怕的精神崩溃时期。她还说她再也不能浪费她丈夫的生命了，所以，她必得采取这个最恰当的行动，来结束这一切。

这个美丽的女人还苦恼于，她的思想不再能集中了，她不能阅读，甚至已不能恰当地表达自己的意思。这对于伍尔芙来说是致命的，如果她不能写作不能读书不能思想，那么，她的生命还有意义吗？

这个无比美丽又无比智慧的女人，就这样离去了。

最后，让我们聆听，伦纳德是怎样描绘他妻子的美丽的：当她身体健康，无忧无虑，心情愉快，兴味盎然，兴奋激动之时，她的脸上容光焕发，具有一种强烈的，几乎是非人间所有的美。当她情绪平静，无牵无挂，坐在那儿阅读或沉思时，她依然极其美丽。然而，当紧张、疾病或忧虑之风拂过她的表面，她脸上的表情和形态就会骤然发生变化。尽管她的脸庞依然是美丽的，但内心的焦虑与恐惧，让她的美丽充满了痛苦。

如此，美是什么？

只有思想美丽，才会带来容貌的美丽，所以思想始终是美丽的源泉。

所以，只有将美丽和智慧结合起来的女人，才是优雅的。

爱，家庭，及其女人的失败

波伏瓦曾写过一部叫《女宾》的小说。这部作品写于二战期间，1943年发表时大获成功。法国文坛一致公认这是一部精彩的小说，奠定了她在法国文坛上的地位。她这部闪耀着非凡才华的作品，不过是她的处女作。而那时波伏瓦已经三十七岁了，已经拥有了她的哲学思想，以及她与萨特共同的生活。

为什么是《女宾》？

一对年轻的情人出于同情，接济了一位年轻的姑娘。那年轻的姑娘就是女宾，从此和他们一道共同生活。初始，他们的同情心必定是有的，而帮助他人的愿望也是强烈的。进而他们有了新的想法，在这对情侣和女宾之间，建立一种新型的关系。不久后发现，他们是能够和睦相处的，哪怕其间已暗藏了暧昧。

于是新的生活目标出现了，伴随着新的生活原则。他们每个人都想打破常规，在家庭中进行一次全新的实验与突破。如此大胆而新颖的想法，即或在高度开放的法国人看来，都是极富刺激和挑战的。殊不知，几千年来，古老中国的后宫早就三宫六院了，即或是普通的家庭也已妻妾成群。如此，中国的女人们早就学会了制衡的规则，将这种智慧的游戏把玩得风生水起。

这原本是封建社会最典型的特征与糟粕，却被西方的大师们接纳过来，赋予它所谓先锋的意义。而历史就是这样循环往复的，在新与旧之间，其实并没有明显的界定。总之，这样的做法只有波伏瓦和萨特能想得出来，因为他们的爱情和生存方式本身就是特立独行的。

在这种共同生活的契约中，他们首先制定了原则。约定只恋爱，不结婚，不生儿育女，甚至不同居，每个人都保有自己的房间。他们还十分认真地约定了相互的性开放，不争风吃醋，不嫉妒，也不会彼此伤害。他们要求对方的是坦诚和信任，而不是感情的忠诚，尤其不是肉体的忠诚。不知道他们为什么会这样约定，是他们很恐惧婚姻，害怕自己不能做到彻底的忠诚，还是因心理和生理而产生胆怯，造成对自身、对他人的不信任感？总之，就如另一位法国作家莫洛亚说过的那样，他们的伙伴关系就这样开始了，此后，任何情形下都未能打破这种关系。他们无条件地给予对方完全的自由。大概有过痛苦的时刻。他们各自都有过外遇，但他们的紧密关系经受住了考验。他们一起思考，一起战斗，一起获得文坛的盛名。他们始终不渝地享受着彼此的一切，如传奇一般，竟至相濡以沫地度过了漫漫五十年。

对他们来说，《女宾》的故事不足为奇，他们之间出格的故事早就名满巴黎。不仅在《女宾》中，现实中又何尝不是如此呢？

当有一天，年迈的波伏瓦也追随萨特而去，那位曾经的“女宾”竟跳了出来，控诉那段短暂的“三人共处”的生活，给她带来了怎样的痛苦和创伤。《萨特、波伏瓦和我》，书名充满了广告色彩，自然也就吸引了读者，尤其这段往事还附着在了逝去的名人身上。

这个叫比安卡·朗布兰的年轻姑娘，因求学而走进萨特和波伏瓦的生活。在她的书中，比安卡·朗布兰被说成是受害者，她说，他们从不问我，同他们一道生活，为我带来了怎样痛苦的心灵伤害。

书问世后，比安卡和萨特、波伏瓦的照片被一并刊登在书的封面上。比安卡曾经是波伏瓦的学生。是因为波伏瓦喜欢她，才把她接到家中来住的。书中说，波伏瓦甚至对她有了同性恋的欲望，进而引诱她和她在床上的性行为。如此，比安卡又说，波伏瓦是把她班级里的姑娘当成鲜肉的，总是自己先尝一尝，然后再将她们献给萨特。

不久后，萨特和波伏瓦都厌烦了这种游戏，他们同仇敌忾地丢弃了这个可怜的比安卡。在迫害犹太人的战争中他们也没有帮助过她，比安卡说，她只是他们新式生活的一个可怜的牺牲品罢了，因而一生不幸。就像小说中那样，年轻的女人在女宾熟睡的房间里，打开了煤气的开关。

但是现实中的比安卡还是穿越了情感的苦难和残酷的战争，顽强地活了下来，并在战后再度介入萨特和波伏瓦的生活中。后来，她再度成为波伏瓦晚年的朋友，和波伏瓦一道经历了萨特的逝去。

为此她伺机潜伏，默默隐忍，艰苦地等待着。一旦那对伟人先后离世，便急不可耐地跳了出来。为此她抛出无数重型炸弹，疯狂地攻击他们。反正死人是不会反击的，哪怕有着深邃的思想和身后浩瀚的声名。

但声名又算什么呢？

萨特说，声名为他招来的，全都是仇视。而摇撼一个人的声名，也是举手之劳。所以，比安卡活到了最后，也笑到了最后。因为她留了下来，并出版了这本让世人看到的泄愤的书。她的书，不仅为她带来了巨大的精神补偿和经济利益（比打官司要求赔偿还有效），而且还使她蜚声法国且波及全世界。

她的反抗，无疑比《女宾》中的那个姑娘更强烈。她声泪俱下，后来，坊间果然有了对萨特和波伏瓦不道德生活的质疑。这些人如发现新大陆般地欢欣鼓舞，他们终于从书中窥测到大师的把柄了。

为此，他们做出了同情犹太少女的姿态，进而穷追不舍地攻击波伏瓦可鄙的双性恋癖好，这为她女权主义者的头衔无疑蒙上阴影。再进而，人们在窥见萨特的道德哲学时，无疑看出了他道貌岸然、人面兽心的嘴脸（这是新生代本能的反权威心理）。甚至，他们对萨特死后，竟有几万人赶到巴黎为他送葬这样的恢宏场面不能理解，认为萨特不值得那么多人对他顶礼膜拜。尽管他已然成为法国乃至全世界的偶像，但他们认为，他不过是某种神话和欺骗、愚民罢了。而他们在萨特葬礼上想问的是，人群中有人能听到犹太小姑娘的哭泣吗？

是的，这个犹太姑娘又是谁呢？

这个比安卡，谁又能证明她说的都是真实的呢？

当大师远逝，还有谁能证明比安卡是真实的呢？而她一介草民，又怎么能抹去萨特和波伏瓦的历史性的光辉呢？他们身体力行的伙伴契约，难道不是爱的千古绝唱？否则多少年过去，他们的传说为什么总是历久不衰呢？

人们永远在说着。

当然，比安卡是牺牲者。还有很多和萨特上过床甚至保持过长久关系的女人，也都是牺牲者。牺牲者中，还有波伏瓦的那些情人们，雅克·博斯特、阿瑟·科斯勒，还有那个众所周知的美国作家尼尔森·阿尔格伦。是的，他们爱她，想和她结婚。但最终，她和萨特那坚不可摧的伙伴关系阻隔了一切，无论怎样的外遇，最终还是他们长相厮守。唯有他们。他们俩。萨特晚年时，波伏瓦始终守候在身边，为他读书。直到萨特闭上眼睛，永远地离开。

再回到《女宾》，回到意味深长的“家庭”中。在复杂而斑驳的人物关系中，波伏瓦仿佛看清了什么。她说，她发现，她最终还是产生了嫉妒，是的，嫉妒已操纵了一切。这显然是波伏瓦最真切的感受，在某种意义上，她是不能忍受萨特和别的女人上床的（也许萨特也很在乎她和别的男人上床。那一次，萨特主动要求波伏瓦延长待在美国的时间，是因为，他希望自己能有更多的时间陪伴另一个女人）。

波伏瓦当然不会忘记他们的契约，包括相互的性开放，且不嫉妒。他们要的只是一种精神上的息息相通，心灵上的，而不是所谓肉体的忠诚。但波伏瓦还是妒忌了，或者她不说，但心里是苦的，那种被撕扯的感觉，时时啃咬着她的心。

当她得知，她爱的男人同另一个女人相爱并做爱，这个前卫的女人，当然是痛的，与常人无异。但紧接着她便超越了“性”，以高深的理论，迎难而上地组建这个“三人生活”的新世界，那也是萨特的愿望。因为他既不愿舍弃新欢，更不愿由此而失去他的“海狸”。他知道，芸芸众生中，只有波伏瓦是终身的。所以小说的终局也是存在主义的，结论是：世界是荒诞的。没有忠诚。人与人之间是难以沟通的。他人即地狱，或者虚幻的空中楼阁。

《女宾》是波伏瓦在现实中对人性的深刻反省，也是她真实的心境。结论是，爱情永远是排他性的。你可以爱你的兄弟姊妹甚至爱你的邻人，但却很难爱你情人的情人，因为他们掠夺的不是别的，而是你们独一无二的亲密关系，不可抗拒的。所以波伏瓦才会痛苦嫉妒，因为她是人，而不是概念。所以她的痛苦和悲哀，也是真实的。她曾在 1967 年发表中篇小说《被遗弃的妇人》，其中将女人的嫉妒，深切的无奈，表现得深邃哀婉，仿佛被遗弃的那个女人就是她自己。

如此，精神大师们尚且在妒忌这一领域中屡战屡败，不知道激流岛上的顾城和谢烨，为什么不能从中吸取教训，偏偏要激流勇进，重蹈覆辙。可能是偏僻的激流岛让诗人和诗人的妻子怀了某种乌托邦的幻想吧。而他们与《女宾》不同的是，这一次积极倡导“三人家庭”的不是女人，而是男人。是顾城在要求谢烨，一定要想方设法把英儿接过来，接到激流岛。或者，这只是《英儿》那本书，为我们提供的或者虚构或者真实的背景。

在《女宾》中，是波伏瓦退而求其次地不得不走出这一步。这在她后来的作品中反复呈现。当她得知，萨特的爱已不可变更，她没有爆发，而是顺其自然地迎了上去，接受了既定的事实。这就是波伏瓦作为女人的人生姿态，所以，她是聪明的，智慧的，有着文化教养的，有着控制力的。可能因为她和萨特相爱之初，就立下这个冷酷的契约。还可能，她对她自己充满了自信。

总之，波伏瓦采取了某种中国式的方式，所谓中庸的温文尔雅的逆来顺受的态度，这一点很像忍辱负重的东方女人。她总是能把被遗弃女人的心境，描摹得入木三分，铭心刻骨。当然，她的体验只是为了告知那些不幸的女人，连同她自己，这些小说，显然并不是为了唤醒女性的觉醒，而是她对内心生活的深切诉说。

波伏瓦的退而求其次，只为了能永远拥有萨特。她对萨特的爱，是源自于生命的，这一点谢烨可能也一样。因为她太爱顾城了，才会费尽心力，把顾喜爱的女人拉进他们的生活中。这是怎样的一种境界？有点像正室中通晓事理的大太太。

谢烨，显然格外地爱她桂冠诗人的丈夫，尽管顾城并没有真的被封为桂冠诗人，而只是戴着那顶很高的、很标新立异，也很虚伪做作的高帽子。他的妻，无条件地崇拜他，迷恋他“黑夜给了我黑色的眼睛，我却用它寻找光明”的诗行。但谢烨毕竟是谢烨，她死于非命之前，不过是一个被掩在顾城熠熠光辉之下的无名的女人。

她没有波伏瓦的声名，也没有震惊法国文坛的《女宾》，以及获得龚古尔奖的《名士风流》，更没有像闪电一般，至今照耀在女性天空的那本永恒的《第二性》。谢烨啊，只是谢烨，那个顾城在火车上遇到的单纯女孩，后来又成了那个神经质的天才的朦胧诗人的妻子，成了那些出自顾城之心灵的那些诗的读者。谢烨之所以能够和顾城结合，不单单是因为她喜欢顾城的诗，还因为她和顾城精神的某种契合。

她内心潜藏着日后可能会大放光彩的她的才华。但是在激流岛上，谢烨的文学潜质还未曾被真正地开掘出来。她只是以一种美丽而忧伤的情思写了《英儿》中“雷米”的那部分，只是顾城的这本书中的一部分罢了。她是顾城的妻子，却不可能和顾城一道获取文坛的盛名。她追随顾城出访，不过是因为她是顾城的妻子。她没有自己的成就和头衔，甚至没有独立的人格。她只能是诗人顾城的那个附属品，似乎永远走不出顾城的阴影。

于是，这样的谢烨，只能无条件地服从顾城的意志，将英儿接来。她知道顾城是想念英儿的，可能也知道英儿来后会发生些什么。但是她为此劳碌奔波，只是因为爱顾城，她不想让顾城因英儿的不能到来而沮丧失望。

后来，英儿来了，果然来了。

她看到，英儿的出现，让顾城满面春风。她也知道，顾城肯定会和英儿发生什么的，就像是波伏瓦的比安卡。作为妻子，谢烨必定是痛苦的，但她容忍了这一切，这个既定的事实。从此周旋在两个女人之上的，是那个暴君一般统治着王国的男人。那个童话的王国。

从此，伊甸园一般地男耕女织，每个人都在涂抹着诗歌，创造着真正的乌托邦方式。在激流岛上，养鸡，和田园牧歌，看似天籁一般的和谐。

而潜流是深刻而痛苦的，还有逐渐的游离。彼此恨着，却又同吃同住同劳动。紧接着，虚伪支撑了一切，看得到和看不到的。所有的女人，都想显示出她们是无私的，不在乎夜晚睡谁的床，唯有男人是天地的主宰，无论他想要什么。他全部的目的，就是得到，他果然得到了，两个女人的爱，成为激流岛上唯一的受益者。

波伏瓦和萨特闹剧的结果是，犹太姑娘永难抚平心灵的创伤。而两位大师在伤害他人之后，又重归于好，爱情依旧，这就是结局。

而顾城们的试验所导致的，却是永难磨灭的灾难。

是的，死亡。

除了悄然逃离激流岛的英儿得以幸存，那个田园诗般的家园被彻底毁灭了。顾城凶狠地砍杀谢烨，后又悬木自尽。留下可怜的小木耳，没有了爸妈，也不再疯狂。怎样的绝望和悲剧，毁了自己，才能烧掉生命的船。

黑夜中，再也找不到黑色的眼睛。灯灭了。从此不再燃烧。

之后要说的，是我 1997 年的一个中篇小说《当另一个人走进来》。那时候我一直很惶惑，不知道小说的结局会是怎样的。一个看似幸福的家庭，另一个女人闯了进来。小说中的两个女人其实是一个女人的两面，一个自甘迷失于男人的牢笼中，另一个则敢于超越常规，甚至背叛爱情。于是两个女人和一个男人搅在一起，不再有平和宁静的生活。

所以，我一直想知道，一个女人的忍耐力和承受力究竟有多强大？而一个男人和不同女人的周旋，又有着怎样的欢愉？他们为什么难以抵御门外的女人？又为什么总是把罪恶归结到女人的诱惑上？他们何时才能偃旗息鼓，直到厌倦不堪的那一刻？他们是用怎样邪恶的手段丢弃那些女人的？他们又是冒着怎样的风险，侵害自己的家庭的？

就好比，萨特勾一勾小手指头，对波伏瓦说，西蒙娜，我需要你，她就会立刻从美国飞回巴黎，把日夜盼望和美国情人相聚的时间从三个月减到了两个月，因为，萨特的计划改变了。亦如顾城说，要英儿来，谢烨便竭尽全力。而顾城又说，英儿走了，你不能走，谢烨便惨遭杀戮。

或者这就是男人毁灭的力量？

有时候，爱就等同于自我的毁灭。

叔本华为什么恨女人

在某个年代。

我曾经那么崇拜叔本华，他的悲观主义哲学，无疑深刻地影响了几代人，听听他这本论文集的名字吧——《爱与生的苦恼》，怎样的绝望。他为什么非要把生存与爱想得那么忧郁呢？再看这位伟大的哲人的画像：那风一般的疯狂，向后吹去的乱发，那充满了忧郁的不幸的怀疑一切的且顽强的不屈不挠的又掩藏着深刻悲哀的目光。是的，男人的目光。于是，他看起来是自负的，愤世嫉俗且怀才不遇的。似乎所有人类的不幸，都被封锁在他那张紧闭的嘴中。他生在波兰，长在德国，混在哲学中，凝聚着思想、智慧和意志。所以他影响着第三帝国，所以，在某种意义上，他就是希特勒的帮凶，杀戮的温床。他恨这个世界，恨人类，更恨女人。

曾几何时，这位哲学家如此令人崇敬，仅只是因为，他的思想闪耀着悲哀的光芒。一个悲观的哲学家。但读了他的《论女人》，才愈加懂得，他为什么是智者。那所有的，关于女人的真知灼见。才知道，原来智者也是性情中人。他莫非真的看到了女人的本质？或者，他只是以个体的经历与悲欢来揣度女人，哲学家也有被蒙蔽的时候，他认为他个体的经验就是集体的。于是他将个体的经验形而上起来，进而演变成关于女人的普遍真理。一个智者怎么能这样？

尽管他是伟大的思想家，尽管他的学术著作满天飞，尽管，他已成为灯塔一般愚昧的导航者。

那么，倘若他的思想本来就是愚昧的，愚昧者岂不更愚昧？

听叔本华怎样说女人。

他首先谴责欧洲的法律，站在貌似反叛者的立场上。他说，欧洲的婚姻法为男女取得了平等的地位，但这种法律的出发点根本就错了。欧洲的一夫一妻制，无疑减少了男人一半的权利，却又增加了他们一倍的义务。

这位现代西方的思想大师还认为，大自然并没有给予女人理性，而法律这种理性的产物却尊重了没有理性的女人，这本身就违反了大自然的法则。他认为，男女平等无疑是一个错误，他甚至以为，欧洲的这种给予女人相当的地位，不但会引起亚洲人民的笑话，甚至古希腊、罗马若泉下有知，也必然会耻笑他们的不智。

我是原原本本地将这位天才哲学家关于女人的观点抄录于此的，那么女人们还愿意让他这种大师，为你在茫茫的大海上导航吗？当然是“不”。他的貌似现代、貌似深刻的论点，其实是在维护那种封建落后的原则，是在践踏着他为自己建立的那座人生哲学的殿堂。

叔本华。

一个智者。

不知道他为什么恨女人。

同样在《论女人》的文字中，他满腔仇恨地暗示了他对女人的恨。如此伟大的哲人。尽管伟大，但作为一个男人，他无疑是失败的，他将他的不幸，变成了某种扭曲。

他此生唯一能亲近的女人，就是他的母亲。而他的母亲，又没能给予他所应有的母性的关怀，这无疑影响了他的人生。所以叔本华一生恨女人，尤其仇恨那种所谓“淑女”的女人，那类有着思想和知识，渴望获得男女平等的女人，因叔本华的母亲就是这样的一个女人。她有着无穷的才华和毕生为之奋斗的目标。她智慧，且酷爱文学，在歌德的帮助和提携下，成为德国风靡一时的女作家，她把她的聪明才智遗传给了儿子，但同时也给了他孤独的天性。

总之，母亲所给予叔本华的，只是“义务性”的母爱，家庭中根本就没有那种充满母性光辉的亲情。加之父亲骤逝，母亲忙于实现她自身的价值，将这个孤独傲岸、性格暴躁的天才，丢弃在缺少温暖的大宅子中，扭曲地长大。

后来母亲带着亡夫的遗产移居魏玛，并在叔本华的青年时代与别的男人同居。叔本华显然目睹了母亲的浮华与轻佻（他那时不能理解母亲对那个男人的爱），无法忍受母亲的生活。于是，他对母亲的不满与日俱增，如哈姆雷特一般陷入了羞耻和烦恼中，并为死去的父亲抱不平……

这样的不幸，无疑在大师心中留下了挥之不去的阴影，自然也就凝聚在了这部极富思想的《论女人》中，使之成为他许多著作中一部不朽的名篇。

他说，丈夫长期辛勤劳作所获的财产，一旦落入女人之手，由于她们的无知，便会在极短的时间内，浪费殆尽，或被其遗孀及其情夫共同荡尽……

这就是叔本华的不幸，被扭曲的人生。

那么，这不是叔本华自己的生活吗？他怎么能把自己当作哲学的真理，当作对女性这个群体的评价呢？那么，叔本华的哲学就是这样诞生的吗？以他一己的生活升华为哲学的理论，那么，我们为什么要信他的哲学？

于是，叔本华母子的不和，很快成为这个残破家庭的终身悲剧。没有人想去拯救，留下的只有悲哀。

当叔本华终于雄心勃勃地写出并出版了歌德赞赏的天才处女作《论因果律的四种根源》时，他在母亲那里得到的又是什么呢？这就是男人为什么只能欣赏那些知识女性，却很难同她们真正生活在一起，母子也是一样。

正因为那个天才的母亲不相信在一个家庭中会出现两个天才（母亲是有点极端的知识女性，她的成功使她太自信也太目空一切了），于是她对儿子的学术论文始终不屑一顾，这当然激怒了同为天才的叔本华。为此他愤恨地说，等到纸篓里再也找不到你的作品时，还有人会读我的论文。接下来母亲反唇相讥，说，也许如此，但到了那时候，你的著作仍是摆在书店里的初版（可见自那个时代起，作家们就在拼命追求再版率，不能再版的书，当然不会是好书）。叔本华当然不甘示弱。他一定说了许多更激愤、更难听甚至更险恶的话，激怒了他的母亲，结果挤对得他天才自负的母亲，一气之下把他推下楼梯。

路走绝了。

据说，这便是他们母子最后的面对。从此，叔本华再没有回到过魏玛，尽管，他母亲此后又在这个城市里生活了二十四年。

这便是切肤的创伤。母亲给予他的。

当男人受到如此伤害，他怎么能承受这种女性的文明进步呢？于是他把他的母亲当作了女性的败类，他怎么可能积极支持女性的自由平等呢？所以，他才会积极呼吁亚洲的封建婚姻制度，认为以男人为中心的婚姻制度才是最合理的。当然这只是他的一己之见。似乎只有这样，他才能有效地限制住那些如他母亲一般追求自由平等的女性，让她们永远被囚禁在男人的牢笼中。

大师便是如此落在了时代和真理的后面。

这种来自母亲——女人的伤害，其致命性在于，它使一个正常的男人变得扭曲。从此，他几乎毕生仇恨女人这个群体，且过着长期没有女人的孤独生活。大师的精神状态始终是抑郁的，这个杰出男人的性格变得越来越古怪。他毕生被恐惧和邪恶的幻想困扰着，睡觉时，身边始终放着装满子弹的手枪。他并且不肯把自己的头发交给理发师，只要一听到传染病的鼓噪，便会神经病一样地四处奔跑。在公共场合宴饮时，他总是带着自己的水杯。他把票据藏在旧信中，把金子藏在墨水中。总之他在世间的所有关系都是病态的，他怕死，怕有人会杀他，妄想且偏执。这当然是他母亲，而不是别的女人带来的。但是，他已经不再信任这个女性的群体了。

而这个疯子一般的大师，竟毕生热衷于诽谤。他先是看到母亲孀居后，与另一个男人产生他所不能接受的爱。再就是他自己在青年时代，和一个大他十岁的女演员若即若离，最终破碎的初恋。前者令他厌恶，后者让他痛苦。这便是一个男人在生活中遭遇到的最切肤也最惨痛的失败。

于是，他恨女人，进而建立起仇恨女人的世界观。这样的屈辱，几乎主宰了他的一生。从此他远离女人，孤军奋战。他病态地爱着她们，又永远将她们视为不共戴天的敌人。

从此他不愿接近女人，对她们总是疑虑重重，以致终生未娶。他与女人的关系，就是任由她们来处理他的性欲，事后，没有任何感情的联系。

当然，他可能也感受过所谓的爱情，因为他在《爱与生的苦恼》中这样说过：当爱情达到更深一层的阶段后，他的思想不但非常诗化，还带着崇高的色彩。就好像脱离了人类本来形而下的目的，他们的心灵已超然于凡俗之物，飞扬于比自己更高的空中，进而在形而下的肉体欲望中，于无形中罩上了世俗的庄严。

这便是叔本华自己所亲身体验的，那种恋爱的诗化与崇高，那种超凡脱俗的浪漫。但，叔本华笔锋一转，就开始亵渎爱的本能。他认为一切的诗化和崇高都是骗局，唯有性交才是人类真正的目的。而人类在性交中所追求的，其实也不是肉体的快意，而是第三者。

即是说，孩子才是人类彼此吸引的根源，也才是肉体犯罪的根源。所以所有让人神魂颠倒的肉体的欲望，其实都在被那个想要出生的孩子所捉弄。

所以，叔本华始终没有孩子。自然，他也绝不会陷入孩子的圈套。

他不仅不要孩子，也不要女人，并且永不停歇地与她们为敌。

如此，这个被称作伟大的思想者的人，独自一人活到了七十二岁。

这就是他的那幅肖像画。头发如火焰般顽强地燃烧着。眼睛里始终闪烁着怀疑和痛苦的光芒。

后来叔本华为自己开脱，他说他的不幸就在于，那些与他亲近的女人欺骗了他。她们在情感上的不负责任，让他变成了一个不健全的人。他的智性，因此也就是残缺的。后来，他干脆把这些仇恨说了出来，那就是被世人所熟知的《论女人》。他用酣畅淋漓的文字骂女人，借以掩饰他在女人那里的失败。所以，叔本华才能成为那个悲观主义哲学的大师，因为他的一生，就是由苦恼和悲哀组成的。

从女人而始的悲哀，到 1948 年法国大革命的幻灭，叔本华厌世的思想代表了整个时代的思想潮流。从求生的意志，到遁世的禁欲，叔本华没有走向未来，而是回到了过去。所以今天看来，他可能并不伟大。尤其《论女人》，只能成为当下女权主义者们的众矢之的。他没有让男人和女人组成一个和谐的世界，在这一点上，他令我们失望。

怎样成为自己

弗洛姆曾非常郑重地提示我们，尽管，那都是他几十年前说过的话了。但八十年代才刚刚开始，我们似乎就不再读弗洛姆了，当然也不读弗洛伊德或萨特了。他们好像成了过气的英雄，他们的典籍和思想也随之束之高阁。那时候，我们干脆摒弃了经典，不读书，也不再思考，似乎生活中已不再需要大师们的哲学。

我们，为什么要屈从于大师们的理念？

弗洛姆是一位主张爱和善的哲学家。他认为爱而不是恨才是人的本性。这样的认识，对于一个德国人来说无疑是悲剧。他于是只好于 1930 年移居美国，以躲避纳粹恐怖政权的压迫。他是到美国之后才开始研究爱的艺术的。但不幸的是，在研究爱的课题时，他却经历了二战和战后所带给人类本性的破坏。迷茫和绝望。弗洛姆就像是混战之中拼命燃烧着的那支风中之烛。当然他依然锲而不舍地向人们提示着爱。他的执着，就像是与风车搏斗的堂·吉诃德。他不断地呼吁，在关于爱的领域中一定要有规则。要专注，要耐心，总之要善待“爱”这门艺术，还要努力地去做，认真地去实践。

在九十年代后，我们终于又开始读弗洛姆的书了，那是因为，我们从理想主义者的弗洛姆那里，确实得到了什么。那股清新的风，以及，纯粹而彻底的宁静。

他提示我们，要按照规律的时间起床，每天奉献定量的时间于沉思，阅读，或聆听音乐，或散步。

同时要避开那些行尸走肉者，那些肉体尽管活着，灵魂却已经死掉的人。要避免那些思想和谈话都琐屑不值的人，那些用喋喋不休代替谈话的人，以及那些用陈词滥调代替思想的人。总之，弗洛姆就是这样提醒我们的，这一点很重要，尤其要摒弃那些毫无意义或意思的交往。

弗洛姆的提示，难道不让我们深获裨益吗？不和那些没意思的人交往，一些想成为自己的人通常能做到这一点。他们看上去似乎显得有点冷酷，有点自私，有点不近人情，或感情用事。但想一想，我们第一次见到、第一次听他讲话就觉得无聊至极的那些人吧。我们何苦要把生命花费在这些人的身上呢？我们始终要坚守自己，哪怕伤害了那个可能本质上并不坏的人。他或者会递给你他的名片，但转瞬就被你统统地、毫不犹豫地丢进垃圾箱，因为你确信，你将不再和他交往。即或他不是行尸走肉，只是有点夸夸其谈，但只要你觉得他的举止让你不舒服，便立刻远离。再即或，他是有思想的，只是他的思想不对你的胃口，你也依然可以干脆扭转头。为了避免无聊，你可能会得罪人。你还可能被认为是一个实用主义者，是那种自私的急功近利的人，那又何妨？在弗洛姆的标准下，只有一个，那就是时间和意义的等式。

后来，独自在家或与亲人共处时，闭门谢客就成了原则。不欢迎来访者，因为你不知他是不是一个思想和谈话都琐屑不值的人，哪怕因噎废食。他还惧怕无聊的聚会，莫名的热闹，讨厌那种把人腐蚀成白痴的清谈。是的，他唯有拒绝。

把自己封闭起来。只和书在一起。有书的陪伴就足够了。你还可以把那些你认为没有意思的书丢掉，那些以陈词滥调替代思想的。

而书被丢弃的时候，也不会发出声响。而你，却拥有了你真正想拥有的，那些滋养了你的，给予你力量和灵感的，那就是你的生命，书和灵魂的。

封闭起来，多么好，你于是变得纯净。就像摒弃了所有杂质的纯净水那样，清澈而透亮，透过清晨的阳光。只要，你能沉静下来，耐得寂寞。

于是选择了远郊的房子。觉得只有在那里，才能真正远离琐屑，按弗洛姆的教条生存。听起来很像小布尔乔亚。但这里并没有中世纪古城堡窗下情意缠绵的小夜曲，而是弗洛姆成功地将现代生活归结为“享乐”二字之后，悲哀地为人类开出的一个拯救自我的良方。

赫胥黎说，今日每个人都很幸福。

然后弗洛姆跳了出来。今日每个人都很幸福，究竟是一种怎样的景象？（这位在海德堡大学和慕尼黑大学读过书的学者，其实很文雅。他戴着一副金丝边的眼镜，很深沉很专注的样子，自然也很儒雅。他只是在年轻时，经历了1920年间横扫德国的文化大破产。）他想要解释现代西方为什么每个人都很幸福。

他认为，当今的幸福就在于“享乐”，而“享乐”的意思，就是消耗和“纳入”大量的商品或景色（旅游为什么会如此盛行）。饮料（可口可乐百事可乐咖啡或红茶，乃至于各类水果汁蔬菜汁威士忌干白干红矿泉水之类）。香烟（万宝路希尔顿的广告铺天盖地，连同走私的骆驼或三五，以及我们自产的香烟）。人（男人女人，或者孩子，收养孤儿已成时尚）。图画（我们的社会终于进入了读图时代，凡·高的绘画拍卖价不断再创新高，由俗人拍得那些高雅的作品，读莫奈的画，蒙克的画，毕加索的画，圆明园漂泊艺术家的画作已成风尚，画就是品位，好像也是思想）。书籍（方兴未艾的名人隐私充斥着图书的市场。货架上五彩缤纷，众声喧哗，却没有真正的经典。在读图的时代，猎奇已代替了思考。生活的日新月异，不断更新的高科技，也许读者并不想获取知识，只是快节奏的生活让他们失去了耐性）。电影（各种大片小片大制作小制作国产片进口片分账制的片和非分账制的，获奖的或没有获奖的有票房的和没有票房的，《拯救大兵瑞恩》和《泰坦尼克号》的，如今又添加了电视这种家庭的屏幕）。多么难以置信！

我们身边这一切，都将消耗殆尽，吞下去，这所有的商品。景色，饮料，香烟，人，绘画，书籍，电影，都是用来消耗和享乐的。所以弗洛姆说，这个世界是一个满足我们欲念的巨大的填充物，是一只大苹果，是一个大酒瓶，是一个大乳房。我们是吸吮者，永远在贪求（得到了一个女人的芳心，就还想得到另一个。买到了一件漂亮的裙子，就想再买能与之相配的上衣、外套、鞋子，乃至于头饰、手表以及各色的指甲油。某个不小心发了一笔小财，就想做成更大的生意，投更大的机欺诈更多的人，再逃更多的税。有一套房子，就想再拥有一座别墅。去过了热带风情的东南亚，就雄心勃勃地想去美国，去欧洲，去西非或者去德黑兰）。

而永远失望的是（彻夜坐在电视机前，看一个接一个的节目，不断转换的频道。直到你闭上眼睛，无比沮丧，以至于扭头就忘记了刚才的情节。就像是你读过了无穷无尽的报纸，却最终一无所知那样。再好比你不停地逛商场，买衣服，以至于你的衣服已多到没有地方搁，你反而没有了满足感。以至于衣服越多，越没有了可穿的衣服。再好比，你不停地发现新的男人或女人，你与他们相爱，一个又一个，可最终又能怎样呢），我们永远准备着交换或接受，永远在追求新鲜刺激的东西，然后把它们消耗掉。无论是精神的还是物质的，总之我们的欲望和享乐，就像是一个巨大的无底洞，是那种纯粹意味上的欲壑难填。

所以弗洛姆成为大师。

是因为他写于美国梦时代的那篇《现代西方社会、爱及其瓦解》，对今天依然适用。于是我们看到了“瓦解”正在向东方延续。我们的生活，正在失去精神的家园，所以弗洛姆是划时代的。今天我们之所以要读他的书，是因为他把握了这个时代的真理。这个深邃而专注的、有着理性光彩的男人，因为他出生在太阳从人类现存世界中坠落的时代（多么不幸），所以他坚持而且有点偏执地认为，西方人的生活走错了方向，因而他的作品充满了批评精神。战争、文化、探索、心理分析或全球性的漂泊感，都是他论辩的主题。没有一个哲学家会像他那样，如此热烈地谈论自由、正义和博爱。也没有任何一个作家会像他那样，如此推崇人类的精神力量。他认为，现代社会文化无情地、有系统地剥夺和毁坏了人心最深的也是最高贵的力量。他为此而痛心疾首，于是他不遗余力地总是在他的著作中告诉你，什么才是你应该拥有的正确合理的生活，为你开出一张又一张寻求拯救的良方。

所以，不同毫无意义的人为伍，不要让他们浪费你的生命。

这个出生于古老德国的哲学家，尽管多年客居美国，却永远不忘德国的沉思（这里是歌德的故乡），阅读（这里诞生了黑格尔、尼采和叔本华，还有他自己），聆听（贝多芬、巴赫、瓦格纳和勃拉姆斯的）音乐，还有（在中世纪的古堡中或绿草茵茵的原野上）散步。

如果能这样生活，我们还会获得什么？

把家搬到远离城市中心的某个地方，就意味着远离尘嚣。从此你可以不再为尘世所困扰，哪怕几许荒凉。秋天的苇塘，伴随着心灵的力量。沿着弗洛姆的方向，读书，或聆听勃拉姆斯，在郊野的荒寒中散步，是因为你想成为那个精神上高贵的人。当然，即或是你最终也没能成为这种有着精神力量的人，也不要紧。因为你并没有放弃。

所以当想到亲爱的伍尔芙和杜拉斯时，才真正体会到，她们为什么总是喜欢住在远离尘嚣的地方，又为什么总是在抱怨伦敦或巴黎令她们窒息。没有外部环境，不能思考，也不能安心地写作。所以她们出逃。到郊外或乡下，离海更近的地方。她们两个一样都是那么深邃地爱着大海，海浪和灯塔，还有堤坝。然后就成了她们自己，那种深沉的只属于她们自己的那个自己。

你的思想你的阅读你的聆听你的音乐，和你的散步，是的，这是任何别人所无法替代的。其实并不难。只需要一种控制的能力，那深沉而美好的愿望。

然后，让我们来读伍尔芙，她花园房间里所写的那些日记。比起伍尔芙那些深邃的意识流的现代小说，我似乎更喜欢她去世后，她的丈夫伦纳德为她编选的那本日记。那是种更切近也更平实的心灵诉说，没有被矫饰过的。你能听得懂，觉得和你很近。或者她说的，简直就是你想要说的，尤其她和你一样是女人，一样热爱着艺术和写作。

所以，伍尔芙个体的经验在某种意义上，也就成了写作女人的哲学。尽管杜拉斯说，她从未看到过男人读伍尔芙的书，当然她自己是读过的。伍尔芙的日记里遍布着思考，毫无功利之心，因她并不知道，她的日记会在她倏然而逝之后出版。她只是写。随着性情，边写边想，写得很累很辛苦。她同时还要阅读。她总是在日记中提到她要看谁的书，或者她已经看了谁的书。她出生在十九世纪的末尾。她要一丝不苟地读完上个世纪所有的经典。

勃朗特姐妹的奥斯丁的狄更斯的普鲁斯特的还有托尔斯泰的。她还要急急忙忙地去追赶她同时代的那些伟大的作品，读哈代读曼斯菲尔德读陀思妥耶夫斯基读创造了《尤里西斯》的那位都柏林的乔伊斯。她始终不知疲倦地读着。

在她的这个漂亮的花园房间里，她想要知道这个世界的文学究竟是怎样的，为什么灿烂，或者，还有什么缺憾。她几乎读遍了她所能读到的所有文学书籍，并且为那些书写下一篇篇闪烁着智者光辉的书评。这些书评被结集出版的时候，她为它定名为《普通读者》。后来又出版了《普通读者续集》。这便是这个高贵的女人阅读的结果，是阅读把她带到一个崇高的境界。

她热爱阅读。她甚至把不能阅读当作了她自杀的一个重要原因。

然后，她描述她的散步。在她的不断变换的寓所中，她总是会在傍晚时分走出房间，散步，或者种花。包括在战争中。当伦敦被轰炸，这个几近绝望的女人，依旧在瓦砾中漫无目标地走着……

后来她远离伦敦，回到僧舍别墅，记录下她所看到的伦敦。原先熟悉的街区成了荒芜的废墟，挨了炸弹，夷为平地。周六，这里有一次大火，然后看到了一堵残壁，有个角落被风蚀了，另一角也已成了粉末。到处是灰尘，窗玻璃全都破了，还有旅客。所有的一切，全被毁灭了。

不久，连伍尔芙自己也消失了。花园的房间里再不会有人去思考。阅览室里的那些书，也再没有人去读了。黄昏的小路上，再也看不到那个妇人的身影了……

是战争毁灭了一切，尤其毁灭了心灵的生活。

她倘若能留下来，不知道又会写出怎样更为不朽的关于战争的作品。但可惜，她的身体太羸弱，她的神经也太脆弱了。她终于没有能承受住这场可怕的战争。是的，是战争毁灭了她。

最后她说：

一定要记住你的责任。一定要更高尚，一定要更重心灵。

一定得照亮你自己的灵魂，它的深深浅浅，它的爱慕虚荣和宽仁。

一定得说你的美丽。还有你的平淡的容貌，对你有什么意义。

又说，成为自己比什么都要紧。

这是她的遗言。

于是我们进入了另外的话题。那就是，当我们拥有了弗洛姆式的有思想价值的生活，那么，我们怎样才能成为我们自己呢？

接下来抄录的，依然是伍尔芙的话。她的话有时候就像座右铭似的，在鞭策并提醒着我们。

那天，在花园的房间里，她可能很懊恼。因为在那个不知是什么天气的早晨，她听到一位叫卡的女人说，我不喜欢《在果园里》这一章。这当然是对伍尔芙的打击。因为《在果园里》这一章，是伍尔芙呕心沥血写出来的，所以她沮丧。而她的沮丧所导致的，是她终于觉悟到，我重又不为世人所了解了，只为爱好而写作。还有，我感到没有外界的表扬我也该心满意足，继续写下去。再有就是，我想我已打定主意，不准备为大众所接受了，我是真心实意的，我尊重他人的冷淡和非议，因为在我看来，这是我必须付出的一部分代价。我要想怎么写就怎么写，他们也尽可以想说什么就说什么。

这是伍尔芙的肺腑之言吗？

事实上，她的每一本书写好后，都在急切地等待着批评界的评判。因为她是凡人，所以她很在乎这些。她只是在她的书遭到冷遇，或被认为是毫无意义的作品时，才会在日记本上发发牢骚，不敢把真实的想法发表出来。那是每个人心里都有的隐秘。谁都喜欢被表扬而不喜欢被冷落。那个早晨，她的书受到卡的批评，她才会说这些。只要，写你要写的东西就行了，为那些不足为训的批评而牺牲你自己的想象力，是最卑鄙的自欺。你千万不要被伍尔芙的气话所蒙蔽，因为一旦有人说，这真是一部伟大的作品时，伍尔芙还是欣喜若狂的。那些气话，不过是私下里的宣泄罢了，想不到英格兰古堡中的现代主义大师，竟也会有着鲁迅笔下乡下人的心态。

但伍尔芙毕竟是伍尔芙。她到底从反话和气话中，从偶尔的挫折和失败中，总结出了关于作家的至理名言——

不要梦想去影响别人。

成为自己比什么都重要。

从此，她牢牢记住了伍尔芙的这句话。而她唯一的愿望就是成为她自己。

写作之于激情

关于杜拉斯我已经说过很多。

我无法讲述我对杜拉斯的迷恋。这迷恋已经持续了很多年，近乎毒瘾一般的。杜拉斯就是那枝罂粟，开在遥远的法兰西，远远近近地诱惑着你。我曾将她的《琴声如诉》《痛苦》《情人》以及《广岛之恋》《物质生活》反复阅读。是那种无限愉悦的阅读。已经不单单是爱不释手，简直就是迷狂。去追随一种思绪，一份爱情，一种你自己心里的东西。而不是她的，不是杜拉斯的。以至于弄得尽人皆知。于是突然有一天，在拥有了杜拉斯的几乎所有作品之后，我开始拒绝。

不是因为我不再热爱不再迷恋这个用感性和激情写作的女人了。

杜拉斯之于我，就是写作和激情。

为了戒掉杜拉斯这份精神的毒剂，为了不再让自己在她的精神笼罩下迷失，我甚至在我的文章中每每诋毁她，就像某个年龄段的青年那种没有道理但却不顾一切的反叛。我想这对于杜拉斯一定是无足轻重的，因为她的特立独行在她自己的祖国就已经遭尽批评和指摘。

我拿她与我同样敬仰的另一位女作家弗吉尼亚·伍尔芙做比较。我说比起伍尔芙，杜拉斯简直就不是知识分子（其实在法国，杜拉斯是被经常称为知识分子的，因为在有着丰厚文化素养的法国读者心中，这个女人的那些难以读懂的小说是非常知识分子化的），甚至算不上一位知识女性。她的小说更多地来自于物质的世界，而不是精神本身。如果说杜拉斯有思想，那么她的思想也是来自于她得天独厚的感觉，因为她更多的是生活在感官的世界中。感觉就已经足以让杜拉斯成为小说家了。于是她无须读书，更无须像伍尔芙那样每天费心费力地并永无尽头地去思索。

就是这样。杜拉斯。在感觉的世界中。行动。包括革命和激情。徜徉于惊世骇俗的两性关系中。崇拜或者去爱某个生命中的男人抑或女人。然后记录下来。真实或略带夸张。有时候也会有些许的虚构（仅仅是为了避嫌）。而后在漫长而缓慢的写作经历中，不停地重复。重复。变奏。然后依然是重复。除非有新的事件在她的生命中发生。于是有新的激情。激情带来的新的对世界和人生的感悟，上升为杜拉斯式的真理。而她的这些对于人类的鞭辟入里的解析，又是在她那独到的无与伦比的话语指引下完成的。

我不知道我的这种比较和判定，是不是伤害了那个我如此挚爱的并且已经死去了的杜拉斯。其实我伤害了她，在某种意义上就等于是伤害了自己。是自伤。因为我的写作本来就是在她的阴影的庇护下成长的。很久以来，我也曾像她那样，不那么强调知性，任凭故事消失在被话语统治的迷茫中。于是我想摆脱，急于摆脱，去寻找一个更加丰富的文化背景。在那里，不是只有杜拉斯，还有伍尔芙、福克纳，以及风格迥然不同的昆德拉，或者，别的什么不朽的作家。

杜拉斯总是那样直接。她的几乎所有的思想，竟然都来自她自身的疼痛。有时候她会很匆忙地用文字记录下她刚刚经历过的那一段切肤之痛。大概也是因为她的无奈。她所爱的男人逃离或者背叛了她。她怎么办？要安慰自己，浇心中块垒。所以写作。也许仅仅是为了生存的平衡。于是直接。于是感性。而她的过人之处，在于她会在事实的基础之上创造出一个动人的变调来（有时候干脆就是他人的故事）。那个变调的旋律又是那样亦真亦幻，高贵而优雅，甚至是那样接近着人生的真理（包括爱与仇恨）。这真理又不是那么深奥地悬浮于精神之上，而是飞扬着的灵动的激情的，被她的那些美丽的构想所负载，又被她那么通透精致的语言（也或者是我所敬重的那些杰出的翻译家的语言）所引领。

我一直以为在杜拉斯那里，经常是语言在先，而不是故事在先，更不会是思考在先。她首先看到，有所感受，然后描述。用墨水和笔。那些纸上的东西。动笔之前，有时候她甚至不知道那将是一个怎样的故事。是笔的行走带着她。也就是语言带着她。那么感性的。语言是第一要素。仅就杜拉斯而言。然后故事就有了。人物就有了。还有情节。那么栩栩如生的。思想自然也就在这一切之中悄然来到了。

很多年来阅读杜拉斯（顺便要说，是的，我一直不习惯用杜拉斯称呼杜拉，这不仅仅是一个称谓的转换，是因为在过往的杜拉那里，曾经承载着我那么多的关于文学的梦想），或者我的所有的杜拉斯的书籍，对我来说，我所拥有的仅仅是印刷和装帧设计之外的那个杜拉斯的本质，当然也包括那些翻译家们的辛勤劳作。我从来没有想过那个承载着杜拉斯灵魂的包装也是我的一种拥有。

要说的是，2005 年 7 月，当我得到了这套在中法文化年中由上海译文出版社出版、傅雷出版资助计划和法国外交部资助出版的这套“玛格丽特·杜拉斯作品系列”时，我的那种再度拥有了杜拉斯的心情是怎样的喜悦。而且是第一次，我把这套丛书精美的装帧，也当作了一种意外的拥有。那淡淡雅雅的只有着高贵色彩和黑色字体的封面，那略显粗糙的乳白色纸张，那若有似无的版式设计，那排列疏朗的清晰文字，特别是拿在手里时的那种大小适中的舒服的感觉……我才恍然，是啊，杜拉斯为什么不能这样地去拥有呢？那种真正意义上的内容和形式的完美统一。

何况，这又是出自我无比信赖的上海译文出版社。

此次出版的“玛格丽特·杜拉斯作品系列”，共包含了《情人》《写作》《广岛之恋》《昂代斯玛先生的午后》《夏夜十点半》《广场》和《劳儿之劫》等七部作品。应当说这第一部分（但愿会有更多的作品不断问世）杜拉斯的作品系列是极富创意的，读者应当可以就此了然杜拉斯的一斑。

《情人》让杜拉斯获得了她曾经失之交臂的龚古尔奖，而后是她的《痛苦》再度折桂。

《夏夜十点半》和《昂代斯玛先生的午后》是她的中期创作，此前有《琴声如诉》，此后是《劳儿之劫》。

《劳儿之劫》和《副领事》是杜拉斯非常重要的作品。她生命中的最重要的人物（无论劳儿，还是出现在劳儿舞会上的那个穿黑裙的女人，抑或那个因爱而疯狂的副领事）和地域都将在这两部作品中出现。也许看过了才会知道，为什么这样的两个女人和那样的一个男人之于杜拉斯会那么重要。

《广岛之恋》在电影史上是永远不能忽略的经典之作。不是因为电影导演雷奈的“新浪潮”身份，而是因为电影编剧杜拉斯的新小说写作。是杜拉斯将这部电影带进了那个辉煌境界的，这毋庸置疑，但是不知道为什么谈到《广岛之恋》，却总是要首先提到雷奈。

过去看《广岛之恋》，只是单独看杜拉斯的这个文学剧本，从没有读到过现在这样的版本。除了剧本，还将杜拉斯所有关涉这个剧本的文字全部收录了进来。从“剧情”到“剧本”，再到附录中关于男女主人公的阐释，甚至，关于场景和画面的那种种文学的描述。这就让我们看到了杜拉斯创作这部电影剧本的整个过程。那个流动的过程，交汇的过程，不同层面的思考。属于杜拉斯自己的那种独特的方式。

而《写作》又是什么？是杜拉斯的遗嘱？她说写作就是她的全部。生命的和生活的全部。对她来说，唯有写作。可是在今天这个如此多元化的世界上，还有多少人敢于说写作是他的生命，或者，是他生存的全部意义？那将不是被看作可笑、做作，就是被认定为煞有介事。但是写作难道不是某些人的生命抑或生存的意义吗？杜拉斯是。那是她死前说过的话，是对她人生的总结。她不讳言。她有什么好讳言的。她就是她。她的生命就是那样演绎过来的，唯有写作，然后不朽。

《情人》至今百看不厌。《情人》就是这样的一本书。你当初喜欢它，没有错。时间检验了你的选择。是的，就是这样的一本书，你无论什么时候拿出来无论看过多少遍，却依然可以重读依然能够心随书动。而且这是一件很容易的事情，不用像重读雨果或者巴尔扎克或者托尔斯泰那样，需要做好“持久”的准备。唯有杜拉斯。她的很多作品都像《情人》。可以随时拿起，随时放下。譬如《物质生活》。我以为这首先取决于杜拉斯在形式上的标新立异。让思维跳动起来。挣脱死板、沉闷、冗长与僵化的窠臼。用跳跃勾连起一个个美丽而凄婉的故事。让轻捷的短句子遍布每一个思维的瞬间。哪怕那句子背后所承载的是无限的重量。但至少在表面上，你不用那么沉重地面对你正在沉入的那个境界。于是杜拉斯成了那个时代法国文学批评界的众矢之的。因为不知道从哪里跳出来的这位女作家竟敢破坏语法。法国的那么优雅的语言的语法。那么由来已久的，代表着伟大的法兰西文化的。但与此同时，杜拉斯也就成了那个反叛的“英雄”，那个她自己。她自己的语气和腔调，她自己的那个话语的世界。

杜拉斯的这类小说所以能百看不厌，还因为她的任何故事都勾连着她自己。那个她自己的真实。她自己的爱和恨。所以那不是小说而是作家本人的自传。尽管那自传是隐讳的，是若隐若现若即若离似是而非的。于是便调动起了读者们那天生的窥私欲。于是他们认真阅读，在蛛丝马迹中奋力寻找。于是阅读在这样的前提下改变了味道。读者想要探知的不再是小说中的故事，而是字里行间中作者本人的隐私。

问题是杜拉斯给了读者这样的机会。有时候她甚至奋不顾身地站出来指证她小说中人物的原型，说那不是她杜撰的。然后，谁都知道了《情人》中的那个湄公河上的情人确有其人，他就是来自中国的那个李云泰。再譬如，《琴声如诉》那段绝望恋情的男主人公也不完全是虚构的，那是她在与法国作家热拉尔·雅尔洛热烈相爱之后的产物。还譬如在《痛苦》中，她真实描写了二战期间，她和丈夫罗贝尔·昂泰尔姆，以及情人迪奥尼斯·马斯科罗之间复杂而真实的感情关系（尽管她用缩写的英文字母取代了他们的真实姓名）。他们都是现实生活中真实的人物，而且马斯科罗干脆就是她儿子让的父亲。所以《痛苦》也可以不当作小说来读，而是一些人在那个时期生存的真实写照。

是的，问题是杜拉斯给了读者这样的机会。是她让他们像考古学家或者侦探一样在她设置的迷宫中四处搜寻。之于真正的文学来说这当然不是正确的阅读方式，但关键是，连杜拉斯本人都不肯回避，读者又能怎样？圈套。然后请君入瓮。来自于杜拉斯的坦诚。她就是这样在写作中坦坦荡荡，从来不对她的经历，特别是爱情讳莫如深。

《写作》一书是杜拉斯最后的作品，出版于1993年。三年之后，她长辞人间。而在最后的三年中，扬（杜拉斯最后的情人）说，她的大部分时间都是用来等死的。等待着1996年3月3日的这一天。苦苦地。不知道这一天究竟何时到来。完成《写作》的时候杜拉斯已经八十岁。然而书中的语言却还是那么清新那么富有魅力，那么行云流水，哪怕，即将风流云散，流水落花。

杜拉斯将此书献给一位死于二战的英国飞行员。而在目录中，开篇的却是关于她自己的《写作》。《写作》可以被看作是杜拉斯对自己一生的一个诗意的总结。因为她的一生，就是写作的一生。大概还有爱情，但是她在这里没有渲染。她说她对写作永远充满激情。她热爱写作，视为生命的方式。她不知道世间还有别的什么东西可以附丽于她的生命之上。她是为写作而来到世间的，所以，当写作终止，生命也就终止了。

《写作》中的杜拉斯仿佛依旧年轻。依旧如泣如诉，荡气回肠。而此前她曾经重病缠身，终日濒临于死之将至。但是在生命的最后岁月她还是写下了《写作》这本书。她也还依旧保持着那种永恒的裸露姿态，说她的房子，说房子里的写作，还有房子里来来去去的那些男人和爱情……

我们早已经知道的并且熟悉的那些。

一些生命中的人和事是永远不会忘记的。就有那么些。能记住的，便刻骨铭心。于是总是想起总是想起。于是重复。

在风中，她说——

诺弗勒这座房子，我原以为也是为朋友们买下的，好接待他们……这是最令人高兴的晚会，在座的总有罗贝尔·昂泰尔姆和迪奥尼斯·马斯科罗以及他们的朋友。还有我的情人们。特别是热拉尔·雅尔洛，他是魅力的化身……

是的，都在这里了。我们所熟知的那些男人。他们就是杜拉斯的写作。在她到了八十岁的时候，还能说起他们。

就是这些。几乎所有的话题都是关于诺弗勒这座房子的。房子里的写作，来的来、去的去的过往，贮藏室濒死的苍蝇，还有她在这里完成的那所有的作品……

于是，只有将这座房子的话题反复重复反复重复，以至无限。

于是，你便不能不留下关于这座房子的印象。诺弗勒的这座房子，那难以磨灭的，印象。那个，最后的杜拉斯。

《写作》中那大片的空白和频繁的分段也让我非常喜欢。那是因为我们早已经厌烦了那些密密麻麻的文字，如浪潮般向你涌来，侵袭着你的眼睛。所以尤其喜欢《写作》的分行与分段。喜欢那短小的一如既往的杜拉斯式的句子。那所有的空白的张力，那尽在不言中的深渊，那停顿中的疲惫的思索，还有，文字以外的那个广袤的空间。

后来杜拉斯告诉我们，《写作》是为她而拍摄的一部影片。镜头外只有一个声音。那就是她。她自己。她的娓娓道来，以及，她悲凉的诉说。我曾经以为那是她事先写好的。但是很可能不。她为什么要事先写好呢？声音是从她的生命中发出的。所以不用写出（只是后来被扬录音整理了出来）。因为是说，所以循环往复，所以荡气回肠。

想象着行将就木的杜拉斯坐在她诺弗勒的大房子里。

想象着窗外是花园，曾经有千万株马斯科罗的玫瑰盛开。

想象着在她的书桌的后面有黄昏的阳光照射进来。金色的。

想象着金色余晖在杜拉斯那张布满皱纹的脸上，落下。

她说。

她的声音已变得苍老。

她甚至不认识那个声音了。

但是她依然一如既往地站在镜前。任扬梳理着她湿漉的头发。

她还能看到自己。在镜中。

然后，她说。

她说——

写作像风一样吹过来，赤裸裸的，它是墨水，是笔下的东西，它和生活中的其他东西不一样，仅此而已，除了生活以外……

那是她最后的声音。

飞扬着而去了的那个杜拉斯。那个永恒。

打开的书也是黑夜。

后来我们才懂，她为什么要这样说。

摇曳出时代的温暖

近日，我一直在读《黑暗时期三女哲》这本关于女性的书。已经不是第一次阅读了。我喜欢扉页中那段希腊哲人的话：“应该爱命运，爱命运所带来的一切，甚至爱命运带来的不幸。”

作者选择了从一战到二战之间的黑暗时期。书中的三位女哲人均为犹太人，又始终不懈地执着于研究艰涩的哲学。她们的童年无疑充满欢乐且向往梦想，从而，她们很快就成为那个时代女性中的佼佼者。她们幸运地师从于斯时的哲学大师，从胡塞尔、雅斯贝尔斯，再到海德格尔。她们以深邃杰出的哲学思考，几乎超越了她们的导师。而她们作为女学者的未来，前程亦似乎必定是锦绣的。

然而，她们却最终没能攀上学术的巅峰，因为战争、犹太人、大屠杀和逃亡，让她们的命运变得举步维艰。但她们始终对苦难持从容的态度，哪怕在暗夜里，也能从绝望中开出智慧的花。在她们看来，日子从来就是如此。磨难、忧愁、分离，甚至死亡，皆为生活。面对苦难，她们总是能从中寻觅到最美好的东西。毕其一生，她们始终坚守着哲学的信仰，哪怕在纳粹的铁蹄下……

她们就是艾迪特·施泰因、西蒙娜·韦伊和汉娜·阿伦特。她们成长于恐怖年代，见证了历史的悲剧。由此，她们始终信奉“经历造人”。尽管这本书读起来似感晦涩，但每次重读，我都是一字一句，仿佛这样，便能从中读出之前不曾发现的新意。

由此想到书中所折射的人类命运，便蓦地，在悲伤中，庆幸我们当下的一切。

当下，这个世界的民族众多，丰富而多元。当不同的民族被“唤醒”时，人类便因此获得了更多的灵感。譬如，越来越多的少数民族女作家开始从事写作的事业，她们以栩栩如生的表达，夹带着各自不同的风格，编织起文学天空美丽的彩虹。她们无疑怀着塑造本民族悠久灿烂文明的爱心与雄心。有时候，读她们的作品，仿佛身处异域，而她们的散文、诗歌、小说，以及她们所有的文字，带给人们陌生而又惊喜的澄澈与光明。所以，我一直觉得少数民族女作家的写作，就像母亲的摇篮，以她们的歌吟和舞姿，摇曳出天地的悠远和时代的温暖。

在这本《黑暗时期三女哲》中，我再度重温关于《伊利亚特》的那个段落。海伦说：宙斯所以引诱她和帕里斯堕入苦难，是“为了将来有一天，我们会变成一部诗歌，供后人吟唱”。

遥远而切近的记忆

如果这个孩子是在这样的环境里长大——排演场，舞台，影影绰绰的纱幕，明明暗暗的灯光。戏剧就像一团迷雾，就这样笼罩了一颗幼小的心灵。于是梦开始了，故事开始了，人生也就开始了。

因为父母，我得以在剧院长大，直到今天。这是我的幸运，让我从小就亲近艺术。所以在某种意义上，剧院就是我的人生。几十年过去，这长长的历史所抵达的，是一个金色的驿站。被剧院这辆艺术的战车承载着，我们终于看到了一片迷人的金色，那是剧院风风雨雨之后的辉煌。

剧院是我的摇篮，所以谈到剧院，我会有无尽的话语，甚至就像是在谈论着我自己。因为从我记事的那一天起，剧院就已经是我成长中的一部分了。那是不能分割的一种生命的联系，那是我的天地和阳光。那时候我们居住的，是剧院的宿舍；而我们听到看到的，也是剧院那种地方才会有的声音和景象。就是我儿时的朋友，也全都是剧院演职人员的孩子。于是不论是我们的环境，还是我们的语言，甚至我们所置身的空气中，都弥漫着剧院那独有的艺术气息。那无处不在的，浸透骨髓的气息。而我们最喜欢去玩的地方，也是在大人们休息之后才会空下来的那诱惑着我们的排演场。记得吗，我们是怎样在布景中穿来穿去？记得吗，我们又是怎样鹦鹉学舌地在舞台上表演？我们编着故事，说着台词，做着关于戏剧的梦。可我们这些剧院的孩子们，又有几个后来真的留在了舞台上？但是我们却真的怀念那个玩着“演戏”的纯真年代，只是童年不再。就这样我们在剧院长大，就这样我们躺在剧院的摇篮中，在荡来荡去中开始我们的人生。

剧院之于我还是一首永远的田园的歌。那是所有与剧院共呼吸的人都记忆犹新的。那时候剧院的院子似乎宽阔无边，那么多的松柏、藤萝和葡萄，草地甚至菜地，甚至猪圈和鹅场，还有很多很多的白鸽。是啊，记得吗？唯有用诗一样的语言才可以描述剧院往日那田园般的景象。而此刻当我这样写着的时候，那田园景象竟然仿佛还在眼前。那种因为遥远而切近的亲近。是的，我们就是被这田园一般的环境哺育的，所以当年深日久田园痛失的时刻，当回首往事，自然就不禁惋惜在心的深处。记得那时候剧院坐落在市郊，市郊到处是水塘，而剧院好像就建在了水塘中。水塘中的那座耸起的艺术城堡。可惜当今天的人们开始呼吁环保和绿色，剧院的田园却已经一去不返，代之而起的是林立的高楼，灰色的墙体，和冰冷的水泥路面。于是怀旧。不过幸好我们曾真的看到那田园般的剧院，也曾真的经历那牧歌般的感觉。所以不再惆怅，因为有风景的剧院景象已经镌刻在了我们的心中，让我们终生不忘。

然后是戏剧。戏剧是剧院的魂魄。舞台和人生的。也曾是我们所目睹的，那长歌当哭，雨雨风风。我一直认为戏剧是所有艺术门类中最高级的那一种。从古希腊悲剧，到不朽的莎士比亚，永远令人崇敬。于是写作中从不敢轻易涉足，怕毁了艺术殿堂中那庄严的辉煌。而因为戏剧，必得冲突。有冲突才有戏剧，所以冲突又是戏剧的魂魄。于是目睹冲突，台上台下。当然也是在分分合合的冲突中，剧院走到今天。

因为剧院，我们有幸成为剧院最长久也是最忠实的观众。漫长的几十年。从联排，到彩排，又到正式的演出。不知道曾有多少次坐在剧院的舞台下。我喜欢那种坐在台下黑暗中的感觉，屏神静气，兴奋而又紧张，我们等待着。然后大幕开启，灯光明暗，布景翻转，还有那些充满了激情的熟悉的表演者……

无论剧院在岁月中怎样变迁，不变的是剧院的魂魄，是休戚与共的那一份永恒的牵念。

那是我们心中最美丽的地方，因为切近而遥远的一片真诚的记忆。

远逝的钟声

我的小说《朗园》与和平区息息相关。无论背景还是故事，都发生在这片如书卷般摊开的地段。为此我曾经踏进过很多幢岁月沧桑的楼宇。而让我难舍的，是那座曾伫立于滨江道上的维斯理教堂。

我记得，那幽深的教堂，置身于喧哗的闹市中，却庄严而肃穆地矗立着，仿佛远离尘世。还记得，因拍摄一部纪录片，我爬上教堂顶层的钟楼。在平安夜的夜晚，聆听礼拜堂美妙的歌声。登上钟楼，你必定会想到雨果的《巴黎圣母院》，甚至去搜寻那并不存在的雨果的诗句，冥想着，被刻写在墙壁上幽怨的“宿命”。

不，我不是要重述雨果的故事，而是，创立于 1872 年的这座基督教堂，曾一度怎样地和我息息相关。

维斯理教堂由美国人达吉瑞创办，因纪念卫理公会创始人约翰·维斯理而得名。教堂初建时，曾借助于紫竹林圣道堂布教，1913 年新教堂建成后，便由美国牧师达吉瑞主持。

教堂高大威严，承载着新教的革新精神。礼拜堂砖木结构，内圆外方，堂内八根圆柱，撑持起庄严的拱形的圆顶。整座建筑中没有任何基督的形象，却始终弥漫着基督的精神。

这里是卫理公会的活动中心，见证了天津近代的历史风云。五四运动中，为躲避北洋军阀政府的迫害，周恩来曾在教堂的地下室策划“觉悟社”的进步活动；1946年，美国驻华大使司徒雷登莅临天津，专程在此发表演讲。尤为令人感慨的，是教堂为青年教徒制定的四大训诫：极端诚实，极端清洁，极端爱心，极端无私。那或者也是人们向往的境界。

是的，有一天，我终于开始写作《朗园》。刚动笔时，并没有想到这部小说和维斯理堂有着怎样的关联，但确曾写到了这座气度非凡的所在。总之在故事中，教堂是一个重要的背景，也是我精神上一直缱绻的地方。或者因我的祖母，是一位虔诚的基督徒。她说，你知道什么是爱吗？爱就是永恒的忍耐。

为了让《朗园》始终浸润于当年的环境，便总是说起孩提时见过的那座萧瑟而凄冷的法国公墓。尽管墓园已被废弃，却依旧有斑驳的石椅，破碎的喷泉。便是在这样的氤氲中，我开始写作《朗园》，思绪中始终缠绕着那座墓园，以及维斯理堂的钟声。

然而在某一天的某个时刻，我突然得知，这座教堂将被拆毁。如此伤感的消息让我一时间难以承受，不知这偌大天地间，为什么竟容不得古老建筑的一席之地。

所以无限感伤，还因为这里的刘牧师。那时他老人家已年过八旬。我曾不止一次地前往拜访，因他是我父亲在汇文中学读书时的老师。刘牧师年轻时，曾立志科学救国，理想破灭后，转投宗教，成为一名资深的教职人员。他从偏远的教区来到天津，很快就拥有了众多教民。他的形象俨如《朗园》中那位传教的牧师，毕生的追求就是尊崇主的意志。他送给我《新旧约全书》和《要理问答》的小册子。这些典籍我始终认真保存着，最让我铭记的就是：救自己的灵魂。

不久前，我曾为天津天主教的百年庆典写过一段寄语——

从不曾驻留过神圣的脚步，从遥远的往昔走到今天。每一级石阶都苍凉着教堂的庄严，让圣洁之光照亮心灵的忧伤。于是你能够听到寂寞中回环的悲歌，甚至能触摸到岁月的沧桑年轮。但是给予你更多的还是那悲悯的胸怀，福音中执着而永恒的爱与忍耐。

然后就有了那些悠远而凄迷的故事。神父们远涉重洋，用虔诚和坚忍铸造的不朽梦想。塔楼中响起的钟声，不单单带给人们宁静致远的追求，也给予我们东西文化的完美汇合。如此由传播福音促成的文化交融，带来的直接成果，就是促进了东方社会的进步与变革……

是的，那晚，我在《朗园》中反复出现的教堂前，伫立良久。在黑夜中辨认着，那灰色的墙砖和紧闭的木窗。没有光亮。比黑夜还要寂寞的天际。想到再过一些天，这座有着前生今世的教堂将不复存在，就无法抑制心中的伤痛。那是种很深很深的悲哀，在夜晚的空气中弥漫着。我不知自己在那一刻，心灵的感觉是否已经亡失。

是的，我不是传统的卫道士，只不过是因一种与自己相关的“情结”，或许某种怀旧。毕竟，那里是我多次造访的地方，于是怀有某种彻骨的留恋。

只是，我不曾想到伴随着小说中朗园的消失，那座殖民地时期的维斯理堂竟然也要被拆毁。在《朗园》写到尾声的时候，我还不知维斯理堂已被拆毁。这冥冥中的天意，竟然令我不安。小说中写到，在朗园的旧址上，代之而起的是一座摩天的金融大厦；而现实中，在维斯理堂的基址上，亦同样是一座豪华的贸易商厦。大理石的地面替代了木板条的地板，自动运转的上下扶梯，将替代通向礼拜堂顶部钟楼的旋梯。记得那一刻，我几乎无法理解眼前所见，不知道如此所作所为，是体现了社会的进步呢，还是对过往的无知遗弃。

总之，这座逝去的教堂，已成为我心中永远的遗憾与创痛。于是我才在我的小说中，慢慢地理解了那位旧时代的女贵族。她为什么要义无反顾地站在摇摇欲坠的顶楼上，誓与朗园共存亡。或许，这就是那一代人悲壮的、理想主义的最后一抹光辉吧？

我知道，当年如若躲过一劫，到了今天，这座历史悠久的建筑，肯定会被小心翼翼地保存下来，续写它更加迷人的篇章。

但终究，留下来的，唯有一片凄美的往事，一段流逝的时光。当静夜，晚风吹起的时候，依稀能听到教堂远逝的钟声。